Regine Kölpin

Der Milchhof – Das Leuchten des Meeres

PIPER

Zu diesem Buch

»Der Milchhof hatte zwei schlimme Kriege überstanden, viele Höhen und Tiefen erlebt, aber sie wusste, dass sie es schaffen konnte.
Lina trat vor die Tür.
Sie würde neu erblühen, zusammen mit der Natur, die gerade aus ihrem Winterschlaf erwachte. Krokusse ragten aus der Erde und wetteiferten mit den ersten Tulpenknospen um den schönsten Platz. In wenigen Wochen würde deren Blütenpracht von den Osterglocken abgelöst werden, und die Beete wären leuchtend gelb und fröhlich.
In der Luft lag schon der leicht süßliche Duft des Frühlings, der versprach, dass alles wieder gut und schön sein würde.
›Ich bin zwar neunundsiebzig Jahre alt‹, murmelte Lina, ›aber das ist für mich noch lange kein Grund, die Hände in den Schoß zu legen.‹«
Regine Kölpin erzählt im atmosphärischen dritten Band der Milchhof-Saga fesselnd und mit viel Gefühl, wie drei starke Frauen in den harten Nachkriegsjahren um ihre geliebte Molkerei an der Nordseeküste und die Zukunft ihrer Familie kämpfen.

Regine Kölpin lebt seit ihrer Kindheit in Friesland an der Nordsee. Die erfolgreiche SPIEGEL-Bestsellerautorin hat zahlreiche historische und heitere Romane, Krimis sowie Kurzgeschichten publiziert und ist auch als Herausgeberin tätig. Sie hat fünf erwachsene Kinder und zahlreiche Enkel.

Regine Kölpin

Der Milchhof

Das Leuchten des Meeres

Roman

PIPER

Mehr über unsere Autorinnen, Autoren und Bücher:
www.piper.de

Wenn Ihnen dieser Roman gefallen hat, schreiben Sie uns unter Nennung des Titels »Der Milchhof – Das Leuchten des Meeres (Milchhof-Saga 3)« an *empfehlungen@piper.de*, und wir empfehlen Ihnen gerne vergleichbare Bücher.

Auf S. 400 finden Sie eine Liste aller Romane von Regine Kölpin, die im Piper Verlag erschienen sind.

Das Projekt wurde gefördert mit dem Stipendium Neustart Kultur.

VG WORT

NEU START KULTUR

Die Beauftragte der Bundesregierung für Kultur und Medien

Unser Versprechen für mehr Nachhaltigkeit
• Klimaneutrales Produkt
• FSC®-zertifiziertes Papier
• Hergestellt in Europa

FSC www.fsc.org
MIX
Papier | Fördert gute Waldnutzung
FSC® C083411

Originalausgabe
ISBN 978-3-492-31883-9
April 2024

Dieser Roman wurde vermittelt durch die
Literaturagentur Lesen & Hören, Anna Mechler.
Lektorat: Christine Neumann
Umschlaggestaltung: t. mutzenbach design, München
Umschlagabbildung: Arcangel / Laura Ranftler und Shutterstock.com
Satz: Uhl + Massopust, Aalen
Gesetzt aus der Stempel Garamond
Druck und Bindung: CPI books GmbH, Leck
Printed in the EU

Verzeichnis der wichtigsten Personen

Familie Bleeker

Lina Voigt, geb. Harms – Leiterin der Molkerei Bleeker
Derk Voigt – Obermeier auf dem Milchhof und Linas dritter Ehemann
Wilko Bleeker – erstgeborener Sohn von Lina und Thees
Mary Bleeker – Wilkos zweite Frau
Ludger Bleeker † – zweiter Sohn von Lina und Thees
Alea Bleeker – Tochter von Lina und Thees
Tammo Neunaber – Aleas Ehemann
Enna Mintken, geb. Neunaber – Aleas und Tammos Tochter
Edzard Mintken – Ennas Ehemann
Hanno Mintken – Ennas und Edzards Sohn

Mitarbeiter und andere

Talke Voigt – Ehefrau von Karl Doden
Karl Doden – Talkes Ehemann
Antke Cornelius, geb. Voigt, gesch. Bleeker – Talkes und Derks Tochter

Otto von Webersbach – Derks Sohn mit Hilda von Webersbach

Adelheid Blankenburg – junge Frau aus dem Ruhrgebiet, die Lina aufgenommen hat

Sarah Goldenstein – Jüdin, der Lina bei der Emigration geholfen hat

David Goldenstein – Sarahs Mann

Amelie Goldenstein (genannt Emily) – Tochter von David und Sarah

Aaron Goldenstein – Sohn von Sarah und David Goldenstein

Doris – Große Magd

Hertha – Kleine Magd

Ulla – Hausmädchen

Hilda von Webersbach – leibliche Mutter von Otto von Webersbach

Teil 1

1945–1948

Kapitel 1

Mai 1945

»Der Krieg ist aus! Der Krieg ist aus!«

Lina Voigt saß in ihrem kleinen Zimmer, das sich neben dem Haupthaus auf dem Milchhof befand. Sie hielt das Stickzeug in der Hand und konzentrierte sich auf die Rose, die sie heute noch fertig bekommen wollte.

»Der Krieg ist aus! Der Krieg ist aus!«, ertönte es erneut.

Langsam ließ Lina die Handarbeit sinken. Nein, sie hatte sich nicht getäuscht, und nicht der Wunsch nach Frieden war Vater des Gedankens. Ihre Arbeiter riefen tatsächlich, dass das Martyrium endlich vorbei war. Nachdem sich Hitler am 30. April umgebracht hatte, war das zwar zu erwarten gewesen, aber kaum jemand hatte diese Hoffnung laut geäußert.

Der Krieg, dieses Monster mit den scharfen Zähnen und furchtbaren Krallen, das nichts als Tod und Verwüstung, Leid und Elend hinterließ, aber niemals Sieger, war offenbar gebändigt und schließlich zu Fall gebracht worden.

Es war dennoch kein Triumph, denn zurück blieben

Versehrte, Krüppel, Waisen, Witwen und traumatisierte Menschen, die ihren Platz in der Welt gar nicht oder nur schwer finden würden. Lina hatte all das bereits mit ihren Söhnen am eigenen Leib erlebt, und sie wusste, dass die Welt trotz dieser erleichternden Nachricht eine andere bleiben würde.

Sie war schon nach dem Ersten Weltkrieg zu einer verlassenen Mutter geworden, denn Wilko konnte und wollte nicht mehr in Deutschland leben, weil er das Land nicht mehr ertrug.

Und Ludger, ihr stiller Ludger, der doch einst als Bankmitarbeiter eine große Karriere angestrebt hatte, war mit seinem Dasein überhaupt nicht mehr zurechtgekommen und hatte sich in die Arme der ewigen Ruhe begeben. Manchmal beneidete Lina ihn. Er musste keinen Schmerz mehr ertragen.

Erneut schallten die Rufe zu Lina und rissen sie aus ihren trüben Gedanken. »Kapitulation! Bedingungslose Kapitulation!«

»Es ist vorbei! Es ist wahrhaftig vorbei!«

Noch immer konnte Lina es nicht glauben. Deshalb blieb sie zunächst auf ihrem Stuhl sitzen und schaute nachdenklich aus dem Fenster des oberen Stockwerks über die Wehde. Das Stickzeug lag still auf ihrem Schoß, doch Lina umklammerte es, als brauchte sie diesen Halt, wenn sich womöglich alles als falsche Information herausstellte und der Wahnsinn weiterging.

Aber das Geschrei ebbte nicht ab, sondern blieb laut, fast hysterisch, und es erschütterte die Friesische Wehde auf eine unnachahmliche Weise.

Ihre Wehde. Hier hatte sie das Gefühl von Freiheit, weil ihr die Weite der Landschaft die nötige Ruhe vermittelte und sie den Anblick liebte, wenn der Himmel am Horizont die Erde küsste. Selbst in den letzten schlimmen Jahren hatte ihr diese Kontinuität die nötige Sicherheit gegeben und sie daran glauben lassen, dass nicht alle Grundfeste erschüttert werden konnten. Es gab immer etwas, was blieb.

Es existierten eben Dinge, die konnten Menschen nicht verändern, und dazu gehörte die unabänderliche Tatsache, dass es diesen Horizont gab, hinter dem Abend für Abend die Sonne verschwand, um am nächsten Morgen wieder aufzugehen und das nötige Licht und die Wärme zu spenden. Die Tatsache, dass das Meer kam und ging und kein Krieg dieser Welt je etwas daran ändern konnte.

Lina atmete tief durch, doch das fiel ihr in der letzten Zeit sehr schwer. Zu sehr drückten die Sorgen, zu schwer war die Last auf ihren Schultern geworden. Eine Last, die sie in die Ablenkung dieser blöden Stickarbeit getrieben und ihr den geraden Gang geraubt und das freudige Blitzen in den Augen genommen hatte. Und die Hoffnung.

Gab es die jetzt? War der Frieden tatsächlich greifbar und keine Seifenblase, die kurz bunt schillerte und dann schlagartig zerplatzte?

Wie oft hatte sie sich diese Situation in den letzten Jahren gewünscht und wie oft war ihre Zuversicht zerschlagen worden. Jetzt würde das Kriegsende für sie kaum eine Verbesserung bringen, denn es war zu spät.

Derk war verschollen, vermutlich tot, und daran würde auch ein Friedensschluss zwischen den Nationen nichts mehr ändern. Warum also sollte sie sich freuen, wenn ihr doch das Liebste genommen worden war?

So viel hatten sie und Derk gemeinsam durchgestanden, und nun stand sie am Ende des langen Weges dennoch vor dem Nichts. Selbst der Milchhof konnte Lina keinen Trost mehr schenken, obwohl er zeitlebens ihr Kraftelixier gewesen war.

Lina hatte Derks Lächeln noch vor Augen, als er sich gleich Anfang Februar schweren Herzens auf den Weg nach Dresden gemacht hatte.

Wie lange hatten sie darüber diskutiert, ob seine Reise wirklich notwendig war, denn Lina hatte ihn nicht gehen lassen wollen. Nicht in diese Stadt, wo sicher Hilda nur darauf lauerte, ihn abzustrafen, weil ihr gemeinsamer Sohn Otto so lange bei ihnen auf dem Milchhof gelebt und seinem Vater eine Zeit lang sogar nahegestanden hatte, während sie allein in Dresden zurückgeblieben war. Otto und Derk waren Vater und Sohn geworden – trotz Ottos zweifelhafter Gesinnung, die weder Derk noch Lina guthießen.

Ottos einflussreiche Position bei den Nationalsozialisten war auch für ihre Beziehung schwierig und ein ständiger Konfliktstoff gewesen, sodass Lina erleichtert reagierte, als Otto mit seiner um ein paar Jahre älteren Frau Adelheid, die Lina als Ziehkind aus dem Ruhrgebiet bei sich aufgenommen und großgezogen hatte, nach Dresden zurückkehren wollte. Dort waren sie weit weg und konnten auf dem Milchhof keinen Schaden mehr anrichten. Ihr Umzug hatte einiges erleichtert.

Linas Furcht, wenn sie ihren Mann nach Dresden fahren ließ, bestand auch darin, ob Hilda nicht doch wieder versuchen würde, Derk an sich zu binden, allein um Lina eins auszuwischen.

Denn deren Gemahl lebte nicht mehr – und was gab es Schlimmeres für eine Ehefrau als liebeshungrige Witwen, die eine Chance suchten, wieder Boden unter den Füßen zu bekommen. Und dann mit einem so wunderbaren Mann wie Derk, der auch im Alter nichts von seiner Attraktivität eingebüßt hatte.

Aber Lina hatte am Ende einsehen müssen, dass ihr keine andere Wahl blieb, als ihren Mann ziehen zu lassen. Otto ging es seit dem Januar gesundheitlich sehr schlecht, und er war Derks einziger Sohn.

Er war von einem heftigen Lungenleiden heimgesucht worden, die Lage schien ernst. Wie sollte Lina Derk da diese Reise verwehren, wenn er doch Gefahr lief, sich sonst nicht von seinem Sohn verabschieden zu können?

Ihr Mann hatte lange mit sich gerungen, ob er wirklich fahren sollte, nach dem, was Otto Lina während ihrer Haft angetan hatte. Warum Otto sie am Ende aus dem Gestapokeller hatte gehen lassen, wusste Lina nicht, ahnte aber, dass Derk seine Finger im Spiel gehabt hatte. Ihr Mann schwieg allerdings wie ein Grab, und dafür würde er seine Gründe haben.

Dass jedoch kurz darauf Adelheid Ottos Frau geworden war, obwohl sie ihn zuvor nie beachtet und Lina schon in Erwägung gezogen hatte, sie könnte Frauen lieben, fand sie befremdlich. Dass Adelheid eine der Verursacherin für ihre Verhaftung gewesen war und sie bestimmt denunziert hatte, stand für Lina außer Zweifel.

Aber das war aus und vorbei.

Lina hatte überlebt, das allein zählte, sonst nichts. Sie wollte weder hassen noch anklagen, verurteilen, noch sich über diese Dinge aufregen.

Jedenfalls waren Adelheids spärliche Telegramme immer flehentlicher geworden, sodass Lina ihren Mann am Ende doch ermutigte, zu Otto zu reisen.

»Es ist besser, man söhnt sich mit allen Menschen und dem Leben aus, sonst wirst du diese Bürde ewig tragen! Er hat mich am Ende gehen lassen, und ich lebe noch.«

Lina wischte sich jetzt mit dem Unterarm eine Träne von der Wange, damit sie ihre Stickerei nicht aus der Hand legen musste. Auf unerklärliche Weise fand sie einen Ankerplatz an diesem Stück Stoff mit Nadel.

Kurzerhand nahm Lina die Handarbeit wieder auf und stach heftig in die Rosenblüte. Sie und ihre verdammte Großherzigkeit! Ohne die würde Derk jetzt, in diesem wichtigen historischen Augenblick, an ihrer Seite sein, Lina in den Arm nehmen und ihr das Gefühl geben, alles würde gut.

Dieses Mal fiel es ihr schwer, den Kloß im Hals hinunterzuschlucken. Lamentieren half leider nichts, Derk würde deshalb nicht wiederkommen. Vermutlich hatte er schon beim ersten Bombenangriff im Februar, aber ganz sicher bei den nachfolgenden, mit vielen anderen sein Grab in Dresden gefunden. Sie hoffte, dass er nicht lange hatte leiden müssen und nicht langsam jämmerlich verbrannt oder an den Rauchschwaden erstickt war.

Das Rufen auf dem Hof wurde lauter und lauter, schwoll zu einem regelrechten Kanon an, und schließlich klang es wie ein tosender Orkan.

Das konnte Lina nicht länger ignorieren. Sie legte die Stickarbeit nun doch beiseite und stand auf. Der Blick über das Gehöft hatte ihr früher den nötigen Frieden geschenkt. Jetzt aber erfüllte es sie mit Schrecken, ganz allein vor der großen Verantwortung für den Betrieb und die Mitarbeiter zu stehen.

Denn nicht nur Derk war ihr in den Kriegswirren verloren gegangen, auch der Milchhof hatte gelitten. Und wer konnte schon sagen, ob sich dessen tiefe Wunden je wieder schlossen. Es war, als hätte man ihrem Unternehmen nach und nach jegliche Gliedmaßen abgehackt. Erst ganz langsam, Finger für Finger, Zeh für Zeh. Dann die Hände und Füße, Arme und Beine, und am Ende stand da ein Torso, der zwar eben noch funktionierte, dem aber die Beweglichkeit, das wahre Leben und die Kreativität abhandengekommen waren.

Das Gesetz des Reichsnährstandes reglementierte sie bis heute. Sie war dazu verpflichtet worden, Kasein für industrielle Zwecke herzustellen, und dafür waren sie von anderen Molkereien mit dem notwendigen Rohstoff beliefert worden. Im letzten Jahr hatten sie das glücklicherweise wieder einstellen dürfen. Also produzierten sie als sogenannter Werksbetrieb nun Butter und Käse. Letzteres fiel nicht unter den Reichsnährstand.

Aber dann hatten die Braunen etwas getan, wofür Lina die Nationalsozialisten auf ewig verurteilen würde.

Ihr guter Rindenkäse – ein nicht verkehrsfähiger, aber durchaus schmackhafter und vor allem genießbarer Käse – musste vom Käsemeister vernichtet werden. Er hatte ihn regelmäßig verbrannt, und das, wo doch die Menschen so dringend auf Lebensmittel angewiesen waren. Lina hasste eine solche Verschwendung.

Sie schaute weiter aus dem Fenster und schluckte, als sie die fröhlichen Mitarbeiter dort sah. Ihnen stand die Erleichterung ins Gesicht geschrieben. Wie gern würde sie das jetzt auch fühlen. Mut und Zuversicht. Optimismus und Fröhlichkeit.

Wäre Derk an Linas Seite, könnten sie zusammen auf den Frieden, auf das Ende der Barbarei anstoßen.

Sie hatten geglaubt, Derk wäre nach ein bis zwei Wochen zurück. Wer hätte denn ahnen können …

»Alle großen Städte wurden bombardiert, Lina Voigt. Ihr hättet es vorhersehen können«, schalt sie sich, da ihr oft diese Gedanken durch den Kopf gegangen waren. Kurz nachdem Derk in Dresden angekommen war, gab es den Nachtangriff am 13. Februar. Ein Großteil der Dresdener Altstadt war zerstört worden. Dabei starben so viele Menschen, wohl auch Derks Sohn Otto. Und vermutlich auch ihr Mann, denn danach hatte Lina nie mehr etwas von ihm gehört und nichts über ihn in Erfahrung bringen können.

Während sie, Lina, mit gebrochenem Herzen und gebrochener Seele, die nach ihrer Inhaftierung einfach nicht heilen wollten, auf dem Milchhof in Ellenserdammersiel saß und auf eine Besserung des Lebens und auf Derk wartete.

Nach dem schweren letzten Luftangriff im April mit Teppichen von Spreng- und Brandbomben hatte Lina alle Hoffnung verloren, Derk je lebendig wiederzusehen. Ihnen war einfach keine gemeinsame Zeit vergönnt. Lina hatte von den vielen Toten gehört. Etliche waren an den Brandgasen erstickt.

Nicht weiter darüber nachdenken, dachte Lina. Nicht nachdenken …

Doch sie wurde die schweren Gedanken nicht los, die sie umhüllten wie ein dunkles Tuch. Der Schmerz, Derk ausgerechnet in Dresden verloren zu haben, saß zu tief. Dort hatte sie einerseits die schönste und erste Nacht mit ihm verbracht, aber da lebte auch Hilda: die Frau, der er seine Gunst erwiesen und die ihm Otto geboren hatte.

Die Große Magd Doris platzte herein, ohne zu klopfen. Sie hatte schon bei Kriegsausbruch Marlene ersetzt, die nach der Verlobung von Adelheid und Otto plötzlich unauffindbar gewesen war.

»Moin, Frau Voigt«, sagte sie atemlos. »Es gibt großartige Neuigkeiten, da wollte ich Sie nicht im Ungewissen lassen, weil ich nicht wusste, ob Sie Radio hören.«

»Der Krieg ist aus«, erwiderte Lina. »Das Rufen war unüberhörbar.«

Doris strich sich hektisch über die weiße Spitzenschürze und knickste. »Bedingungslose Kapitulation. Ich wollte es auch nur gesagt haben …«

»Ist gut, danke. Nun weiß ich es ja«, herrschte Lina das Mädchen an, und hatte augenblicklich ein schlechtes Gewissen, weil sie ungerecht war. Was konnte die arme Deern dafür, dass sie um Derk trauerte, obwohl sie nicht einmal wusste, ob sie das wirklich schon tun musste. Es gab doch die winzige Glut der Hoffnung darauf, alles könnte noch gut werden.

Das Mädchen zog sich knicksend zurück.

Lina schob die Gardine nun ganz beiseite, damit sie das gesamte Betriebsgelände des Milchhofes im Auge hatte. Die Sonne schien zwar vom klarblauen Himmel, doch es war ein so kühler Maitag, dass sie sogar im Haus ein Schultertuch umgelegt hatte.

Plötzlich glaubte Lina, keine Luft mehr zu bekommen, und riss das Fenster weit auf.

Von ferne röhrten Motoren, und es schepperten Panzerketten; die Befreier waren also tatsächlich da und würden bestimmt auch dem Milchhof einen Besuch abstatten. Vermutlich kontrollieren, ob sie Nazis waren. Lina befürchtete, dass sie die Häuser nach Bildern, Abzeichen und Waffen oder Munition durchsuchen würden.

Sie hatte im Haus nichts zu entfernen – nicht einmal ein Hitlerbild. Und ihre erzwungene Parteimitgliedschaft würde sie dann jetzt endlich beenden. Wahrscheinlich war das nicht einmal notwendig, weil es die NSDAP hoffentlich gar nicht mehr geben würde.

Linas Herz schlug unwillkürlich schneller, als ihr nach und nach die Tragweite der Ereignisse bewusst wurde. Es war vorbei.

Wirklich vorbei.

Die Naziherrschaft war Geschichte.

Niemand würde nun mehr kommen und ihr auf die Finger klopfen, wenn sie den Betrieb nicht so führte, wie es den Braunhemden vorschwebte.

Sie waren wieder unabhängig. Konnten hoffentlich produzieren, was sie wollten. Den Reichsnährstand würden die Besatzer doch sicher nicht aufrechterhalten wollen, das wäre ja lächerlich.

Lina schloss das Fenster wieder.

Man würde sehen, was nun mit dem Milchhof geschah.

Momentan hielt sie es für besser, ihrer Tochter Alea weiterhin freie Hand zu lassen. Sie selbst war doch ohnehin zu alt und seit ihrer Inhaftierung körperlich oft zu schwach, um noch wirklich etwas bewerkstelligen zu können. Und Alea leistete bislang hervorragende Arbeit.

Aber vielleicht gab es eine weitere Chance. Vielleicht würde sich Wilko ja doch aufraffen, noch einmal nach Deutschland zu kommen, um seine alte und einsame Mutter zu besuchen und Alea ein wenig unter die Arme zu greifen. Auch wenn seine Unterstützung nur darin bestand, seine Schwester aufzubauen und ihr Mut zu machen.

Eine solche Hoffnung starb nie.

Lina legte den Kopf in die Hände und weinte. Immerhin hatte sie ihre Tochter noch. Und eben ganz weit weg auf der anderen Seite des Ozeans: Wilko.

*

Wilko hatte seine Zeitung noch gar nicht aufgeschlagen, denn er wollte sie beim Frühstück lesen, und sprang von seinem Stuhl auf, als er die Nachrichten im Radio hörte.

»Das gibt es doch gar nicht«, entfuhr es ihm.

»Was hast du?«, fragte seine Frau Mary, die gerade dabei war, Kaffee zu kochen und das Frühstück mit Rührei und Speck anzurichten. Dazu gab es bei ihnen immer geröstetes Weißbrot, weil Wilko Toast so sehr liebte.

Er umarmte seine Frau, die direkt am Herd stand und die Hände nicht frei hatte.

»Der Krieg ist aus! Jedenfalls in Deutschland. Sie haben bedingungslos kapituliert! Es geschehen noch Wunder auf dieser verrückten Welt.«

»Wow«, entfuhr es seiner Frau, und fast wäre ihr das Ei angebrannt, weil sie zu rühren vergessen hatte. »Dann herrscht auf dem Milchhof endlich wieder etwas

Ruhe. Ich fürchte, deiner Family ging es in den letzten Jahren nicht so gut.«

»Das ist wohl untertrieben.« Wilko stellte die Teller auf den Tisch. »Für min Moder befürchte ich das Schlimmste, sollte Derk tatsächlich in Dresden ums Leben gekommen sein. Dann wird sie das Ende des Krieges nicht trösten können. Sie hat zu viel verloren. Erst Ludger, dann mich und jetzt vielleicht noch Derk. Ich weiß nicht, wie gut sie das verkraften kann.«

»Ja, sie hat ein ganz schones Parcel zu tragen. Aber du hast mal erzählt, dass ihr der Milchhof immer wieder viel Kraft gibt.«

»Manchmal wird das aber wohl nicht reichen«, gab Wilko zu bedenken. Er legte Messer und Gabel in rechtem Winkel neben die Teller. Das nahm er stets sehr genau.

Mary gab etwas Schnittlauch in die Pfanne und kratzte die fertige Eierspeise in eine Schüssel, die sie zu Wilko auf den Tisch stellte. Es duftete wunderbar. Der Toast war auch gerade fertig.

»Es sieht lecker aus.« Wilko rieb sich den Bauch. »Nun lass uns erst mal essen, und dann überlegen wir, wie wir reagieren. Melden möchte ich mich bei meiner Mutter auf jeden Fall.«

»Sie wird hoffen, dass du doch noch kommst«, sagte Mary und tat sich vom Rührei auf. »Jetzt, wo es wieder bald möglich sein wird.«

»Ich weiß, aber ich werde das nicht tun. Es geht einfach nicht.«

Mary griff nach einem Toast, schmierte Butter darauf und biss ab. Sie schloss verzückt die Augen. »Es schmeckt himmlisch. Ich liebe unser tägliches Frühstück.«

»Und ich liebe dich«, antwortete Wilko.

Ja, er hatte mit Mary einen Glückstreffer gelandet. Sie war eine zierliche blonde Frau, die aber durchaus zupacken konnte.

Was Wilko an ihr besonders schätzte, war die Ruhe, die Mary ausstrahlte. Sie hatte sich in all den Jahren ihres Zusammenseins noch nie lautstark aufgeregt, sondern stets besonnen nach Lösungen für jedes aufkommende Problem gesucht.

Geht nicht, gibt's nicht, war ihre Devise, und so war es ihnen gelungen, ihre Destillerie zu einem florierenden Unternehmen zu machen.

Mary zeigte mit ihren unkonventionellen Ideen oft Mut und Weitsicht, und so hatten sie es schnell zu etwas gebracht. Manchmal war Wilko mit seiner friesischen, stoischen Gelassenheit etwas von Marys Esprit überfordert, aber sie besaß einfach die Gabe, ihn mitzureißen und zu überzeugen.

Wilko aß langsam und bedächtig, denn es wäre zu schade, sich die Delikatesse zu schnell einzuverleiben. Essen war für ihn ein kostbares Gut, das es zu genießen galt.

Sie sprachen dabei meist nicht viel, damit sie sich die Laune nicht mit schlechten Nachrichten verdarben.

Als sie aufgegessen hatten, legte Mary das Besteck beiseite und tupfte sich mit der weißen Stoffserviette den Mund ab.

»Nun werden wir wohl auch bald die Goldensteins verlieren«, sagte sie.

»Wenn sie sich nicht dazu entschließen, Emily hierherzuholen, ja«, bestätigte Wilko. »Dann werden sie nach Deutschland gehen und dort mit ihr leben.«

Und Aaron mitnehmen, fügte er bedauernd in Gedanken hinzu, denn das schmerzte ihn besonders, weil er den Jungen beinahe wie seinen Enkel sah.

Wilko nahm einen Schluck Kaffee, den er im Nachgang immer besonders genoss. Mary mahlte die Bohnen dafür in einer kleinen Handmühle und goss das Pulver dann mit einem Filter auf.

»Ich für meinen Teil hoffe, sie holen Emily her und bleiben nicht drüben«, begann Mary wieder. »Ich würde nicht nur sweet Aaron vermissen, sondern auch Sarah und David. Sie sind mir an die Herz gewachsen.«

Wilko liebte Marys entzückenden amerikanischen Akzent, den sie wohl nie ganz ablegen würde.

»Ich auch. Aber wir sollten die beiden allein entscheiden lassen. Es sei denn, sie fragen nach unserer Meinung«, gab sich Wilko diplomatisch.

Die Sache mit Emily war auch nach all den Jahren noch immer ein heikles Thema. Offiziell war sie Wilkos Tochter, obwohl sie das Kind der jüdischen Freunde Sarah und David Goldenstein war.

Mit Wilkos Hilfe hatten die beiden vor den Nazis fliehen können, mussten aber ihre Tochter Amelie, die fortan Emily hieß, zurücklassen. Sie war von Lina aufgezogen worden. Inzwischen hatten sie ihren kleinen Sohn Aaron bekommen, aber die Trauer um ihre Tochter ließ die beiden nicht los. Sie würden Himmel und Erde in Bewegung setzen, ihr Kind so schnell es geht zu sich zu holen. Nur musste man sehr umsichtig sein, denn auch wenn die Nazis ihnen jetzt nichts mehr anhaben konnten: Emily wusste weder, dass sie Amelie hieß, noch dass Wilko und Mary mitnichten ihre Eltern waren. Die Goldensteins waren ihr vollkommen fremd.

»Vorerst wird keiner reisen können.« Mary schenkte Wilko Kaffee nach. »Noch ist Krieg mit Japan, ich würde momentan kein Schiff besteigen wollen.«

»Ja, trotz der veränderten Situation wird sich wohl noch einiges hinziehen«, sagte Wilko. Das kam ihm ganz gelegen, denn so war es ihm möglich, noch eine Weile über alles nachzudenken.

»Vielleicht kommt dein Sohn Behrend uns ja mal besuchen«, sagte Mary hoffnungsvoll, denn sie wusste, wie sehr Wilko seinen Sohn vermisste, und dass er oft mit sich haderte, ob er damals die richtige Entscheidung getroffen hatte, als er seine Frau Antke und Behrend allein nach Europa hatte zurückgehen lassen.

»Ich weiß nicht. Leider ist der Kontakt abgebrochen, nachdem Antke wieder geheiratet hat, und ich will meinen Jungen nicht verwirren. Wahrscheinlich liebt er seinen neuen Vater, und mich wird er wohl verurteilen.«

»Sei nicht so streng mit dich!«, tadelte Mary ihn wieder in ihrem Deutsch.

Sie nahm auch noch etwas Kaffee. Jetzt war die Kanne leer.

»Wir werden hoffentlich einen Weg finden, Darling.« Wilko lächelte seiner Frau zu.

»Aber sicher werden wir das. Es gibt keine Sackways. Am Ende bleiben immer Schleichwege und wenn sie nicht da sind, dann müssen wir sie einschlagen.«

So war sie, seine Mary. Und dafür liebte Wilko sie. Ja, es war richtig gewesen, damals nicht zurück nach Deutschland gegangen zu sein. Wahrscheinlich würde er gar nicht mehr leben. Was, wenn sie selbst ihn, den Einbeinigen, noch für den Volkssturm eingezogen hätten?

Die Nazis hatten ja sogar vor Kindern und alten Männern nicht zurückgeschreckt.

Deutschland war und blieb für Wilko ein Graus.

Kapitel 2

Alea konnte es nicht fassen und schaute aus dem Fenster des Kontors über den Hof. Der vermaledeite Krieg, der nur Tod und Verderben gebracht hatte, war vorbei! Ach, was hoffte sie inständig, dass auch ihr Mann Tammo endlich nach Hause kommen würde. Zuletzt hatte sie vor zwei Monaten von ihm gehört, da war er in Rumänien gewesen. Die Feldpost war schon immer spärlich eingetroffen, aber jetzt schien sie ganz versiegt. Alea hoffte, dass es wirklich nur daran lag und Tammo lebte. Sein Tod durfte einfach nicht der Grund dafür sein, dass sie keine Nachricht bekommen hatte.

Jeden Tag dieser Moment der Angst, wenn der Postbote auf den Hof kam und seinen Packen Briefe aus der Tasche zog.

Und dann die grenzenlose Erleichterung, wenn keine Post vom Militär dabei war und sie erneut hoffen und bangen konnte.

Nun wuchs diese Hoffnung wie ein Brot, dessen Hefegärung in vollem Gang war. Bisher war noch kein Todesbescheid eingegangen, und die Kampfhandlungen wurden mit sofortiger Wirkung nicht nur für eine Weile eingestellt, sondern ganz beendet.

Alea atmete tief durch.

Bestimmt würden sie den Betrieb wieder so leiten können, wie es für den Milchhof gut und richtig war, und konnten sich den scharfen Kontrollen entziehen.

Alea sah es als Zeichen des Himmels, dass genau jetzt die Sonne hinter einer dicken Wolke hervorkam und den Milchhof in ihr helles Licht tauchte, ja, geradezu umarmte.

Endlich würden sie und ihre Mitarbeiter nicht mehr mit ständigen Todesnachrichten konfrontiert werden, und hoffentlich kämen viele Männer aus dem Krieg und der Gefangenschaft zurück. Sie würden dafür sorgen, dass sich das Land von der Knechtschaft erholte, vorsichtig zu blühen begann und vielleicht auch eines Tages wieder Normalität herrschte.

Ob es auch bald wieder möglich war, frei heraus seine Meinung zu sagen? Ohne dass man Gefahr lief, denunziert und gemeldet zu werden?

Alea entdeckte die elfjährige Emily, die kichernd mit zwei anderen Mädchen der Melkerinnen über den Hof tobte und zwischenzeitlich die diskutierenden Arbeiterinnen beobachtete.

Alea wusste nicht, ob die Deern das Ausmaß des Kriegsendes begriff, aber sie schien die Situation auf jeden Fall sehr spannend zu finden.

Sie bemerkte auch ihre Tochter Enna, die inzwischen zweiundzwanzig Jahre zählte und zu einer hübschen jungen Frau herangewachsen war. Sie wirkte dennoch wie ein Backfisch, denn ihre Art mutete nach wie vor kindisch und unreif an.

Auch jetzt machte sie den Eindruck eines trotzigen Kindes und schaute griesgrämig, ja, regelrecht enttäuscht, drein. Nach dem Freitod Hitlers lief sie herum wie ein trauriges Gespenst. Sie war dadurch in den Grundfesten erschüttert, weil ihr Idol sich einfach das Leben genommen und die Nation im Stich gelassen hatte.

Für Enna war die bedingungslose Kapitulation höchstwahrscheinlich eine herbe Niederlage, und all ihre Vorstellungen, Hoffnungen und Träume stürzten in diesem Moment ein wie ein Kartenhaus, in das eine Windböe gefegt war.

Hinfort waren alle Ideale, alle Glaubenssätze, die in sie hineingedrückt worden waren, als hätte man ein Pferd gebrannt und die Prägung verewigt. Sie würde bleiben – ein Leben lang.

Enna war als Nazi-Mädchen glücklich gewesen, hatte sich beim BDM und bei Talke und Karl Doden, die sie entsprechend indoktriniert hatten, verstanden gefühlt. Egal, was Alea auch immer angestellt hatte, weil sie es nicht guthieß, wie stark Enna sich dieser Ideologie verschrieben hatte: Es war an ihrer Tochter abgeprallt, sodass sie sich immer stärker voneinander entfernt hatten.

Oft erschien es Alea, als würden sie an verschiedenen Flussufern entlangwandern und sich nur ab und zu Dinge zurufen, damit sie sich nicht vollends aus den Augen verloren. Wie sehr wünschte sie sich, Enna mal in den Arm nehmen zu können, ein freundliches Gespräch mit ihr zu führen und eine normale Beziehung mit ihr zu haben. Das schien allerdings völlig unmöglich.

»Es ist meine Schuld«, schalt sich Alea. »Ich habe ihr zu diesen verqueren Ideen und zu Karl und Talke einfach keine Alternative bieten können.«

Sie seufzte. Was litt sie doch unter dieser schrecklichen Beziehung zu ihrer Tochter, die sich durch nichts wieder geradebiegen ließ. Was auch immer sie bislang versucht hatte: Sie war gescheitert.

Doch sie sorgte sich auch um Emily, der angenommenen Enkelin von Lina und Derk. Denn sie war ebenfalls ein Opfer der nationalsozialistischen Gesinnung geworden. Aber sie war noch jung und würde sicher schnell in die andere Richtung zu lenken sein, wenn der schlechte Einfluss aufhörte. Da gab es zumindest Hoffnung.

Alea schluckte.

Doch Emily wusste nichts von ihren wahren Eltern. Denn die Deern glaubte, dass Aleas Bruder Wilko ihr Vater war, nur erinnerte sie sich nicht an ihn – aber eben auch nicht an diejenigen, die sie wirklich zur Welt gebracht hatten.

Es war ausgeschlossen gewesen, dem Mädchen zu sagen, dass sie ein jüdisches Kind ist. Es hätte ihr Leben gefährdet. Was für ein furchtbarer Zustand in einer furchtbaren Zeit. Ob es jetzt wirklich besser wurde, würde sich zeigen.

Die Tür vom Kontor schepperte gerade mit heftigem Schwung auf, und Enna stürzte hinein. Das Haar wie immer ordentlich zu einem Kranz geflochten, die weiße Schürze fleckenfrei und akkurat gestärkt und die Haltung eine Spur zu gerade. Jetzt reckte sie auch noch das Kinn, was ihrer Haltung eine gewisse Empörung verlieh.

»Hast du das gehört, Mutter?«, brachte sie mit überschlagender Stimme hervor. »Die Briten und Kanadier sind mit dicken Panzern da, und sie haben Deutschland regelrecht überwältigt. Uns blieb keine Wahl, als zu kapitulieren! Es ist ein Graus für das deutsche Vaterland!«

Wie immer bediente sie sich der nationalsozialistischen Propagandasprache. Und so fuhr sie auch fort. »Man hört das Rasseln der Panzerketten bis hierher! Sie werden auch zum Milchhof kommen, hat Ulla gesagt. Diese Besatzer von unserem Land!«

Alea unterdrückte den Impuls, ihrer Tochter das Wort zu verbieten, sie zu mäßigen, damit sie begriff, wie verdreht ihre Ansichten waren. Sie schwieg in der Hoffnung, Ennas Redefluss auf diese Weise versiegen zu lassen. Je mehr sie sie zu reglementieren versuchte, desto trotziger reagierte ihre Tochter stets. Es war, als staple jedes Wort dagegen einen weiteren Stein auf die ohnehin schon unüberwindbare Mauer zwischen ihnen.

Trotz allem war Enna ihr Kind, und sie würde niemals aufgeben, um ihre Zuneigung zu kämpfen. Um ihr Seelenheil, um ihre Rückkehr zu Werten, die zu ihrer Familie passten. Niemals würde sie Enna einfach so ziehen lassen. Das war sie ihr als Mutter schließlich schuldig. Es musste doch einen Weg geben, der sie wieder zueinander führte – und einander auch lieben ließ.

»Setz dich doch erst mal!«

Alea wies einladend auf den Stuhl ihr gegenüber, aber Enna schüttelte den Kopf und begann mit ausgreifenden Schritten im Büro auf und ab zu laufen.

Das wirkte, trotz der einfachen Kleidung, die aus Rock, Bluse und Schürze bestand, grazil und sogar ein wenig elegant.

Ihre Tochter war zu einer hübschen jungen Frau herangewachsen und ähnelte den alten Fotos nach ihrer

Großmutter in jungen Jahren. Dieselbe feine Nase und der schön geschwungene Mund, der schlanke Hals und weiblich geformte Körper. Nur fehlte ihr der strahlende und warme Blick, der Lina zu eigen gewesen war. Das war sogar auf den wenigen Fotografien aus der Zeit erkennbar.

Doch jetzt, wo sich Enna derart ereiferte, spiegelte sich in deren blauen Augen unglaubliche Tragik, und Alea konnte sogar nachvollziehen, wenn auch nicht gutheißen, warum. Ihrer Tochter war die Kindheit vom Krieg genommen worden, ihr Geist schon früh von dem braunen Gedankengut vergiftet. Wann hatte Enna je unbeschwert sein dürfen?

Immer war etwas gewesen, was ihr kindliches Gemüt tief erschütterte und sie zu der Frau machen musste. die sie heute war. Verbittert, gedemütigt über die Niederlage und richtungslos, weil jetzt alles wie von einem Sturm hinweggefegt worden war.

Erst die langsame Vergiftung der Freiheit, dann der politische Druck und die Angst, die sich wie faulige Jauche um den Milchhof gelegt hatte und drohte, alles darunter ersticken zu lassen, versiegelt mit der Verhaftung von Ennas Großmutter. Jetzt der Umstand, dass Derk nicht aus Dresden zurückgekommen war – und es wohl auch nie mehr tun würde.

Zwar waren die Kriegsschäden in der Friesischen Wehde kaum spürbar, weil sie nicht bombardiert worden waren. Auch Ellenserdammersiel war unbeschadet davongekommen. Dennoch hatte Enna alle Ängste mitbekommen, als die Fliegerstaffeln Kurs auf Wilhelmshaven genommen hatten, und allen die Panik ins Gesicht geschrieben stand, auch ihr kleines Dörfchen könnte doch Opfer eines Angriffs werden. Weil sich eine der tödlichen Frachten zu früh löste oder einer der Piloten es richtig fand, das Dorf samt dem alten Hafen zu bombardieren.

Das ging weder spurlos an den jungen noch den alten Seelen vorbei. So etwas prägte, so etwas schlug Wunden. Und nun drohte eine weitere Altlast. Wie sollte die neue Generation mit all den Verbrechen und Lügen zurechtkommen, die im Namen des deutschen Volkes verübt worden waren? Das hatte schon nach dem Ersten Weltkrieg zu großen Schwierigkeiten geführt.

Man würde sehen, welche Zukunft nun unaufhaltsam auf sie zurollte. Ein Problem galt es jedoch jetzt schnellstens zu beseitigen.

»Mutter muss nun dringend mit Emily reden. Das wird ein Schock für die Deern«, überlegte Alea laut.

»Was hast du gesagt?« Enna war abrupt stehen geblieben und baute sich mit vor der Brust verschränkten Armen vor ihrer Mutter auf. Noch immer wirkte Enna ziemlich empört.

Alea versuchte sie mit ihrem Blick einzufangen und auf diese Weise zu zähmen, aber es gelang ihr nicht, denn Enna wich ihr aus.

»Nichts Wichtiges, min Söten.«

»Sprich es aus!«

»Ach, weißt du«, wand sich Alea. »Ich habe nur eben darüber nachgedacht, dass ihr zwei, also Emily und du, nun nicht mehr zum BDM müsst.«

»Leider konnten wir ja länger nicht mehr hin«, wandte Enna ein. »Weil der Krieg alle so beschäftigt hat, sind unsere Zusammenkünfte viel zu oft ausgefallen. Aber wir haben wenigstens für unsere deutschen

Kämpfer Socken gestrickt, die ihnen die Füße gewärmt haben.«

Draußen begannen die Arbeiterinnen und die paar Männer, die der Krieg nicht aufs Schlachtfeld gesogen hatte, zu tanzen und zu singen. Eigentlich hätte Alea einschreiten, sie reglementieren und zurück an den Arbeitsplatz treiben müssen, aber sie wollte den Leuten die Freude nicht nehmen. Es gab seit Jahren wieder ein Grund zu tanzen, weil das Schlachten und Morden endlich aufhörte.

Das Erwachen aus der Euphorie käme früh genug. Deutschland war am Boden, und es würde dauern, ehe es wieder aufstehen würde – wenn es überhaupt geschah.

Der Gesang wurde lauter, und Alea erkannte das alte preußische Lied: *Freut euch des Lebens*. Wer auch immer es ausgegraben hatte. Sie war verwundert, wie textsicher ihre Mitarbeiter waren, wobei die Stimmen der Frauen erheblich lauter erklangen als die der paar Männer.

Freut euch des Lebens
Weil noch das Lämpchen glüht.
Pflücket die Rose,
Eh sie verblüht.

Wenn scheu die Schöpfung sich verhüllt
Und laut der Donner ob uns brüllt –
Dann lacht am Abend nach dem Sturm
Die Sonne, ach, so schön.

Wer Neid und Missgunst sorgsam flieht
Und Genügsamkeit im Gärtchen zieht

Dem schießt sie schnell zum Bäumchen auf,
Das goldne Früchte trägt.

Wer Redlichkeit und Treue liebt
Und gern dem ärmern Bruder gibt,
Bei dem baut sich Zufriedenheit
So gern ihr Hüttchen auf.

Und wenn der Pfad sich furchtbar engt
Und Missgeschick uns plagt und drängt,
So reicht die Freundschaft schwesterlich
Dem Redlichen die Hand.

Sie trocknet ihm die Tränen ab,
Und streut ihm Blumen in das Grab,
Sie wandelt Nacht und Dämmerung
Und Dämmerung in Licht.

Sie ist des Lebens schönstes Band,
Gibt Brüdern traulich Hand um Hand.
So wallt man froh, so wallt man leicht
Ins bess're Vaterland.

Alea seufzte. Ein besseres Vaterland, ach, wie schön wäre das. Doch Hoffnungen wurden getrogen, und Wünsche fanden nur in Träumen Erfüllung.

»Sie kommen!« Emily stürmte mit hochroten Wangen ins Kontor und hüpfte aufgeregt auf der Stelle.

»Wer kommt?«, herrschte Enna sie an. Sie hatte ihre Haltung noch nicht verändert und war nach wie vor in Abwehrstellung.

»Na, die Panzer natürlich! Ulla sagt, sie gucken,

ob wir Nazis sind, und jetzt müssen wir weiße Laken raushängen, damit sie den Milchhof nicht zerschießen. Jeder, der das nicht will, muss sterben!«

Alea blies die Luft hörbar aus.

Sie wusste nicht, ob das der Wahrheit entsprach, aber es war sicher gut, es ernst zu nehmen.

Deshalb galt es, keine Zeit zu verlieren, denn das Rattern und Rasseln wurde immer lauter – und bedrohlicher. Was war, wenn Emily recht hatte und ihr Betrieb gleich zu einem Trümmerfeld wurde, wenn sie nicht richtig reagierten?

»Denn man tau!«, rief sie. »Holt aus den Kommoden, was ihr finden könnt!«

Die beiden rannten los.

Alea schloss kurz die Augen. Hoffentlich ging das gut!

*

Lina hörte das Rasseln der Panzerketten, aber auch die polternden Schritte, die aufs Haupthaus zustürmten und den Bediensteten dabei etwas zuriefen. Es klang fast panisch.

Auf dem Hof herrschte aufgeregtes Treiben und Stimmengewirr. Jetzt tanzte und sang niemand mehr, dafür stand in allen Gesichtern große Besorgnis geschrieben.

Sie öffnete die Tür ihres Zimmers und ging die Treppen hinunter. Ihre Hüfte schmerzte, sodass sie sich am Treppengeländer festhalten musste, damit sie die Stufen unbeschadet nehmen konnte.

Alea und Emily kamen mit weißen Laken aus dem Hauptgebäude gestürmt.

»Das muss in alle Fenster!«, rief das Hausmädchen

Ulla, die im Gebäude geblieben war und gerade ein Laken im oberen Stockwerk am Fenster befestigte.

Flink entrissen die Große Magd Doris und die Kleine Magd Hertha den beiden die weißen Laken und stürzten zu den Fertigungsräumen. In kürzester Zeit hingen auch dort die weißen Tücher.

»Oma braucht auch welche!«, rief Enna.

Sie trat auf ihre Großmutter zu, die das Treiben vom Eingang her betrachtete und sich Schritt für Schritt auf den Hof zubewegte.

»Bitte, Oma! Du darfst keine Zeit verlieren, sonst erschießen sie dich.«

Lina reckte das Kinn, und sie wunderte sich selbst über ihre feste Stimme.

»Ich war und bin keine Nationalsozialistin. In meinem Haus findet sich kein Hakenkreuz und kein Bild dieses oberlippenbärtigen Widerlings, dessen Mannen mich töten wollten. Warum also sollte ausgerechnet ich die Befreier von diesem Terror fürchten? Außerdem wird es doch wohl genügen, wenn wir diese paar Laken haben, wir müssen ganz sicher nicht den gesamten Milchhof einhüllen.«

Enna schluckte, und in ihrem Blick zeigte sich Panik. Aus ihrem zuvor gut frisierten Kranz hatten sich tatsächlich ein paar Löckchen gelöst. Ihre nachfolgenden Worte machten deutlich, wie ängstlich sie war.

»Großmutter, du verkennst den Ernst der Lage. Diese fremden Soldaten wissen das alles nicht und könnten glauben, du möchtest dich nicht ergeben. Dann machen sie kurzen Prozess, du wirst sehen! Die sind bestimmt schlimmer, als unsere Regierung es je hätte ahnen können«, fügte sie trotzig hinzu.

Bevor Lina etwas darauf erwidern konnte, kam Hertha um die Ecke gehetzt.

»Die Laken hängen jetzt überall«, sagte sie keuchend. Flehend schaute auch sie zu Lina. »Nur bei Ihnen nicht, gnädige Frau. Bitte, dürfen wir das übernehmen?«

Kaum hatte sie das ausgesprochen, ratterte der erste Panzer auf den Hof zu, und Lina nickte unmerklich. »Meinetwegen. Aber bitte nur eins. Du kannst es ins Schlafzimmerfenster hängen.«

Als der Panzer das Hoftor passierte, sprangen alle Männer und Frauen zur Seite. Lina schaute dem mächtigen Gefährt abwartend entgegen. Sie wusste selbst nicht, ob sie sich fürchtete. Also blieb sie einfach so stehen und legte ihr Schicksal in die Hand dieser Männer, deren Sprache sie vermutlich nicht oder nur schwer verstehen würde, denn so überragend waren ihre Englischkenntnisse nicht.

Weil Wilko in den Vereinigten Staaten von Amerika lebte und eine amerikanische Frau an seiner Seite hatte, war es Lina ein besonderes Anliegen gewesen, die Sprache zumindest ansatzweise zu erlernen. Schließlich konnte es sein, dass Wilko doch eines Tages mit Mary nach Ellenserdammersiel kam, und dann wollte sie vorbereitet sein.

Zudem hatte sie versucht, auch Emily die Grundzüge der fremden Sprache beizubringen. Schließlich lebten ihre Eltern, die sie nicht mehr kannte, dort, und es war gut, wenn auch sie Englisch konnte, denn wer wusste schon, ob das Schicksal sie nicht doch noch nach Amerika spülen würde.

Der Panzer hielt unvermindert auf Lina zu und blieb etwa einen Meter vor ihr abrupt stehen.

Die Klappe öffnete sich, und heraus schaute ein dunkelhäutiges Gesicht mit einem breiten Grinsen und blitzweißen Zähnen. Er nahm den Stahlhelm ab, und es zeigten sich kleine schwarze Locken.

»Hello, we are Canadians.«

Die Arbeiterinnen wichen noch stärker zurück. Einige flüchteten in die Fertigungen, aber schauten verängstigt aus den Fenstern. Es war das erste Mal in ihrem Leben, dass sie einen Schwarzen sahen. Einer der Molkereigehilfinnen entwich sogar ein entsetzter Schrei.

Linas Herz schlug zwar auch bis zum Hals, aber sie war die Molkereileiterin, sie musste mit gutem Beispiel vorangehen und durfte keine Unsicherheit zeigen, gleichgültig, wie viel Furcht sie hatte. Außerdem erschien es ihr nicht so, als käme der Mann, um sie alle zu erschießen. Im Gegenteil: Er wirkte äußerst freundlich.

Deshalb versuchte sie, ihm ebenfalls wohlwollend entgegenzutreten, um erst einmal zu erfahren, was von ihr und ihren Mitarbeitern erwartet wurde. Sie legte sich zuvor ihre Worte zurecht und antwortete dann in gebrochenem Englisch mit stark friesischem Akzent. Wahrscheinlich klang es ausgesprochen seltsam, aber sie hoffte, dass der Soldat sie trotzdem verstand.

»Hello, I am Lina Voigt, the owner of this factory.«

»Nazi?«, fragte der Soldat und sprang hinunter.

Lina musste wieder einen Moment lang überlegen, aber dann bekam sie die Antwort doch hin.

»No Nazi. I was followed from the bastards and I spend some time in the prison«, radebrechte sie. Lina hoffte erneut, dass sie sich richtig ausgedrückt hatte und es nicht völlig falsch war.

Doch der Soldat schien sie verstanden zu haben.

Er lächelte sie mit dem breitesten Lächeln an, das Lina je gesehen hatte. Der Blick war tatsächlich warm und zugeneigt, sodass sie jegliche Scheu verlor.

Er nickte und tippte sich mit der Handaußenkante an die Stirn.

Anschließend steckte er den Kopf zurück in die Luke und sagte etwas zu seinem Begleiter. Kurz darauf kletterte auch der hinaus. Der zweite Soldat war das Gegenteil von seinem Kollegen. Groß und blond, seine Wangen und Unterarme, die sich unter den aufgekrempelten Hemdsärmeln zeigten, zierten zahlreiche Sommersprossen. In der einen Hand hielt er ein paar rechteckige flache Päckchen und in der anderen etwas winzig Glänzendes.

Er überreichte Lina seine Präsente. »Chewing gum and chocolate«, erklärte er. »For you and your people. Your are free now. Forever.«

Er salutierte, winkte seinem Kameraden, der ebenfalls die Hand zum Abschied hob. Beide tauchten wieder in das olivfarbige Ungetüm ab. »Bye!«

Sie wendeten schwungvoll und rasselten den Weg in Richtung Dorf.

»Die Straße können wir neu machen, der Belag ist kaputt«, sagte Hinni Martens, der im Augenblick als Obermeier tätig war.

»Wenn das der Preis dafür ist, dass wir nun endlich wieder normal arbeiten dürfen, zahle ich ihn gern«, gab Lina ein wenig spöttisch zurück. »Sie waren freundlicher, als ich dachte. Und sie haben allen Unkenrufen zum Trotz auch niemanden erschossen.«

Erst jetzt bemerkte sie, wie heftig ihre Knie zitterten. »Moi, dat Sie diese neumodische Spraak beherrschen«, sagte Hinni. »Ik heb keen Wort verstanden.« Er ruckelte sich die Mütze zurecht. »So, nun wullt wi wat don! An die Arbeit! De neue Tied beginnt!« Er ruderte mit den Armen und scheuchte alle zurück an ihre Arbeitsplätze.

Lina lächelte. Es hatte sich nichts verändert, seitdem sie sich eine Weile aus der Firmenleitung zurückgezogen hatte.

Der Milchhof produzierte. Immer und immer wieder.

Und jetzt, wo es sicher bald keinen Reichsnährstand mehr geben würde, konnten sie bestimmt auch bald wieder besser arbeiten. Ach, was sie das hoffte!

Wenn doch nur Derk an ihrer Seite wäre! Aber der war wohl tot. Vergraben unter den Trümmern der Ruinen von Dresden.

Kapitel 3

Hilda von Webersbach wischte sich den Staub aus dem Gesicht, als sie in den Straßen Dresdens unterwegs war. Um sie herum herrschten furchtbare Zustände, aber mit denen musste sie nun leben. Und das als Witwe ohne Schutz und Geleit. Und ohne ihren Sohn, der zusammen mit seiner Frau Adelheid ein Opfer dieses schrecklichen Angriffs im Februar geworden war. Das Datum der Nacht vom 13. auf den 14. Februar hatte sich tief in ihr Gedächtnis gegraben. So viele Tote, so viele Verletzte – und es war noch längst nicht das Ende. Das Leben war ungerecht.

Derk war vermutlich auch im Februar gestorben, denn sie hatte nichts mehr von ihm gehört.

Hilda wurde den Ausdruck des Kommandanten nicht los, als er ihr gesagt hatte, dass Otto den Tod gefunden hatte. Wie ein Häufchen Elend war sie zur Kommandantur gekrochen, um etwas über ihren Sohn in Erfahrung zu bringen. Dann die niederschmetternde Nachricht, dass er nicht mehr lebte. Nun war sie allein, denn ihr anderes Kind hatte der Herrgott ebenfalls im Krieg zu sich geholt. Die Diphtherie hatte es dahingerafft.

Auch ihre Schwiegertochter Adelheid war ein Opfer des Bombenangriffs geworden. Eine treue und aufrechte deutsche Frau, die sie persönlich sehr geschätzt hatte.

Hilda fühlte Tag für Tag und Nacht für Nacht in sich hinein, wie es war, niemanden mehr auf der Welt zu haben.

Mit dem Witwendasein hatte sie sich gerade noch abfinden können, schließlich waren ihr Besitz und Stand geblieben.

Aber jetzt?

Jetzt gab es kein Geld und Gut mehr für sie, die stolze Hilda von Webersbach. Ihre wunderschöne Villa am Elbufer war ein einziger Berg aus Schutt und Asche. Dass sie noch lebte und aus dem Inferno herausgekommen war, verdankte sie einzig der Tatsache, geistesgegenwärtig in die Elbwiesen gerannt zu sein und so dem Erstickungstod zu entrinnen. Allein der letzte Angriff im April hatte mit der tödlichen Bombenfracht von 1.731 Tonnen mindestens 450 Menschen das Leben gekostet.

Das Einzige, was sie tröstete, war, dass Derk nun auch nicht mehr zurück zu seiner Lina auf den Milchhof gehen konnte. Dieser Frau hatte sie Derk nie gegönnt. Hilda verlor einfach nicht gern, und Lina hatte stets die besseren Waffen bei sich getragen. Damit kam sie nur schwer zurecht.

Hilda kämpfte sich jetzt, mit dem Krug in der Hand, den sie wie ein Geschenk vor zwei Tagen in einer Ruine gefunden hatte, zu dem Ort durch, an dem es Gerüchten zufolge Wasser geben sollte. Doch als sie dort ankam, war die Schlange lang, und sie würde Geduld brauchen. Und hoffen, dass die Vorräte für alle reichten.

Wasser war zu einem Luxusgut geworden. Wie viele Dinge, die sonst für Hilda selbstverständlich gewesen waren. Für alles musste man inzwischen einen Großteil an Zeit aufwenden, für alles brauchte man unendlich viel Geduld, und bedient wurde hier schon lange keiner mehr.

Hilda seufzte. Geduld war noch nie ihre Stärke gewesen, und sich selbst die Hände schmutzig zu machen war etwas, was sie schon immer verabscheut hatte.

Ihr ganzes Leben bestand ohnehin nur noch aus Warten. Warten und nochmals warten. Gepaart mit dem Funken Hoffnung, dass sich vielleicht an diesem Tag eine Verbesserung einstellen würde. Was natürlich nicht passierte. Im Gegenteil: Es wurde ihrem Empfinden nach immer schlimmer.

Als vor ein paar Tagen die Nachricht kam, dass der Krieg vorbei war, hatte sie einen Moment lang tatsächlich geglaubt, jetzt gäbe es eine Kehrtwende. Doch geändert hatte sich nichts. Außer, dass die Dresdener nun keinen weiteren Bombenangriff befürchten mussten.

Hilda durfte ein paar Schritte weiter gehen. Immerhin konnte sie die Wasservergabestelle schon sehen. Was hatte sie nach Derks Ankunft nicht alles angestellt, um ihn davon zu überzeugen, sich doch wieder ihr zuzuwenden.

Die hübschesten Kleider hatte sie getragen, sich das Haar extra vor jedem Zusammentreffen, das sie selbstverständlich immer wie zufällig arrangiert hatte, frisiert. Doch dieser Sturkopf hatte nur von seiner Lina gefaselt. Diesem Bauerntrampel von Frau, die jeder Deutschen Schande machte! Da hatte sie von Adelheid genug schlimme Dinge erfahren. Und er zog ihr, Hilda von Webersbach, ausgerechnet dieses Weib vor!

Plötzlich wurde sie von einem Jungen mit hochgekrempelter und durchlöcherter Hose angerempelt. Sein störrisches rotes Haar hatte er zwar unter einer Schirmmütze verborgen, aber es stand dennoch beidseitig heraus und kräuselte sich über seiner Stirn.

Hilda stolperte, fand aber nichts, woran sie sich festhalten konnte, und knallte mit dem Krug in der Hand zu Boden. Er zersprang in viele kleine Scherben. Nun stand Hilda mit leeren Händen kurz vor der Wasservergabestelle und wusste einfach nicht, wie sie das kostbare Nass nach Hause bringen sollte.

»Du Lümmel!«, rief Hilda dem Jungen nach, der aber nicht reagierte, sondern mit großen Schritten davoneilte.

»Soll ich jetzt meine Hände zu einer Schüssel formen, oder wie stellst du dir das vor?«, kreischte sie ihm verzweifelt hinterher. Herrgott, wer hätte jemals gedacht, dass sie sich einst in der Öffentlichkeit wie ein Marktweib aufführen würde? Im Grunde ihres Herzens schämte sich Hilda für ihr Verhalten zu Tode, aber sie konnte nicht anders, als ihre Wut und Ohnmacht herauszuschreien und so der Seele Luft machen.

Sie spürte, wie ihr die Tränen über die Wangen liefen, und dann hörte sie sich aufschluchzen.

Eine ältere Frau mit Kopftuch, rot unterlaufenen Augen und einem Rock, der fast mehr Löcher hatte als Stoff, schaute Hilda mitleidig an. Sie berührte sie nicht, aber die Wärme, die sie ausstrahlte, war förmlich zu spüren.

Augenblicklich fühlte Hilda sich umarmt und ihr nah, so, als würden sie sich schon länger kennen.

»Ich habe nicht viel«, begann die Frau bedächtig, ohne Hilda aus den Augen zu lassen. »Muss auch noch einen Mann durchbringen, der nicht der meine ist, aber den mir das Schicksal vor die Füße gespült hat.«

Hilda schaute sie nun doch neugierig an, und die Frau fuhr fort. »In diesen furchtbaren Zeiten müssen wir doch zusammenhalten und sollten uns gegenseitig so viel Liebe und Hilfe schenken wie möglich, nicht wahr? Es wäre schlimm, wenn uns der Hass vollkommen vereinnahmen würde. Dann hätte die Fratze des Krieges gewonnen. Und das möchte ich nicht.«

Hilda verstand nicht so recht, worauf die Frau hinauswollte, und schaute sie abwartend an.

Die begann in den Weiten ihrer zerschlissenen und viel zu großen, grauen Jacke zu suchen. Es dauerte, ehe sie gefunden hatte, was sie versteckt hielt.

»Bitte!«, sagte sie freundlich. »Nehmen Sie die kleine Flasche. Ich komme für heute mit etwas weniger Wasser aus. Leider passt nicht so viel hinein, aber so haben Sie doch wenigstens etwas und mussten nicht völlig umsonst anstehen.« Sie lächelte, und es zeigte sich ein fast zahnloser Mund. »Dem Bengel eben sollte man die Ohren lang ziehen, nicht wahr?«

Noch hatte Hilda nicht zugegriffen. Noch kam es ihr seltsam vor, dass ihr jemand freiwillig etwas schenkte.

Hilda musterte das kleine Mütterchen jetzt genauer. Nicht nur die Jacke mutete seltsam an. Auch das gelb geblümte Kopftuch, unter dem sich vereinzelte rote Haarsträhnen zeigten, passte nicht zu der Frau. Es hätte eher auf den Kopf eines Kindes oder einer Heranwachsenden gehört. Nur, warum sollte sie das hinterfragen?

Kaum einer besaß in diesen Zeiten noch etwas, und wichtig war einzig, dass man nicht fror, ein Dach über dem Kopf hatte, und ein kleines bisschen Essen und Trinken. Satt wurde schon lange keiner mehr, aber jeder hoffte auf eine Ration an Lebensmitteln, mit der zu überleben war.

Hilda glaubte deshalb ihren Ohren nicht zu trauen. Jeder war sich doch selbst der Nächste, und kaum einer gab etwas ab. Denn das konnte gefährlich werden. Alles, was man selbst nicht besaß, fehlte schließlich am Ende des Tages.

Hilda fragte lieber nach, bevor sie sich doch verhört hatte. »Sie geben mir wirklich diese Flasche, damit ich Wasser mitnehmen kann?«

Die Frau nickte.

Hilda konnte es noch immer nicht glauben. »Sie tun das, obwohl Sie ein weiteres Maul durchfüttern müssen und mich überhaupt nicht kennen?«

»Ja, ich habe es doch schon kundgetan!« Die Frau reichte Hilda die Halbliterflasche. Sie war milchig angelaufen, aber sauber.

Jetzt schnappte Hilda förmlich danach.

Die Frau schien erleichtert, dass sie ihre Hilfe annahm.

»Wenn Sie selbst wieder ein Gefäß haben, bringen Sie sie mir einfach zurück. Ich wohne am Hauptbahnhof in den Trümmern eines unversehrten Kellers. Fragen Sie einfach nach Maria, man kennt mich dort.«

Die Schlange schob sich Meter für Meter weiter, und eine Zeit lang überlegte Hilda noch immer, ob sie das Geschenk annehmen durfte.

Am Ende siegte der Durst und das fromme innere

Zureden, dass sie die Flasche wirklich zurückbringen würde.

*

Talke konnte es nicht fassen. Der Krieg war seit drei Tagen aus. Noch hatte sie nur die Panzer durch Ellenserdammersiel rattern sehen. Wie bei allen anderen hingen auch aus ihrem Fenster weiße Leinen, selbst wenn sie den Besatzern am liebsten Beine gemacht hätte.

Aber sicher war sicher.

Manchmal waren die Soldaten der Alliierten stehen geblieben und hatten an die Kinder Schokolade und dieses komische Kaugummizeug verschenkt. Um ihre Kate aber hatte sich keiner geschert. Sie waren daran vorbeigefahren, als würde es sie gar nicht geben.

Im Grunde konnte sie froh darüber sein, dass es sich so verhielt. Denn wenn diese Männer wirklich bei ihr einfielen und sie in die Mangel nahmen, konnte sie sich nicht wehren und hatte keine Handhabe gegen deren Übermacht.

Immer wieder schaute Talke aus der Tür, lauschte, ob nicht doch jemand kam, geplagt von ihren quälenden Gedanken.

Ob sie sich über das Kriegsende freute, wusste sie nicht genau. Schließlich war völlig unklar, wie es für sie ausgehen würde, und das machte sie ziemlich nervös.

Als strammes Parteimitglied und Ehefrau von Karl Doden, der den Ortsbauernführern zugespielt und zudem geholfen hatte, Lina Bleeker an die Gestapo auszuliefern, konnte es durchaus sein, dass sie Schwierigkeiten bekam.

Sie zuckte zusammen, weil es klopfte und ihre Nachbarin Faulke Menninga eintrat.

Talke schätzte sie nicht sonderlich, denn Faulke war in der Mitte der Kriegsjahre aus Ostfriesland gekommen. Sie war im tiefsten Herzen Sozialistin, was sie aber in Kriegszeiten geschickt geheim gehalten hatte, um nicht ans Messer geliefert zu werden.

Faulke war jedoch eine Diebin und hatte aus Talkes Garten mal einen Kohlrabi stibitzt.

Talke war kurz versucht gewesen, das Weib anzuzeigen, aber dann hätte sie sich in Ellenserdammersiel zu viele Feinde gemacht. Das wollte sie vermeiden, weil man schließlich nie wusste, was noch auf einen zukam.

Die Ellenserdammersieler schätzten Faulke Menninga, denn sie galt als heilkundig. Viele der Dorfbewohner nahmen ihre Dienste gern in Anspruch, da sie sich nicht immer einen Arzt leisten konnten. Oder er hatte keine Zeit, so weit zu fahren. Es gab Gründe genug, weshalb es gut war, dass es Faulke gab.

Aber jedes Mal, wenn dieses Weib Talke mit ihrem stechenden und wissenden Blick musterte, bereute sie, dieses Wiefken nicht aus dem Verkehr gezogen zu haben, als es noch ein Leichtes gewesen wäre, eine Sozialistin anzuzeigen.

Nun war es zu spät, jetzt würde das keinen mehr interessieren. Jetzt herrschten ihre Feinde, und wer wusste schon, ob nicht Faulke im Gegenzug ein paar unangenehme Dinge über Talke losließ. Ein Wort an die falsche Stelle und es konnte ungemütlich werden.

Faulke hatte die ganze Zeit nichts gesagt, sondern Talke nur stumm angeschaut.

»Was willst du?«, herrschte die ihre Nachbarin an.

Sie musste sich ja nicht freundlicher stellen als nötig. Faulke wusste auch so, dass sie sie nicht leiden konnte.

»Ich wollte dich warnen.«

Talke lachte hämisch auf. »Mich?«

Faulke nickte.

»Du bist in Gefahr. Und ich bin kein Unmensch, auch wenn du das von mir denkst.«

»Gut, dann hast du mich jetzt gewarnt. Wovor denn eigentlich?«

Faulke schabte mit der Schuhspitze über den Boden.

»Die Besatzer kommen. Sie durchwühlen jedes Haus, ob noch Nazi-Sachen dort versteckt sind. Sie befürchten einen bewaffneten Widerstand und gehen sehr rigoros vor. Ich weiß, dass du eine Pistole hast.«

Nun schluckte Talke doch. Warum to'n Düwel steckte Faulke ihre lange Hexennase ständig in Dinge, die sie einen Schiet angingen? Und woher wusste sie das?

»Ich weiß das eben«, erklärte ihre Nachbarin, als hätte sie Talkes Gedanken erraten. »Und ich will nicht, dass du im Gefängnis landest oder womöglich am Galgen. Solche Dinge müssen vorbei sein. Sonst hat Deutschland keine Zukunft.«

»Gut, danke.«

»Da nich für«, gab Faulke zurück. »Du hast wegen des Kohlrabis dien Schnüt gehalten, und ich sag jetzt nichts.«

Sie verließ Talkes Kate und machte die Tür leise hinter sich zu.

Talke überkam Gänsehaut. Faulke war ihr mehr als unheimlich. Sie schien wirklich alles zu wissen. Auch Dinge, die ihr gar nicht bekannt sein konnten. Oder schaute die Alte einfach immer viel zu genau hin? Belauschte sie heimlich Gespräche? Nur wofür? Wenn sie keine Anzeige erstattete oder Geld erpresste, nützte ihr das Wissen doch nichts.

Es war auch egal, jetzt galt es zu handeln.

»Zunächst sollte ich mal alles entfernen, was mich auch nur ansatzweise mit der Partei in Verbindung bringt«, murmelte Talke. »Falls dat Wiefken recht hat, will ich nicht in Teufels Küche kommen.«

Die weißen Laken hingen wegen des Regens in der Nacht schlaff und durchgeweicht aus den Fenstern und suggerierten Talkes Friedensbereitschaft. Aber was war, wenn die neuen Machthaber tatsächlich die Häuser durchsuchten?

Sie begann zu schwitzen.

Talke besaß alles, was sie ins Gefängnis bringen könnte. Ihr Parteibuch und drei Bilder vom Führer. Schließlich hatte sie den guten Mann in allen Räumlichkeiten bei sich wissen wollen. Und sie hatte auch tatsächlich eine Waffe. Einen schicken Revolver, den Karl ihr organisiert hatte, damit sie sich wehren konnte.

»Den dürfen sie auf gar keinen Fall finden«, murmelte Talke.

Sie lauschte gespannt, aber noch schienen keine Patrouillen durch den Ort zu geistern. Sie konnte folglich in Ruhe darüber nachdenken, wie sie vorgehen wollte.

»Zuerst muss die Pistole weg«, beschloss sie. »Das hat oberste Priorität.«

Talke eilte in den Schuppen, schnappte sich den Spaten und grub unter den Apfelbäumen ein Loch. Hier konnte sie den Revolver sicher versenken. Wenn alles durchsucht und die Luft rein war, würde sie die Waffe natürlich wieder ausgraben. Wo käme sie denn hin, wenn sie sich von den neuen Besatzern sagen lassen müsste, wie sie leben sollte.

Eilig verschwand sie im Haus und zerrte die Pistole aus der Schublade. Karl hatte sie sorgfältig in ein Wachstuch gewickelt. Talke griff auch nach der sicher verpackten Munition, denn es war bestimmt besser, sie ebenfalls zu verstecken.

Sie rannte hinaus, deponierte alles in dem vorbereiteten Loch, und schüttete es rasch zu.

Nun noch die Bilder verbrennen. Zum Glück war der Ofen an, und sie musste nur etwas Torf nachlegen.

Weil Talke plötzlich regelrecht in Panik geriet, war sie unvorsichtig und stand kurz darauf in einer dichten Qualmwolke, die sie mächtig husten ließ.

Talke riss die Fenster auf und musste warten, ehe sie wieder gut Luft bekam und ihre Küche rauchfrei war.

Sie zählte sämtliche Abzeichen durch, war sicher, keines vergessen zu haben, und warf alles in das lodernde Torffeuer. Dann zerrte sie an den Schubladen, durchforstete alle Kisten und Truhen, ergriff im Vorübergehen die Hitlerbilder, und wieder schmetterte sie alles in durch die Luke ins Feuer. Zum Schluss folgte das Parteibuch. Talke küsste es, bevor sie es den Flammen übergab.

Endlich war ihre Kate frei von Hinweisen darauf, wie nah sie dem Führer und anderen Größen gewesen war. Wie sehr sie Himmler und Goebbels verehrt hatte.

Auf der Straße war es plötzlich unruhig, und Talke sah, dass Faulkes Information keine Lüge gewesen war. Soldaten durchkämmten Haus für Haus, und aus einigen schleppten sie Bilder und Orden, die sie auf einen großen Haufen warfen.

Talke hockte sich mit aufgestützten Armen an den Küchentisch und wartete, was passierte.

Ihre Knie bebten, die Arme zitterten, und ihre Zähne klapperten aufeinander.

Sie fürchtete sich, wie sie sich noch nie in ihrem Leben gefürchtet hatte. Die Männer würden bei ihr nichts finden, da war sie sicher. Die Grassode unter dem Apfelbaum hatte sie wieder gut festgetreten und ein paar Zweige wie zufällig platziert. So wie es aussah, schauten sie momentan nur in den Häusern und Wohnräumen, nicht aber in den Gärten nach.

Aber ihr war vorhin ein ganz anderer Gedanke gekommen. Vielleicht irrte sie da, vielleicht machte sie sich vollkommen unnütz kaputt.

Aber was war, wenn sich nicht alle so loyal verhielten wie Faulke? Sie hatte einigen übel mitgespielt, vor allem Lina Voigt. Vor allem ihr.

Wenn die nun Rache üben wollte, dann könnte sie das jetzt tun. Es wäre ein Leichtes, sie bei den Besatzern anzuzeigen und ihre Missetaten samt ihren Intrigen zu verpfeifen. Es würde reichen, darauf hinzuweisen, dass sie den Verdacht hegte, Talke Doden könnte eine Waffe mit Munition besitzen. Wenn die Besatzer Aufständische befürchteten, würden sie auch mit einer Frau wie ihr nicht zimperlich sein, um dem Ganzen keinen Vorschub zu leisten.

Wenn Lina auch nur ein Wort sagte, wäre Talke am Ende.

Plötzlich fühlte sie sich schrecklich allein. Ihre Tochter Antke wohnte mit ihrem Sohn Behrend in Emden, meldete sich kaum, und Karl war schon lange fort. Weil sie ihn wegen des Umgangs mit Lina kritisiert hatte und er glauben musste, sie stünde nicht mehr hinter der großen Sache. Was sehnte Talke sich jetzt ihren Mann herbei. Verdammt, warum war er nicht bei ihr, damit sie das alles gemeinsam durchstehen konnten? Aus dem Staub gemacht hatte Karl sich. Feige aus dem Staub gemacht!

Als drei Soldaten an ihre Tür hämmerten, blieb Talke beinahe das Herz stehen, und ihr schob sich saurer Mageninhalt durch die Speiseröhre nach oben.

»Aufmachen! Hurry up!«

»Ich komme!« Talkes Stimme glich dem eines kleinen Mädchens, das sicher war, gleich Prügel zu beziehen, weil es Unsinn gemacht hatte.

Sie schlurfte zur Tür und öffnete sie einen Spaltbreit. »Was möchten Sie?«

Talke erhielt keine Antwort, wurde beiseitegeschubst, und sie konnte gar nicht so schnell gucken, wie ihre kleine Diele von den Besatzern okkupiert wurde.

»Bilder von Hitler? Orden? Papier?«, fragte der eine mit so starkem Akzent, dass Talke genau hinhören musste.

Sie schüttelte heftig den Kopf.

»Well. Waffen? Guns?«

Talke zog es vor, weiter die Unwissende zu spielen. Sie zuckte mit den Schultern.

Doch ihr Gehabe verfehlte seine Wirkung.

»Du Nazi-Frau. Das ist bekannt. Wo ist Waffe?«

»Ich habe keine«, flüsterte Talke.

»Nix Waffe?« Der Soldat baute sich vor ihr auf, nickte den Kameraden zu, und sie verschwanden zunächst in der Stube.

Talke hörte es scheppern und knallen, kurz darauf

waren sie in ihrem Schlafzimmer und dann in der Küche.

Talke sah aus dem Augenwinkel, welch heilloses Durcheinander sie anrichteten.

»No gun. No pistol«, war die Antwort, als sie wieder in der Diele ankamen.

»Sag ich doch«, meinte Talke, doch der Soldat umklammerte ihr Kinn mit der rechten Hand. »We will have a look in your garden.«

Talke spürte, dass ihr Mund trocken wurde.

Die Männer stürmten hinaus, rannten mal hier hin, mal dorthin. Nahmen den Schuppen auseinander und standen schließlich mit ihren dreckigen Tretern vor dem Kommandanten.

»You are a fuckig Nazi-Braut.« Er rotzte Talke vor die Füße und ließ sie los. »Wir kriegen dich!«

Die drei verließen die Kate und knallten die Tür hinter sich zu.

Talke rutschte an der kalten Wand entlang auf den Boden und sackte dort in sich zusammen.

Sie war gerade noch einmal davongekommen.

KAPITEL 4

Juni 1945

Alea hatte sich ins Kontor an den Schreibtisch zurückgezogen, um gleich den eben angekommenen Briefumschlag zu öffnen. Das Schreiben stammte aus Amerika, und ganz sicher war es von Wilko. Sie vermisste ihren großen Bruder, ihr war jedoch klar, dass er bestimmt keinen Fuß mehr auf deutschen Boden setzen würde, auch wenn ihre Mutter nach wie vor diese heimliche Hoffnung hegte.

Aber dass er sich da bewegen würde, war genauso unwahrscheinlich wie eine Annäherung von Enna und ihr. In beiden Fällen waren wohl sämtliche Möglichkeiten ausgereizt, und alles schien festgefahren wie ein Fuhrwerk im Schlamm.

Wenigstens musste Wilko keine verschlüsselten Botschaften mehr schreiben, jede Zensur war mit der britischen Besatzung vorbei. Sie und die Kanadier hatten die Oberhand und achteten darauf, dass Recht und Ordnung und keine Gewalt und Unterdrückung mehr herrschten. Nur mit den unverbesserlichen Nationalsozialisten gingen sie gnadenlos vor.

Jedes Haus hatten die Soldaten auf Waffen und Sprengstoff, aber auch nach Parteiabzeichen und Hitlerbildern durchsucht.

Talke musste zuvor einen Wink erhalten haben, denn sie hatten bei ihr nichts, aber auch gar nichts gefunden, was Alea sehr verwunderte. Denn sie war sicher, dass Talke eine Pistole und scharfe Munition hatte. Und natürlich Hitlerbilder und so ein Zeug. Sie war oft genug bei ihr und Karl gewesen, um Enna abzuholen, ihr musste Talke nichts vormachen. Aber sie würde ihre Fahne ohnehin in den jetzt wehenden Wind hängen, da war sich Alea ganz sicher.

Wie dem auch sei: Zu Talke hatte sie ein sehr schlechtes Verhältnis, und sie ging ihr aus dem Weg, nachdem diese Frau gemeinsam mit Otto und Karl ihre Mutter in Gestapohaft gebracht hatte und ihre Mutter beinahe gestorben war.

Alea ging sogar so weit, dass sie die Straßenseite wechselte, wenn ihr Talke Doden begegnete. Sie und ihre Mitstreiter waren schuld daran, dass ihre Mutter nach all der Pein und Folter nicht mehr dieselbe war und nicht einmal richtigen Kampfgeist für den Milchhof aufbringen konnte.

Alea atmete tief durch.

Jetzt ging es um Wilko und nicht um Talke.

Sie riss das Kuvert auf und überflog die Zeilen. Wilkos Brief war wie immer lang und ausführlich. Da ließ er sich nicht lumpen. Seine Schnapsbrennerei lief hervorragend, Mary und ihm ging es gut. Sarah und David Goldenstein arbeiteten im Betrieb mit und hatten sich in den Staaten gut eingelebt.

Wie immer folgte eine kurze Frage nach Emily. Wie

ihrer Mutter und Derk inmitten der Kontrollen dieses Husarenstück mit der grandiosen Lüge gelungen war, würde Alea immer ein Rätsel bleiben.

Wilko musste den Brief noch vor Kriegsende eingeworfen haben, es dauerte momentan ewig, bis die Post von Amerika aus in Deutschland ankam. Für wichtige Dinge telegrafierten sie nur noch.

Dass der Brief länger unterwegs gewesen war, schloss Alea daraus, dass er immer noch von Emily und nicht von Amelie, dem richtigen Namen des Mädchens, sprach. Oder er wollte weiterhin vorsichtig bleiben.

Alea faltete das Geschriebene sorgfältig zusammen, denn ihre Mutter behandelte seine Briefe stets wie Heiligtümer, und sie würde diese Post wie immer langsam und sorgfältig lesen. Wort für Wort genießen und hoffen, dass Wilko ihr all die Liebenswürdigkeiten eines Tages wieder selbst sagen könnte. Alea steckte den Brief zurück und bemerkte zwei weitere Blätter im Umschlag.

Was war denn das?

Sie faltete die Papierseiten auseinander, und sie durchfuhr ungläubiges Staunen. Wilko verzichtete darin tatsächlich auf alle Ansprüche, was den Milchhof betraf. Er wollte keinen einzigen Pfennig aus dem erwirtschafteten Gewinn haben, auch wenn es jetzt nach dem Krieg bestimmt möglich gewesen wäre, ihm seinen Anteil problemlos zukommen zu lassen. Er verzichtete ganz offiziell mit einem beigefügten notariell beurkundeten Schreiben auf sein Erbe.

Wilko war mit seinen Formulierungen konkret und sehr direkt. Das persönliche Schreiben endete mit folgendem Wortlaut:

Beigelegt auch das von meinem Anwalt bestätigte Schreiben. Mir ist es in erster Linie unglaublich wichtig, dass ich mit Deutschland abschließen kann. Nie wieder werde ich einen Fuß auf deutschen Boden setzen. Nicht nach dem, was sie mir und meiner Gesundheit angetan haben und erst recht jetzt nicht, wo ich ahne, was in diesem Krieg passiert ist. Es ist mir wichtig, auch finanziell nichts aus diesem Land zu bekommen.
Nazi-Deutschland hat sein wahres Gesicht gezeigt, und ich befürchte noch viel mehr Gräueltaten, wenn nichts mehr vertuscht werden kann.
In dem Sinne bitte ich darum, meine Entscheidung zu verstehen. Es ist für alle das Beste, jetzt einen Schlussstrich zu ziehen. Auch, damit ihr schalten und walten könnt, ohne mich ständig informieren zu müssen. Ich habe eine neue Heimat gefunden, ein neues Leben begonnen und bin zufrieden. Mehr kann ich sicher vom Leben nicht mehr erwarten.
Ich liebe euch!
Wilko

Aleas Hals wurde trocken. Als sie den Brief am Ende sinken ließ, schaute sie zunächst abwesend aus dem Fenster des Kontors. Diese Zeilen würden ihrer Mutter den Boden vollkommen unter den Füßen wegziehen. Nun stand es da blau auf weiß in seiner Handschrift verfasst.

Alea war klar, wie schwer es Wilko gefallen sein musste, das so deutlich und unumstößlich zu schreiben. Vermutlich wollte er damit jegliche Hoffnung, die in jedem Brief der Mutter zwischen den Zeilen mitschwang, im Keim ersticken.

Lina würde ihren Sohn also wirklich nie wiedersehen. Konnte sie einen solchen Verlust ertragen? Wo doch schon Ludger nicht mehr da war?

Alea seufzte schwer, denn damit wuchs ihre Bürde als das einzige Kind, das ihrer Mutter geblieben war.

Kurz überlegte sie, ob sie diese Zeilen einfach verschwinden lassen und ihrer Mutter nur das Anwaltsschreiben geben sollte. Doch was nützte es, ihr die Wahrheit zu verschweigen? Tief im Inneren hatten alle gewusst, dass Wilko nie mehr vorgehabt hatte, nach Ellenserdammersiel zurückzukommen. Sonst hätte er damals seine Frau Antke und seinen Sohn Behrend nicht allein zurückfahren lassen. Wie tief mussten seine Verletzungen sein!

Alea stand auf, steckte die Seiten zurück ins Kuvert und murmelte: »Gut, dann wissen wir es ja. Der Milchhof gehört jetzt mir und Mutter. Erben werden Enna und Behrend. Und falls wir nicht endlich mit der Wahrheit rausrücken und Amelie ihre wahre Identität zurückgeben, dann eben auch Emily, denn sie ist offiziell Wilkos Kind.«

Alea stand auf und reckte sich. »Es wird Zeit für eine Veränderung! Jetzt. Und Mutter muss endlich den Mund aufmachen. Sie darf Amelie nicht länger anlügen.«

Alea war selbst überrascht, wie selbstverständlich sie den wahren Namen der Deern verwendete. Es fühlte sich eben richtig und gut an.

Doch bevor Alea zu ihrer Mutter gehen und mit ihr alles besprechen konnte, wurde die Tür aufgestoßen, und herein trat – Karl Doden.

Er trug feinsten grauen Zwirn, einen Hut und den Mantel lässig über den Unterarm gelegt. Seine Aktentasche hielt er in der freien Hand.

»Was willst denn du hier?«, herrschte Alea ihn an. Der Mann hatte ihr gerade noch gefehlt! Er war doch schon vor einiger Zeit verschwunden, warum also tauchte er ausgerechnet jetzt wieder auf, wo sie endlich dabei waren, aus dem Morast des Krieges wieder aufzustehen?

»Welch harsche Begrüßung für einen alten Freund und Nachbarn«, sagte er.

»Den Freund kannst du, was uns Leute vom Milchhof angeht, mal getrost aus deinem Wortschatz streichen«, blaffte Alea ihn an. »Freunde halten nämlich zusammen und denunzieren sich nicht gegenseitig. Also schleim dich nicht ein. Raus mit der Sprache! Was willst du?«

Karl zeigte sich nur wenig beeindruckt von Aleas wütendem Wortschwall. »Nun, manchmal erfordern Dinge eben ein Vorgehen, das nicht immer auf Gegenliebe stößt, so auch bei mir. Aber du musst schon einsehen, dass ich immer nur das Gute für den Milchhof und für unser Land im Sinn hatte.«

Alea biss sich auf die Unterlippe, um nicht aufzuschreien. Was war Karl Doden doch für ein Widerling! Hätte er nicht einfach fortbleiben können? Weit weg und auf Nimmerwiedersehen?

»Ich sehe, dir fehlen inzwischen die Argumente, Alea Neunaber. Also kann ich ja zum Punkt kommen.«

Alea schaute ihr Gegenüber argwöhnisch an.

Karl Doden kam nicht in friedlicher Mission. Karl Doden kam, um sich weiter an ihrer Mutter und dem

Milchhof zu rächen und sie niederzumachen. So, wie er es schon immer getan hatte. Er konnte gar nichts anderes, als um sich zu schlagen und überall Verwüstung und Schutt zu hinterlassen.

Dieser Mann war wie besessen von dem Drang, alles zu zerstören, was auch nur ansatzweise in Verbindung mit ihrer Mutter und dem Milchhof stand.

»Ich höre«, sagte Alea schließlich, denn sie wollte es hinter sich haben, und es war am besten, wenn Karl seine Mission loswurde und schnellstmöglich wieder verschwand.

»Ich habe noch immer den Daumen auf diesem Gehöft«, sagte er ganz ruhig und fixierte Alea dabei so, als wollte er keinen einzigen Augenblick ihres Entsetzens verpassen.

Er fingerte einen Zigarillo aus seiner Westentasche und zündete ihn seelenruhig an. Dann blies er den Qualm in Aleas Richtung, wohl wissend, dass auf dem Milchhof das Rauchen streng untersagt war.

Er wirkte regelrecht enttäuscht, dass Alea ihn nicht maßregelte, aber den Triumph gönnte sie ihm nicht. Es war schlimm genug, was er ihr jetzt schon gesagt hatte, denn das klang nach weiterer Einmischung und nach Zwist.

Sie reckte das Kinn.

»*Du*?« Alea zog das Wort in die Länge. »*Du* willst weiter mitbestimmen, was auf dem Milchhof geschieht?« Sie lachte bitter auf. »*Du* gehörst allenfalls an den Galgen oder ins Gefängnis und hast uns unter der alliierten Besatzungsmacht ganz bestimmt nichts mehr zu sagen! Sie gehen gegen Leute wie dich massiv vor.«

Karl ließ sich nicht aus der Ruhe bringen und sog ein

weiteres Mal an seinem Zigarillo. Der widerlich scharfe Geruch trieb Alea Tränen in die Augen.

»Wenn du da mal nicht gewaltig irrst, min Deern.«

Karl leckte seine Lippen, und Alea dachte mit einem großem Ekel daran zurück, wie sie von ihm geküsst worden war und sich beinahe zu Schlimmerem hatte hinreißen lassen, weil sie sich als junges Ding geehrt gefühlt hatte, von einem älteren Mann begehrt zu werden. Schon damals aber war es ihm nur darum gegangen, sie in Misskredit zu bringen, sie Hohn und Spott preiszugeben und sich so an ihrer Mutter auf eine andere perfide Art zu rächen.

Gut, dass Tammo damals gekommen war und sie aus der misslichen Lage befreit hatte. Was war sie dumm gewesen!

Es dauerte einen kurzen Moment, ehe Alea diese Gedanken verscheuchen konnte und ihre Stimme den gewohnt festen Klang hatte.

»Du hast doch unter den neuen Besatzern nichts mehr zu melden. Als eingefleischter Nationalsozialist, der jetzt ums Überleben und seine Reputation kämpfen muss, bist du ein Nichts.«

Karl rührte sich keinen Zentimeter vom Fleck, grinste aber nach wie vor selbstgefällig.

Alea fuhr fort, ihn zu attackieren, damit sie Oberwasser behielt, wobei sie unter seinem spöttischen Blick mehr und mehr in den Wogen seiner Überheblichkeit unterging.

»Du hast meine Tochter verdorben, und ich darf nun zusehen, wie ich aus ihr wieder einen Menschen ohne Scheuklappen und Verblendung mache. Also scher dich zum Teufel!« Alea holte tief Luft und schob dann doch nach: »Und mach endlich diesen verdammten Zigarillo aus. Hier herrscht absolutes Rauchverbot. Auch für dich!«

Karl legte den Kopf schief, als müsste er ein trotziges Kleinkind beruhigen, und war sich sicher, dass er es notfalls einfach wegsperren und auf diese Weise mundtot machen könnte. Er scherte sich sichtlich keinen Deut um ihre Worte.

»Nun hast du ja genug Gift gespuckt«, hob er schließlich an. Dann stellte er seine Tasche auf den Schreibtisch und legte den Mantel sorgfältig und penetrant langsam über die Stuhllehne.

»Ich habe hier eine Mitteilung.«

Karl holte ein Schreiben aus der Aktentasche und faltete es umständlich auseinander. Dann glättete er es, als wäre es ungemein wichtig, dass Alea ein gut aussehendes Stück Papier vor sich liegen hatte.

»Was ist das für eine Mitteilung?«

Karl atmete tief durch, als würde er tatsächlich bedauern, was er Alea mitzuteilen hatte.

»Der Milchhof muss zunächst weiter nach dem Prinzip des Reichsnährstandes produzieren.« Karl verzog das Gesicht, und es wirkte, als müsste er ein hämisches Lachen unterdrücken. »Ich weiß, dass ihr sicherlich andere Pläne hattet, aber Befehl ist Befehl. Dieses Mal nicht von den bösen Nazis, dieses Mal von den Besatzern. Sie wollen die Molkereien weiter arbeiten lassen wie zuvor, weil so die Versorgung der Bevölkerung gesichert bleibt.«

»Was heißt das genau?« Alea unterdrückte den aufkommenden Schwindel, denn eigentlich war klar, was Karl ihr gerade sagte.

»Du hast mich sehr wohl verstanden, Alea Bleeker. Der Milchhof bleibt ein Werkmilchbetrieb und produziert weiter Butter, Butter und nochmals Butter an ausgesuchte Märkte zu festgesetzten Preisen. Die Bezirksregierungen überwachen das, und da ich sehr erfahren bin, obliegt es meiner Wenigkeit, dieser Molkerei hier wie gehabt auf die Finger zu sehen.«

Alea glaubte, nicht richtig zu hören. Der Krieg war vorbei, und alles blieb beim Alten? Sogar Menschen, schlimme Nazis, wie Karl Doden, durften sich weiter austoben?

»Du warst doch die letzten Jahre wer weiß wo«, rutschte es Alea heraus.

»Nein, nicht wer weiß wo. Aber es ist auch gleichgültig. Nun bin ich wieder da und werde auf den Betrieb achtgeben. Entschuldige mich jetzt bitte, ich habe Sehnsucht nach meiner Frau!«

Sprach's und verschwand aus dem Kontor.

Alea schaute Karl fassungslos hinterher.

Der Reichsnährstand galt also noch. Das war wohl das, was sie am wenigstens erwartet hatten. Vorbei war die Freude über den Frieden, denn für sie auf dem Milchhof blieb offenbar alles beim Alten. Sie wurden weiterhin geknechtet und reglementiert.

Dann lächelte sie triumphierend. Sie waren schon in den letzten Kriegsjahren überaus kreativ gewesen, um sich weitere Betätigungsfelder zu erschließen. Das würden sie eben fortsetzen, ja, noch ausbauen.

Der Käsemarkt war von der Verordnung ausgenommen. Also konnten und würden sie weiter Käse produzieren. Alea hatte bereits neue Sorten in petto. Daran würde sie niemand hindern. Nicht die Alliierten, die

die Märkte weiterhin regulieren wollten. Nicht Karl Doden.

Der Milchhof würde führend in der Käseproduktion werden und allen ein Schnippchen schlagen. Sie ließen sich doch nicht unterkriegen!

»Und wenn Mutter jetzt wegen Wilko vollends zusammenbricht: Dann ziehe ich es eben allein durch.« Alea streckte den Rücken und hob das Kinn. Nein, gleichgültig, was auch immer auf sie zurollen würde: Sie würden nicht aufgeben. Niemals!

*

Antke war erstaunt, dass Wilko ihr schrieb. Sie hatte sich nach dem Bombenangriff am 6. September 1944 aus dem völlig zerstörten Innenstadtgebiet von Emden zurückgezogen. Zum Glück hatte sie sich mit ihrem Sohn Behrend zu der Zeit nicht in ihrer Wohnung aufgehalten, denn ihr Haus war zerbombt worden, und von dem einstigen Gemäuer ragte lediglich noch ein armseliges Gerippe in den Himmel. Ob es inzwischen abgerissen worden war, vermochte Antke nicht zu sagen, denn sie ging nicht mehr in die einst wunderschöne Innenstadt, weil sie den Anblick nicht ertragen konnte. Es passte zu ihrem traurigen Leben.

Von ihrem ersten Mann Wilko Bleeker verlassen, hatte sie ihren gemeinsamen Sohn Behrend allein großziehen müssen, bis sie mit Hinrich einen neuen Ehemann gefunden hatte, den sie zwar nicht liebte, der ihr aber ein treuer Gefährte war. Bis der Kriegssog ihn mit sich gerissen hatte und er irgendwo in Russland gefallen war. Geblieben war ihr eine Marke mit seinem Namen.

Also keine Ehemänner und nun auch kein Zuhause mehr.

Sie hätte zwar als Derks Tochter zurück auf den Milchhof gehen können, aber es sprach zu viel dagegen: Es würden nur wieder alte Wunden aufgerissen werden.

Zu ihrem Vater hielt sie kaum Kontakt. Nicht nur sein Verhalten war unterirdisch gewesen, er hatte zu Kriegszeiten auch auf der falschen Seite gestanden, und das war gefährlich. Demzufolge war sie Hinrichs Rat gefolgt, und hatte den Kontakt abgebrochen.

Die Vorstellung, dass er ihre Mutter mit Lina betrogen hatte, konnte sie auch nach all den Jahren nicht damit abtun, dass sie schon immer seine große Liebe gewesen war. Sie hatte versucht, damit klarzukommen, aber es war ihr nicht gelungen.

Der Stachel saß tief und würde wohl eine immer wieder schwärende Wunde hinterlassen.

Genau wie diese Affäre mit Hilda von Webersbach. Es war für Antke alles unstimmig und ließ das Puzzle Löcher aufweisen, weil die Teile nicht passten.

Ihr Vater war ein integrer Mann gewesen, und dieses eigenartige Verhalten zeigte Antke nur, wie schwach er eigentlich war oder wie schwach Lina ihn gemacht hatte. Unerfüllte Liebe konnte einen Menschen nachhaltig zerstören. Das hatte sie schließlich selbst erleben müssen. Nach der Trennung von Wilko war nie wieder etwas richtig gut gewesen. Nichts unbeschwert und im Hinterkopf immer der Gedanke, wie marode das Leben war und wie schnell es einstürzen konnte.

Ob Derk sich in den Jahren im Zusammenleben mit Lina wieder auf sich selbst konzentriert hatte und den alten Derk Voigt wieder ausgraben konnte, wusste

Antke nicht. Immerhin war es ihm gelungen, Lina aus der Gestapohaft zu befreien, was dafür sprach, dass ihr Vater seinen Kampfgeist zurückerlangt hatte.

Zumindest, wenn es um Lina ging.

Es schmerzte Antke, wie schnell ihr Vater akzeptiert hatte, dass sie nach Emden gegangen war, und wie wenig er sich darum bemühte, sie zu sehen. Ja, sie hatte ihm die kalte Schulter gezeigt und ihm zu verstehen gegeben, dass sie keinen Wert auf engeren Kontakt legte. Aber hätte er das wirklich klaglos akzeptieren dürfen? Sich kein bisschen darum bemühen, sie umzustimmen?

Ach, Antke wusste es nicht. Für sie hatte sich die Zerstörung ihrer Wohnung jedenfalls nahtlos in ihre lebenslange Pechsträhne gefügt. Es gab nur einen einzigen Lichtblick, und der hieß Behrend. Ihr Ein und Alles.

Seinetwegen blieb ihr keine Wahl, als weiterzumarschieren durch den tristen Sumpf, der ihr Dasein ausmachte.

Für Behrend stand sie Morgen für Morgen auf. Für Behrend lebte sie. Er sollte es einst besser haben, und sein Leben sollte nicht so verpfuscht sein.

Sie lebten in einer Gartenlaube in Richtung Suurhusen und mussten sehen, wie sie die nächste Zeit überstanden und wie sie zukünftig zurechtkamen. Das betraf fast die gesamte Bevölkerung in Deutschland, nur wenige hatten behalten können, was ihnen gehörte.

Bevor Antke den Umschlag öffnete, fragte sie sich nicht nur, warum diese Post die alten Verletzungen fast grausam wieder aufriss, sondern auch, woher Wilko die neue Adresse kannte. Da kamen nur ihr Vater oder Lina infrage. Sie würden sie vermutlich weitergegeben haben.

Nun, es war auch gleichgültig: Antke würde kurz überfliegen, was Wilko von ihr wollte, und dann weitersehen. Dem zweiundzwanzigjährigen Behrend musste sie zunächst nichts von dem Brief sagen. Er befand sich nach Hinrichs Tod und den zahlreichen Bombardierungen gerade in einer schwierigen Phase, weil er nur schwer mit den Verlusten zurechtkam und überhaupt in seinem ganzen Gehabe etwas von einem orientierungslosen Küken hatte, das nicht wusste, wo sein Nest war und ob es bleiben oder ein Zugvogel werden wollte.

Antke setzte sich an den wackeligen Küchentisch und öffnete das Kuvert.

Sie las die paar Zeilen, die sehr unpersönlich verfasst waren. Fast so, als beabsichtigte er, Antke auf keinen Fall zu zeigen, wie nah sie sich einst gestanden hatten. Wilko verlor von Natur aus nur wenige Worte, und so kam er auch jetzt schnell zum Punkt.

Er wollte auf seinen Erbanteil vom Milchhof verzichten.

»Seine Entscheidung«, sagte Antke leise zu sich. War da doch diese leise Spur der Enttäuschung, weil er wirklich nie wieder zurückkommen wollte? Weil sie ihm nicht zeigen konnte, dass er einen großen Fehler begangen hatte, sie und seinen Sohn ziehen zu lassen?

In Antke kroch Trotz hoch.

»Du kannst als Vater und Erbe vom Milchhof tun und lassen, was du willst«, grummelte sie. »Aber Behrend wird eines Tages erben. Daran wird niemand etwas ändern können. Auch Vaters Geliebte nicht.« Sie weigerte sich, von Lina als seiner Frau zu sprechen, denn ohne sie wären in Antkes Leben viele Dinge erheblich leichter und besser verlaufen.

Antke leckte ihre Lippen. Sie ging davon aus, dass auf dem Milchhof alle dachten, Behrend würde sich anderweitig orientieren und sich mit dem Pflichtanteil zufriedengeben.

Doch ihr Sohn sollte an dem sicher bald wieder florierenden Betrieb partizipieren, an sämtlichen zu erwartenden Gewinnen teilhaben – und sich einbringen dürfen. Dafür würde sie schon sorgen. Das setzte voraus, ihn bereits jetzt auf seine Aufgabe dort vorzubereiten.

Es gab auch rund um Emden Molkereien, und es stand ihr frei, ihn in die Molkereifachschule zu geben, damit er als erfahrene, gut ausgebildete Kraft nach Ellenserdammersiel kam – und dann ordentlich mitmischen konnte.

Warum ihr plötzlich so daran lag, dass Behrend auf den Milchhof ging, war Antke selbst nicht klar. Es konnte nur die verspätete Rache an ihrem Mann sein.

Deshalb war es ihr so unglaublich wichtig, dass Behrend ein Bleeker mit Einfluss blieb. Außerdem befürchtete sie, dass ihr Sohn mit seinen Neigungen auf gefährlichen und falschen Pfaden wanderte. Das konnte durch sinnvolle Beschäftigung korrigiert werden. Denn wenn es so war, würde sie das nie tolerieren – und sie müsste ihn verstoßen.

Nun, sie würde die Ausbildung, entweder in einer Molkerei oder in einer Fachschule, mit Behrend besprechen. Aber es schadete sicher nichts, gleich Nägel mit Köpfen zu machen.

Antke griff zu Papier und Füller und begann zu schreiben.

Liebe Lina, lieber Derk,
wir haben lange nichts voneinander gehört und dafür gab es gute Gründe. Nun knechtet uns der Krieg nicht mehr, und die Zeiten werden hoffentlich bald besser werden.
Wie euch Wilko sicher auch mitgeteilt hat, verzichtet er auf sein Erbe.
Nur möchte ich darauf hinweisen, dass Behrend das später nicht tun wird. Im Gegenteil: Ich werde dafür sorgen, dass er auf dem Milchhof seinen Platz finden wird und den Betrieb mit vorwärts bringt. Er wird auf die Molkereifachschule gehen oder gleich Erfahrungen in einem anderen Betrieb sammeln, bevor er die Leitung des Milchhofes übernehmen kann, wenn sich Alea aufs Altenteil zurückzieht. Enna ist schließlich eine Frau, und wie schwierig es ist, sich in der Geschäftswelt zu behaupten, haben wir ja in all den Jahren feststellen müssen. Da wird ihr ein Mann an der Seite hilfreich sein. Oder noch besser wäre es, Behrend allein mit der Verantwortung zu betrauen, dann gäbe es mit den Kunden kein Konfliktpotenzial.
Ich bin der Ansicht, dass es für den weiblich geprägten Milchhof ein Gewinn sein wird, wenn sich endlich ein Mann um die Belange und Zukunft kümmert.
Ich grüße euch herzlich
Antke

Sie las das Geschriebene noch einmal. Es gefiel ihr, wie selbstbewusst und deutlich sie argumentiert hatte.

Dass es weder Alea, Lina noch Enna gefallen würde,

war schon klar, aber sie war nicht mehr auf der Welt, um irgendwem zu gefallen oder es anderen recht zu machen. Es ging nur noch darum, aus allem das Beste herauszuholen, um damit den Schmerz der zugefügten Wunden zu lindern.

Antke steckte die Zeilen in einen Umschlag und klebte den Falz zu. Sie würde den Brief eigenhändig zur Post bringen. Es war ihr wichtig, dass alles seinen Weg ging.

Zwar kam sie sich ein bisschen schäbig vor, weil sie die Arbeit von Lina, Alea und Enna mit ihren Worten kleinredete, aber es verschaffte ihr doch Genugtuung.

Jahrelang hatte sie die Schmach ertragen müssen, eine verstoßene Ehefrau zu sein, während sich Wilko, obwohl er ein einbeiniger Krüppel war, längst mit einer neuen Frau getröstet hatte.

Er scheffelte seine Dollar mit der neuen Schnapsfabrik oder Destillerie, wie er es selbst nannte, und sie lebte verarmt und verwitwet in einer Gartenlaube und konnte sehen, wie sie zurechtkam.

Behrend auf die Leitung der Molkerei vorzubereiten war ihr schon länger durch den Kopf gegeistert, aber nach Wilkos Brief hatte diese Idee in Windeseile Formen angenommen, und nun fühlte es sich gut und richtig an. Nicht, dass diese Emily auch noch Ansprüche anmeldete.

Antke glaubte nicht, dass sie wirklich Wilkos Kind war. Das war doch fingiert.

Antke hatte dazu eine eigene Theorie, aber sie hatte nie gewagt, diese offen zu äußern, schließlich hätte sie das in Gefahr bringen können, auch wenn sie an den Verwicklungen vollkommen unschuldig war. Natürlich waren diese Nachrichten von Wilkos plötzlichem Kind auch zu ihr nach Emden durchgedrungen, selbst wenn Lina versucht hatte, es von ihr fernzuhalten.

Aber Adelheid war stets eine wunderbare Kontaktperson gewesen. Nun hatte sie lange auch von ihr nichts mehr gehört. Vermutlich war sie, wie so viele, beim Bombenhagel auf Dresden ums Leben gekommen.

»Ich hätte den Kontakt zum Milchhof nicht so lange schleifen lassen sollen«, murmelte Antke. »So habe ich alle Zügel aus der Hand gegeben, und nun muss ich zusehen, dass ich den Pferderücken mit Behrend noch rechtzeitig besteige. Es war eine gute Entscheidung, das den Herrschaften dort mal mitzuteilen.«

Antke machte sich sofort auf den Weg zur Post.

KAPITEL 5

Hilda hatte tatsächlich ein schlechtes Gewissen. Jedes Mal, wenn sie in den letzten vier Wochen mit ihrer Halbliterflasche losgezogen war, um sich mit einem kleinen Wasservorrat einzudecken, hatte sie sich nach Maria umgesehen, doch sie hatte sie nicht wieder angetroffen. Eigentlich kein Wunder bei den Menschenmassen, die sich noch immer in der Stadt aufhielten. Es wäre purer Zufall gewesen, wenn sie ein weiteres Mal gleichzeitig zum Wasserholen angestanden hätten. Noch nie hatte sie jemanden ein zweites Mal antreffen können.

Ihr Aufeinandertreffen war über vier Wochen her, vielleicht lebte Maria gar nicht mehr. Seit gestern war Hilda im Besitz eines großen Kanisters. Er hatte bei einem ihrer Streifzüge nach etwas Essbarem einfach so am Straßenrand gelegen. Als ob ein Schutzengel unterwegs gewesen wäre, um ihr das Leben doch endlich ein wenig leichter zu machen.

Hilda hatte sich kurz vergewissert, dass niemand hinschaute, und als das nicht der Fall war, griff sie zu. Von jetzt an konnte sie damit Wasser in größeren Mengen holen und musste auch gar nicht mehr täglich los. Zumal der Weg weit geworden war, denn sie hatte ihre Behelfsunterkunft in Dresden verlassen und lebte seit Kurzem in einer neuen Bleibe am Stadtrand. Es handelte sich um eine verlassene Datscha mit zwei winzigen Räumen und einem Plumpsklo an der überdachten Holzwand, aber immerhin hinter dichtem Buschwerk verborgen, sodass sie nicht dabei beobachtet werden konnte. Hilda teilte das neue Heim mit einer anderen Frau und ihren beiden Enkelkindern. Sie war etwa gleich alt und nannte sich Margarete. Mehr wusste Hilda nicht von ihr. Weder den Nachnamen noch wo sie zuvor in Dresden gelebt hatte. Heutzutage sprach man nicht mehr viel, sondern kümmerte sich fast ausschließlich darum, zu überleben. An die Vergangenheit zu denken machte höchstens trübsinnig und schwermütig, also genügte es, wenn sie die Vornamen voneinander wussten und alles andere fest verschlossen in den Seelen der Menschen ruhte.

Hilda war vorerst froh, dass sie hier schlafen konnte, auch wenn sie hoffte, dass sich ihre Lebensumstände doch noch verbessern würden.

Zumindest musste sie nun nicht mehr auf die Zerstörungen blicken, sondern hatte das Grün des verwilderten Gartens im Blick. Hier trafen sich Igel und Kaninchen, Singvögel und Eichhörnchen, und sie konnte davon träumen, dass es doch noch eine Welt gab, die auf ihre Weise in Ordnung war.

Auch wenn die Tür ihres neuen Zuhauses schief in den Angeln hing, sich nur mit einem kräftigen Ruck verschließen ließ und es durch die Fenster zog. Zwar waren die Scheiben intakt, aber der Kitt bröckelte. Im Gegensatz zu ihrem Raum in der zugigen Ruine war das hier beinahe ein Schloss.

Von Margarete hatte sie letzte Woche einen Emaille-Becher geschenkt bekommen.

»Mein Mann ist tot, was soll ich damit?«

Hilda fühlte sich heute richtig reich. Sie hatte einen Wasserkanister, eine Flasche und einen Becher. Das waren echte Schätze. Sie könnte die Flasche verschenken, Bedürftige gab es genug, und sie brauchte sie nicht mehr.

Aber etwas hielt Hilda davon ab, das zu tun. Wie schlimm wäre es, wenn Maria inzwischen doch auf das Gefäß angewiesen war und inständig hoffte, sie würde es zurückbringen?

Noch vor ein paar Monaten wäre es Hilda gleichgültig gewesen. Sie hätte die Flasche einfach weggeworfen und keinen einzigen Gedanken mehr an die Geberin oder andere Bedürftige verschwendet. Weil es nicht ihrer Art entsprach, sich für andere zu interessieren oder gar verantwortlich zu fühlen.

Doch jetzt war alles anders. Sie wäre ohne diese Frau am Ende gewesen.

Sie, die stolze Hilda von Webersbach, die in ihrem ganzen Leben nie etwas anderes getan hatte, als andere Menschen herumzukommandieren, wäre verdurstet oder hätte sich dazu herablassen müssen, mit den bloßen Händen Wasser aus einer Pfütze oder der Elbe zu schöpfen, um ihren Durst zu stillen. Mit etwas Glück hätte sie eine verrostete Blechbüchse gefunden und die verwenden können.

»Ich werde Maria in den Bahnhofsruinen suchen und ihr die Flasche zurückgeben«, flüsterte sie und war selbst verwundert, wie gut ihr dieser Gedanke tat.

Hilda steckte das Fläschchen in die Manteltasche,

aber so, dass es keiner sah, denn die Gefahr war zu groß, bestohlen zu werden.

Dann machte sie sich mit dem Kanister auf zu der Wasservergabestelle, wo sie damals aufeinandergetroffen waren. Aber Maria war nicht dort.

Hilda stellte sich in die Schlange, ließ den Blick immer wieder schweifen. Es dauerte wie immer lange, bis sie an der Reihe war. Sie füllte den Kanister und wollte sich auf den Weg zum Bahnhof machen. Schon nach wenigen Metern war klar, dass dies keine gute Idee war. Denn der Kanister war schwer, und ihr schmerzten Arme und Schultern. Doch etwas in ihr hielt sie davon ab, ihren Vorsatz nicht durchzuziehen, auch wenn es beschwerlich war.

»Ich muss erst zurück in die Datscha«, sagte sie zu sich. »Ich kann den Kanister nicht durch die Gegend schleppen.«

Kurzerhand änderte sie die Richtung, winkte einem Fuhrmann, dessen kräftiger brauner Gaul gemächlich durch die Straßenwüsten trottete, als wäre nichts geschehen.

»Willste mit?«, fragte der Mann. Er kaute einen Priem.

»Ja, bitte! Ich muss Richtung Pieschen.«

»Steig hinten auf! Ich nehme dich mit.« Er schnalzte, und so ging es recht flott zurück in ihre Datscha.

Hilda brachte den Kanister in ihre Bleibe und versteckte ihn unterm Bett. So richtig traute sie niemandem. Auch Margarete nicht.

Sie stand am Herd und kochte ihren beiden Enkeln eine Suppe, die aber wohl vornehmlich aus Wasser bestand. Immerhin hatte sie einen leicht würzigen Duft, und ein paar Steckrübenschalen lagen auf der Ablage.

Die würde sie wahrscheinlich gleich rösten und in die Suppe tun. Hilda schüttelte sich. Was für ein Vergleich zu früher, als sie zum Mittagessen mindestens drei Gänge hatte auftischen lassen – und nur von jedem Teller ein wenig naschte, damit sie ihre Figur nicht ruinierte.

Nun sehnte sie sich nach jedem Bissen, der damals achtlos im Müll gelandet war.

»Woher hast… du das Wasser bekommen?«, fragte Hilda, der das Du, auf das sie sich aufgrund der Wohngemeinschaft geeinigt hatten, immer noch schwer über die Lippen ging.

»Der Bauer einen Kilometer weiter hat einen Brunnen«, gab Margarete zurück. »Ich verstehe gar nicht, warum du immer wieder in dieses Trümmerfeld läufst. Du kannst es bequemer haben.«

»Ich suche jemanden«, gab Hilda vage zurück. »Wenn ich diejenige gefunden habe, dann bleibe ich hier und gehe auch zu dem Bauern.«

Margarete nickte und rührte weiter.

»Du gehst wieder?«, fragte sie, ohne aufzublicken.

»Ja, noch habe ich nicht gefunden, was ich suche.«

»Viel Glück, das geht uns wohl allen so. Besser, du hörst damit auf! Glaube mir: Es hilft nichts und bringt dich kein bisschen weiter.«

Hilda winkte ab und machte sich auf den Weg. Es war wirklich eine weite Strecke zum Bahnhof, aber inzwischen war sie doch neugierig, ob Maria noch lebte.

Als sie Dresden erneut erreicht hatte, war es für sie wie immer schwer, sich in der zerstörten Stadt zurechtzufinden. Den Weg zur Wasserstelle hatte sie sich derweil gemerkt, aber nun galt es, den Bahnhof zu finden.

Die Straßenzüge waren zerstört und Orientierungspunkte dadurch erschwert.

Aber es gab die Elbe, und das war Hildas Markierungslinie, an der sie sich entlanghangelte und von wo aus es auch möglich war, die richtige Richtung einzuschlagen.

Dennoch dauerte es, bis Hilda den Bereich des Bahnhofes erreicht hatte.

Gott sei Dank hatte sie das Ganze nicht mit dem Wasserkanister in Angriff genommen. Sie wäre kläglich gescheitert. Beim nächsten Mal würde sie zusammen mit Margarete zum Bauern gehen. Es war wirklich keine gute Idee, den weiten Weg auf sich zu nehmen. Wenn Maria die Flasche zurückhatte, gab es schließlich auch keinen Grund mehr, hierher zu kommen.

Hilda schaute prüfend über das, was die Bomben in dieser Gegend von Dresden zurückgelassen hatten.

Es waren vereinzelte Häuserwände, ein paar zersprengte Fensterfronten und im Grunde ein Haufen Schutt mit Löchern.

Nach Maria sollte sie fragen, hatte die gesagt.

Also schaute Hilda in eine der Ruinen, in denen Menschen eng aneinandergekauert um ihre dürftigen Feuerstellen saßen. Einige hatten Decken um die Schultern, denn der Juni weigerte sich noch, wirklich Sommer zu sein. Aber vielleicht war es auch die Grundkälte, die die Menschen knechtete.

Andere Bewohner hockten unter riesigen Mänteln, die zum Teil dunkle Flecken aufwiesen, auf denen einst sicher militärische Abzeichen geprangt hatten. Vermutlich gehörte die Bekleidung gefallenen Soldaten. Immerhin mussten sie so nicht frieren.

Die Menschen sahen auf den ersten Blick aus wie eine Ansammlung von grauen Vögeln, die vereinzelt ihre Tristesse mit bunten Schals und Tüchern aufzufrischen versuchten. Und doch verschmolzen sie zu einer homogenen Masse, die eigentlich nur eines verkörperte: Traurigkeit.

Hilda wagte erst gar nicht, sie anzusprechen, aber wenn sie Maria finden wollte, blieb ihr keine Wahl.

»Kennen Sie Maria?«

Ihre Stimme klang hohl und verlor sich ein bisschen.

Sie erntete nur leere Blicke, ein Mann schüttelte den Kopf.

Also kämpfte Hilda sich weiter von Hausgerippe zu Hausgerippe. Überall stellte sie dieselbe Frage, überall empfing sie Hoffnungslosigkeit.

Im fünften Loch endlich stand eine Frau bei ihrer Frage auf. »Das bin ich.«

Hilda erkannte Maria nun auch und winkte ihr. Sie fürchtete sich in dem zerstörten Gebäude und hatte Angst, dass es über ihr zusammenbrechen könnte. Außerdem war der Gestank extrem penetrant, obwohl es in den Räumen überaus zugig war.

Maria trat auf Hilda zu, und über ihr zerfurchtes Gesicht glitt ein leises Lächeln.

»Ich wusste, dass Sie eines Tages kommen und mir die Flasche zurückbringen«, sagte sie.

»Das wussten Sie?«, fragte Hilda. Schließlich war sie bis heute Morgen selbst nicht einmal sicher gewesen.

Maria nickte. »Ja, wenn man das erleben musste, was uns heimgesucht hat, dann verändert das die Menschen. Und am Ende gewinnt ihr Gewissen, und das ist gut so.«

Hilda schluckte, weil Maria tatsächlich an das Gute

in ihr glaubte. Obwohl Hilda ihr doch vollkommen fremd war.

Sie musste schlucken, ehe sie antworten konnte.

»Vielen Dank für Ihre Hilfe, Ihre Flasche habe ich gehütet, sie ist noch heile und ausgespült, war ja nur das Wasser drin. Sie können sie also wieder verwenden. Ich habe jetzt einen Kanister.«

»Dann sind Sie eigens wegen der Flasche zurück in die Stadt gekommen?«, hakte Maria nach.

Hilda nickte. »So ist es.«

Plötzlich machte sich in ihr so etwas wie Stolz breit. Sie hatte zum ersten Mal in ihrem Leben etwas Selbstloses getan, und das fühlte sich warm an. Und stimmig.

Maria strahlte noch immer. »Danke, ich kann sie wirklich brauchen. Viel haben wir ja hier nicht, aber immer noch mehr als andere.«

Hilda schluckte bei so viel Herzlichkeit. »Gibt es sonst etwas, womit ich Ihnen helfen kann?«, hörte sie sich fragen.

Maria schüttelte erst den Kopf, überlegte dann kurz und sagte: »Für mich nicht, aber ich weiß mit meinem Schützling nicht weiter. Haben Sie medizinische Kenntnisse?«

Hilda verneinte. »Aber ich kann trotzdem nach ihm sehen. Vier Augen sehen ja vielleicht mehr als zwei.«

Im dem Moment, wo sie es aussprach, bereute Hilda ihr Angebot auch schon. Sie wollte in Teufels Namen nicht noch tiefer in diese Ruine gehen, die am hinteren Teil wie ein düsterer Tunnel wirkte. Aber nun hatte sie es vorgeschlagen und konnte nicht zurück.

Mit gesenktem Kopf und klopfendem Herzen folgte sie Maria.

Hilda hatte geglaubt, die Menschen hier lebten nur in den vorderen Räumen, aber Maria schlüpfte durch ein Loch im hinteren Mauerwerk, das alles andere als vertrauenswürdig aussah.

Es war dunkel hier und roch modrig. Hilda brauchte einen Moment, bis sich ihre Augen an das Dämmerlicht gewöhnt hatten.

Marias Zuhause und das der anderen war ein wahres Labyrinth aus Gängen und eingestürzten Räumen, von deren Decken es ständig rieselte, als würde alles nur darauf warten, endlich aufgeben und in sich zusammenfallen zu dürfen. Es war schlimm, unter welch schrecklichen Zuständen die vielen Menschen hier hausten. Dagegen war ihre Ruine in einem wesentlich besseren Zustand gewesen und ihre Datscha purer Luxus.

In allen Ecken befanden sich schmuddelige Matratzen, die mit Lumpen bestückt waren. Davor stapelten sich Kanister, Blechgeschirr und andere Habseligkeiten.

Endlich kamen sie in einen Raum, der sich am Ende des Ganges auf der rechten Seite befand, an eine Bettstatt, auf der ein Mann lag und mit stumpfem Blick Richtung Decke starrte. Er hatte aufgesprungene Lippen und tief liegende Augen. Seine Haut wirkte fahl. Obwohl es dunkel war und der Raum nur von einer einzigen fast abgebrannten Kerze und dem einfallenden Licht, das sich trotzig durch einen Riss im Mauerwerk drängte, erhellt wurde, konnte sie das erkennen.

»Wir haben Besuch, Fremder«, sagte Maria.

Sie wandte sich an Hilda. »Ich habe ihm keinen Namen gegeben, denn er muss ja einen haben, nur verrät er ihn nicht. Weil er nicht spricht.«

»Kann er nicht …?«

Maria schüttelte den Kopf. »Das weiß ich nicht, es scheint, als wollte er sich nicht erinnern. Wahrscheinlich ist es zu schmerzhaft.«

»Wo haben Sie ihn denn gefunden?«, fragte Hilda. Sie mochte kaum näher treten, der ausgemergelte Körper ekelte sie, weil allein die dünnen Finger aussahen, als wären es Spinnenbeine. Dann dieser penetrante Schweißgeruch und ein anderer, den sie nicht zuordnen konnte und wollte.

»Er lief verwirrt am Bahnhof herum und wusste offensichtlich nicht, wohin er gehen sollte. Sein Rücken ist voller Brandmale, und er war so schwach, dass er gleich auf der Matratze zusammengebrochen ist. Ich habe ihn mit dem wenigen, was ich habe, aufgepäppelt, aber sehen Sie selbst, wie schlecht es mir gelungen ist. Er müsste in ein Krankenhaus, aber wie soll ich ihn dorthin bekommen? Ganz abgesehen davon, dass in der Stadt noch alles drunter und drüber geht.«

Hilda nickte nur. So wie es aussah, war dieser Mann wohl nicht der Einzige, der eine bessere Versorgung dringend nötig hätte.

»Ich glaube nicht, dass man mehr für ihn tun kann, als Sie getan haben«, sagte sie, während sie den Drang verspürte, so schnell es ging, wieder von diesem furchtbaren Ort zu verschwinden. Im Augenblick erschien es ihr, als würde sie gleich ersticken.

»So ist es wohl«, flüsterte Maria mit trauriger Stimme und trat näher an die Matratze. Mit sachter Hand zog sie die seitlich heruntergerutschte Decke wieder über den ausgemergelten Körper.

Der Mann wandte jetzt den Kopf und schaute erst Maria, dann Hilda an.

Die erstarrte.

»Derk!«, entfuhr es ihr erschrocken.

Nein, das konnte nicht sein. Sie musste sich irren. Wie sollte Derk in diese schreckliche Ruine kommen? Er war tot, das hatten ihr die Offiziere eindeutig gesagt. Zerbombt, gemeinsam mit seinem Sohn.

»Sie kennen den Mann?«, fragte Maria.

Hilda schüttelte heftig den Kopf.

Sie schaute noch einmal hin, aber der Fremde hatte die Augen wieder geschlossen.

Sie musste sich irren.

»Nein, ich kenne ihn nicht. Er ähnelt nur jemandem, den ich einst gelie… gekannt habe«, stellte Hilda klar und machte auf dem Absatz kehrt.

Sie war froh, dem Gestank und der Dunkelheit entkommen zu sein, und als sie draußen ein kleiner Sonnenstrahl auf der Nase kitzelte, spürte sie große Erleichterung.

Kapitel 6

Lina wusste, dass sie nun endlich reagieren und Emily reinen Wein einschenken musste. Der Krieg war vorbei, bald würde es einen Friedensbeschluss geben. Es bestand keine Gefahr mehr, dass sie Schwierigkeiten bekommen könnten.

Alea lag ihr nach Wilkos Brief schon länger in den Ohren, endlich mit Emily zu sprechen. Das lag sicher auch daran, dass das Erbe geklärt werden musste, denn momentan hätte Emily noch Anspruch, und Lina gab ihrer Tochter recht: Das wäre unfair und nicht in Ordnung. Sie war keine Bleeker und hatte nur den Schutz der Familie genossen, was die richtige Entscheidung gewesen war, um ihr Leben zu retten.

Aber nun musste das Schiff wieder im passenden Fahrwasser schwimmen. Emily sollte dringend erfahren, wer ihre wirklichen Eltern waren, und sie es war nicht richtig, ihr die Möglichkeit zu verwehren.

Das lag in ihrer aller Interesse. Zwar würde es eine Menge zu regeln geben, aber Wilko hatte die richtige Geburtsurkunde und was benötigt wurde, um die Identität wiederherzustellen, aufbewahrt. Da hatte er sehr umsichtig agiert.

Es gab keine Veranlassung mehr, das Gespräch mit Emily zu meiden. Sosehr Lina auch nach Ausreden suchte: keine war zündend und überzeugend genug, dem Mädchen nicht endlich reinen Wein einzuschenken.

Sie hatte es lange genug aufgeschoben.

Neben der Trauer um Derk und der endgültigen Absage, dass Wilko je wieder nach Ellenserdammersiel kommen würde, war sie zunächst unsicher gewesen, ob wirklich alles vorbei war.

Da sie sich nicht länger ihrer Trübsal hingeben wollte, war sie doch wieder etwas öfter an Aleas Seite im Betrieb gewesen, denn das neue, nicht mehr kriegsbestimmte Leben, hatte sich schnell eingependelt, auch wenn die Molkerei nach wie vor streng reglementiert wurde.

Die geschäftlichen Dinge mussten priorisiert erledigt werden, und so hatte sie immer wieder Gründe gefunden, dieses wichtige Gespräch weiter aufzuschieben.

Lina hatte Ulla Bescheid gegeben, damit sie Emily in ihr Haus schickte. In der vertrauten Umgebung würden ihr die Worte leichter über die Lippen kommen.

Sie hatte dafür extra Tee machen lassen, und die filigranen Tassen mit ihrem zarten Rosenmuster standen nebst Kluntjes und Wulkje auf dem kleinen Tisch in ihrer Stube. In einer geschwungenen Schale duftete frisch gebackenes Teegebäck aus Mürbteig. Es war besser, eine heimelige Atmosphäre zu schaffen, so sprach es sich entspannter.

Nun hörte sie Emilys trippelnde Schritte. Lina seufzte.

Die Deern würde den Raum gleich mit einem anderen Namen wieder verlassen.

»Moin, Grandma«, begrüßte sie ihre Oma mit der englischen Floskel, denn sie war seit der Kapitulation regelrecht stolz darauf, eigentlich Amerikanerin und damit verantwortlich für den neuen Frieden zu sein. Kinder vergaßen offenbar schnell, was ihnen mal eingetrichtert worden war.

Wenn es doch bei Enna auch so wäre, dachte Lina.

»Setz dich bitte!«, forderte sie ihre Zieh-Enkeltochter mit einem Lächeln auf.

»Das sieht ja köstlich aus«, entfuhr es Emily, und sie leckte voller Vorfreude ihre Lippen, als sie die Plätzchen beäugte. Lina sah ihr förmlich an, wie sie überlegte, nach welchem sie zuerst greifen wollte. »Ich habe so lange keine Kekse mehr gegessen!«

»Dann darfst du gleich zulangen«, sagte Lina. Mit ein paar Leckereien im Bauch würde es leichter für die Lütte sein, das zu verkraften, was sie gleich erfahren musste.

Emily setzte sich und naschte sofort einen Keks mit Marmeladenfüllung.

Lina legte ihnen Kluntjes in die Tassen, schenkte Tee ein und gab das Wulkje hinzu.

Emily schaute ihre Großmutter fragend an.

»Warum sollte ich kommen?«

»Trink erst einmal deinen Tee!«, schlug Lina vor und fühlte sich erbärmlich.

Emily nahm einen Schluck, aber dann schaute sie ihre Oma herausfordernd an. »Du guckst so ernst, dabei gibt es dafür doch gar keinen Grund. Ich habe heute in der Schule gelernt, wie verblendet wir waren und dass es falsch war, Adolf Hitler zu folgen. Er war ein böser Mann, der schlimme Dinge getan hat. Aber jetzt ist er tot, und wir müssen uns keine Sorgen mehr machen. Außerdem bin ich ja ohnehin fast eine Amerikanerin, das habe ich in der Klasse auch erzählt. Du kannst also wieder lachen, alles wird gut werden.« Sie lächelte zufrieden. Ihre kindliche Welt war also wieder in Ordnung.

Wenn das Leben doch so wunderbar einfach wäre!

Lina ergriff Emilys Hand.

»Du hast recht, min Deern. Es sind unter Hitlers Herrschaft sehr schlimme Dinge passiert, und das darf nie wieder vorkommen.« Sie schluckte. »Diese furchtbaren Geschehnisse sind auch am Milchhof und unserer Familie leider nicht spurlos vorübergegangen.«

»Das kann ich mir denken«, bestätigte Emily altklug Linas Worte. »Aber nun ist es ja vorbei. Und vergessen.«

»Leider nicht.«

Jetzt runzelte Emily die Stirn. Dann schien sie zu verstehen. »Du hütest ein Geheimnis und willst es mir verraten? Ach, Oma, das ist crazy.«

Lina drückte die Hand ihrer Enkelin, weil sie es anrührend fand, wie sie immer wieder versuchte, diese englischen Begriffe in ihre Sätze einzubauen.

»Es ist ein großes und lange gehütetes Geheimnis«, gab sie zu. »Eine schäbige und schreckliche Heimlichkeit, die mit dir zu tun hat. Nun ist es an der Zeit, es aus seiner Ecke zu holen und dir die Wahrheit zu sagen.«

Jetzt wurde Emily doch blass. »Was willst du mir sagen, Oma?«

Lina atmete schwer.

»Du bist mit einer Lüge aufgewachsen, weil wir dich und dein Leben und das deiner Eltern schützen mussten.«

Emily griff erneut nach einem Keks und zerbiss ihn so heftig, dass ein paar Krümel auf den Boden stoben. Ihre Hände zitterten leicht, aber sie schwieg und wartete ab, was Lina ihr noch sagen wollte.

Nun war das Fass ins Rollen gekommen, und sie konnte es nicht mehr aufhalten. Dennoch war Lina bemüht, ihre Worte sorgfältig zu wählen. Sie ergriff die Hand ihrer Enkeltochter, drückte sie und sagte leise: »Es fängt damit an, dass du nicht Emily heißt und mitnichten in Amerika geboren bist. Du bist Deutsche.«

Emily wurde bleich. Der Keks zerkrümelte in ihrer Hand, kleine Schweißperlen zeigten sich auf der Stirn. Ihr Kinn zitterte, als sie fragte: »Ich heiße nicht Emily? Ja, wie denn dann?«

»Ganz ähnlich. Amelie.«

»Amelie«, wiederholte ihre Zieh-Enkelin fast tonlos. »Ich heiße Amelie.«

»Ja.«

»Und ich bin keine Amerikanerin?«

Lina fasste nach Amelies zitternden Fingern und umschloss die Hand.

»Nein, du wurdest in Varel geboren, und ich habe dich auf die Welt geholt, weil es keine Hebamme gab, die das tun wollte.« Lina umklammerte die Hand des Mädchens jetzt so fest, als hätte sie einen Schraubstock angesetzt. Sie befürchtete eine heftige Reaktion, wenn Amelie gleich erfuhr, wer ihre leiblichen Eltern waren, und warum sie nicht bei ihnen leben durfte.

Noch schwieg sie, es dauerte offenbar, ehe das Mädchen das Gesagte sortiert und verstanden hatte.

»Dann ist dein Sohn Wilko nicht mein Vater? Mary nicht meine Mutter?«, brachte sie schließlich hervor.

»Nein.«

»Und du nicht meine Großmutter.«

Lina schüttelte den Kopf. »Das leider auch nicht, obwohl ich oft gewünscht habe, es wäre so.«

Eine Weile war Stille und Linas »Nein« schwebte wie eine dunkle Wolke über ihnen.

Amelie schürzte schließlich die Lippen, bevor sie fast trotzig hervorbrachte: »Es ist mir egal, wer meine Eltern sind. Wilko und Mary haben mir ohnehin immer nur so blöde, nichtssagende Briefe geschrieben und sich ja sonst nicht um mich gekümmert. Diese ›How are you‹ und ›Wie love you so much‹ habe ich ihnen nie abgenommen, weil es schrecklich oberflächlich war. Weißt du, so eine Liebe ohne Taten ist keine Liebe. Das ist nichts. Worte auf einem Stück Papier, das zum Anzünden im Ofen verwendet wird.«

Lina drückte Amelies Hand noch einmal. »Der Name Amelie ist auch viel schöner, findest du nicht?«

Eine Träne zerplatzte auf Linas Handrücken und kurz darauf folgten weitere.

Aber das Mädchen nickte. »Ja, es klingt viel schöner. Dann weiß ich das ja jetzt alles.«

»Interessiert es dich kein bisschen, wer deine wahren Eltern sind?«, fragte Lina.

Amelie wischte sich mit einer heftigen Bewegung die Tränen aus dem Gesicht und entzog Lina die Hand. Sie tat betont gleichgültig.

»Nö, das will ich gar nicht wissen, weil es doch egal ist. Wenn ich bislang keine Eltern hatte und gut zurechtgekommen bin, dann ändert sich jetzt auch nichts.«

Lina hatte darauf keine Antwort, weil es eine Wahrheit war, die sie nicht widerlegen konnte. Ihre Liebe und Zuneigung hatte Amelie stets von ihr und Derk bekommen. Oder von Alea, die sie ebenfalls in ihr Herz geschlossen hatte.

Amelie sprach jetzt fast tonlos weiter. Es kam Lina vor, als unterdrückte sie sämtliche Gefühle, damit sie nicht doch noch zu weinen begann.

»Du bist trotzdem meine Oma und Derk mein Opa. Ich bin ein Milchhofkind, das reicht.« Sie hob das Kinn und schaute Lina fest in die Augen, doch das klappte nicht gut, denn ihre Wangen waren feucht von den Tränen, die sich doch ihren Weg bahnten. Sie sprang so heftig auf, dass der Stuhl wackelte.

»Darf ich jetzt zu Alea und Enna? Wir wollen einen neuen Käse machen. Mit etwas mehr Fettanteil und Löwenzahn. Stell dir vor, Alea will das kratzige Kraut einarbeiten, sie meint, das schmeckt. Wir werden sehen.«

Amelie wischte sich mit den Unterarmen abwechselnd beide Wangen trocken und gab sich dann betont fröhlich.

»Bitte bleib noch einen Moment«, bat Lina sie. »Ich bin noch nicht fertig, Amelie, und ich wünsche, dass du dir trotz allem die Geschichte zu Ende anhörst. Was du damit machst, bleibt dir überlassen.«

Amelie zog einen Flunsch, setzte sich aber wieder.

»Es genügt nicht, wenn du jetzt draußen und in der Schule herumläufst und allen berichtest, dass du von nun ab Amelie heißt. Du hast nämlich auch einen anderen Nachnamen, denn wenn Wilko nicht dein Vater ist, heißt du nicht Bleeker.«

Nun stutzte Amelie doch. So weit hatte sie wohl nicht gedacht.

»Okay, das stimmt. Sag ihn mir bitte! Dann weiß ich das eben auch und kann es dem Lehrer mitteilen.«

»Dein vollständiger Name lautet Amelie Goldenstein«, erklärte Lina.

Nun zuckte die Deern doch zurück, weil sie die neue Situation auf Anhieb erfasste. »Das ist jüdisch.«

Lina nickte. »So ist es.«

Hinter Amelies Stirn arbeitete es heftig. Sie war dabei, dieses merkwürdige und unsortierte Bild, das durch ihren Kopf purzelte, irgendwie sauber zusammenzusetzen.

Es war viel, was Lina nun von der Elfjährigen erwartete, aber um wie vieles schäbiger wäre es, weiter zu schweigen.

Lina rechnete damit, dass Familie Goldenstein, sofern es die Bedingungen zuließen, schon bald nach Ellenserdammersiel gereist kam, um ihrer Tochter nah zu sein und wahrscheinlich zu sich zu holen.

»Ich bin also Jüdin«, kam es nach einer endlos lange scheinenden Weile.

»Ja, du bist das Kind von David und Sarah Goldenstein. Sie leben in Amerika. Bei Wilko und Mary.«

Der Schmerz, der sich nun auf Amelies Gesicht zeigte, war so furchtbar, dass Lina nunmehr ihre Tränen hinunterschlucken musste, weil sie es kaum ertrug.

»Aber warum sind sie fort? Und ich hier?«, fragte Amelie, und dann brach ihre Stimme doch. Sie sackte in sich zusammen und begann heftig zu schluchzen. Es war kein leises Wimmern, kein einfaches Weinen. Nein, sie schluchzte so heftig, als hätte sie die ganze Zeit gespürt, dass etwas nicht stimmte und die Verzweiflung sich nun Bahn brechen musste.

Lina stand auf und hielt Amelie.

Als Ulla hereinkam und ihr etwas sagen wollte, schüttelte sie den Kopf.

Und so vergingen viele Minuten, ehe das Weinen nachließ, in ein Hicksen überging und es Amelie endlich gelang, wieder ruhiger zu atmen.

»Ich bin Jüdin«, wiederholte sie schließlich. »Ich bin eine von denen, die man abgeholt hat. Und die nie wiedergekommen sind.«

Das also war durchaus bei dem Mädchen angekommen.

Lina wartete erneut ab, denn sie durfte jetzt nichts übereilen und musste sensibel reagieren.

»Ich möchte dir deine Geschichte erzählen«, begann Lina zögerlich. »Willst du sie jetzt hören oder lieber später?«

»Jetzt und alles«, sagte Amelie tapfer. »Aber nur wenn ich am Abend in deinem Bett schlafen darf. Ich kann heute nicht mehr allein sein, Oma.« Dann schlug sie sich die Hand vor den Mund. »Darf ich denn überhaupt noch Oma sagen?«

»Das darfst du, min Lütten. Daran ändert sich nichts. Und wenn die Welt um uns herum zusammenbricht: Ich bleibe deine Oma.«

Das beruhigte Amelie.

Sie setzte sich auf Linas Schoß, und dort hörte sie die Geschichte der kleinen Amelie Goldenstein, die von ihren Eltern getrennt werden musste, damit alle überleben konnten.

Kapitel 7

Die Sonne prallte heute vom Himmel und tauchte die Stadt in ihr grelles Licht. Die Luft flirrte in den Straßen, und die Hitze spiegelte sich darüber wie ein glasiger Film.

Es duftete nach frisch gemähtem Gras, darunter hatte sich schon der süßliche Duft des Heus gemischt. Die Lerchen schmetterten ihr Lied und wurden vom Gesang der Stare und Amseln unterstützt. Eine Zugabe lieferten die Meisen und Finken, die den Kanon vervollständigten.

Hier, in ihrem neuen Zuhause, wirkte die Macht der Natur noch stärker als in der kleinen Datscha.

Es war Hilda wichtig gewesen, Dresden zu verlassen, denn seitdem sie geglaubt hatte, bei Maria auf Derk getroffen zu sein, war sie unsicher gewesen, ob sie bei den Bombenangriffen nicht doch ihren Verstand verloren hatte.

Der Mann dort im Bett konnte auf keinen Fall Derk sein, auch wenn sie sich ungemein ähnelten. Aber dieser leere Blick … nein!

Ihre letzte verbliebene Kraft hatte Hilda darin verwendet, diese schreckliche und feuchte Datscha samt der ihr unsympathischen Margarethe und den Kindern zu verlassen. Sie wollte etwas anderes. Ein festes Dach über dem Kopf, eine Bleibe in einem Haus, etwas Komfort und ihr Leben zurück.

Und wenn sie sich etwas in den Kopf setzte, dann bekam sie das auch.

Momentan lebte sie etwas außerhalb von Dresden in Radeberg im Schloss Klippenstein mit anderen Flüchtlingen. Es war dennoch besser als diese Laube mit dem sumpfigen Garten.

Immerhin gab es hier Zentralheizung, doch sie hoffte, nicht so lange bleiben zu müssen, um in diesen Genuss zu kommen. Auch ihr Bett war von dem der anderen mit einem Vorhang abgetrennt.

Doch die Flüchtlingsunterkunft gefiel ihr schon deshalb nicht, weil die Soldaten der Roten Armee zu oft auf dem Hof herumspazierten, denn zuvor waren im Schloss die Amtsstuben und Büros des Amtsgerichts untergebracht gewesen.

Die alten Gefängniszellen in der Vorburg behagten Hilda ebenfalls nicht.

Aber zunächst war sie fort aus Dresden.

Hilda zog es vor, möglichst viel Zeit außerhalb der Unterkunft zu verbringen, weshalb sie auch heute auf dem Marktplatz herumschlenderte. Ihr gefiel Radeberg.

Die hübsche Kirche oberhalb, das Schloss, das sicher einst prächtig und schön gewesen war, aber dennoch seinen Charme nicht verloren hatte. Die Häuser, die sich rund um den Markt platzierten und dazu einluden, jeden einzelnen Giebel zu studieren. So bekam sie ihre Zeit gut herum.

»Sie gehen hier ständig spazieren«, wurde sie von einer Frau, etwa um die fünfzig, angesprochen.

»Ja, ich bin neu in der Stadt«, gab Hilda Auskunft.

»Ich bin übrigens Emmi Schadewald«, stellte sich die Frau vor.

»Hilda von Webersbach.«

»Woher kommen Sie?«

Hilda überlegte kurz, ob sie die Neugierde der Frau angemessen fand, entschied sich dann aber, ihr zu antworten. Und so erzählte sie davon, wie sie ausgebombt worden war, und von ihrer Suche nach einer neuen Bleibe. Nur von dieser Gestalt bei Maria, die Derk so ähnelte, von der erzählte sie nichts.

»Ich habe stets großes Mitleid mit den Ausgebombten«, sagte Frau Schadewald, nachdem Hilda ihre Erzählung beendet hatte.

»Und ich habe mehr Platz, als ich benötige. Mein Mann ist ebenfalls im Krieg geblieben. Schnee und Eis in Russland haben ihn dahingerafft.«

Hilda schaute Frau Schadewald erwartungsvoll an, und dann sagte die tatsächlich das, worauf sie gehofft hatte.

»Ich bin ungern allein. Sie können ins Gästezimmer einziehen, bis Sie eine endgültige Bleibe gefunden haben.«

»Was bekommen Sie dafür?«, fragte Hilda. Die Sache musste doch einen Haken haben.

»Ich brauche Hilfe in Haus und Garten. Da müssten Sie schon etwas tun, denn meine Knie spielen nicht mehr mit.«

Hilda schluckte. Sie hatte noch nie in einem Garten gearbeitet, schließlich gab es für solche niederen Tätigkeiten Personal. Aber dann nickte sie tapfer. Eine solche Chance durfte sie sich nicht entgehen lassen!

»Und wo leben Sie?«

»In einem kleinen Häuschen, da hinten lang.« Frau Schadewald zeigte in Richtung der Kirche, die sich oberhalb vom Marktplatz befand.

»Sie haben dann ein eigenes Zimmer, und wir teilen uns die Küche.«

Hilda konnte ihr Glück kaum fassen! Ein eigenes Zimmer! Eine Küche, ein Bad! Sie sah sich schon wohlig in einer Wanne rekeln, die bis zum Rand mit warmem Wasser gefüllt war. Auf der Oberfläche perlte wohlig duftender Schaum und streichelte ihre so geschundene Haut. Nach dem Bad könnte sie sich in ein weiches Handtuch wickeln und sich wie neu geboren fühlen.

Für diese Vorstellung würde sie ihre Seele dem Teufel schenken. Vielleicht fand sie einen Weg, sich vor der lästigen Gartenarbeit zu drücken.

»Und Wasser? Woher bekommen Sie das Wasser?«, fragte sie dann doch. Sonst würde ihr Traum ganz schnell wie eine entfleuchte Seifenblase zerplatzen.

»Wir haben fließend Wasser«, berichtete Frau Schadewald stolz. »Und selbstverständlich nenne ich auch eine Waschküche mein Eigen.«

»Ich muss also nicht mehr für Wasser anstehen oder gar darum betteln?« Hilda konnte es noch immer nicht fassen.

»Nein, wo kämen wir denn da hin?«

Frau Schadewald wirkte regelrecht entrüstet.

Hilda frohlockte innerlich. Auf mich warten also ab heute Abend ein echtes Bett mit Federinlett und Kissen. Ein Luxus, auf den ich lange habe verzichten müssen.

»Ich nehme Ihr Angebot an«, sagte sie schnell. Nicht, dass es sich ihre neue Vermieterin noch anders überlegte.

Hilda verstieg sich in der Hoffnung, auf diese Weise Derk zu vergessen. Oder genauer gesagt, diesen Mann, der sie unnötig stark an ihn erinnerte.

Sie ließ sich erklären, wohin sie ihre Habseligkeiten bringen sollte, und eilte zurück zum Schloss. Andere würden sich freuen, wenn gleich ein Bett frei wurde, denn Schlafgelegenheiten waren rar.

Sie packte alles, was sie besaß, in ihren Rucksack und ließ sogar den Wasserkanister zurück. Sie schwor sich, ihn nie wieder brauchen zu müssen.

Als sie vor dem Schlosstor stand, atmete Hilda tief durch. Sie war einen guten Schritt weitergekommen. Nun würde sie zusehen, dass sie schnell wieder einen Mann fand, der ihr ein angenehmes Leben ermöglichte.

Er sollte gut aussehen und solvent sein. Irgendwo müsste es diese Männer in ihrem Alter doch noch geben, schließlich waren nicht alle im Krieg geblieben, sondern unversehrt heimgekehrt.

Keiner würde Derk je das Wasser reichen können, aber den gab es ja nicht mehr.

Wieder schob sich das Bild des ausgemergelten Mannes in der Ruine vor ihr geistiges Auge. Den wollte sie nicht. Er passte nicht in das Bild ihrer neuen Lebensvision.

»Sollte er es sein, wäre es besser, wenn du deine Klappe hältst. Das Leben ist schwer genug, warum sollst du dich dann auch noch um einen Irren kümmern?« Diese spitze Stimme bekam sie einfach nicht aus ihrem Kopf.

Aber sie hatte recht:

Es genügte doch wirklich, wenn sie hier in diesem Haus so schrecklich viel mit anpacken musste, bis sie ihren Traumprinzen gefunden hatte. Und das in ihrem Alter! Sie betrachtete ihre Hände, die auch schon ohne die angekündigte Gartenhilfe denen einer Arbeiterin glichen. Furchtbar!

*

Der Hof der Molkerei flirrte bei der Hitze in der Sonne, und Alea war besorgt, ob die Kühlung richtig funktionierte, damit die Milch keinen Stich bekam und womöglich umkippte.

Hitze war bei der Verarbeitung von Milchprodukten immer eine latente Gefahr.

Und heute war es wirklich nicht nur heiß, sondern drückend schwül. Das kannten sie hier an der Küste gar nicht, und eine solche Witterung kam glücklicherweise nur selten vor.

Über der Nordsee formierten sich bereits dunkle Wolken, die sich vermutlich in wenigen Stunden mit Blitz und Donner über ihnen entladen und für Abkühlung sorgen würden. Hauptsache, das Gewitter brachte nicht seinen Freund, den Sturm, mit, denn dann konnte es geschehen, dass sie keinen Strom mehr hatten, was wiederum dazu führte, dass die Kühlung nur mit der Dampfmaschine aufrechterhalten werden konnte. Die alte Dame war allerdings arg in die Jahre gekommen, und Alea war klar, dass sie sicher bald ihren Geist aufgab.

Alea inspizierte gerade die Fertigungshallen, als der

Postbote Ove auf den Hof geradelt kam. Er winkte mit einem Stapel Kuverts.

Sie seufzte. Vermutlich waren es wieder schrecklich viele Rechnungen, die sie stets sortierte, damit sie nicht alle auf einmal zahlen musste.

»Moin, hier ist ein ganz schöner Batzen angekommen«, erklärte Ove. »Da habt ihr immer bannig viel zu tun, wenn ich euch den Kram anschleppe. Aber es liegt halt alles lange rum und kann oft nicht so schnell zugestellt werden wie gewünscht. Der Krieg ist zwar vorbei, aber irgendwie doch nicht. Sein Arm reicht noch immer bis hierher.«

Alea nickte geistesabwesend und nahm ihm den Packen ab.

Sie unterbrach ihren Rundgang und wollte zunächst einmal die Post prüfen, ob nicht doch etwas Wichtiges dabei war.

Bei den meisten Schreiben handelte es sich tatsächlich um Rechnungen, leider viel zu viele, aber zum Glück befanden sich auch ein paar Bestellungen für ihren Käse darunter.

»Immerhin was!«

Sie sortierte diese Post auf einen zweiten Stapel. Darum würde sie sich später kümmern.

Doch dann hielt sie den letzten Brief in der Hand und betrachtete ihn neugierig. Er hatte keinen Absender, und die Schrift war ihr unbekannt.

Sie öffnete ihn und faltete die Seite auseinander.

»Von Antke«, sagte sie nachdenklich. Was wollte denn ihre Schwägerin? Sie hatten ewig nichts voneinander gehört.

Alea überflog den Brief und schüttelte den Kopf.

Warum schrieb Antke ihr das? Es klang beinahe wie eine Kampfansage.

Hoffentlich kam da nicht noch was auf sie zu. Unangenehme Dinge hatten sie wahrlich genug hinter sich.

Alea beschloss, Lina vorerst nichts davon zu sagen. Sie würde sich unnötig Sorgen machen, und wer wusste schon, ob es wirklich so kam oder Antke nach Wilkos Ausscheiden aus der Firma nur deutlich machen wollte, dass es neben Enna einen weiteren Erben gab. Alea vermutete, dass dies auch mit Amelies Existenz zusammenhing. Sicher hatte sie von der vermeintlichen Tochter Wilkos gehört, auch wenn ihr bestimmt klar war, dass damit etwas nicht stimmen konnte.

Nun, das würde sich ja bald aufklären, ihre Mutter hatte letzte Woche mit Amelie gesprochen. Wie die Deern mit der Wahrheit umging, war für Alea noch undurchsichtig.

Sollte sich Behrend wirklich als junger Mann für die Molkerei interessieren, dann würden sie weitersehen. Das Recht auf seinen Anteil konnten sie ihm nicht verwehren. Ob es sich bei der Mitarbeit auch so verhielt, würde sie prüfen. Alea hoffte nur, dass er ein so umgänglicher Mann sein würde wie sein Großvater und nicht Talkes Erbgut stärker in sich trug.

Sie sah, dass ihre Mutter auf das Kontor zusteuerte. Rasch versteckte sie Antkes Brief unter einem Stapel Akten.

»Ich habe gesehen, dass Ove die Post gebracht hat. War etwas Wichtiges dabei?«

Alea schüttelte den Kopf und kam sich schäbig vor, weil sie es hasste zu lügen. »Nur Rechnungen und ein paar Käsebestellungen.«

»Denn man tau.« Ihre Mutter schaute sie skeptisch an. »Ist doch noch was?«

»Nein, alles in Ordnung«, gab Alea Auskunft. Sie war froh, dass kein Nachbohren kam, denn ein schlechtes Gewissen hatte sie durchaus.

Kapitel 8

August 1945

Der heiße Tag vor zwei Wochen hatte sich mit einem heftigen Gewitter verabschiedet, und nun herrschte wieder das typisch kühle norddeutsche Wetter.

Es reichte, um sich draußen aufzuhalten, aber es genügte nicht, um ein echtes Gefühl von Sommer zu bekommen.

Lina war erleichtert, dass sie das Gespräch mit Amelie, die sich jetzt ausschließlich so rufen ließ, hinter sich gebracht hatte. Es war ihr schwergefallen, der Deern schonungslos die Wahrheit zu sagen, aber wie sonst hätte sie es ihr beibringen sollen? Drum herum reden half doch niemandem.

Amelie war seitdem verändert. Sie machte einerseits den Eindruck eines aufgezogenen Kreisels, der sich viel zu schnell drehte und schon bald zu Boden fallen würde. Andererseits wirkte sie unglaublich verloren, wenn sie sich unbeobachtet glaubte.

Dann schaute sie über die weite Landschaft und sah aus, als wollte sie den Vögeln hinterherschweben. Weit über die Wehde, dann übers Meer – bis dorthin, wo die

Menschen zu finden waren, die sie so gern an ihrer Seite gewusst hätte.

Auch jetzt entdeckte Lina sie wieder am Zaun und über die Weiden schauend. Sie machte sich Sorgen um Amelie, die sie nach wie vor als ihre Enkeltochter sah. Dass sie nicht dieselben Vorfahren hatten, würde daran nichts ändern.

Lina griff nach ihrem Schultertuch, denn der Wind pfiff heute unangenehm um die Ecken, und sie mochte nicht frieren. Aber es war nötig, mit Amelie zu reden.

Lina beeilte sich, über das Betriebsgelände zu laufen, sie wollte von keinem Mitarbeiter angesprochen oder gar aufgehalten werden.

Wie immer umfing sie der vertraute und süßliche Duft der Milch, der etwas schärfere und leicht säuerliche aus der Käsefertigung und der von Butter.

Lina lief an der Halle allerdings noch etwas schneller vorbei. Sie tat sich nach wie vor schwer damit, dass sie die gute alte Milchhofbutter seit der Nazidiktatur in dieses wässrige Massenprodukt hatten umfunktionieren müssen.

Es schmeckte wie »Knüppel up de Kopp«, wie Lina immer sagte, und hatte nichts mehr gemein mit der sämigen, leicht salzigen Butter, die so köstlich auf einem frisch gebackenen Bauernbrot war. Doch das würden sie bestimmt bald ändern, denn der Milchhof konnte nur mit ausreichender Qualität gegen die Konkurrenz bestehen.

Nicht darüber nachdenken, dachte Lina für sich. Dammich, nicht nachdenken! Das Problem musste Alea lösen. Nicht sie.

Amelie stand noch immer am Zaun und bemerkte

Linas Kommen zunächst gar nicht. Sie drehte einen Grashalm und schabte gedankenverloren mit der Schuhspitze übers Grün. Es hatte sich schon eine richtige Mulde gebildet.

»Moin, min Deern. Ich habe dich beim Frühstück gar nicht angetroffen«, begann Lina das Gespräch ganz vorsichtig.

»Ich hatte keinen Appetit«, sagte Amelie ausweichend. »Da war es besser, fortzubleiben und euch das Essen und die gute Stimmung nicht zu verderben.«

Lina griff nach Amelies Hand, aber sie entzog sie ihr sofort. Wenn sie in den letzten Tagen die Nähe zu der Deern gesucht hatte, war diese stets zurückgewichen und hatte eine unsichtbare Mauer zwischen ihnen gezogen.

»Wir müssen uns nicht mehr verbrüdern, jetzt, wo ich die Wahrheit kenne«, sagte sie.

Lina seufzte. »Das hat doch mit Verbrüdern nichts zu tun. Ich liebe dich, und mir fällt es schwer, wenn du so leidest. Ich möchte dir helfen.«

»Mir ist nicht zu helfen!«, brach es aus Amelie heraus. »Ich bin ein Kind, das im Wind treibt, das keiner richtig will und einfach zurückgelassen wurde. Wie ein Stück Weißwäsche, die durchlöchert und unansehnlich ist.«

Lina atmete tief durch. Das konnte und wollte sie so nicht stehen lassen.

»Das stimmt nicht, und du weißt es genau. Ich habe es dir ausreichend erklärt. Lass uns zusammen an deine Eltern schreiben. Sie warten nur auf ein Zeichen von dir. Bestimmt klärt sich dann vieles.« Lina schluckte. »Ich habe ihnen schon telegrafiert, dass du Bescheid weißt, und ich glaube, nun hoffen sie auf ein Zeichen von dir. Ihnen wird klar sein, wie verwirrend das alles für dich sein muss, und sie werden unsicher sein, wie sie nun reagieren sollen.«

»Sie wollten mich nicht.« Amelie presste die Lippen zusammen.

Lina unternahm einen neuerlichen Versuch, sich dem Mädchen zu nähern. Dieses Mal wehrte sich Amelie nicht und ließ es zu, dass Lina den Arm um sie legte.

»Du möchtest jetzt Amelie heißen, hast den alten oder besser den neuen Namen abgelegt. Weil du insgeheim gern eine Goldenstein bist.«

Amelie taute ein wenig auf, was sich darin zeigte, dass sich ihre Mimik entspannte.

»Aber sie sind ohne mich weggegangen. In Amerika habe ich einen kleinen Bruder, diesen Aaron, und der durfte immer bei Mutter und Vater sein.«

»Denk doch bitte nach!«, bat Lina sie. »Er ist in den USA geboren, und dort wurden die Juden nicht an Leib und Leben verfolgt!«

»Aber wohl gelitten sind sie auch nicht!«, insistierte Amelie. »Bedenke nur, wie viele Menschen die Amerikaner abgewiesen haben. Hab ich gelesen.« Sie atmete tief durch. »Und in der Schule haben sie gesagt, dass die Amis in Japan zwei ganz schlimme Bomben abgeworfen haben. Nun sterben da alle. Zum Glück bin ich doch keine Amerikanerin. Stolz kann ich weder auf Deutschland noch auf Amerika sein.«

Lina schwieg dazu, denn es waren tatsächlich zum ersten Mal im Krieg auch Atomwaffen eingesetzt worden. Und das von dem Land, das nun zusammen mit den anderen Alliierten über sie bestimmen sollte. Sie hoffte, dass es keine weiteren Auswirkungen haben würde, und die Goldensteins trotzdem endlich mit ihrer Tochter zusammengeführt werden konnten. Es wurde Zeit für ein friedliches Miteinander auf der Erde.

Reisen war leider noch immer eine große Gefahr, weil die Welt nach wie vor brodelte und kochte. Aber sie durfte Amelie nun nicht noch mehr verunsichern und musste versuchen, ihr Sicherheit zu vermitteln.

»Das ist richtig. Überall auf der Welt geschehen ungerechte Dinge, die auch ich nicht gutheißen kann. In Deutschland war es besonders schlimm. Du warst ein kleines Mädchen und konntest nie ermessen, was es hieß, jüdisch zu sein. Ihr hattet keinerlei Rechte, wurdet mitten in der Nacht ohne Begründung abgeholt, und man sah euch nie wieder.« Lina schluckte den Kloß im Hals hinunter, denn noch immer fiel es ihr schwer, das Ungeheuerliche auszusprechen. »Die Juden wurden in Lager verschleppt und getötet. Hitler wollte eure Gemeinschaft und viele andere ausrotten, weil sie nicht in sein Weltbild passten. Bitte, Amelie! Du hast mir immer vertraut, und ich habe dir nie etwas vorgemacht.«

»Außer, dass du mir meine wahren Eltern verschwiegen hast«, unterbrach Amelie sie.

Lina sah ihr so tief in die Augen, dass die Deern verlegen den Blick senkte.

»Ja, sonst war alles gut, das stimmt«, murmelte sie.

»Dann glaube mir jetzt bitte, dass deine Eltern alles getan hätten, um dich mitzunehmen, wenn sie auch nur den Funken einer Möglichkeit gesehen hätten. Es blieb ihnen keine Wahl. Wäre ihre Entscheidung eine andere gewesen, hättet ihr das alle nicht überlebt. Und einen Aaron gäbe es auch nicht.«

Lina sah den letzten Zweifel in Amelies Blick.

»Du glaubst mir noch immer nicht? Gut, dann will ich dir jetzt etwas sagen, was ich am liebsten für mich behalten würde.«

»Und was?« Amelies Widerstand bröckelte stärker.

»Du erinnerst dich an die Zeit, als ich in Gestapohaft war?«

Amelie nickte. »Da war ich noch klein, du warst eine Weile fort und bist sehr krank zurückgekommen.«

»Ja, weil man mich dort gefoltert hat. Sie wollten mir nicht glauben, dass du meine Enkelin bist, denn natürlich kam es allen merkwürdig vor, dass ein Kind aus dem sicher gewähnten Amerika nach Deutschland geschickt wurde.«

Amelie nickte.

Lina fühlte sich ermutigt und sprach weiter. »Ich habe einen vagen Eindruck in die Methoden dieser Bestien bekommen. Doch ich bin standhaft geblieben, weil ich dein Leben schützen wollte. Und weil ich deiner Mutter versprochen habe, auf dich achtzugeben, als wärst du mein eigenes Kind. Du glaubst nicht, wie sehr deine Eltern gelitten haben, aber ihnen blieb keine Wahl, weil der Strick um sie herum immer enger geschnürt wurde.« Lina musste eine Pause machen, sonst wäre sie jetzt tatsächlich in Tränen ausgebrochen. Ihr fiel es alles andere als leicht, die Vergangenheit noch einmal heraufzubeschwören.

»Nun bitte ich dich: Vergib deiner Mutter und deinem Vater. Schreibe nach Amerika, und sprich dich mit ihnen aus. Danach kannst du noch immer entscheiden, wie du leben möchtest. Ich werde immer für dich da sein, weil ich dich weiterhin als meine Enkeltochter betrachte.«

Lina musste nun doch heftig schlucken. Aber es war nicht in Ordnung, wenn sie jetzt die Contenance verlor. *Sie* war erwachsen. *Sie* hatte die Entscheidung damals mit getragen. *Sie* war verantwortlich. *Sie* musste den Konflikt lösen. Lina atmete tief durch und konnte sich dabei wieder sammeln.

»Ich weiß nicht, ob sie es wagen, noch einmal nach Deutschland zu kommen, oder ob du nach Amerika gehen musst. Aber ich bitte dich: Öffne dich für deine Eltern. Sie haben genug gelitten.«

Amelie nickte zaghaft. »Wenn du das für mich ausgehalten hast, dann schaffe ich das auch.«

»Möchtest du, dass ich sie bitte, dir zu schreiben, oder willst du das tun?«

Amelie bohrte beim Überlegen ihre Zunge in die rechte Wange. »Es sind ja nur ein paar Zeilen, das bekomme ich hin.«

»Nur ein paar Zeilen«, bestätigte Lina. »Das schaffst du bestimmt!«

»Aber, egal was passiert: Du bleibst meine Oma?«

Lina nickte. »Immer! Heiliges Ehrenwort!«

Amelie gab ihr einen Kuss auf die Wange. »Danke! Ich muss dann wohl mal.«

Lina sah ihr lange nach. Sie hoffte so sehr, dass die Goldensteins endlich ihren Frieden finden würden. Sie hatten es so verdient.

Über ihr schrie ein Bussard, der recht tief seine Kreise zog. Eine Kuh antwortete ihm mit dem typischen dunklen Schrei, und vom Nachbarhof mischte sich ein Esel ein, dessen Ruf eher penetrant anmutete.

»Und du?«, fragte sie. »Und du, Lina Voigt? Auch du hast dein Glück verdient.« Und dann sprach sie aus, was sie sich schon so lange heimlich überlegt, aber nie umzusetzen gewagt hatte. »Es fallen keine Bomben mehr auf Dresden. Du kannst dorthin fahren und Derk suchen. Oder wenigstens die Trümmer, die sein Grab bilden. Erst dann kannst du Abschied nehmen.«

Lina reckte das Kinn und winkte dem Bussard. »Ich mach das! Sobald ich hier wegkomme, mache ich das!«

Er antwortete mit einem weiteren Ruf!

*

Alea verbrachte viel Zeit in der Käserei. Was sollte sie ohne Tammo auch im großen Haus? Die alte Standuhr im Flur tickte viel zu laut, jedes Knacken der Holzdielen zeigte ihr die große Einsamkeit.

Da hielt sie sich viel lieber in der Käserei auf und tüftelte an neuen Rezepten. Mit dieser Aufgabe war sie glücklich, denn die Büroarbeit lag Alea so gar nicht. Sie war zu zaghaft bei Entscheidungen, und sie wusste, dass dies für einen Betrieb kontraproduktiv war.

An der Spitze war man verantwortlich für die Arbeiter, aber auch dafür, dass es weiter voranging. Ihre Kompetenz im Umgang mit ihren Milchhofleuten stellte sie auch gar nicht infrage, aber sie tat sich schwer damit, abzuwägen, welche Modernisierungsmaßnahmen die Molkerei wirklich brauchte und welche nicht.

Wie schön wäre es, Tammo an ihrer Seite zu wissen, denn er hatte sie immer gut beraten, weil er als Bankangestellter einen scharfen Blick auf die Finanzlage hatte und Dinge sehr gut einschätzen konnte. Aber es vergingen Tage um Tage, ohne dass sie etwas von ihrem Mann hörte.

Alea wischte die traurigen Gedanken beiseite. Immerhin war sie heute mit dem neuen Käse einen guten Schritt weitergekommen. Wenn sie nicht sogar den Durchbruch erzielt hatte.

Die Rezeptur erschien ihr optimal. Mit einer minimalen Veränderung des Salzgehaltes schmeckte der neue Käse hervorragend. Die Mischung der anderen Zutaten war ähnlich, außer dass sie den Schnittlauchanteil erhöht hatte, wie bei »Bleekers Kräuterglück«, denn es war wichtig, dass sie alles selbst anbauen konnten. Der Handel war in diesen Zeiten ein schwieriges Unterfangen, und so hoffte sie, dass sie den Käse überwiegend in der Region verkaufen konnten. Das wäre ein wunderbares Zusatzgeschäft.

Die Kriegsschäden in der Friesischen Wehde waren überschaubar, die Infrastruktur funktionierte, und deshalb war es möglich, ihren Käse auch ins zerbombte Wilhelmshaven zu bringen. Dort herrschte großer Bedarf an Milchprodukten, wenngleich die Menschen sehr verarmt waren. Wahrscheinlich würde in der nächsten Zeit eher getauscht als gehandelt werden.

Aber irgendwann würden sich die Zeiten hoffentlich ändern, und dann hatte sie ein wunderbares Produkt, das sie auf den Markt bringen konnte.

Alea kostete den Käse noch einmal und schloss dabei die Augen, um wirklich jede Nuance zu erspüren. Erst war das Salz leicht dominant, dann kämpften sich die Kräuternoten nach oben, und am Ende rundete sich alles in einem wunderbar seichten und rahmigen Geschmack ab.

So musste ein vollwertiger Käse schmecken. Gut, dass sie sich jede Grammzahl aufgeschrieben hatte und alles an die Mitarbeiter weitergeben konnte. Das würde auch Karl Doden nicht verhindern können, er hatte weniger Macht, als er sich einbildete.

Alea brachte den Käselaib zurück in die Kühlung, um die weitere Produktion wollte sie sich morgen kümmern. Gleich stand ein ernstes Gespräch mit Enna an. Sie hatte ihre Tochter gestern dabei belauscht, wie sie diese alten schrecklichen Lieder gesungen hatte. Das konnte gefährlich werden. Sie musste endlich begreifen, dass die Zeit des Nationalsozialismus vorbei war und es keine gute Ära gewesen war. Nur hatten die Zusammenkünfte beim BDM Ennas Gehirn wohl endgültig vergiftet, nachdem es zuvor schon von Adelheid, Karl und Talke in geringeren Dosen betäubt worden war. Manchmal erschien es Alea, als hätte ihr Kind eines Tages aufgehört zu denken.

Alea trat auf den Hof. Sie hätte sich ein Schultertuch umlegen sollen, der Wind pfiff heute unangenehm von der Marsch her und ließ den nahenden Spätsommer erahnen. Fröstelnd zog Alea die Achseln hoch, große Lust, sich jetzt allein in die Stube zu setzen, verspürte sie nicht. Zum Abendessen würden sich ihre Mutter und Enna dazugesellen, schließlich waren sie alle drei allein und froh über jede Minute, in der sie nicht an ihrer Einsamkeit erstickten.

Draußen herumzustehen war definitiv keine Lösung, sie sollte rasch hineingehen, auch wenn ihr dort die Decke auf den Kopf fiel. Alea rieb sich unschlüssig die Schultern. Dabei fiel ihr Blick zum Hoftor, durch das ein zerlumpt aussehender Mann trat.

Er lief gebeugt, blieb immer wieder stehen, als ob er nach Luft rang, und schleppte sich dann weiter auf Alea zu.

Der Kerl machte ihr Angst.

Die Hose war durchlöchert und viel zu groß, die Schiebermütze schmutzig, und darunter quoll zotteliges Haar hervor. Von seiner schmierig wirkenden Jacke ganz zu schweigen. Auf dem Rücken trug der Mann einen Rucksack, an dem Blechgeschirr baumelte, das bei jedem Schritt rhythmisch aneinanderschlug. Den Kopf hielt er noch immer gesenkt.

Alea wollte aber keine Landstreicher auf dem Milchhof, das brachte nur Ärger ein. Diese Menschen mussten versorgt werden, brachten Ungeziefer mit, und nicht selten hatte sie auch gehört, dass die freundlichen Geber am Ende bestohlen worden waren. Erschwerend kam hinzu, dass am Abend, wenn die Arbeiter und Arbeiterinnen weg waren, kein Mann mehr auf dem Hof war, der sie hätte beschützen können.

»Hey, was willst du?«, herrschte Alea den Mann an. »Wir haben nichts. Scher dich to'n Düwel!«

Der Mann ließ sich jedoch nicht beirren und steuerte weiter mit stolperndem Schritt auf Alea zu.

Je näher er kam, desto bekannter kam er ihr vor.

Alea schluckte und zog die Brauen zusammen.

Das konnte doch nicht sein!

Sie taxierte den Mann von oben nach unten. Ihr Hals wurde trocken, kein Wort kam ihr mehr über die Lippen. Sie fror nicht einmal mehr, so konzentriert beobachtete sie den Fremden, der, ohne den Blick zu heben, unaufhaltsam auf sie zukam.

»Tammo?«, flüsterte Alea. »Tammo?«

Aber das war ausgeschlossen.

Tammo war in schmucker Uniform nach dem letzten Heimaturlaub weggegangen. Das Haar frisch geschnitten, die Haltung gerade, wenngleich sein Blick müde, fast ein wenig ängstlich gewesen war.

Wenn ihr Mann kein Soldat war, trug er Anzüge aus feinstem Zwirn, hatte immer geschniegelte Schuhe, und das Haar saß, von seiner Pomade gehalten.

Nein, sie musste irren.

Derweil war der Fremde bis auf fünf Meter herangekommen. Alea schaute sich sicherheitshalber um. Die Haustür war in Reichweite, notfalls konnte sie ins Innere fliehen und die Tür hinter sich zuschlagen.

Als sie den Mann wieder anschaute, hob der zum ersten Mal den Blick.

»Ick bün hier to Huus!«, sagte er.

Es gab es keinen Zweifel mehr daran, dass es die Stimme und die Augen ihres Mannes waren.

»Tammo!«, entfuhr es Alea wieder, aber sie war außerstande, sich auch nur einen Zentimeter auf ihn zuzubewegen. »Du bist wirklich Tammo!«, wiederholte sie.

»Jo, ick bün wedder daar.«

Endlich löste sich Alea aus ihrer Starre. Sie rannte auf ihren Mann zu und warf sich so heftig an seine Brust, dass er zu taumeln begann.

Er war dünn geworden und roch schlimmer als die Eber im Stall, wenn sie aus der Suhle kamen. Und doch tanzte Aleas Herz, schlug Purzelbäume, und sie konnte das Unfassbare nicht begreifen.

Ihr Mann war zurück!

Ein Schluchzen durchfuhr sie. »Ich dachte, du lebst nicht mehr«, raunte sie, denn sie schaffte es nicht, in normalem Ton mit ihm zu sprechen. »So lange gab es kein Lebenszeichen von dir, nichts.«

»Ich habe dir geschrieben, aber die Feldpost ist in den letzten Kriegswirren wohl nicht mehr durchgekommen.«

»Ist auch egal! Hauptsache, du bist jetzt da. Bei mir. Bei uns!«

Tammo nickte, und erst jetzt fielen Alea die aufgesprungenen Lippen und die Finger auf, die mit blutigen Lumpen umwickelt waren.

»Ich rede hier, und du kannst kaum noch stehen«, entschuldigte Alea sich. »Komm erst mal in die Küche. Du musst doch etwas essen und trinken. Und ich lasse dir ein Bad richten.«

Tammo nickte stumm. Alea griff nach seiner blessierten Hand, zuckte aber zurück, denn ihr Mann schien ziemliche Schmerzen zu haben.

»Geht nur langsam«, krächzte er matt.

Sein Blick wanderte zum Hoftor, weil es dort polterte, und kurz darauf der erste Milchwagen von seiner Tour zurückkehrte.

»Noch alles beim Alten«, kommentierte Tammo das vertraute Geräusch, und kurz flackerte sogar ein Lächeln über seine Lippen. Mit Entsetzen sah Alea, dass Tammos rechter Schneidezahn fehlte. Was hatte er wohl alles durchgemacht?

»Ja, tatsächlich«, bestätigte sie. »Immerhin mussten wir nicht hungern.«

Sie half ihm, die paar Stufen zum Eingang zu erklimmen, und schob ihm in der Küche den Stuhl hin. Dann rief sie nach Ulla und bat darum, dass sie ein Bad einließ.

»Der gnädige Herr ist zurück?«, fragte das Mädchen mit geweitetem Blick.

»Ja«, antwortete Alea knapp. Sie gab etwas Wasser ins Glas. »Bitte, gib meiner Mutter Bescheid. Und frag Doris, ob noch Braten vom Mittag übrig ist und etwas vom frischen Brot!«

»Das mache ich sofort, Frau Neunaber.«

»Nicht so viel Essen auf einmal«, wehrte Tammo ab. »Ich vertrage nichts mehr nach all dem Hunger. Das kommt alles wieder raus, wenn ich größere Mengen zu mir nehme. Ein Stück trockenes Brot reicht. Vielleicht etwas Butter dazu. Das Salz darin wird meinem geschundenen Körper guttun. Aber bitte nur wenig von allem.« Der letzte Satz war mehr gehaucht als gesprochen.

Tammo griff nach dem Wasserglas und nahm einen vorsichtigen Schluck.

Alea war entsetzt, zu welchem Wrack ihr Mann geworden war. Er, der schnieke Bankangestellte, der erfolgreiche und schöne Mann, konnte nun nur noch an einem Wasserglas nippen, und das höchste aller kulinarischen Genüsse war ein Stück trockenes Brot mit einem Klecks Butter.

Kapitel 9

Talke schaute beim Mittagessen immer wieder verstohlen zu Karl. Er war vor ein paar Wochen aus dem Nichts aufgetaucht, hatte sich in der Kate so selbstverständlich niedergelassen und es sich wieder ganz gemütlich gemacht wie die Spinne es in einem Winkel tat.

Talke hatte Updrögt Bohnen gemacht, dazu ein kräftiges Stück Speck und zwei Pinkel. Dafür hatte sie dem Bauern für seine Frau zum Geburtstag eine kleine Decke bestickt.

Es roch nicht nur gut, es schmeckte köstlich. Auch wenn sie in Ellenserdammersiel kaum darben mussten, waren solche Delikatessen nicht selbstverständlich.

Karl schlürfte seine Suppe genüsslich und trank zwischendurch immer wieder einen Schluck von dem Bier, das sie selbst gebraut hatte. Es war etwas fad geworden, aber immer noch besser als nichts.

»Du bist also jetzt wirklich weiter dafür zuständig, die Molkereien zu überwachen?«, fragte Talke, denn so ganz genau hatte ihr Karl in all den Wochen noch nicht verraten, was er hier in der Wehde machte. Er kam, blieb dann wieder tagelang verschwunden, und kreuzte ohne Vorwarnung mit einem siegessicheren Grinsen im Gesicht bei ihr auf. Wohin er ging, und was er tat, erfuhr Talke nie. Aber nun wollte sie es endlich genauer wissen.

Merkwürdig war einzig und allein, dass er Talke nicht mehr gegen den Milchhof aufstachelte und sie keineswegs den Wunsch verspürte, weiter seinen Rachegelüsten zu folgen.

Sie hatte so oft vergebens gegen Lina gekämpft, und als sie dann durch ihr Zutun bei der Gestapo am Boden lag, dem Tod geweiht, hatte sie plötzlich Gewissensbisse. Sie hasste Lina noch immer, weil sie all das hatte und besaß, wonach Talke sich sehnte, aber dass ihre Rivalin deswegen fast gestorben war, hielt sie dann doch für keinen guten Weg.

In ihr gab es also noch diesen letzten kleinen Funken Anstand, den sie selbst gar nicht mehr vermutet hatte.

Karl war damals nach einem Streit um genau dieses Thema gegangen, und Talke hatte nicht geglaubt, je wieder etwas von ihrem Mann zu hören. Doch kurz nachdem die Besatzer bei ihr alles durchkämmt und nichts gefunden hatten, war er unverhofft zurückgekommen.

Karl legte den Löffel auf dem Teller ab und lehnte sich auf dem Stuhl mit hinter dem Kopf verschränkten Armen zurück.

»Ja, ich bin ein wichtiger Mann, weil ich mich mit der Materie auskenne, wie du weißt. Da kamen die Besatzer um meine Kompetenz einfach nicht herum.«

Talke tat sich noch etwas von dem Gericht auf, bloß um etwas zu tun. Auch wenn sie keineswegs auf der anderen Seite stand, schockierte es sie doch sehr, dass es den Besatzern offenbar nichts ausmachte, mit wem sie jetzt zu tun hatten, solange das System funktionierte.

Es ist doch alles ziemlich verlogen, dachte sie, aber das war nicht ihr Problem. Sie würde sich fügen und die Pistole ganz bestimmt nicht mehr ausgraben und sich gefährden. Wenn nun ein neues Denken gefordert war: bitte.

Ihr war es zu riskant, sich zu widersetzen, und Talke fehlte auch die Kraft dazu. Aber wenn Karl es so hinbekam und sie nicht mehr allein war, dann würde sie das eben akzeptieren und nicht nachfragen, wo und mit wem er die letzten Jahre verbracht hatte. Sie war müde geworden und wollte nicht mehr kämpfen.

»Tammo ist gestern aus dem Krieg zurückgekommen«, sagte ihr Mann jetzt und nahm ebenfalls einen Nachschlag. »Die Suppe ist vorzüglich. Etwas dünn, aber angesichts der Lebensmittelrationen doch sehr gut gelungen. Vor allem der Speck ist ein Gedicht!«

Er zwinkerte Talke zu, doch so leicht ließ sie sich nicht mehr um den kleinen Finger wickeln.

»Wie lange willst du bleiben?«, fragte sie, seinen Kommentar ignorierend. Sie hoffte, Karl würde ihr nun versprechen, künftig an ihrer Seite zu sein, aber das sagte er leider nicht.

»Solange es nötig erscheint«, gab Karl zurück. »Ein Zuhause habe ich ja. Und eine Gemahlin auch.«

Das war nicht die Antwort, die sich eine Ehefrau von ihrem Mann erhoffte.

»Vertrau mir einfach!«

Das wollte Talke ganz sicher nicht. Vor allem, nachdem er ihr eben offenbart hatte, dass sie wieder nur ein Zwischenziel auf seinen unbekannten Pfaden war. Ohne es selbst zu registrieren, schüttelte sie den Kopf.

Karl schürzte die Lippen und versuchte sichtlich, seinen Ärger zu verbergen. Dann knallte er den Löffel auf den Tellerrand, er tanzte dort kurz herum, bis er auf den Boden fiel.

»Du bist meine Frau«, knurrte er.

»Und du mein Mann, aber du benimmst dich nicht so.«

Talke war sich plötzlich sicher: Mit Karl würde sie keine Ehe mehr führen können. Er ging notfalls über Leichen. Was sie damals attraktiv gefunden hatte, ängstigte sie nun eher, denn sie wollte keine Tote auf seinem Weg sein, weil sie sich mit ihren fünfundsiebzig Jahren gegen ihn gestellt hatte. Karl kannte keine Gnade, und wer wusste schon, wie lange sie in seinem Schatten überhaupt noch Schutz fand.

Wider Erwarten ergriff er nun ihre Hand.

»Ich liebe dich, Talke Doden. Du bist mein einziger Fixstern in diesem Universum, das sich immer stärker verdunkelt.«

Talke starrte ihn überrascht an. Solche Worte aus seinem Mund?

*

Lina saß nach dem Mittagessen in ihrem Zimmer, hatte wieder das Stickzeug in der Hand und hing ihren Gedanken nach. Sie war froh darüber, dass Tammo aus dem Krieg zurückgekehrt war. Immerhin körperlich unversehrt. Was das Abschlachten und Morden mit der Seele machte, hatte sie ja bei ihrem Sohn Ludger schmerzhaft erfahren müssen.

Aber Alea wirkte trotz allem glücklich, der traurige Zug um Mund und Nase hatte sich gelegt.

Sogar Enna war ein bisschen weicher geworden, wobei sie nicht zuließ, dass jemand etwas Negatives über die vergangenen Zeiten sagte. Es würde wohl dauern, ehe sie begriff, was im Dritten Reich Furchtbares geschehen war, und noch länger, ehe ihr auch deutlich wurde, wie groß die Last der Deutschen sein würde.

Aber nun, da Alea ihren Mann wieder an ihrer Seite wusste, fühlte sich Lina freier, endlich das zu tun, was notwendig war. Der vage Gedanke von vor einer Woche nahm immer konkretere Züge an.

Warum sollte sie nicht nach Dresden reisen und selbst nach Derk suchen? Der Milchhof kam inzwischen wunderbar ohne sie aus. Außerdem wäre sie ja nicht ewig lange fort.

Ich muss mit Alea sprechen, dachte Lina.

Natürlich würde ihre Tochter versuchen, ihr auszureden, in ihrem hohen Alter eine so weite Reise, und dann noch ins Ungewisse, zu unternehmen.

Aber davon wollte sich Lina nicht grundsätzlich abhalten lassen. Wenn es auch nur die geringste Chance gab, etwas über ihren geliebten Mann herauszufinden, dann würde sie die nutzen.

Nur eines musste sie überlegen: Vielleicht war es tatsächlich noch zu früh, um nach Dresden zu fahren. Der Krieg war noch nicht offiziell vorbei, und es war ungewiss, ob sie mit der Bahn überhaupt bis in die Stadt kommen würde. Wenn bei dem Angriff so viel zerstört worden war, könnte es schließlich sein, dass sie gar nicht bis dorthin kam. Zudem waren sicher Plünderer unterwegs und sie als alte Frau ein williges Opfer. Ganz abgesehen davon, dass es nicht wie damals von schönen Hotels wimmelte und sie gar nicht wusste, wo sie schlafen sollte.

»Ich werde die Reise auf jeden Fall machen, sobald ich die Lage besser einschätzen kann«, beschloss Lina. Eine langfristige Planung würde nicht schaden.

Eben spazierte Alea mit Tammo über den Hof. Er ging am Stock und wirkte auch nach der Woche auf dem Milchhof noch immer sehr gebrechlich. Seine Beine schienen dünn wie Streichhölzer und wenig belastbar.

Nur gepflegter sah er aus, sein Haar war geschnitten und die Kleidung sauber. Die Zahnlücke würde schon bald mit einer Kautschuk-Prothese gefüllt werden. Das Geld dafür wollte Lina den beiden geben, denn die Lücke entstellte ihren Schwiegersohn sichtbar.

Mit einem intakten Gebiss würde er dem alten Tammo vermutlich wieder ähneln, und mit etwas Glück hätte Alea ihn bald auch ganz als den Alten zurück. Ein bisschen Speck würde sich schon so nach und nach wieder auf seinen Hüften und am Bauch sammeln.

Zwar waren die Lebensmittel nach wie vor rationiert, und es gab viele Dinge nur auf Karte, aber auf einem Gehöft wie dem ihren, musste auch in schwierigen Zeiten keiner hungern. Es gab immer Wege, etwas abzuzweigen und zu tauschen. Sie hatten zudem einen großen Garten, der so manches hergab.

Es war rührend zu sehen, wie Alea ihrem Mann sacht über die eingefallenen Wangen strich, und wie sorgsam sie sich um ihn bemühte. Was vor Jahren so schwierig begonnen hatte, war zu einem wahren Segen geworden, denn Alea und Tammo liebten sich.

Lina stand auf und beschloss, vor die Tür zu gehen.

Seit gestern war es wieder wärmer geworden und

das Schultertuch überflüssig. Zwar hingen frühmorgens immer häufiger Nebelschwaden über den Wiesen, und oft dauerte es, bis sich die Sonne hindurchgefressen hatte, aber wenn ihre Macht überhandnahm, dann wurde es warm. Allerdings haftete der Luft immer eine gewisse Feuchtigkeit an. Das bemerkte Lina vor allem daran, dass die Wäsche länger brauchte, um zu trocknen, oder es so manches Mal gar nicht gelang.

Sie lief die Treppen hinunter und trat vor die Tür. Ein Mückenschwarm tanzte in der Nachmittagssonne, eine Wespe streifte brummend ihr Ohr. Lina scheuchte das Insekt fort.

Sie trat Alea und Tammo entgegen und erschrak wie jedes Mal, wenn sie ihrem Schwiegersohn ins Gesicht sah. Seine blutunterlaufenen Augen muteten einfach furchtbar an.

»Na, ihr zwei«, begrüßte sie die beiden betont munter.

»Hallo, Mutter. Wir gehen gerade ein paar Schritte, bevor es zu kühl wird. Im Betrieb läuft alles. Der neue Käse, den ich kreiert habe, schmeckt fantastisch«, gab Alea sofort Auskunft. Als ob Lina sie zum Rapport gebeten hätte.

»Ich möchte auch später noch kurz mit dir sprechen. Es geht nicht um den Milchhof«, sagte sie schnell. »Aber ihr tut gut daran, das schöne Wetter auszukosten. Wer weiß, wie lange es uns noch vergönnt sein wird.«

Alea lächelte versonnen. »Ja, das müssen wir nutzen. Es ist schön, dass Tammo wieder da ist.« Sie hauchte ihm einen Kuss auf die Wange.

Ihr Mann reagierte nur schwach. Ob seine Emotionen ebenso im Krieg geblieben waren wie bei Ludger oder ob er nur zu schwach für eine Antwort war, erschloss sich Lina nicht.

»Dann bis später! Dreht gern erst eure Runde.«

»Ist gut Mutter. Am Abend nach dem Abendessen im Kontor?«

Lina nickte, und Alea und Tammo liefen weiter. Es ging wirklich nur sehr langsam.

Als Lina sich ein weiteres Mal umdrehte, steuerten sie auf das Haupthaus zu. Dort befand sich eine Bank. Tammo musste sich wohl schnell wieder setzen.

»Oma!«

Lina zuckte zusammen, weil Amelie aus dem Haus gerannt kam. In der Hand hielt sie ein Blatt Papier. »Ich habe endlich ein Telegramm bekommen!«

Lina hatte gar nicht bemerkt, dass der Bote auf dem Hof gewesen war. Amelie plapperte munter weiter.

»Ulla hat es mir eben gegeben, es war ausschließlich an mich adressiert. Meine Eltern haben sich so über meinen Brief gefreut. Es hat wohl eine Weile gedauert, ehe er angekommen war.«

Lina fiel einerseits ein Stein vom Herzen, weil sich die Dinge endlich auch ohne ihr Zutun voran bewegten, andererseits befürchtete sie, dass ihre eigenen Pläne mit einer kurzfristigen Reise nach Dresden nun doch gehörig ins Wanken gerieten.

»Was schreiben sie denn?«

Amelie strahlte. »Meine Eltern nehmen das nächstbeste Schiff.«

Lina biss sich auf die Lippen. Dann musste sie wirklich vorerst hierbleiben und sich um die Goldensteins und die Familienzusammenführung kümmern. Aber vielleicht hörte sie ja auch so etwas von Derk. Vielleicht meldete er sich doch noch. So wie Tammo auch plötzlich zurückgekommen war. Es geschahen manchmal kleine Wunder, und mit ein wenig Glück regnete das eine, das sie sich wünschte wie nichts anderes, einfach so auf sie herab.

*

Langsam kühlte sich die Luft herunter, langsam zog sich die Sonne zurück, aber es würde dauern, ehe sie sich endgültig hinter dem Horizont schlafen legte. Lina stand vor der Haustür und genoss den verblassenden Tag. Es stimmte sie glücklich, dass sich Sarah und David endlich gemeldet hatten.

Doch wie immer, wenn sie etwas aus dem Land auf der anderen Seite des Ozeans hörte, stiegen auch die sehnsüchtigen Gedanken an Wilko in ihr hoch. Sie vermisste ihren Sohn. Mit der Ankündigung, auf sein Erbe zu verzichten, waren all ihre Hoffnungen in sich zusammengeschmolzen, ihren Sohn wiederzusehen. Lina musste sich damit abfinden und sollte wenigstens dafür dankbar sein, dass es ihm drüben mit Mary, die sie ja ebenfalls nicht kannte, gut ging.

Sie schloss die Augen und ließ sich die letzten Strahlen der tief stehenden Sonne ins Gesicht scheinen.

Auf dem Milchhof hatten sie alles einigermaßen überstanden. Dennoch fehlten ihr drei Menschen.

Derk. Ludger und Wilko.

Hierbei war sie jedoch ohnmächtig und musste es akzeptieren und versuchen, ihr eigenes Glück zu finden.

Ein Scheppern ließ Lina die Augen wieder öffnen.

Jetzt schaute sie dem Treiben auf dem Betriebsgelände zu. Ach, wie sie das liebte!

Das Leben würde sich langsam, aber sicher wieder in seine gefestigten Bahnen ruckeln, und wenn alles in ruhigem Fahrwasser schwamm, hoffte sie darauf, dass sie auch ihr einsames Leben genießen konnte. Sie musste lernen, ihr Dasein ohne Derk und ihre Söhne zu fristen, so schwer es auch fiel.

Ohne die geplante Reise nach Dresden würde Lina jedoch keinen Abschluss finden. Sobald alles mit Amelie und den Goldensteins geklärt war, wollte sie sich darum kümmern. Bis dahin wären die Bahnstrecken bestimmt auch wieder intakt.

Lina wurde aus ihren Gedanken gerissen, als sie die wütende Stimme ihrer Tochter hörte.

»Enna, komm sofort her! So geht das wirklich nicht, min Deern!«

Ihre älteste Enkeltochter eilte mit grimmigem Gesicht über den Hof. Alea stürzte ihr hinterher, aber Enna war schneller und verschwand durchs Tor in Richtung Ellenserdammersiel.

Alea stützte die Fäuste in die Seiten.

»Dammich«, fluchte sie.

Lina stand auf und trat auf Alea zu.

»Wir wollten erst später reden«, wehrte sie ihre Mutter unwirsch ab.

»Wir müssen gar nicht mehr reden, jedenfalls nicht über mich und meine Pläne. Die haben sich verschoben«, versuchte Lina zu beschwichtigen, während sie Enna mit besorgtem Blick hinterherschaute.

»Dann ist ja gut. Meine Schwierigkeiten mit der werten Tochter reichen mir allemal«, sagte Alea. Sie klang resolut, aber Lina sah doch die Trauer in ihrem Blick.

»Was ist passiert?«

Alea seufzte. »Du kennst das Problem. Enna will einfach nicht wahrhaben, dass die alten Zeiten vorbei sind. Dass wir nun freie Gedanken haben dürfen und dass es katastrophal war, was in den letzten Jahren in unserem Land geschehen ist.«

Lina rieb sich das Kinn. »Ihre kindlichen Gedanken sind eben früh vergiftet worden und prägen sie auch als junge Frau. Für Enna ist eine Welt eingestürzt. Schwer zu ertragen, aber aus ihrer Sicht verständlich.« Lina legte ihre Hand auf Aleas Unterarm. »Enna wird lange brauchen, wenn so etwas überhaupt wieder verschwindet.« Sie versuchte, zuversichtlich zu klingen, aber auch in ihrem Bauch grummelte es merklich, weil sie nicht sicher war, wie genau man einen positiven Einfluss auf die junge Frau nehmen konnte, die von klein auf mit dem braunen Gedankengut infiltriert worden war.

Alea schaute ihre Mutter ernst an. »Enna hat eben etwas wirklich Schlimmes gesagt.«

»Und was?« Lina wappnete sich, denn sie befürchtete, es hätte mit ihrer Person zu tun.

»Sie sagte …« Alea machte eine Pause, als würde sie das Furchtbare gar nicht über die Lippen bekommen. »Sie sagte, wenn sie gewusst hätte, dass Amelie zu dem verdammten Judenpack gehört, dann hätte sie eigenhändig dafür gesorgt, dass Otto und Karl sie ausmerzen. Es würde sie anwidern, dass sie mit so einer in einem Bett geschlafen hätte.«

Nun war es an Lina, nach Luft zu schnappen. »Das

kann sie doch nicht ernst meinen! Sie und Amelie, das war doch immer eine wunderbare Freundschaft! Trotz des Altersunterschieds.«

Alea lachte bitter auf. »Solange es mit den Statuten meiner Tochter konform ging, schon.«

Sie ballte die Fäuste, als wollte sie sich gleich selbst verletzen.

»Ich hätte damals auf dich hören sollen und dem Ganzen von vorneherein Einhalt gebieten müssen, als sie ständig mit Adelheid bei Talke und Karl in der Kate war. Ein solcher Fehler!«

Nun rannen Alea Tränen über die Wangen. »Aber es war so bequem! Ich konnte in Ruhe arbeiten, und Enna war beschäftigt!«

Lina war keine Frau der überschwänglichen Gefühle, aber wenn sie ihre Tochter nun so verzweifelt vor sich stehen sah, konnte sie nicht anders, als sie in den Arm zu nehmen und zu halten. Jegliches Wort wäre hier überflüssig, denn beide wussten, dass Alea die Wahrheit gesagt hatte. Sie war damals leichtfertig über die Warnungen ihrer Mutter hinweggegangen.

Nach einer Weile wand sich Alea aus der Umarmung. »Ich werde heute Abend noch einmal mit ihr reden, auch wenn ich weiß, dass es vergebens sein wird. Nur damit aufzuhören wäre wohl das Schlimmste und Dümmste, was ich tun könnte.«

Lina nickte. »Versuche es. Wenn die Goldensteins kommen, sollten sie hier nicht zur Begrüßung gleich mit Wut und Hass überschüttet werden. Wahrscheinlich wird es für sie schwierig genug, wieder deutschen Boden zu betreten.«

»Die Goldensteins kommen?«

Lina nickte. »Ja, das tun sie. Sie haben Amelie telegrafiert und sind auf dem Weg.«

»Ich werde aufpassen, dass Enna ihnen keine Angst macht«, versprach Alea, aber sie wusste genauso gut wie Lina, dass sie das nicht konnte.

Kapitel 10

Hilda hielt es nicht mehr aus. Die ganze Woche über, seit sie bei Frau Schadewald eingezogen war, hatte sie versucht, sich einzureden, dass sie auf gar keinen Fall wissen wollte, ob es sich bei dem Mann um Derk handelte, doch sie bekam ihn einfach nicht aus dem Kopf.

Sie konnte keine Nacht mehr schlafen, weil sie immer wieder das bekannte Gesicht vor Augen hatte und im Traum darauf wartete, dass er sie vertraut anlächelte. Sie in die Arme schloss, hielt und ihr das Versprechen gab, sie auf ihre alten Tage nie mehr alleinzulassen.

Was sehnte Hilda sich nach einer solchen Aussage und dass sie auf diese Weise dieser furchtbaren Einsamkeit endlich entfliehen konnte. Mit Derk an ihrer Seite würde sie auch die widrigen Umstände besser ertragen, denn nach längerer Überlegung war sie zu der bitteren Erkenntnis gekommen, dass sich wohl kein Mann mit einem solventen finanziellen Hintergrund für sie alte Frau interessieren würde. Aber allein bleiben wollte sie auch nicht.

Folglich musste sie noch einmal zurück zu Maria und klären, ob es sich bei dem Mann nicht doch um Derk Voigt handelte. Nur schauen, ob er es war, sich einfach nur vergewissern. Und dann überlegen, wie sie damit umging.

Hilda beeilte sich mit der ärgerlichen Gartenarbeit, die ihr heute von Frau Schadewald zugewiesen worden war, und machte sich auf den Weg.

Die Strecke zu laufen war zu weit. Sie wusste auch nicht, ob der Zug schon wieder bis zum Hauptbahnhof kam und wie weit die Bauarbeiten im zerstörten Dresden vorangeschritten waren. Zudem fehlte es ihr an Geld für eine Fahrkarte.

Da kam ihr ein auf der Straße entlangfahrender Leiterwagen gerade recht.

Sie hielt das Gefährt an.

»Fahren Sie nach Dresden oder in die Nähe?« Hilda hätte sich für die krächzende Stimme ohrfeigen können. Sie sollte doch liebreizend auf den Mann wirken, damit er gar keine andere Wahl hatte, als sie aufsteigen zu lassen.

Er musterte sie mit kritischem Blick, als wollte er abschätzen, ob sie eine Gefahr für ihn darstellte. In diesen Zeiten konnte man schließlich nicht vorsichtig genug sein.

»Ich fahr in die Richtung, nu«, sagte er.

»Können Sie mich bitte mitnehmen? Ich muss dringend in die Stadt.«

Der Mann nickte und wies mit der Hand zur Ladefläche. Neben sich auf dem Kutschbock wollte er sie offenbar nicht haben.

Bei ihrem uneleganten Aussehen wunderte Hilda das nicht.

Ihr grauer Rock war geflickt. Er schlackerte auf ihren viel zu dünn gewordenen Hüften. Über die graue Leinenbluse hatte sie ein gestricktes Schultertuch geworfen. Beides waren Fundstücke, die sie in einem Kleiderschrank am Straßenrand in den Trümmern eines Hauses entdeckt hatte.

Das Möbelstück war wohl bei einem Angriff im Ganzen hinauskatapultiert und dabei zerschmettert worden. Als die Steine beiseitegeräumt wurden, kam der Schatz zutage. Wie die Geier hatten sich sofort alle Vorbeilenden darauf gestürzt, und auch Hilda war es gelungen, Rock, Bluse und Schultertuch an sich zu reißen.

Dazu etwas Weißwäsche und ein paar derbe Lederschuhe, die zwar jetzt im Sommer zu warm waren, aber ihren Zweck erfüllten.

»Danke«, sagte sie zu dem Kutscher und erklomm die leere Ladefläche. Kaum war sie oben, setzte sich das Gefährt wieder in Gang.

Die Fahrt war alles andere als bequem, und Hilda war froh, als sie die Silhouette von Dresden erkennen konnte. Ihr graute es schon vor dem Rückweg, und sie bereute jetzt, Frau Schadewald nicht gesagt zu haben, wohin sie wollte. Denn es erschien ihr fraglich, ob sie es wirklich am Abend zurück nach Radeberg schaffen konnte.

Der Leiterwagen hielt an.

»Ich muss hier abbiegen, da vorn lang geht es nach Dresden.«

Hilda kletterte von der Ladefläche. »Danke fürs Mitnehmen.«

Sie erhielt keine Antwort, der Kutscher schnalzte einfach mit der Zunge, und das Gefährt setzte sich ruckelnd wieder in Bewegung.

Jetzt musste sie ein gutes Stück zu Fuß gehen, ehe

sich ein anderer Bauer erbarmte, und sie bis zum Stadtrand mitnahm. Von dort kämpfte sie sich allein weiter durch die Trümmerwüste Dresdens. Es war noch immer ein Trauerspiel, was aus ihrer geliebten Stadt geworden war. Ein Gerippe, an dem noch immer vereinzelt Fetzen hingen, als wollte die gebeutelte Stadt zeigen, wie sehr sie einmal gelebt hatte.

Überall war es staubig, in einigen Teilen stank es penetrant nach Dingen, von denen Hilda nicht wissen wollte, was es war. Sie blieb kurz stehen, legte sich ein Tuch vor den Mund und stapfte weiter. Dabei versuchte sie die hungrigen Kinder zu ignorieren, und die Alten, die bettelnd an den Wänden der verbliebenen Häuser hockten.

Da beschönigte auch der einfallende Sonnenschein so gar nichts.

In Dresden war eine tiefe Wunde geschlagen worden, und es war schwer zu sagen, ob sie sich je wieder schloss oder sie bleiben und immer wieder bluten würde.

Endlich erreichte Hilda das Bahnhofsviertel. Hier hatten die ersten Aufräumarbeiten begonnen, und sie kam besser voran. Das Gebäude, in dem Maria wohnte, sah allerdings noch genauso aus wie vor ein paar Wochen.

Sie musste sich bücken, als sie die Kellerräume betrat. Die Menschen schauten sie nur mit müdem Blick an, einige rafften das wenige, was sie besaßen an sich, weil sie wohl fürchteten, sie könnte es ihnen nehmen.

Endlich war sie in Marias Reich angelangt. Ihr schlug feuchter Dampf entgegen. Auf einer Brennhexe blubberte eine Suppe, die allerdings nicht angenehm, sondern nach gekochtem Gras roch.

Maria stand davor, hatte wieder das geblümte Kopftuch um und wirkte noch dünner als sonst. Sie wandte sich nur kurz zu Hilda, widmete sich dann aber weiter ihrer Suppe.

»Was möchten Sie? Haben Sie es sich doch überlegt, ob Sie ihn vielleicht kennen?«

»Ich muss mich vergewissern«, gab Hilda vage Auskunft.

Ihr Blick schweifte zu einem verschlissenen Sessel, auf dem der Mann heute saß und ins Leere starrte.

Immerhin lag er nicht mehr in dem stinkenden Bett.

Hilda näherte sich ihm langsam. Ihr Herz klopfte bis zum Hals, weil sie nicht sagen konnte, was sie tun würde, wenn es wirklich Derk war.

Tief im Inneren aber wusste sie, dass sie im Prinzip keinen Zweifel hegte, denn sonst wäre sie wohl kaum den weiten Weg bis hierher zurückgekommen.

»Derk?« Hilda erntete keine Reaktion, die deutlich machte, dass er sie erkennen würde.

»Derk?« Sie stupste vorsichtig mit dem Zeigefinger gegen die Schulter.

Er sah sie an. Sein Blick zeigte eine Mischung aus Neugierde und Überraschung. Doch Hilda wusste, wen sie vor sich hatte.

Nun gab es keine Ausrede mehr, denn es war eindeutig, dass sie vor Derk Voigt stand, der offenbar den Verstand verloren hatte.

»Noch kannst du verschwinden und ihn seinem Schicksal überlassen«, raunte ihre innere Stimme. »Mach dich aus dem Staub, sonst hast du nur Ärger. Er ist nicht mehr derselbe, und es ist besser, du kümmerst dich nur um dich selbst! Da ist das Alleinsein einfacher.«

Hilda schluckte. Sie sollte wieder umkehren. Dieser Derk würde sie bestimmt nicht in seinen Armen halten und ihr Geborgenheit vermitteln. Dieser Mann glich einer leeren Hülle und war nicht derselbe, der ihr in jungen Jahren die höchsten Freuden beschert hatte.

Wenn sie jetzt kundtat, dass sie Derk kannte, würde Maria verlangen, dass Hilda Verantwortung für ihn übernahm. Aber wie sollte sie das tun? Sie lebte doch selbst von der Hand in den Mund und noch dazu in dieser Kammer in Radeberg.

Aber wenn sie ihn hierließ, wer garantierte ihr, dass Lina ihn nicht doch ausfindig machte und ihn zurück auf den verhassten Milchhof holte. Er wieder an ihrer Seite war und sie, Hilda, allein. Das war ein Umstand, den sie nicht mehr ertrug. Und weshalb sie hier war.

»Du hast ihn damals fortgeschickt«, säuselte eine andere Stimme. »Weil dein Ehemann nichts von ihm wissen sollte.«

»Aber er hat mich zuvor für Lina Bleeker verschmäht«, antwortete sie gedanklich.

»Es ist nicht recht, was du vorhast.«

Hilda wischte die Stimme mit einer heftigen abwinkenden Geste weg und bemerkte, dass Maria sie die ganze Zeit beobachtete.

»Sie kennen ihn doch«, stellte sie fest.

Hilda nickte. Es nützte wohl nichts, das abzustreiten.

Sie ergriff Derks Hand. Sie war kühl und fühlte sich anders an, als sie es gewohnt war. Dennoch genügte dieser Moment. Ihre Entscheidung war gefallen. Sie würde ihn mitnehmen und damit ihre Einsamkeit beenden. Und dafür sorgen, dass Lina ihren Mann nie wiedersah. Wenn sie, Hilda, selbst kein Glück haben durfte, ja sogar beide Kinder und ihren Mann verloren hatte, war es wohl mehr als gerecht, dass es Lina ebenfalls schlecht ging. Es war ihr letzter, kleiner Triumph, den sie auskosten wollte. Derk Voigt gehörte von jetzt an ihr.

»Hallo, Derk«, versuchte es Hilda freundlich.

Er musterte Hilda von oben bis unten, aber es glitt kein Anzeichen des Erkennens über sein Gesicht.

»Guten Tag, darf ich fragen, wer Sie sind?« Er blieb höflich, sprach aber mit derselben warmen Stimme, die Hilda einst so verzaubert hatte.

Das hat er wohl beibehalten, dachte sie. Derk Voigt behielt immer die Contenance.

»Ich bin Hilda. Deine geliebte Hilda. Erkennst du mich nicht?«

»Nein, tut mir leid.« Derk zuckte bedauernd die Achseln.

»Wir haben einen Sohn zusammen. Otto«, ergänzte Hilda.

Wieder schüttelte Derk den Kopf.

»Es sind viele Bomben gefallen«, sagte er schließlich. »So viele, dass alle tot sind. Schön, dass Sie leben, Fräulein Hilda. Aber es tut mir leid, ich weiß nicht, wer Sie sind.«

Maria war nun auch näher getreten. »Er heißt also Derk?«

Hilda nickte.

»Sie sind seine Frau?«

»Ja, das bin ich.«

Marias Blick blieb skeptisch. »Sie haben ihn beim letzten Mal nicht erkannt, obwohl Sie mit ihm verheiratet sind?«

In Hilda arbeitete es fieberhaft. Sie musste nun eine glaubwürdige Begründung für ihr, zugegeben merkwürdiges, Verhalten abgeben.

»Maria, es ist mir selbst unangenehm, aber ich muss unter Schock gestanden haben. Mir wurde mit unseren Kindern im Bombenhagel alles genommen!« Hilda gelang es, sich ein paar Tränen abzuringen. »Dann finde ich meinen Mann in einem solchen Zustand wieder! Ich konnte nicht glauben, dass er es ist und dass ich ihn nicht so antreffe wie erhofft. Im Grunde ist er ja verloren.« Nun entglitt ihr ein gekonntes Schluchzen, und je mehr sie sich in den verzweifelten Zustand hineinkatapultierte, desto stärker glaubte sie selbst daran.

»Nur konnte ich das Gesicht nicht vergessen.« Immerhin sprach sie hier die Wahrheit. »Ich bekam ihn nicht aus dem Sinn und – nun bin ich hier, weil ich meinen Mann zu mir holen möchte. Es tut mir so leid, dass ich beim ersten Anblick nicht dazu in der Lage war, angemessen zu reagieren. Es ist wirklich der grenzenlosen Trauer und Ohnmacht geschuldet.«

Maria schien noch immer nicht restlos überzeugt, aber dann siegte wohl die Vorstellung, die Verantwortung endlich abzugeben, über ihre Zweifel. Denn wenn sie Hilda Glauben schenkte, würde sie Derk loswerden und hatte ein Maul weniger zu stopfen. Sie wäre frei, auch aus dem Loch zu verschwinden und sich nach einem besseren Leben aufzumachen.

»Es handelt sich wirklich um meinem Mann. Derk von Webersbach. Ich muss wie von Sinnen gewesen sein vor lauter Schreck.« Sie sah Maria mit treuherzigem Blick an und wischte ihre Tränen mit dem Handrücken fort. »Ich wurde von Tag zu Tag sicherer, dass es sich um meinen Derk handeln musste. Deshalb bin ich ja auch zurückgekommen.«

»Aber ich muss Ihnen dennoch eine Frage stellen, um ganz sicherzugehen.« Maria räusperte sich. »Ich habe diesen Mann gewaschen und aufgepäppelt, mir ist sein Körper nicht fremd.«

Hilda ahnte, worauf Maria hinauswollte. »Mir ist bekannt, dass er einen markstückgroßen Leberfleck auf der rechten Pobacke hat.«

Nun glitt ein erleichtertes Lächeln über Marias Gesicht. »Gut, dann will ich es Ihnen glauben. Das könnten Sie sonst nicht wissen.«

Dass eine Frau von Webersbach durchaus eine Affäre haben könnte, schien sie auszuschließen.

Hilda wandte sich wieder an Derk. »Ich werde dich zu mir holen. Dann erinnerst du dich bestimmt an unsere gemeinsame Zeit.«

Nun geschah etwas, womit Hilda nicht gerechnet hatte. Derk begann zu zittern. Erst war es nur eine leichte Bewegung, die sich von Gliedmaßen zu Gliedmaßen zog, bis plötzlich sein ganzer Körper bebte.

Hilda ergriff seinen Arm, um ihn aus dem Sessel zu ziehen.

»Lassen Sie ihn«, bat Maria, die hinter sie getreten war. »Er hat Schlimmes durchgemacht, und dass er nun hier bei uns sein darf, gibt ihm Sicherheit. Wir dürfen nichts überstürzen.«

Hilda konnte noch immer nicht verstehen, dass Derk vor ihr saß und sie kein bisschen einordnen konnte.

»Ich versuche es trotzdem noch einmal«, insistierte sie und berichtete von ihren Zeiten an der Elbe und in wunderschönen Hotels.

So vergingen weitere dreißig Minuten.

Doch egal, was Hilda Derk aus ihrer gemeinsamen Vergangenheit erzählte: Es folgte keine Reaktion.

»Gibt es einen anderen Menschen, der ihm sehr nah stand?«, hakte Maria nach. »Der Name könnte vielleicht Wunder wirken.«

Hilda schluckte, und sofort schob sich Linas Bild vor ihr geistiges Auge. Lina Voigt war dieser Mensch, aber sie war auch die letzte Person, die sie jetzt einschalten würde. Sie wäre wahrscheinlich die Einzige, an die Derk sich erinnerte, aber dann hätte diese Frau schon wieder gewonnen. Und sie sollte Derk nicht haben. Nicht einmal in diesem desolaten Zustand.

Deshalb schüttelte sie den Kopf. »Es gab nur mich und die Kinder, vor allem zu Otto hatte er ein enges Verhältnis. Aber der lebt nicht mehr.«

Maria schwieg. Es gab zahlreiche Schicksale wie dieses, und es war wohl besser, sie nicht zu nah an sich herankommen zu lassen.

Über Hildas Wangen kullerten plötzlich Tränen, und dieses Mal waren sie echt. Es schmerzte sie mit einem Mal, Derk so zu sehen. Es schmerzte sie, dass er sie nicht erkannte, und es schmerzte sie, dass ihr deutlich wurde, wie sehr sie diesen Mann liebte und er nicht wusste, welch intensive Stunden sie miteinander verbracht hatten. Damals, als es das alte und schöne Dresden noch gegeben hatte.

»Sie müssen ihn gefunden haben, als er auf dem Weg zu unserem Sohn war. Vermutlich hat er es nicht mehr in den rettenden Bunker geschafft.«

Maria strich Hilda über den Unterarm. »Für Sie muss das furchtbar sein.«

»Das ist es«, bestätigte Hilda mit Grabesstimme.

»Es wird bald dunkel, ich muss zurück nach Radeberg. Aber ich komme wieder und hole meinen Mann zu mir. Er gehört an meine Seite!«

*

Heute ist offiziell Kriegsende, dachte Lina. Japan hatte nach den beiden Atombombenabwürfen kapituliert, und der Zweite Weltkrieg war nun endgültig vorbei. Lina wollte sich diesen 2. September 1945 dick rot im Kalender anstreichen.

Sie hoffte, dass Amelies Eltern endlich ungestört reisen konnten. Ihre ursprünglich früher angedachte Überfahrt hatte mehrfach verschoben werden müssen, zu gefährlich war es, in der noch immer angespannten Lage, vor allem nach den Atomwaffenangriffen auf Japan, über den Ozean zu fahren, wenn es vermeidbar war.

Aber nun umklammerte Lina das letzte Telegramm: Die Goldensteins waren guter Dinge, bald aufbrechen zu können.

Amelie würde also endlich ihre Eltern und den Bruder kennenlernen. Sie würden einen langen und steinigen Weg betreten, aber Lina hoffte, dass am Ende alles gut werden würde. Bis das Wichtigste geregelt war, wollte sie weiter an ihrem Plan arbeiten, dem Milchhof etwas Schwung zu verleihen, ohne dass sie mit Karl Doden Schwierigkeiten bekamen. Ihn hätte sie schon so manches Mal gern wieder in die Wüste geschickt, aber er saß am längeren Hebel, und so ließ sie ihn bei jedem seiner Besuche einfach reden und war froh, wenn er das Kontor verließ.

Dass er nicht mehr so viel ausrichten konnte wie zu Kriegszeiten, wurmte ihn vermutlich maßlos, und es stachelte seine Wut noch mehr an, dass Lina und Alea sich von seiner Wichtigtuerei nicht beeindrucken ließen.

Er war machtlos geworden, und das war für ihn ein unhaltbarer Zustand, doch Lina fürchtete ihn seit ihrer Verhaftung nicht mehr.

Aleas neue Käsekreation war ein wunderbarer Beginn, aber um gut über die Runden zu kommen, musste schon etwas mehr passieren. Nur mahlten die Mühlen unsagbar langsam, denn natürlich standen die Aufbauarbeiten in den bombardierten Städten im Vordergrund.

Sie lebten nun unter britischer Besatzung, aber in der Region befanden sich auch viele Kanadier, die das Zepter gemeinsam mit den Briten in der Hand hielten.

Lina beschloss, etwas frische Luft zu schnappen und einen Spaziergang nach Ellenserdammersiel zu machen. Seit der Schließung des Hafens vor zwanzig Jahren hatte der Ort an Lebendigkeit verloren. Damals wurde das Petershörner Siel gebaut. Hernach war das Hafengebiet immer stärker versandet, bald würde nichts mehr davon zu erkennen sein, welch florierender Handel an den Kaianlagen an dieser Stelle betrieben worden war.

Dennoch ging Lina gern dorthin, schaute über die Marsch und hörte in Gedanken die Geräusche, die von den Kähnen herübergeweht waren. Das Scheppern und laute Knallen, wenn ein Ziegel auf die Kaianlagen fiel, das laute Rufen der Skipper und nicht zu vergessen der salzig schlammige Geruch des Wassers, der hier allgegenwärtig gewesen war.

Wie sehr hatte sie als kleines Mädchen all das geliebt,

und wie aufregend war es gewesen, mit ihrem Vater hierher zu kommen und die vielen Schiffe und mit Klinker beladenen Wagen zu bestaunen!

Lina legte ein forsches Tempo zu und hatte den Ortsrand schon bald erreicht. Bei Addicks war wie immer viel los, daran hatte sich auch nach der Schließung des Hafens nichts geändert. Hier war der Dreh- und Angelpunkt des Dorfes, hier wurden Informationen und Tratsch miteinander geteilt, das eine oder andere Gedeck mit einem Bier und einem Lütten getrunken und auf sämtliche Neuigkeiten angestoßen.

Irgendwohin mussten die Menschen schließlich gehen, wenn das Schicksal ihnen übel mitgespielt hatte.

Aber Lina wollte nicht dort einkehren, ihr persönlich war das Stammtischgesabbel verhasst, und so gefiel es ihr keineswegs, dass Heini Düker gerade aus dem Gastraum trat und sich sofort breitbeinig vor ihr aufbaute. »Na, biste unnerwegens?«

»Wonach sieht es denn sonst aus? Nun lass mich bitte vorbei!«

Doch Heini dachte gar nicht daran. Er kaute seinen Priem und schob ihn im Mund von links nach rechts. »Was von Derk gehört?«

»Nein«, antwortete Lina unwirsch. »Das hätte sich im Dorf ja wohl längst herumgesprochen!«

Heini Dükers ließ sich aber nicht abwimmeln.

»Karl Doden passt weiter auf euch auf und sorgt dafür, dass alles den rechten Weg geiht.«

Sein alkoholgeschwängerter Atem war Lina mehr als unangenehm.

»Das weiß ich längst alles. Nun lass mich bitte weiter meine Runde machen. Ich brauche frische Luft und keinen Alkoholrausch, weil du mir deinen Atem zu lange entgegengepustet hast.«

Heini war jetzt tatsächlich sprachlos und trat beiseite. Lina huschte rasch an ihm vorbei. Heini Dükers war viel zu viel mit Karl zusammen, als dass sie ihn mochte oder ihm gar vertraute. Leider folgte er ihr, wenn auch in gebührendem Abstand.

Als sie ein paar Schritte gegangen war, kam ihr plötzlich Talke entgegen, was Lina auch nicht erbaulicher fand als das Zusammentreffen mit Heini. Sie hatten sich länger nicht gesehen, und es war auffällig, wie dünn Talke geworden war. Sie hatte sich zwar ordentlich frisiert, und die Kleidung war sauber, doch ihr schütteres Haar ließ sich ebenso wenig verleugnen wie die vielen Falten, die sich in ihre Haut gegraben hatten.

»Der geiht dat nich good«, kommentierte Heini lautstark, sodass Lina es auf jeden Fall noch hören musste. »Aber ich will nix gesagt haben und muss dann mal!« Er hob kurz die Hand und torkelte in eine Nebenstraße, bis er hinter der nächsten Biegung verschwunden war.

Talke hatte Lina inzwischen erreicht. Beide Frauen standen sich taxierend gegenüber.

»Tut mir leid, was mit Derk passiert ist«, rang Talke sich schließlich ab.

Lina beäugte sie kritisch, konnte aber in diesem Satz zum ersten Mal keine Falschheit erkennen. Talke meinte das tatsächlich ernst.

»Ich reise in Kürze nach Dresden und suche ihn.«

»Das ist eine gute Entscheidung.« Talkes Stimme klang dünn. Ihr schien es gesundheitlich wirklich schlecht zu gehen, denn auch ihre Lippen waren aufgesprungen, und die Augen lagen in dunklen Höhlen.

»Du kannst dich glücklich schätzen, deinen Mann wiederzuhaben«, sagte Lina, weil ihr sonst nichts anderes einfiel und sie das Bedürfnis verspürte, freundlich zu der sichtlich geplagten Frau zu sein.

»Jo, der ist zurück.« Talke begann plötzlich zu husten. Es dauerte, bis sie sich wieder beruhigt hatte.

»Tut mir leid, aber seit dem letzten Winter werde ich das einfach nicht los.«

»Warst du schon beim Arzt?«, fragte Lina.

»Nein. Das geht schon wieder weg. Da kann mir auch kein Medicus helfen.« Es sollte wohl locker klingen, aber Lina ahnte, dass es nicht so war.

Sie war erstaunt, wie wenig kiebig Talke klang.

»Wann fährst du denn nach Dresden?« Nun bekam Talkes Blick doch etwas Lauerndes.

Lina reckte das Kinn. »Ich muss erst etwas abwarten«, antwortete sie vage.

Talke hustete erneut und rang eine Weile nach Luft.

»Und was?«, stieß sie dann aus.

Lina gab sich einen Ruck. Sie brauchte weder Talke noch Karl mehr zu fürchten. Sie konnten ihr nichts mehr anhaben, und es war ein wahrer Triumph, ihnen jetzt mit der nötigen Sicherheit im Rücken aufzuzeigen, dass sie an der Nase herumgeführt worden waren.

»Wegen der Goldensteins. Sie kommen aus Amerika zurück.«

Lina wartete zunächst, ob Talke wusste, was der Grund für die Rückkehr war. Da ihre Hände leicht zu zittern begannen, war davon auszugehen.

»Sie wollen endlich ihre Tochter zu sich holen«, fuhr Lina fort.

Talkes Zittern verstärkte sich, sie wurde blass und

schluckte, was sofort zu einem neuen Hustenanfall führte.

Als der überwunden war, huschte ein wissendes Lächeln über ihre Lippen. »Also doch! Hab ich es immer gewusst. Ihr habt Karl und Otto und alle anderen angelogen. Wie auch immer ihr das geschafft habt!«

Lina schwieg, denn das würde auf ewig ihr Geheimnis bleiben.

»Es ist gut, dass sie endlich kommen«, antwortete sie stattdessen. »So, wie es schon vor Jahren hätte sein sollen. Eltern und ihre Kinder dürfen sich nicht fremd sein.«

Lina ergötzte sich an dem verrutschten Lächeln Talkes. »Eure Zeit ist abgelaufen«, sagte sie und konnte sich ein hämisches Grinsen nicht verkneifen. »Es wird Zeit, dass ihr das einseht. Du und Karl und wer noch immer versucht, sich an dem Althergebrachten festzuklammern. Von jetzt an gelten andere Regeln. Gleichgültig, was Karl in seiner neuen Rolle auch versucht: Richte ihm aus, dass er Lina Voigt nicht klein kriegen wird. Das ist ihm all die Jahre nicht gelungen, und jetzt, wo ich nichts mehr zu verlieren habe, erst recht nicht.«

Kapitel 11

Oktober 1945

Sarah Goldenstein trat von der Gangway auf den Kai und atmete tief durch. Nun war sie also in Bremerhaven. Nach so vielen Jahren betrat sie wieder deutschen Boden. Ja, sie fürchtete sich, auch wenn sie wusste, dass dies unnötig war. Es gab doch nichts mehr, wovor sie Angst haben musste – außer davor, dass ihre Tochter sie nach all der Zeit womöglich ablehnte. Sie spürte die Hand ihres Mannes auf der Schulter.

»Es ist alles gut, Liebes. Komm, wir holen unsere Amelie!« David lächelte sie an.

Sarah ergriff Aarons kleine Hand und gab sich einen Ruck. Alles würde gut werden! Endlich wurde zurechtgerückt, was in einen falschen Lichtkegel geraten war.

Sie hatte extra nicht zuvor telegrafiert, wann sie genau ankommen würden, denn Sarah und David wollten mit Aaron erst zwei Tage in Bremerhaven bleiben, um sich zu sammeln und auf das alles entscheidende Treffen vorzubereiten. Sich zurechtlegen, was sie sagen wollten, das Land auf sich wirken lassen und schauen, ob es noch etwas in ihnen auslöste.

Doch als sie nun sahen, wie zerstört die Stadt war, wurde ihnen klar, dass es sinnlos war, sich hier nach einem Quartier umzusehen. Mit solchen Ruinen hatten sie auch in ihren schlimmsten Vorstellungen nicht gerechnet.

»Wir müssen uns doch sofort in Richtung Ellenserdammersiel aufmachen und zusehen, wie wir klarkommen«, sagte David. »Ich hoffe, es fährt ein Zug dorthin.«

Sarah nickte. Immerhin hatte Wilko dafür gesorgt, dass sie genug Geld in der Tasche hatten und dadurch unabhängig sein konnten.

»Schauen wir mal, wie wir hier wegkommen«, schlug David vor.

Sie kämpften sich mit ihren beiden großen Koffern, der Kinderkarre und den Rucksäcken durch die Menschenmenge am Kai. Schon das war kein leichtes Unterfangen, und es schien aussichtslos zu sein, das Hafengebiet zu verlassen. Außer, sie gingen zu Fuß, was mit den schweren Koffern unmöglich war. Schließlich hatten sie sehr viel mitgenommen, denn sie wussten nicht, wie lange sie bleiben würden – oder ob sie gar wieder in Deutschland sesshaft werden wollten.

»Immerhin riecht es wie früher«, versuchte David seiner Familie Mut zu machen. Denn es duftete heimisch nach See, nach Hafen und Fisch. Über ihnen kreischten die Möwen, zwei Katzen tobten über den Kai.

»Lass uns nach einer Fahrgelegenheit Ausschau halten«, meinte Sarah, ohne auf Davids Bemerkung einzugehen.

Sie entdeckte ein Fuhrwerk, das von einem klapprigen Gaul gezogen und gerade beladen wurde. Der Kutscher sah überaus armselig aus. Mit etwas Glück würde er sich über ein paar Pfennige Zusatzeinkommen freuen. Wobei es nicht so aussah, als könnte man mit Geld auch nur irgendwas kaufen.

Sie stupste David an. »Wollen wir den fragen? Vielleicht ist er so freundlich, uns wenigstens aus der Stadt zu bringen. Ich denke doch, dass es auf dem Land besser aussieht als hier, und hoffe, wir können dort auf einem Gehöft übernachten.«

David nickte. »Das wird wohl unsere einzige Möglichkeit sein. Ich hoffe, man sieht uns nicht an, dass wir Juden sind, denn ich befürchte, die Vorbehalte sitzen auch nach dem Krieg noch tief.« Er gab Sarah einen Kuss auf die Wange. »Aber nur Mut! Wartet hier, ich werde mal fragen.«

Sarah schaute ihrem Mann hinterher, wie er auf das Gefährt zusteuerte. Es war nun fertig beladen und würde sich gleich auf den Weg machen.

David sprach den Fahrer an, debattierte mit ihm, und endlich willigte der Kutscher ein. Ihr Mann drückte ihm einen Geldbetrag in die Hand, und dann winkte er seiner Familie, die sofort zu ihm eilte und den Kutscher freundlich begrüßte.

»Müsst euch hinten irgendwo dazwischenquetschen«, sagte der. »Kommt ihr aus Amerika?«

»Ja, wir sind im Krieg ausgewandert«, antwortete David. »Das war sicherer.«

»Verstehe«, brummte der Kutscher, und seine Miene versteinerte.

Sie suchten sich einen Platz zwischen alten Reifen, Flaschen und anderem Gerümpel.

»Ich kann euch bis Geestemünde mitnehmen. Ab da müsst ihr loopen. Bin ja nicht die Wohlfahrt.«

Sarah glaubte, »Judenpack« gehört zu haben, aber da sie nicht sicher war, schwieg sie und strich lieber Aaron beruhigend über die Wange, der zu quengeln begann.

Heute sind diese Vorbehalte kein Problem mehr, dachte Sarah, als sie merkte, dass sich ihr Herzschlag doch beschleunigt hatte. Wir müssen uns nicht mehr fürchten!

Dennoch zitterten ihr die Knie, und sie war froh, dass sie saß.

Ruckelnd setzte sich das Gefährt in Bewegung, und es schaukelte sich durch die Straßen mit den zerbombten Häuserfronten. Sarah umklammerte Davids Hand, der die ihre ständig ganz fest hielt und immer wieder drückte.

Es begann zu dämmern, als sie Geestemünde endlich erreichten.

»Endstation«, sagte der Kutscher. »Von hier aus müsst ihr sehen, wie ihr weiterkommt.«

»Kennen Sie eine Möglichkeit, wo wir die Nacht verbringen könnten?«, fragte David höflich. »Unser Weg ist noch so weit, das schaffen wir heute nicht mehr. Eine einfache Scheune würde uns genügen. So kalt ist es nachts ja noch nicht.«

Der Kutscher aber schüttelte nur stumm den Kopf, schnalzte mit der Zunge, und das Pferd setzte sich wieder in Bewegung.

»Und jetzt?« Sarah kämpfte mit den aufkommenden Tränen.

»Jetzt gehen wir erst mal weiter, solange wir können. Welche Wahl bleibt uns?«

Sarah seufzte leise. Deutschland hieß sie genauso kühl willkommen, wie es sie verabschiedet hatte.

*

Karl und Talke hatten sich beizeiten ins Bett gelegt, denn seiner Frau ging es nicht gut. Sie war so schwach, dass sie ihn sogar wieder im gemeinsamen Schlafzimmer duldete, nachdem sie ihn lange außen vor gelassen hatte. Er musterte seine Frau besorgt, denn sie hustete seit Tagen so arg, dass er sich inzwischen Gedanken über ihr Wohlergehen machte. Das zunächst nur leichte Hüsteln der letzten Monate, das sich nur hin und wieder in heftige Hustenattacken gesteigert hatte, nahm nun mehr und mehr zu und war inzwischen zu einer richtigen Bronchitis, wenn nicht gar Lungenentzündung geworden.

Talke schwitzte in der Nacht stark und hatte seit Tagen auch erhöhte Temperatur, die vor allem in den Nachmittagsstunden anstieg. Hinzu kam, dass sie noch mehr an Gewicht verloren hatte und wirklich krank aussah.

Jetzt begann seine Frau zu zittern, das Fieber stieg, und der Körper schüttelte sämtliche Muskeln.

»Ich hole den Arzt«, erklärte Karl.

»Nein, der kann mir doch auch nicht helfen.« Talke hustete erneut heftig, und ein paar Tropfen Blut verteilten sich auf dem Kopfkissen.

Nun geriet Karl regelrecht in Panik, denn was das vermutlich hieß, dazu brauchte es wohl wirklich keinen Arzt mehr. Talke war todkrank, und es gab nicht viele Möglichkeiten, die diese Symptome verursachten.

Er sprang dennoch auf, riss die Joppe vom Haken und rannte zum Milchhof. Dort gab es eines der wenigen funktionierenden Telefone.

Die Nacht war kühl, beim Laufen zeigten sich kleine weiße Wölkchen vor Karls Mund. Er hatte es verdammt eilig.

Die Betriebsräume waren bereits dunkel, nur im Haupthaus brannte in einem der unteren Räume noch Licht.

Karl zögerte nicht, mit den Fäusten kräftig gegen die Tür zu hämmern und zugleich am Seil der Glocke zu ziehen.

Kurz darauf öffnete sich die Haustür, und Ulla schaute ihn mit verschlafenem Gesicht an.

»Was wünschen Sie, Herr Doden? Die Herrschaften haben sich bereits zur Ruhe begeben.«

»Ich muss telefonieren! So schnell es irgendwie geht!«

Ulla knickste. »Das muss ich erst mit Frau Neunaber besprechen. So ohne Weiteres kann ich Sie unmöglich einlassen.«

»Bitte, beeil dich! Es geht um Leben und Tod!«, fuhr Karl sie an, wusste aber dann selbst, wie unangemessen sein Ton war.

»Was veranstaltest du denn für einen Lärm zu nachtschlafender Zeit?«, herrschte Lina ihn im Herannahen an. Sie hatte den Lärm offenbar gehört, war aus ihrem Haus geeilt und hatte sich eine Wollstola über die Schultern gelegt. »Lass Alea schlafen, ich kläre das«, sagte sie an Ulla gewandt.

Dann schaute sie fragend zu Karl.

»Ich muss dringend telefonieren, aber euer Hausmädchen lässt mich nicht hinein.«

»Dort haben wir ja auch keinen Anschluss, und da könnte ja jeder kommen. Das Telefon befindet sich, wie du weißt, im Kontor.«

»Bitte, dann lass mich dorthin! Es gibt doch sonst wenige Möglichkeiten. Seit dem Krieg hat doch kaum wer ein Telefon.«

Lina zog die Brauen hoch. »Es erstaunt mich, dass du ausgerechnet mich um diesen Gefallen bittest. Du kannst dir sicher an allen zehn Fingern abzählen, wie groß mein Antrieb sein dürfte, dir zu helfen.«

Karl senkte den Blick, obwohl er Lina am liebsten geradewegs mitten ins Gesicht geschlagen hätte.

»Nun, was verschafft mir die Ehre, dass du ausgerechnet zum Milchhof kommst?«

Derweil war auch Alea aus der Tür getreten. Sie rieb sich die Augen. »Was gibt es?«

»Der werte Herr Doden, unser Bewacher des Reichsnährstandes, möchte gern mitten in der Nacht unser Telefon nutzen«, gab Lina an seiner Stelle Auskunft.

Alea krauste die Stirn. »Und darf er?«

»Kommt auf den Grund an«, gab Lina zurück.

»Es ist wirklich wichtig«, flüsterte Karl. Er kam sich vor wie vor einem Tribunal.

»So?« Lina schien ihre Übermacht regelrecht auszukosten.

Es fiel Karl unglaublich schwer, auf dem Milchhof zu Kreuze zu kriechen, aber Talke war die Liebe seines Lebens, auch wenn sie sich in den letzten Jahren nicht mehr viel zu sagen gehabt hatten. Er musste sie retten – irgendwie.

»Talke. Sie hustet Blut«, brach es schließlich aus ihm heraus.

Linas Gesichtszüge wurden augenblicklich weicher.

»Komm«, antwortete sie knapp. »Warum hast du das nicht gleich gesagt!«

Lina rief Ulla und forderte sie auf, unverzüglich den Schlüssel vom Kontor zu bringen. Sie riss ihn dem Mädchen förmlich aus der Hand und stürzte anschließend mit so ausgreifenden Schritten über den Hof, dass Karl ihr kaum folgen konnte.

Er war bass erstaunt, wie wichtig es Lina war, ausgerechnet Talke zu retten. Er war davon ausgegangen, es würde ihr eine diebische Freude sein, seine Frau ins offene Messer rennen zu lassen und sie sterben zu sehen. Nun aber schien sie darauf erpicht, ihm wirklich zu helfen.

Lina schloss die Tür zum Kontor auf, und ihnen schlug die muffige Luft von alten Akten entgegen.

»Du musst dich mit dem Amt verbinden lassen.« Sie wies zum Apparat und ließ Karl in ihrem Heiligtum tatsächlich allein.

Karl hatte Doktor Willms aus Sande schnell am Apparat, und der versprach, sofort zu kommen. Allerdings musste er den Einspänner nehmen, sein Wagen war im Krieg genauso konfisziert worden wie die Fahrzeuge der Molkerei.

Karl legte den Hörer zurück auf die Gabel und trat aus dem Kontor.

»Danke«, sagte er zu Lina, als sie die Tür wieder hinter ihm verschloss. »Ich hätte nicht gedacht, dass du Talke hilfst.«

»Ich bin kein Unmensch. Dass wir uns alle nicht grün sind und es besser ist, wenn wir uns aus dem Weg gehen, ist die eine Sache. Aber deswegen lasse ich keinen Menschen sterben. Gleichgültig, was er mir angetan hat. Das Leben ist grausam genug, und die Prüfungen sind hart. Ich wäre jetzt allerdings froh, wenn du den Milchhof, so schnell es nur geht, wieder verlässt und ihn nicht weiter mit deiner Anwesenheit beschmutzt. Ich habe das getan, was ich konnte. Den Schlüssel kannst du Ulla geben, wenn du fertig bist. Schließ bitte gut ab. Hier gibt es übrigens nichts, was du irgendwie gegen uns verwenden könntest, also spar die die Mühe. Ich empfehle mich.«

In ihrem gewohnten Hochmut Karl gegenüber wandte Lina sich ab und überquerte das Betriebsgelände, auf dem schon in den nächsten Stunden wieder reges Treiben herrschen würde.

Kapitel 12

Der Herbst hatte das Land schon voll im Griff und tauchte es mit seiner bunten Blätterpracht in warme Farben. Das satte Gelb wetteiferte mit einem kräftigen Orange und dem Purpurrot und schien über das matte Braun der älteren Blätter zu spotten.

Am Morgen roch es modrig nach faulem Obst, und die Feuchtigkeit legte sich wie ein durchnässter Mantel über die Landschaft.

Die Goldensteins hatten doch noch Glück gehabt und einen Bauernhof gefunden, der sie für eine Nacht aufnahm. Zwar mussten sie in der Scheune schlafen, aber das war besser als kein Dach über dem Kopf.

Sarah war eben aufgewacht und fror. Sie bemerkte, dass es Aaron auch so ging. Der Kleine war blass, und seine Lippen waren blau gefärbt.

Die Bäuerin hatte ihnen zum Schutz vor der Kälte eine dicke Pferdedecke gegeben, und jetzt stand sie mit einem Krug angewärmter Milch vor ihnen. Unter dem rechten Arm klemmte ein Päckchen, das sorgfältig mit gewebtem Leinen umwickelt war.

»Mein Mann sagte, Sie müssen Richtung Wilhelmshaven?«

David bejahte das.

»Es trifft sich gut«, fuhr die Bäuerin fort. »Er fährt gleich mit dem Leiterwagen nach Delmenhorst und würde Sie mitnehmen. Mit etwas Glück bekommen Sie dort einen Zug nach Oldenburg. Zwar wurde die Strecke vor zwei Jahren bei einem Angriff zerstört, aber sie sollte wieder repariert sein. In Wilhelmshaven ist allerdings viel kaputt, aber bis Sande könnte es unter Umständen gehen.«

Sarah nickte und nahm der Frau dankend den Milchkrug ab.

»Ein bisschen müssen Sie sich ja stärken. Ich habe auch noch ein paar Stullen geschmiert. Wer weiß denn, wie weit Sie heute wirklich kommen. Leicht sind Reisen zurzeit wahrlich nicht.«

Sie reichte Sarah das Päckchen. »Ist etwas Schinken drin, ein paar hart gekochte Eier und ein Stück Käse. Und eine Feldflasche mit Wasser. Ich hoffe, das genügt fürs Erste.«

Sarah wusste gar nicht, wie sie sich bei der Frau bedanken sollte, und bot ihr Geld an.

Sie winkte ab.

»Wir hier sind doch keine Unmenschen, auch wenn wir momentan auch nicht mehr viel haben. Und mit Geld kann man im Augenblick ohnehin kaum was anfangen. Es gibt ja nichts.«

Sprach's und verschwand.

Sarah und David konnten ihr Glück kaum fassen, denn inzwischen knurrte ihr Magen nicht unerheblich.

Als Erstes gaben sie Aaron von der Milch, und das weckte seine Lebensgeister.

»More«, verlangte er.

Sarah gab ihm weitere Schlucke.

Dann hieß es aufbrechen, denn der Bauer war schon dabei, den Wagen zu beladen, und sie wollten ihn auf keinen Fall warten lassen.

»Die Decke könnt ihr mitnehmen und auf jeden Fall den Lütten damit wärmen«, schlug der Mann vor. »Ick bün Joost. Denn wullt wi mol, wa?«

Die junge Familie erklomm wieder die Ladefläche, aber heute war es gemütlicher, weil der Bauer Futtermittel geladen hatte und es sich zwischen den gefüllten Säcken einigermaßen aushalten ließ.

Und so fuhren sie durch die flache und manchmal moorige Gegend bis nach Delmenhorst, wo Joost sie am Bahnhof aussteigen ließ. Als David ihm ebenfalls Geld für seine Hilfe anbot, winkte der genauso ab wie seine Frau.

»Wir sind anständige Lüü, da nehmen wir für eine Gefälligkeit doch nichts. Nun macht schon, dass ihr loskommt, und viel Glück. Wo auch immer ihr es sucht. Ik persönlich wär drüben geblieben. Hier wird dat nich licht.«

Er tippte sich mit der Kante des Zeigefingers an den Schirm seiner Schiebermütze, knallte kurz mit der Peitsche und verschwand schnell im Gedränge vor dem Bahnhof.

David und Sarah nahmen die Koffer und Rucksäcke und setzten Aaron in die Kinderkarre. So steuerten sie auf den Schalter zu, um ihre Weiterfahrt zu regeln.

Heute war ihnen das Glück hold, denn gegen Abend würde tatsächlich noch ein Zug Richtung Wilhelmshaven fahren.

Leider mussten sie den ganzen Nachmittag warten,

und so setzten sie sich auf eine Bank am Bahnsteig und verzehrten den mitgegebenen Proviant.

Endlich konnten sie den Zug in Richtung Oldenburg besteigen. Sarah befürchtete die ganze Zeit, dass es dort keinen Anschluss geben würde. Doch wie durch ein Wunder gelang auch das, und sie konnten die Bahn am Nachmittag am Ellenserdammersieler Bahnhof verlassen.

Sarah blickte der laut stampfenden Lokomotive hinterher, die rasch von der Dunkelheit und den herbstlichen Nebelschleiern verschluckt wurde. Sie waren also wieder da. In der Friesischen Wehde, die ihnen Heimat und Fremde zugleich war.

*

Die Luft im Schlafzimmer der kleinen Kate war schneidend dick, und Talke atmete schwer. Am Nachmittag war das Fieber wieder gestiegen. Nicht zu hoch, aber bemerkbar. Darauf hatte Doktor Willms sie vorbereitet, aber er konnte nicht viel für sie tun. Nach einer grundlegenden Anamnese und einem neuerlichen erst grünlich-schleimigen, dann blutigen Auswurf war schnell die Diagnose offene Tuberkulose gestellt.

Karl hatte es zwar geahnt, aber das nun aus dem Mund des Mediziners zu hören war dennoch brutal.

Talke begann zu stöhnen.

»Hast du Schmerzen?«, fragte Karl.

Sie schüttelte fast unmerklich den Kopf und hauchte: »Nur müde.«

Dann wurde sie erneut von einem Hustenanfall geschüttelt.

Karl richtete ihr Kissen, schob es tiefer in den Rücken und hoffte, dass sie so besser Luft bekam.

Talkes Atem ging pfeifend und schwer, und sie hielt die Augen geschlossen. Es kostete sie immens viel Kraft, das Natürlichste der Welt zu tun.

»Hast du Durst?«

Ein fast unmerkliches Nicken folgte seiner Frage.

Karl versuchte, seiner Frau etwas Wasser einzuflößen, aber das gelang ihm nur schwerlich. Sie war nicht in der Lage, aus dem Glas zu trinken.

Erst als er ein wenig Wasser auf einen kleinen Löffel gab, gelang es Talke, die Flüssigkeit aufzunehmen, doch auch das Schlucken bereitete ihr große Schwierigkeiten.

Karl bemerkte, wie sehr sie sich bemühte, noch einmal sämtliche Kraft zusammenzunehmen, weil sie etwas sagen wollte.

»Wir haben nicht mehr lange«, flüsterte sie und schloss sogleich wieder die Augen.

Karl hätte nicht gedacht, dass es mit Talkes Gesundheitszustand so rasant bergab gehen würde.

Sie versuchte erneut zu sprechen, aber es war so leise, dass Karl sie nicht mehr verstand. Ihm standen die Tränen in den Augen. Er wusste, dass seine Frau recht hatte, aber er wollte es einfach nicht akzeptieren.

»Du musst kämpfen!«

»Ich kann nicht mehr.« Das war etwas deutlicher, aber Talke schloss die Lider sofort wieder.

Karl stand kurz auf und schaute aus dem Fenster. Er konnte es kaum ertragen, seine Frau so zu sehen.

Wie sollte er ohne sie zurechtkommen? Ja, sie hatten sich gerieben und gestritten, sich in den Haaren gelegen und sich oft entzweit. Trotzdem gab es aber keine Frau, die ihn je so fasziniert hatte wie die auf den ersten Blick so unscheinbar wirkende Talke.

War es zunächst nur der Reiz gewesen, Derk Voigt die Frau auszuspannen, hatten sich schnell tiefe Gefühle für sie entwickelt.

Sie nun so krank zu erleben traf ihn bis ins Mark, und Karl wusste plötzlich, dass er damit an seine Grenzen gekommen war. Er würde Talkes Tod nicht ertragen können. Sie war seine verletzbare Flanke. Ach, hätte er das doch bloß schon früher erkannt! Dann wäre er niemals so lange fortgeblieben. Er hätte sie gar nicht erst verlassen.

Aber er war davon ausgegangen, dass sie noch viel Zeit hatten. Im Verdrängen der Realität war er ganz groß. Warum sich jetzt plötzlich das Gesicht von Thees Bleeker, dem er in Oldenburg das Leben genommen hatte, vor sein geistiges Auge schob, konnte er nicht sagen. Er hatte viel Schlimmes getan, und ohne seine Frau war er allein. Ein armseliger Sünder, der nichts mehr vom Leben zu erwarten hatte.

Karl schreckte aus seinen trüben Gedanken auf, als Talke erneut zu husten begann und sich ein Tuch vor den Mund hielt, das kurz darauf von Blut durchtränkt war.

Er half ihr beim Abhusten und bettete sie zurück auf ihr Kissen.

»Danke, dass du bei mir bist«, flüsterte Talke.

»Ich hätte niemals fortgehen sollen«, gab Karl zurück. Dabei schweifte sein Blick nach draußen.

»Das gibt es doch gar nicht«, entfuhr es ihm.

Talke schreckte bei seinem Ausruf zusammen und riss die Augen auf. »Was?«, röchelte sie.

»Du wirst es nicht glauben, aber diese Juden sind zurück.«

»Ich weiß, und das ist gut so«, wisperte Talke. »Sie holen ihr Kind. Endlich.«

»Was sagst du da?«, schrie Karl. Vorbei waren seine reuigen Gedanken. Er sprang auf und hieb mit der Faust auf das hintere Bettteil.

»Ich wusste es«, wiederholte Talke, unbeeindruckt von seinem Wutanfall.

»Warum sind sie nicht da geblieben, wo sie hingehören? Weit weg!«

»Andere Zeiten, Karl. Akzeptiere es.«

Warum konnte sie plötzlich wieder so deutlich sprechen, während ihr eben fast die Stimme gebrochen war?

Karl marschierte mit vor der Brust verschränkten Armen im Zimmer auf und ab.

Verdammt, er war so zornig.

Auf alles.

Er wollte nicht, dass Talke starb, und er wollte auch nicht, dass Deutschland so gnadenlos unterging, und die gesamte Ordnung der letzten Jahre einfach verpuffte. Und genau das passierte gerade. Sein Land, sein Deutschland sollte es nicht mehr geben!

Talke würde ihn auch bald in die Ewigkeit verlassen, und er war dann allein. Mit seinem verlorenen Einfluss und seinen finsteren Gedanken.

Seine alten Gesinnungsgenossen hatten sich allesamt in die neue Welt verabschiedet und sich einfach umgestellt. Sie bliesen fortan in ein völlig anderes Horn und fanden das auch noch normal. Keiner hielt an den wahren Werten fest. Nicht einmal Talke.

Und er selbst? Er war doch kein bisschen besser!

Er tat so, als akzeptierte er das neue System, aber doch nur, um dem Milchhof weiter zu schaden. Nur gelang es ihm nicht, weil sich keiner mehr um ihn scherte.

Als er jetzt auch noch die Goldensteins wie selbstverständlich durch Ellenserdammersiel spazieren sah, bedeutete das für ihn, dass er auf ganzer Front gescheitert war. Seine Welt mit seinen Fundamenten war wertlos geworden, und er würde seinen Lebensinhalt verlieren.

Egal, was er auch anstellte.

Der Milchhof würde vielleicht irgendwann in die Pleite gehen, aber er, er konnte nichts tun, um das zu beschleunigen. Denn dann würde man ihn aus seiner Position entfernen. Er war ein Nichts, das sich nur über Wasser hielt, weil es glitschig wie ein Aal war.

Und Lina Voigt?

Sie hatte es zu allem Überfluss auch noch geschafft, ihn zu beschämen, weil sie ihm, ohne zu zögern, geholfen hatte. Sie hätte ihm den Anruf verweigern können und damit Talkes Ableben beschleunigen. Das hatte sie aber nicht getan.

Er wandte sich zu seiner Frau, die nach ihrem kurzen Aufbäumen wieder eingeschlafen war.

Ihr Atem ging flach und unregelmäßig.

Karl stupste sie an, aber sie reagierte nicht mehr. Fast, als hätte sie sich längst auf den Weg gemacht in eine Welt, in der er noch nichts zu suchen hatte.

»Talke? Hörst du mich?«

Es folgte keine Reaktion. Um ihn herum tat sich große Düsternis auf. Wieder suchten ihn seine trüben Gedanken heim und umschlossen ihn wie eine dichte Nebelwand. Noch nie hatte er sich so einsam und ohnmächtig, ja, unglücklich gefühlt.

Karl setzte sich wieder, nahm ihre Hand und schaute seine geliebte Frau an. Stunden um Stunden saß er dort.

Talke aber war dabei, ihren letzten Weg zu gehen. Ohne ihn.

*

Lina machte wie jeden Abend ihre Runde über das Molkereigelände. Das hatte sie sich seit ein paar Wochen wieder angewöhnt, denn es tat gut, wenn sie wusste, dass auf dem Milchhof alles in Ordnung war. Dann schlief sie besser, und es vermittelte ihr ein Gefühl der Sicherheit, wenn sie überprüft hatte, dass keine Maschine an geblieben und alles gut verschlossen war.

Natürlich führte ihr Weg sie auch in die Käserei. Allein weil sie den Duft des Käses so mochte. Dieser leicht säuerliche Geruch, gepaart mit dem von Rahm und Gewürzen … Es gab nichts Besseres.

Erst aber inspizierte sie die Fertigungshalle für die Butter und stellte dort fest, dass die Kühlung nur unzureichend eingestellt war. Doch das konnte sie mit wenigen Handgriffen wieder in Ordnung bringen. Dann ging es weiter in die Flaschenreinigung, und sie musste verärgert feststellen, dass ihre Mitarbeiter einen Großteil noch gar nicht gesäubert hatten. Dazu würde sie am nächsten Morgen alle zum Rapport einbestellen, denn das ging nicht. War die rohe Milch erst fest eingetrocknet, wurde es immer problematischer, die Behälter zu reinigen.

In der Milchanlieferung brannte noch Licht. Energisch drückte Lina den Schalter aus. Gut, dass sie alles kontrolliert hatte, meist fand sie etwas, was noch in Ordnung zu bringen war.

»Hier stimmt alles«, murmelte sie, bemerkte dann allerdings eine säuerliche Note, die in dieser Intensität nicht sein durfte.

Lina umrundete die Wanne, und tatsächlich: Dahinter befand sich eine Milchlache, die schon geronnen war.

»Wat für een Malör!«, entfuhr es Lina zornig. »Und das in der Lebensmittelherstellung!«

Das ging gar nicht. Hygiene war oberstes Gebot, und es war absolut notwendig, solche Milchpfützen augenblicklich zu beseitigen. Sie lockten Ratten an und konnten dafür sorgen, dass Keime auf den Milchhof und womöglich in Butter und Käse gelangten.

Auch das wollte sie am nächsten Morgen auf den Tisch bringen. Alea ließ die Zügel wohl doch etwas zu sehr schweifen.

Nun folgte noch der Gang in die Käsefertigung und die Lagerungshalle. Das Kontor wollte Lina aussparen, die Zahlen hatte Alea hoffentlich im Griff.

Ach, was liebte sie die Käserei. Sie war und blieb ihr Steckenpferd!

Dieser Bereich war das Schönste, was Lina sich im Leben vorstellen konnte. Leider war um diese Zeit die Käseharfe nicht in Betrieb. Kurz vor dem Krieg hatten sie sie auf Elektrobetrieb umgestellt, und Lina hatte so gern neben dem Bottich gestanden und dem beruhigenden Geräusch gelauscht. Dabei die Milch mit dem Lab beobachtet und sich gefreut, wenn die Molke zum Teil abgelassen wurde und sich die Flüssigkeit dadurch verdickte.

Daraus wurde das leckerste Nahrungsmittel der Welt gemacht. Käse, in allen Varianten. Käse, Käse und nochmals Käse.

Lina ging weiter in den Raum, wo sich die Bottiche mit der Salzlake befanden. Sacht strich sie über die glänzenden Ränder. Die Lake war trüb und wirkte auf Außenstehende bestimmt alles andere als appetitlich.

Aber nur das Bad in der Lake machte den Käse am Ende so richtig schmackhaft. Kam er pur dort hinein, war er eben milder, mit Kräutern und anderen Zutaten versprach er eine besondere Würze zu bekommen. Und dann war es ausschlaggebend, wie er reifen durfte. Dafür gab es den nächsten Raum, wo sämtliche Laibe auf Holzbrettern übereinander gestapelt lagen und regelmäßig von Hand gewendet wurden. Dabei war es wichtig, die richtigen Zeiten einzuhalten.

Schon früh hatte sie ein System eingeführt, mit dem zu erkennen war, wie lange die bestimmten Sorten reiften. Dazu hing vorn an der ersten Lattung ein Zettel mit den notwendigen Informationen. Wann der Käse aus der Lake gekommen war, um welche Sorte es sich handelte, und so weiter. So konnte nicht viel passieren.

Noch immer aber waren die Regale ziemlich leer, weil sie wegen des Reichsnährstandes ihre gesamte Konzentration auf die Herstellung der Butter legen mussten, damit sie keinen Ärger bekamen.

Wie wunderbar wäre es, wenn sie ihre Produktpalette schon bald wieder erweitern würden! Sie musste unbedingt mit Alea darüber sprechen.

Lina schloss die Augen, und sie hatte sofort das Bild von gefüllten Regalen mit unterschiedlich großen Käselaiben vor Augen. Die kleinen, die nicht ganz so lange in der Lake verweilen durften, lagen wie früher im rechten Teil, aber schon da nach Sorten getrennt.

Links befanden sich die dicken, fast wagenradgroßen Laibe, deren Anblick sofort das Wasser im Mund zusammenlaufen ließ.

Zum Teil hatten sie eine gelbliche Färbung, das waren die Sorten, die sie alle drei Tage mit einer Wachsschicht versahen, bis sie schließlich in einem leuchtenden Gelb an den Endverbraucher geliefert werden konnten.

Die anderen bekamen nur eine Salzschicht.

Lina öffnete die Augen. Ja, es musste bald wieder so sein. Die Regalböden würden sich unter der Last der Laibe wölben, und sie konnten endlich wieder wunderbare Geschäfte mit ihrem Lieblingsprodukt machen.

Lina verließ das Lager, vergewisserte sich, ob in dieser Halle alles in Ordnung war, und verschloss die Tür.

Noch zweimal den Schlüssel umdrehen, damit wirklich alles abgesichert war.

Draußen war es kühl, und es roch feucht-modrig. Der Herbst hatte mit großen Schritten Einzug gehalten und machte das auch mit den kräftigen Böen, die aus Nordwest über die Marsch wehten, spürbar.

Lina mochte diese Jahreszeit, weil sie das Land so herrlich bunt einfärbte, bevor es im Winter in sein tristes Grau verfiel. Da es an der Nordsee nicht so häufig schneite, gab es monatelang auch kaum Abwechslung aus dieser Eintönigkeit. Umso mehr genoss Lina jetzt die Schönheit der Natur, die sich final noch einmal so richtig herausputzte.

Leider konnte sie in der jetzt herrschenden Dunkelheit davon nichts sehen, aber sie roch das faulige Obst, das sie nicht mehr rechtzeitig von den Bäumen bekommen hatten, sie spürte die Feuchtigkeit, und sie hatte das Summen der vielen Mücken im Ohr, die sich in Richtung des Lichts bewegten, um sich noch vor Einbruch der Kälte ein wenig an der Wärme zu laben und so den Winter vielleicht zu überleben.

Doch ihre Betrachtungen wurden gestört, weil Lina Schritte hörte, die auf das Hoftor zueilten.

Sie blieb im Eingang der Käsefertigungshalle stehen und schaute, wer um diese Zeit noch unterwegs war.

Kurz darauf betraten ein Mann und eine Frau mit einem Kinderwagen den Hof.

Lina erfasste sofort, wer das war.

»Sarah, David!«, schrie sie auf, und dann rannte sie den dreien mit ausgebreiteten Armen entgegen.

Kapitel 13

Sind das Amelies Eltern?«, fragte Enna, als sie sich am nächsten Morgen an den Frühstückstisch im Haupthaus setzte, und die Neuankömmlinge mit misstrauischem Blick betrachtete.

»Das sind Sarah, David und der kleine Aaron«, erklärte ihre Mutter mit ruhiger Stimme. »Bitte heiße sie willkommen, es sind alte Freunde vom Milchhof. Sarah war hier vor dem Krieg eine Weile beschäftigt.«

»Moin«, quetschte Enna heraus. Zu mehr war sie nicht fähig.

»Moin, Enna. Dich kenne ich ja noch als junge Deern«, begrüßte Sarah sie. Sie sprach das alles merkwürdig aus, wahrscheinlich hatte sie diesen amerikanischen Besatzerakzent angenommen, weil sie lange beim Feind gelebt hatte.

»Jo«, antwortete Enna knapp. »Weiß Emily oder Amelie denn schon, dass ihr da seid?«

Sarah antwortete nicht.

Enna freute sich, denn mit der Frage hatte sie offenbar einen wunden Punkt getroffen. Das Mädchen befand sich noch in der Schule und war früh aus dem Haus gegangen.

Jedenfalls lief Sarah auch noch tiefrot an, und ihre Hände begannen zu zittern. David strich ihr beruhigend über den Unterarm.

Ennas Mutter mischte sich sofort ein.

»Amelie weiß es nicht. Die Goldensteins sind gestern erst sehr spät eingetroffen, und wie du weißt, ist sie in der Schule. Wir hielten es für besser, wenn sie sich erst nach ihrer Rückkehr treffen, damit sie genug Zeit haben.«

Ihr Blick in Richtung Enna war warnend genug, sodass sie sich sofort auf die Unterlippe biss.

Es war wohl besser, sich momentan nicht mit ihrer Mutter anzulegen. Seitdem ihr Vater zurück war, stand sie arg unter Druck und regte sich schon über Kleinigkeiten auf, denn Ennas Vater hatte sich im Krieg stark verändert, und das setzte ihrer Mutter zu. Er schrie oft in der Nacht, dann wieder saß er stundenlang lethargisch in der Stube. Ob es sich mal besserte, wusste Enna nicht.

Es klopfte, und Ulla stand in der Tür.

Ihr folgte Oma Lina, die sich sofort an dem Hausmädchen vorbeischob.

»Was gibt es?«, fragte Alea, denn Ulla wirkte nervös.

»Ich habe Doris vorhin ins Dorf geschickt, weil sie von Bauer John was besorgen sollte.«

»Und?«, hakte Ennas Mutter unwirsch nach.

Enna kroch eine furchtbare Ahnung über den Rücken. Wie eine Schlange, die man spürt, der man aber zugleich machtlos ausgeliefert ist. Sie ahnte, dass gleich eine schreckliche Nachricht folgen würde.

»Es wird im Dorf erzählt, dass Karl und Talke tot sind und sogar die Kriminalpolizei da war«, berichtete

Ulla aufgeregt. »Er soll in einem Abschiedsbrief sogar den Mord an Herrn Bleeker gestanden haben.«

»Wie bitte?«, hakte Ennas Oma sofort nach. »Talke und Karl Doden? Beide tot? Und er hat es endlich zugegeben?«

»Ja«, bestätigte Ulla.

Plötzlich wurde es totenstill im Speiseraum.

Es dauerte eine Weile, ehe Oma Lina das Wort ergriff. »Talke war sehr krank, weshalb Karl vom Milchhof aus telefonieren musste, um den Arzt herbeizurufen«, erklärte sie schließlich. »Damit war also zu rechnen, sie hatte große Lungenprobleme, und man munkelte, sie leide an Tuberkulose. Aber wenn es einen Abschiedsbrief gibt, dann hat Karl sich wohl das Leben genommen.«

Ulla knickste. »Gerüchten nach ja! Mit den Tabletten von Frau Doden.«

Enna sackte in sich zusammen. Nicht nur die Welt, in der sie aufgewachsen war und die sie verstanden hatte, war über Nacht mit einem einzigen Handstreich hinweggewischt worden. Nun waren auch noch die einzigen Menschen fort, die ihr immer den nötigen Halt gegeben hatten. Ihre Ohnmacht war plötzlich so übermächtig, dass sie es kaum ertrug.

Ihr entfuhr ein lautes Schluchzen. »Das kann nicht sein. Nicht Karl und Talke. Nicht die beiden! Und er ist doch kein Mörder!«

Oma Lina näherte sich und wollte Enna in den Arm nehmen, doch sie stieß ihre Großmutter weg.

»Lass mich! Ihr freut euch doch alle diebisch, dass es die beiden nicht mehr gibt.«

Enna sprang auf und stürzte hinaus. Sie wusste nicht,

wohin sie wollte, nur dass sie es auf dem Milchhof nicht länger aushielt. Warum nur war plötzlich alles verkehrt, was ihr jahrelang als der richtige Weg aufgezeigt worden war?

*

Hilda war froh, dass Derk nun doch bei ihr in Radeberg angekommen war. Es war kein leichtes Unterfangen gewesen, weil er sich zunächst standhaft geweigert hatte, ihr zu folgen. Erst als sie ihm ein Foto von sich, Otto und ihm gezeigt hatte, war sein Widerstand gebrochen, und er musste einsehen, dass er ihr Ehemann war. Auf dem Amt würde sie das irgendwie klären. Da konnte er natürlich nicht von Webersbach heißen, wie sie es Maria weisgemacht hatte. Denn ihr Mann war schon vor dem Krieg gestorben, und das würde auffallen.

Aber wieso sollte sie nicht einfach zu Frau Voigt werden? Es war so viel zerstört worden, sie würde schon eine Möglichkeit finden.

Frau Schadewald hatte sie nur erzählt, dass ihr Mann wiederaufgetaucht war, und so weitere Nachfragen vermieden. Leider sprach sie ihn mit Herrn von Webersbach an. Hilda überlegte noch, welche Begründung sie nun geben sollte, dass sie beide Voigt hießen.

Sie entschloss sich zu einer Lüge und fing ihre Vermieterin im Hausflur ab.

»Ich muss mit Ihnen reden, Frau Schadewald.«

»Worüber?«

»Über mich und meinen Mann. Ich heiße nämlich gar nicht von Webersbach.« Sie senkte den Blick und tat verschämt. »Das habe ich nur behauptet, weil ich Eindruck schinden wollte, schließlich war ich bei unserer ersten Begegnung arg heruntergekommen.«

»Oje, habe ich so überheblich auf Sie gewirkt?« Frau Schadewald schien erschrocken, und Hilda hatte sie da, wo sie sie haben wollte.

»Nicht der Rede wert«, sagte sie. »Aber ich wollte Ihnen nur sagen, dass wir einfach Voigt heißen. Ganz simpel Voigt.«

»Willkommen, Frau Voigt, und grüßen Sie Ihren Herrn Gemahl!«

Hilda nickte zufrieden. Das Problem war gelöst, und Frau Schadwald hatte ihr alles, ohne zu hinterfragen, geglaubt. Wie sie es später bei den Behörden deichseln würde, musste sie sich noch überlegen. Denn auf Dauer konnten sie nicht ohne Papiere leben. Doch darum wollte sie sich später kümmern. Sie musste sich mit den Lebensmittelkarten eben einschränken, weil nur ihr etwas zustand. Jetzt war die Kuh erst einmal vom Eis.

Nun konnte sie und Derk nichts und niemand mehr trennen. Das gefiel Hilda!

Wie lange hatte sie sich danach gesehnt, endlich mit ihm vereint zu sein, vor allem, nachdem ihr Mann von ihr gegangen war und sie Derk glücklich an Linas Seite wusste.

Das war nun Geschichte. Derk gehörte ihr, und sie konnte ihn so formen, wie sie es für richtig hielt.

Lina würde ihn in Radeberg nicht suchen, und weil er sich nach wie vor an nichts erinnern konnte, würde er sie auch nicht kontaktieren.

Lina musste davon ausgehen, dass er bei dem Bombenangriff in Dresden ums Leben gekommen war, und wahrscheinlich hatte sie sich längst damit abgefunden. Momentan bestand ohnehin kaum eine Möglichkeit, nach Dresden zu reisen, und so hatte sie, Hilda, Zeit und Muße, Derk seine Vergangenheit einzutrichtern.

Selbst wenn Lina doch noch in die Stadt käme, würde sie ihn dort nicht finden und ganz sicher nicht in Radeberg vermuten.

Frau Schadewald hatte natürlich volles Verständnis dafür gehabt, dass Hilda ihren Angetrauten zu sich holen musste, und nun war der Gerechtigkeit genüge getan. Hilda hatte den Mann, den sie liebte und der nun glaubte, dass er sie lieben musste. Und ihre vermaledeite Einsamkeit hatte endlich ein Ende.

*

»Erzählt mir mehr von meinem Sohn«, bat Lina.

Sie saß noch immer mit Sarah und David im Esszimmer, weil sie sich so viel zu berichten hatten. Gleich müsste Amelie aus der Schule kommen, dann würden sie nach so vielen Jahren endlich ihre Tochter in den Arm nehmen können.

Sarah war sichtlich nervös. Ständig wischte sie imaginäre Krümel vom Tisch, dann wieder rollte sie die Serviette mit Daumen und Zeigefinger ein.

David versuchte seine Frau zu beruhigen, indem er seine Hand auf ihren Unterarm legte und über ihre Haut streichelte.

»Wilko und Mary geht es gut«, gab David Auskunft. »Er hat sich mit seiner Schnapsfabrik wirklich einen Namen gemacht, und alles läuft ganz wunderbar.«

Lina freute sich, das zu hören. Doch eigentlich brannte

ihr die ganze Zeit eine Frage unter den Nägeln. Sie fürchtete die Antwort, wollte aber auch Gewissheit haben.

Sarah schaute sie mitleidig an. Sie ahnte, was Lina wirklich wissen wollte.

»Lina, es tut mir sehr leid, aber ich glaube, Wilko wird nicht zurückkommen. Er scheut den Gang in dieses Land, nach allem, was ihm passiert ist. Wir können es gut nachvollziehen, und ohne Amelie hätten auch wir keinesfalls mehr deutschen Boden betreten.«

Der Gurt um Linas Herz wurde enger. Ihr fiel das Atmen schwer. Natürlich hatte sie mit dieser Auskunft gerechnet, nur war da dieses kleine Fünkchen Hoffnung gewesen, dass Wilko vielleicht doch noch einmal den Wunsch geäußert hatte, seine Mutter, aber auch seinen Sohn Behrend sehen zu wollen.

»Das tut dir weh, nicht wahr?«, fragte Sarah mitfühlend.

Lina nickte. »Außer Alea und Enna habe ich niemanden mehr. Alle fortgespült. Dann werde ich wohl meinen Sohn nie wiedersehen, das ist kein angenehmer Gedanke.«

»Du könntest nach Amerika reisen, noch bist du rüstig«, schlug David vor. »Es ist nicht schlimm, mit dem Schiff zu fahren. Eigentlich sogar inzwischen ganz komfortabel.«

Lina sog die Luft scharf ein. »Ich soll so lange fort? Wo ich das Dorf bislang nur zwei Mal in Richtung Dresden verlassen habe? Ich kann doch so was gar nicht. Wahrscheinlich würde ich wer weiß wo landen, aber nicht in New York. Und außerdem …«

»Was und außerdem?«, kam es wie aus einem Munde von Sarah und David.

»Außerdem werde ich versuchen, noch einmal nach Dresden zu fahren, um Derk zu suchen. Ich kann seinen Verlust nicht einfach so akzeptieren.«

»Das ist überaus verständlich«, meinte David. »Wäre Sarah verschwunden, würde ich genauso handeln.«

»Auf jeden Fall kann ich nicht nach Amerika«, stellte Lina klar.

»Wir reden ein anderes Mal darüber. Aber wir sollten die Idee nicht aus den Augen verlieren.« Sarah lächelte verständnisvoll. »David und ich wissen ja auch noch nicht, ob und wie lange wir in Deutschland bleiben werden. Das hängt ganz davon ab, wie Amelie reagiert. Wir werden sie kein zweites Mal verlassen, und sie darf das bestimmen. Unser zukünftiges Leben wird sich an ihr und ihrem Wohlbefinden orientieren. Es ist schlimm genug, was wir alles durchleben mussten, und es wird Zeit für etwas mehr Ruhe.«

Sarah stand kurz auf, weil Aaron, den sie auf der Chaiselongue schlafen gelegt hatten, unruhig wurde. Doch er hatte wohl nur schlecht geträumt und schlief gleich wieder ein.

Lina hatte in der Zeit über den Vorschlag der Goldensteins nachgedacht.

»Ihr meint also tatsächlich, ich sollte euch, falls Amelie auch nach Amerika möchte, begleiten?«, hakte Lina nach.

»Das wäre eine Möglichkeit«, bestätigte David.

»Und wenn ihr es euch anders überlegt, muss ich halt allein fahren. Sobald ich das in Dresden geklärt habe.«

»Genau. Aber wie Sarah schon sagte: ›Gucken wir erst einmal‹.«

»Klingt einfach, aber das ist es nicht«, überlegte Lina laut. So verlockend das alles zunächst klang, es gab noch mehr Steine, die zu überwinden waren.

»Ich werde auf dem Milchhof gebraucht. Ich kann gar nicht so lange hier weg. Und mal eben kurz in die Vereinigten Staaten zu reisen, ist utopisch.« Sie machte eine wegwerfende Handbewegung.

»Vergessen wir das Thema. Ich werde meinem Sohn einen längeren Brief schreiben. Vielleicht kann ich ihn ja doch noch überzeugen, und er ringt sich durch, der Heimat einen Besuch abzustatten.«

Lina ignorierte Sarahs Blick, weil sie die Zweifel nicht sehen wollte.

Mittlerweile durchzog der würzige Duft von Linsensuppe das Haus. Linas Magen knurrte, sie hatte am Morgen nur etwas Joghurt gegessen. Sie mochte das und würde das Produkt gern auch in ihr Angebot aufnehmen, aber noch waren ihnen die Hände gebunden. So blieb ihnen momentan nur, ihn für den Eigenverbrauch zu kultivieren. Lina versuchte da einiges, und inzwischen gelang ihr eine sehr leckere und cremige Variante, die das Potenzial hatte, ein Verkaufsschlager zu werden, wenn sie das Produkt in großen Mengen herstellten.

»Und nun erzählt mal genauer, wie es euch da drüben ergangen ist. Bis Amelie kommt, haben wir ja noch etwas Zeit.«

Sarah begann, und David ergänzte.

Sie waren von Wilko und Mary herzlich willkommen geheißen worden. Schnell hatten sie Kontakt zu anderen geflohenen Juden gehabt. Das hatte geholfen, auch wenn sie nach wie vor nicht besonders streng mit ihrem Glauben umgingen. Aber der Zusammenhalt mit den Menschen, die ein ähnliches Schicksal erlitten hatten, tat ihnen allen gut.

»Es haben sich echte Freundschaften entwickelt, die wir nicht missen wollen«, endete Sarah schließlich. »Der Kummer wegen Amelie war für uns allein oft nicht zu ertragen.«

»Wir wussten schließlich, dass uns unsere Tochter vergessen musste, sonst wäre ihr Leben in Gefahr gewesen. Nun erzähl du uns bitte, wie sie auf die Wahrheit reagiert hat«, fügte David ergänzend hinzu. »Wir wollen ein wenig vorbereitet sein, und so schlimm es für uns ist: Du kennst sie besser als wir.«

Lina ließ sich Zeit, denn sie wollte weder Sarah noch David beunruhigen. Aber es wäre auch nicht richtig, alles zu beschönigen, denn es war unklar, wie die Deern am Ende wirklich auf das Zusammentreffen reagieren würde. Sie schwankte in ihren Reaktionen ständig von himmelhoch jauchzend bis zu Tode betrübt. Wie sollte sie es da wagen, eine Prognose zu stellen?

»Ich kann euch nicht sagen, was gleich passieren wird«, begann sie vorsichtig. »Amelie ist hin- und hergerissen mit ihren Gefühlen. Sie freut sich auf euch, das schon, aber sie ist auch unglaublich wütend auf die Situation. Wir müssen es abwarten, so leid es mir tut.«

»Danke, liebe Lina. Für alles.« Sarah hatte Tränen in den Augen. Diese Trauer sagte so viel mehr aus als alle Worte.

*

Enna wartete auf Amelie. Sie passte sie an der Wegbiegung zum Milchhof ab. Irgendwo musste sie hin mit ihrer Wut und der Ohnmacht, die sie innerlich zerriss.

Da kam ihr Amelie ganz recht.

Mit ihr hatte sie vor lauter Eifersucht noch ein Hühnchen zu rupfen. Jahrelang war sie als Oma Linas Enkelin in den Genuss ihrer Liebe und auch ihrer großzügigen Zuwendungen gekommen.

Jahrelang wurde sie von allen Ellenserdammersielern als zukünftige Miterbin hofiert, und ihr waren Respekt und Anerkennung zugeflossen, die ihr nicht zustanden.

Kaum war jedoch der Krieg vorbei, war plötzlich alles anders. Von einem Tag auf den anderen hatte Oma Lina neue Eltern für Amelie aus dem Hut gezaubert.

Amelie war also vollkommen zu Unrecht als Erbin vom Milchhof aufgewachsen, und selbst jetzt, wo die Wahrheit ans Licht gekommen war, behauptete Ennas Großmutter, sie würde dennoch weiterhin als Amelies Oma fungieren.

Damit kam sie nicht zurecht. Und mit wem konnte sie reden?

Mit niemandem, denn ihre engsten Vertrauten waren tot und hatten sie mit der Schmach der Niederlage und ihrem Kummer allein gelassen.

Aber diese gesamte Ungerechtigkeit würde Enna nun wieder durch ein kleines Spiel ins Gleichgewicht bringen. Wenn sie Amelie einen gehörigen Schrecken einjagte, den sie so schnell nicht würde vergessen können, hatte sie ihrem Unmut wenigstens Luft gemacht. Ihre furchtbar bösen Worte über Amelie und die jüdische Abstammung bereute sie längst, nur fand sie es schwierig, alles wieder zurückzunehmen und sich zu entschuldigen. Was gestern richtig war, galt heute als falsch. Wie sollte sie damit umgehen? Wie die Welt verstehen? Ach, es machte sie nur noch zornig.

Amelie winkte schon von Weitem.

»Moin, Enna, schön, dass du mir entgegenkommst!«, rief sie erfreut aus. »Warum tust du das?«

»Ich habe eine Überraschung für dich.« Enna lächelte und hoffte, es würde ehrlich wirken.

Aber Amelie war naiv und hinterfragte bestimmt nichts, was Enna ihr erzählte.

»Ich liiiiebe Überraschungen!« Das Mädchen hüpfte aufgeregt hin und her. »Nun rück schon damit raus! Was ist es?«

Enna legte den Kopf schief. »Auf dich wartet Besuch, und ich habe durch Zufall gehört, dass der sich sehr über frische Champignons freuen würde.«

»Was für ein Besuch? Etwa …?«

»Etwa, ja«, bestätigte Enna.

Amelie kreischte beglückt auf. »Dann muss ich sofort hin! Ich warte doch schon so lange, und ich bin ihnen überhaupt nicht mehr böse!«

Diese Vorfreude spielte Enna in die Karten, darauf hatte sie gehofft.

Sie packte Amelie am Arm. »Warte! Du hast mir nicht richtig zugehört! Ich glaube nicht, dass du deinen Eltern mit leeren Händen gegenübertreten möchtest.« Sie nickte ihr auffordernd zu.

Nun stutzte Amelie doch. »Meinst du? Ich möchte aber doch sofort hin! So lange war ich böse auf sie, aber Oma hat mir deutlich gemacht und genau erklärt, wie ungerecht und dumm das war. Und nun freue ich mich so sehr, sie zu sehen!«

»Gemach.« Enna lächelte. »Auf die paar Minuten kommt es doch gar nicht an. Sieh mal, du hast sie so lange nicht gesehen, da finde ich, du solltest ein paar Minuten investieren und ihnen ein kleines Willkommensgeschenk mitbringen. Ein echtes aus der Wehde.«

»Und was? Hier gibt es doch nichts.« Amelie zuckte mit den Schultern.

Enna zog verschmitzt die Brauen hoch. »Und ob es was gibt. Schau mal da hinten auf der Weide unter dem Baum!«

Amelie folgte ihrem Finger.

»Was ist da?«

»Champignons. Frische Wiesenchampignons!« Enna ließ die Worte genüsslich über ihre Lippen gleiten.

Jetzt wirkte Amelie unsicher. »Aber warum sollten sie sich darüber freuen? Ich habe nicht einmal ein Körbchen dabei, und wenn ich nur zwei Pilze pflücke, können sie damit gar nichts anfangen.«

»Natürlich habe ich vorgesorgt, du kennst mich doch!« Sie hob ein Körbchen auf, das sie zuvor im Gras deponiert hatte. »Und ich weiß genau, dass sie sich nach diesen Pilzen verzehren, weil sie so lange keine Marschwiesenchampignons bekommen haben.«

»Woher weißt du das?«, fragte Amelie, und ihr Blick schweifte begehrlich zu der Stelle mit den Champignons.

»Ich habe meine Ohren überall und zufällig beim Frühstück gehört, dass sie von der alten Heimat geschwärmt haben und im Herbst früher gern in die Pilze gegangen sind. Du würdest ihnen also ein Stück Friesland zur Begrüßung mitbringen.«

So ganz schien Amelie dennoch nicht überzeugt. »Ich würde doch viel lieber gleich nach Haus gehen und dann vielleicht mit ihnen zusammen die Champignons sammeln. Ich weiß ja jetzt, wo wir sie finden.«

»Die anderen auch! Was meinst du wohl, wie lange sie dort stehen, wenn du nicht sofort zugreifst! Alle warten doch nur darauf, diese Delikatessen zu finden und zu braten oder für Soßen zu trocknen.«

Amelie stellte immerhin ihre Schultasche ins Gras, griff aber noch nicht nach dem Körbchen.

Enna wurde langsam ungeduldig.

»Harrijasses nej, Amelie. Komm endlich in die Hufe!«

Sie knickte ein. »Gut, dann gib den Korb her. Ich hole die paar da vorn. Aber dann will ich ganz fix nach Hause gehen. Ich bin wirklich aufgeregt.«

»Mach zu, ich warte hier.«

Endlich setzte sich Amelie in Bewegung.

Enna war zufrieden. So hatte sie sich das vorgestellt, ihr Plan ging auf. In wenigen Minuten würde Amelie den Schreck ihres Lebens bekommen! Die Lütte konnte schnell rennen, und das würde sie heute auch müssen.

Enna warf einen Blick zum hinteren Teil der Weide, wo sich die Jungbullen balgten. Die hatte das dumme Ding in ihrer Aufregung wegen der Ankunft der Eltern aus Amerika natürlich nicht bemerkt.

Es war furchtbar gefährlich, auf der Weide herumzuspazieren, denn auch der Bulle Viktor graste mit ihnen dort, und mit dem war nicht gut Kirschen essen. Aber genau das war Ennas Plan. Die jungen Bullen waren neugierig und überaus verspielt. Sie würden sofort zu Amelie rennen, wenn sie sie auf der Weide bemerkten, und ihnen folgte ganz sicher Viktor, der sie ordentlich antreiben würde.

Amelie hob den Draht und kletterte auf das Weideland.

Sie hatte die Bullen tatsächlich noch nicht bemerkt und lief ganz unbedarft mit flinken Schritten auf die Eiche zu, in deren Umkreis etliche weiße Köpfchen aus dem noch immer sattgrünen Marschgras lugten.

Der erste Jungbulle hob neugierig den Kopf und gab ein leises Brummen von sich, das Amelie in ihrem Eifer allerdings auch nicht bemerkte. Sie winkte Enna zu, und schließlich hatte sie die Pilze erreicht.

»Hier stehen auch Hallimasch!«, rief sie fröhlich. »Die sammle ich zusätzlich ein, denn die schmecken recht würzig!«

Ihr Rufen weckte die Aufmerksamkeit der anderen Bullen, und wie erwartet bildeten sie erst einen Pulk und machten sich dann auf den Weg zu Amelie. Ihnen folgte Viktor, der bereits angriffsbereit mit dem rechten Huf auf dem Gras schabte.

Mist, das lief jetzt so richtig aus dem Ruder, dass er so wütend auf den unerwarteten Besuch reagieren würde, hatte Enna nun doch nicht erwartet. Wenn der Bulle gleich losstürmte, würde es für Amelie mehr als brenzlig werden.

Enna blieb vor Schreck der Ruf im Hals stecken.

Kapitel 14

Wo bleibt denn nur Amelie?«

Lina schaute ungeduldig aus dem Fenster. Die Deern war schon zehn Minuten über der Zeit, was ungewöhnlich für sie war, den Amelie neigte nicht zum Herumtrödeln.

Auch ihre Eltern waren sichtlich nervös, denn natürlich hatte Lina ihnen gesagt, wann mit ihrer Tochter zu rechnen war.

»Hast du eine Ahnung, wohin Enna gegangen ist?« Alea schaute ins Esszimmer.

Lina zuckte mit den Achseln. »Leider nein. Ich habe sie seit dem Frühstück nicht gesehen. Der Tod von Karl und Talke hat sie sehr getroffen. Wahrscheinlich möchte sie eine Weile allein sein und hat sich in ihrem Schmerz verkrochen.«

»Wahrscheinlich«, wiederholte Alea in Gedanken versunken. So ganz glaubte sie wohl nicht daran.

»Was bedrückt dich?«

»Ach, Mutter, ich will hier keine Unruhe verbreiten, aber ich mache mir so meine Gedanken. Nicht wegen Amelie, sondern wegen Enna. Wir müssen uns nichts vormachen, aber unsere Tochter ist uns entglitten, und ich habe Sorge, dass sie jetzt, nach Karls und Talkes Tod, etwas Unüberlegtes tut.«

»Was willst du damit andeuten?«, mischte sich nun Sarah Goldenstein ein. Die Besorgnis stand ihr ins Gesicht geschrieben. »Habt ihr Befürchtungen, sie tut sich was an?«

Alea schürzte die Lippen. »Ich hoffe nicht, aber sie ist sehr labil, nachdem für sie eine Welt zusammengebrochen ist. Ich möchte Enna suchen gehen. Ich glaube, sie braucht mich in dieser Situation.«

Lina erhob sich.

»Ich komme mit«, sagte sie.

In Windeseile stand Lina im Flur, schlüpfte in ihre derben Lederschuhe und griff nach der gefütterten Joppe, die sie seit Jahren gern trug, weil es nichts Besseres gab, was so gut wärmte.

»Sollen wir mitkommen?«, fragte Sarah, die Lina gefolgt war.

Aber die schüttelte den Kopf. »Bleibt lieber hier, damit Amelie nicht in ein leeres Haus kommt. Besser, ihr seid bei dem Kleinen, obwohl er tief und fest schläft, wie ich sehe. Ich laufe den Schulweg ab und gucke, ob Enna und Amelie vielleicht gemeinsam unterwegs sind.«

»Dann wüsste Amelie aber doch, dass wir da sind«, warf Sarah verzagt ein. »Und das würde bedeuten, dass Amelie uns nicht sehen möchte.«

»Über ungelegte Eier reden wir jetzt nicht«, sagte Lina. »Auf geht's!«

Sarah wirkte zwar nicht überzeugt, gab dann aber doch nach und ging zurück in die Stube.

»Wo wirst du suchen, Mutter?«, fragte Alea, als sie wieder allein waren.

»Am besten wäre es wohl tatsächlich, wenn ich Amelies Schulweg ablaufe. Du könntest derweil Ennas Lieblingsplätze aufsuchen.«

»Das ist eine gute Lösung. Ich schaue auch bei Karl und Talkes Haus vorbei. Die Verstorbenen sind sicher schon abgeholt worden, und Antke und Behrend sind vermutlich schon auf dem Weg, damit sie sich um die Beisetzung kümmern können.«

Lina nickte und lief los. Amelie kam von Ellenserdammersiel und musste dazu ein kleines Stück durch die Feldwege zwischen den Weiden laufen.

Lina beschleunigte ihren Tritt. Eine innere Stimme sagte ihr, dass Eile geboten war.

Sie passierte die Kuhweiden, auf denen die Schwarzgefleckten noch immer grasten. Das würden sie so lange tun, bis der Frost kam und sie für eine kurze Zeit aufgestallt wurden.

Auf der nächsten Weide liefen die männlichen Jungtiere und Viktor. Die Jungbullen würden schon bald zum Schlachthof kommen. Viele waren es nicht, der Viehbestand war im Krieg reduziert worden. Zum Glück hatten sie Viktor behalten können, denn er war ein Garant für hervorragende Kälber.

Doch was sie jetzt sah, ließ ihr sprichwörtlich das Blut in den Adern gefrieren: Auf der Bullenweide befanden sich Enna und Amelie, und ihre älteste Enkelin versuchte Viktor von dem Mädchen abzulenken. Er schabte mit gesenktem Kopf mit dem Huf. Dabei hatte er bereits ein tiefes Loch gegraben. Sein fortwährendes Brummen klang bedrohlich.

Amelie rührte sich nicht vom Fleck, wirkte aber so, als würde sie gleich vor Angst hintüberfallen.

Dammich, was machten die beiden dort? Sie sollten doch wissen, wie gefährlich das Betreten einer Bullenweide war!

Lina begann zu rennen. Hier ging es um Sekunden! Mit Viktor war keinesfalls zu spaßen, er war dazu fähig, beide Mädchen aufzuspießen oder totzutrampeln.

»Amelie! Enna!«, schrie sie, aber das war keine gute Idee, denn beide waren kurzzeitig abgelenkt und achteten nicht auf den alten Bullen, der nun sein Schaben unterbrach und zum Angriff ansetzte.

Enna spurtete los und riss Amelie an sich. Dann rannten die beiden um ihr Leben. Sie schafften es ein paar Meter vor Viktor, zum Zaun zu gelangen und zwischen den Stacheldrähten hindurchzuklettern.

Der Bulle bremste kurz vor dem Zaun ab und brüllte wütend.

Endlich hatte auch Lina die beiden erreicht.

»Was macht ihr da auf der Weide?«, schrie sie.

Die beiden bekamen kein Wort über die Lippen. Aber Amelies Kinn zitterte.

Sie zeigte zur Eiche, wo ein Stück entfernt ein Körbchen lag, und drumherum die Pilze verstreut waren.

»Nicht euer Ernst, oder?«, brach es aus Lina hervor. »Ihr seid auf die Bullenweide gegangen und habt Champignons gesucht?«

»Jo, Oma«, antwortet Amelie kleinlaut. »Enna hat mir erzählt, dass meine Eltern da sind, und ich wollte nicht mit leeren Händen dastehen. Außerdem hat Enna gesagt…«

»Wir haben dann die Pilze gesehen und dachten, es wäre doch ein wunderbarer Willkommensgruß aus der alten Heimat«, vervollständigte Enna das Gesagte.

Lina konnte über so viel Unvernunft nur den Kopf schütteln. »Pilze suchen auf der Bullenweide«, wiederholte sie fassungslos. Dann taxierte sie die Mädchen, und beide senkten den Blick. »Wer von euch hatte die Idee?«

»Ich«, behauptete Amelie eine Spur zu schnell. »Aber dann hat Enna mich ja zum Glück vor Viktor gerettet.«

Lina entging der überraschte Blick ihrer Enkelin nicht. Sie war sicher, dass Amelie log, um sie zu schützen.

Enna lief jetzt feuerrot an. »So war das«, bestätigte sie.

»Nun, dann lassen wir das mal so stehen. Schau, da kommt schon deine Mutter. Sie hatte Angst, dass du dir etwas antust, weil dir der Tod von Karl und Talke so nah geht. Sie hat überall auf dem Hof nach dir gesucht, weil sie weiß, wo du gern bist.«

Enna schluckte. »Nein, ich wollte nur Amelie abholen. Dass die beiden gestorben sind, damit komme ich klar. Ich bin schließlich schon zweiundzwanzig und kein kleines Kind mehr.«

Obwohl du dich eben ähnlich kindisch verhalten hast, schoss es Lina durch den Kopf. Es war jedoch besser, jetzt nichts zu sagen. Der Schreck war wohl Strafe genug. Es war ja zum Glück alles gut gegangen.

Lina nickte deshalb, drückte Amelie fest an ihre Brust und schaute Enna nur strafend an.

Sie hätte verhindern müssen, dass sich Amelie in eine so große Gefahr begab. Doch etwas in Ennas Blick sagte ihr, dass sie hier nicht die ganze Wahrheit erfuhr. Sie würde das später klären müssen.

»Gut, dann lasst uns zurück zum Milchhof gehen.

Deine Eltern warten wirklich sehnsüchtig auf dich, und das Essen ist bestimmt schon kalt.«

»Jetzt habe ich aber keine Pilze«, sagte Amelie betrübt und schaute zurück zur Weide.

»Sie freuen sich auch so, wenn du kommst.« Lina schaute abwechselnd von einem Mädchen zum nächsten. Woher kam eigentlich das Körbchen, wenn Amelie doch auf dem Heimweg von der Schule war?

Als sie losliefen, glaubte sie, von Enna ein an Amelie gerichtetes Danke gehört zu haben. Nein, hier war etwas verdammt faul. Sie würde schon noch herausbekommen, was es war.

*

Sarah Goldenstein nagte nervös am Nagel ihres kleinen Fingers. Warum nur ließ sich Amelie nicht blicken?

Hatte ihr doch jemand gesagt, dass ihre Eltern angekommen waren, und sie wollte sie nicht kennenlernen?

Was hatte das Schicksal damals Grausames mit ihrer Entscheidung von ihnen verlangt?

Andererseits: Hätten sie und David anders entschieden, würden sie alle nicht mehr leben, und Aaron würde es nicht geben.

Sie zermarterte sich ununterbrochen den Kopf darüber, wie sie Amelie wieder nahekommen konnten. Nach so vielen Jahren Trennung. Sie war mit anderen vertrauten Personen aufgewachsen, kannte weder die Vorlieben noch die Gedanken ihrer Eltern.

Sarah blickte zu David, der ebenso angespannt wirkte wie sie, das aber im lauten Spiel mit Aaron, der inzwischen erwacht war, wettzumachen versuchte.

Endlich hörten sie Stimmen.

»Sie kommen, glaube ich.« Sarah atmete tief durch. So sehr hatte sie diesen Moment herbeigewünscht, aber sie fürchtete ihn immens.

»Es wird alles gut«, versuchte David, ihr Mut zu machen, aber Sarah sah, wie sehr seine Hand zitterte.

Es war längst nicht klar, ob wirklich alles gut werden würde.

Zuerst trat Lina ein. Sie hatte einen besorgten Gesichtsausdruck, doch sie war bemüht, das mit einem Lächeln zu verdrängen.

»Da sind wir!«, sagte sie und schob ein Mädchen im Alter von elf Jahren ins Zimmer. Ihr dunkles, langes Haar war ungekämmt, und ihr Gesicht zierten Dreckstreifen. Ganz eindeutig handelte es sich um Amelie, denn sie war David wie aus dem Gesicht geschnitten.

Sarah stand langsam auf, und auch David erhob sich.

Aaron zerrte an seinem Hosenbein, und sein Vater nahm ihn hoch.

Amelie schaute von einem zum anderen, schwieg aber. Sarah spürte, dass sie den ersten Schritt machen musste.

»Hallo, Amelie«, sagte sie deshalb. »Wir sind da.«

»Moin«, kam es zurück, aber ihre Tochter rührte sich noch immer nicht vom Fleck.

Sie zitterte leicht, was fast nur am zarten Vibrieren ihrer Hände zu erkennen war.

Die Welt schien in diesem Moment still zu stehen, nicht einmal die Geräusche vom Milchhof drangen zu ihnen durch. Nur das Ticken der alten Standuhr ließ verlauten, dass die Zeit weiterlief, gleichgültig, was an Dramatik um sie herum passierte.

Sarah schaute scheu zu ihrem Mann, der Amelie aber ebenso erwartungsvoll ansah wie Lina. Aaron hatte sein Gesicht in Davids Halsgrube gebohrt. Er war mit der angespannten Situation offenbar völlig überfordert.

Sarah gab sich einen Ruck und machte einen winzigen Schritt auf Amelie zu. Sie beobachtete ihre Tochter dabei ganz genau, aber die wirkte wie versteinert. Unter Sarahs liebevollem Blick löste sich die Starre, und ihr kleines Kinn begann zu zittern.

Sarah wagte es nun, die Arme zu öffnen. »Bitte komm zu mir! Bitte, Amelie.«

Ihre Stimme war nur ein leises Hauchen, aber ihre Worte verfehlten die Wirkung nicht.

Langsam, wirklich ganz langsam bewegte sich das Mädchen.

Schritt für Schritt ging sie auf ihre Mutter zu, als müsste sie schauen, ob sie nicht gleich doch wieder spurlos aus ihrem Leben verschwand.

Sarah atmete flach, wagte nicht, sich zu rühren und Amelie aus ihrer Bewegung zu reißen. So vergingen Sekunden um Sekunden, die sich anfühlten wie eine halbe Ewigkeit, ehe die beiden voreinander standen.

Amelie zögerte noch kurz, aber dann fiel sie ihrer Mutter schluchzend in die Arme.

Erneut schien die Welt stillzustehen, aber das Weinen von Mutter und Kind war wie eine Umarmung ihrer Seelen, die sich endlich wiedergefunden hatten.

Kapitel 15

Juni 1946

Der Winter war mit seinen Widrigkeiten über die Marsch gefegt und war vom Frühling mit all seiner Pracht abgelöst worden. Zaghaft klopfte nun der Sommer an. Die Friesische Wehde ruhte angenehm berührt in der immer stärker wärmenden Sonne.

Seitdem Karl und Talke das Leben auf dem Milchhof nicht mehr erschweren konnten, war vieles einfacher geworden. Beide hatten, trotz des Freitodes von Karl, ein christliches Begräbnis im engsten Kreis bekommen, und ruhten nun nebeneinander in Gottes Erde. Es waren nur wenige Menschen anwesend, um ihnen das letzte Geleit zu geben, denn Freunde hatten sie am Ende keine mehr gehabt. Aber Antke und Behrend waren gekommen. Lina und Alea hatten sich dann doch schweren Herzens angeschlossen. Aber eher, weil sie Enna nicht allein dorthin gehen lassen wollten.

Antke hatte sich sehr kühl verhalten und kein Wort darüber verloren, dass Behrend eine Rolle auf dem Milchhof spielen sollte. Lina war froh darüber, dass Alea sie dann doch noch über Antkes Schreiben informiert hatte und sie im Bilde war. Dass ihre ehemalige Schwiegertochter das Thema aber auf der Beerdigung nicht angesprochen hatte, dafür war Lina ihr sehr dankbar gewesen, denn sie war noch immer unsicher, ob sie das für eine gute Idee hielt. Behrend machte auf sie einen unsteten Eindruck, und er wirkte nicht sonderlich interessiert am Geschehen der Molkerei.

Es würde vermutlich schwierig werden, ihn zu integrieren oder gar mit verantwortungsvollen Aufgaben zu betrauen. Zumal er die angekündigte Ausbildung offenbar noch gar nicht begonnen hatte.

Sie würden abwarten müssen, wie es sich verhielt.

Auf jeden Fall war es eine gute Fügung, dass Karl und Talke auf dem Friedhof ruhten und aus ihrem Leben verschwunden waren.

Lina verspürte weder Genugtuung noch verbliebene Rachegelüste. Vielleicht eine Spur von Dankbarkeit, dass sie beide nicht mehr fürchten musste, denn so ganz hatte sie diese Sorge nie aus dem Kopf bekommen. Mochten Karl und Talke auf der anderen Seite des Lichts erfahren, welche Auswirkungen ihr Tun auf Erden gehabt hatte, und dort geläutert werden.

Das Leben verlief in den gewohnten Bahnen, gespickt mit allen Höhen und Tiefen. Jeden Morgen erwachte Lina mit der unglaublichen Sehnsucht nach Derk, und sie hatte natürlich nicht aufgehört, nach ihm zu suchen.

Dazu hatte sie auch das Deutsche Rote Kreuz bemüht, doch es gab keinen positiven Bescheid, egal wie häufig sie dort nachfragte.

Derk war wie vom Erdboden verschluckt. Es gab keine Leiche, keinen Hinweis, wohin er gegangen sein könnte. Lina konnte sich einfach nicht vorstellen, dass er sie wirklich verlassen hatte und nun womöglich unter falschem Namen sonst wo lebte.

Nach der langen Zeit gab es zwar kaum eine andere Erklärung als die Endgültigkeit zu akzeptieren, doch Lina weigerte sich nach wie vor, das zu tun.

Ihre Reise nach Dresden hatte sie ein ums andere Mal verschoben, denn sie kam hier bei all der Arbeit nicht weg, und Alea hatte sie unter Tränen bekniet, diese gefährliche Unternehmung zu unterlassen.

Zumal sie nicht der Ansicht war, dass Derk noch lebte.

»Mutter, meinst du, er würde ohne dich weiterleben und einfach abtauchen?«

Alea redete Lina immer wieder gut zu, den Tatsachen ins Auge zu sehen, aber die konnte und wollte das nicht.

Der Schmerz wäre zu groß, sie wusste nicht, ob sie ihn ertragen könnte.

Lina glaubte noch immer, Derks Stimme zu hören, sie wähnte, dass er nachts nach ihr rief und sie anflehte, ihn zurück auf den Milchhof zu holen. Und sie glaubte fest daran, dass sie sich eines Tages wieder in den Armen liegen würden und alles gut wäre.

Es war allerdings nach wie vor schwierig und gefährlich zu reisen, sodass sie schließlich zugestimmt hatte, abzuwarten, bis die Zeiten besser wurden. Derk wusste, wo sie lebte, und wenn er den Weg nach Ellenserdammersiel nicht antrat, dann brachte es auch nichts, wenn sie sich selbst in Gefahr begab.

Es gab zum Glück Lichtblicke genug, die sie trotz allem am Leben hielten. Einer davon war, dass Sarah und David sich entschlossen hatten, vorerst in Ellenserdammersiel zu bleiben und ihnen auf dem Milchhof zu helfen. Sie fanden es falsch, Amelie jetzt aus der gewohnten und vertrauten Umgebung zu nehmen, denn die Gegebenheiten waren für alle schwer genug.

Amelie war darüber im Augenblick sehr glücklich, wenngleich sie immer öfter davon sprach, dass sie Amerika doch gern kennenlernen würde.

Dass sie sich keinem der Länder zugehörig fühlte – davon war keine Rede mehr.

Sarah und David strotzten vor Ideen, wie sie Lina und Alea in ihrer Arbeit unterstützen könnten.

»Wenn wir demnächst nicht mehr nach dem Reichsnährstand arbeiten müssen, könnten wir doch einen kleinen Milchladen im Dorf eröffnen und dort die Molkereiprodukte verkaufen«, war Sarahs Vorschlag gewesen.

Das klang vielversprechend, und so konnten sie nur hoffen, dass die Besatzer bald von dieser unsinnigen Verordnung Abschied nahmen.

Ein wenig Hoffnung machte es Lina, dass im Februar in der britischen Besatzungszone Konrad Adenauer zum Vorsitzenden der CDU gewählt worden war und sich ein neues und stabiles politisches und demokratisches System etablieren würde.

Denn nur damit konnten sie die Märkte wieder öffnen und den Milchhof zu alter Größe oder mehr bringen.

Nachdem Enna im letzten Jahr Amelie auf der Bullenweide angeblich das Leben gerettet hatte, war mit ihrer Enkelin eine Veränderung vorgegangen. Sie schimpfte nicht mehr über die Juden, sie redete nicht mehr von den alten, angeblich so glorreichen Zeiten, und sie schien mehr in sich gekehrt. Hatte sie endlich verstanden?

Lina vermutete aber, dass ihre neue Liebe einen elementaren Anteil an der Veränderung hatte.

Seit drei Monaten traf Enna sich nämlich hin und wieder mit dem um drei Jahre älteren Landwirt Edzard Mintken aus Sande.

Er hatte ein besonnenes Gemüt und schien ihrer Enkeltochter die Grausamkeit des nationalsozialistischen Regimes besser nahebringen zu können, als sie und Alea es je vermocht hatten.

Um nicht wieder in ihrem traurigen Sumpf zu versinken, ließ sich Lina nunmehr häufiger in den Fertigungshallen blicken. Das Kontor betrat sie allerdings nur, wenn es unbedingt sein musste. Denn dort hingen die Erinnerungen so tief, dass sie glaubte, daran zu ersticken.

Aber es half Lina, morgens früh aufzustehen, den Tag mit einem Tee zu beginnen und zuerst in die Butterhalle zu gehen und nach dem Rechten zu schauen.

Es gab ja immer etwas, auf das sie achtgeben musste, was zu reparieren war oder nachzubessern.

Zum Frühstück traf sie sich mit Alea und besprach mit ihr alle notwendigen betrieblichen Dinge. Und bis zum Mittag stand sie auch wieder in der Käserei, denn dort mitzuarbeiten verschaffte ihr nach wie vor die größte Zufriedenheit.

Und so lief Linas Leben nach und nach wieder in den gewohnt festen Bahnen – nur ohne Derk.

Trotzdem werde ich eines Tages nach Dresden reisen, schwor sie sich. Ich muss wissen, wo mein Mann umgekommen ist. Ich muss das sehen! Sonst kann ich ihn nicht gehen lassen.

Das war zwar jetzt doch der erste Schritt in die Akzeptanz, aber eben nur ein Schritt und weiß Gott keine Überzeugung.

Auch am heutigen Tag war Lina wieder in der Käseproduktion tätig gewesen. Die weiße Schürze umgebunden, das Tuch um den Kopf war sie in ihrem Element.

Da die elektrische Käseharfe defekt war, hatte Lina alles sehr lange rühren müssen, und nun schmerzten ihre Oberarme. Aber die Arbeit war gut für ihren Geist und ihre Seele und hatte ihr richtig viel Freude bereitet.

Als sie nun auf dem Hof stand, fühlte sie seit Langem endlich mal wieder so etwas wie Glück.

»Mutter, kommst du mal?«

Alea war aus dem Kontor getreten und winkte ihr.

Lina antwortete nur widerwillig. Um wie viel lieber hätte sie noch länger an ihrem Hochgefühl festgehalten – es besuchte sie selten genug.

»Was gibt es?«

Alea schien sie nicht zu verstehen, weil eben eines der Milchfuhrwerke über den Hof klapperte, winkte ihr aber ein weiteres Mal und verschwand wieder im Gebäude.

Lina lief zum Kontor.

Nur widerwillig trat sie ein, obwohl sie den Geruch der Akten und das Klappern der Schreib- und Rechenmaschinen eigentlich sehr liebte.

Aber die Büroräume verband sie so eng mit ihrem Mann, seinen Küssen und seinem ernsten Gesichtsausdruck, wenn er den Bleistiftstummel mal wieder hinters Ohr geklemmt hatte und angestrengt darüber nachdachte, was man in der Molkerei verbessern könnte, dass sie den Ort meist mied, um nicht von ihren traurigen Erinnerungen übermannt zu werden.

Alea hatte ein großes Blatt Papier vor sich liegen und kritzelte darauf herum.

»Warum rufst du nach mir?«

Ihrer Tochter war Linas Abneigung gegen die Büroräume durchaus bekannt.

»Weil ich dringend etwas mit dir besprechen muss«, murmelte sie. »Es ist notwendig, etwas bei der Anlieferung zu ändern, und ich habe keine Idee, was. Meist bist du in solchen Dingen wesentlich versierter. Ich komme allein nicht zurecht und benötige deine Hilfe.«

Lina setzte sich ihr gegenüber und schaute sich zögerlich um. Hier war Derk überaus präsent. Es kam ihr vor, als schaue er sie aus allen Ecken an, und sie glaubte sogar kurz, seine Stimme zu hören.

Reiß dich zusammen!, herrschte Lina sich innerlich an. Sie wandte sich an Alea, die ihr ein paar Schreiben herüberschob.

»Worum geht es?« Lina studierte die Schriften.

Alea entfuhr ein lautes Seufzen. »Schau: Wie du weißt, gelten noch immer die Vorschriften des Reichsnährstands. Wir müssen nach wie vor festgelegte Einzugsgebiete versorgen, und unsere Preise sind beim Ein- und Verkauf festgelegt. Die Molkereien, die Frischmilchprodukte verkaufen dürfen, haben im Vergleich erheblich bessere Preise als wir mit unserem Werksbetrieb und der Butterproduktion. Ein bisschen mehr kommt über die nunmehr ausgeweitete Käseherstellung rein, das hilft uns, über die Runden zu kommen, aber wir erwirtschaften keinen ausreichenden Gewinn.«

»Aber wir profitieren von den Hamsterfahrern, oder?«, fragte Lina.

Alea nickte. Aus den Großstädten kamen etliche Bewohner aufs Land und versuchten Sachwerte wie Schmuck gegen wertvolle Lebensmittel einzutauschen. Das brachte dem Milchhof momentan zwar keinen geldlichen Vorteil, aber eines Tages würden die Schmuckstücke bestimmt wieder zu einem guten Preis verkauft werden können, sodass wenigstens ein paar Rücklagen gesichert waren. Nur nützte es ihnen im Augenblick herzlich wenig.

Das Vertrauen in die Reichsmark schwand bei der Bevölkerung von Monat zu Monat, und so nahm die Zahl der Hamsterfahrer immer mehr zu.

»Wir haben wegen all der Umstände ein großes Problem«, fuhr Alea fort. »Zwar blüht der Tauschhandel, aber es gibt immens viele Produkt- und Einfuhrausfälle, weshalb die Preise immer stärker ansteigen. Du weißt, wohin das noch führen kann.«

»Was möchtest du mir sagen?«, fragte Lina behutsam nach, denn so ganz konnte sie ihrer Tochter nicht folgen und wusste nicht, was sie genau von ihr wollte.

»Unser ausgezahltes Milchgeld verliert zunehmend an Kaufkraft, die Ablieferung der Milch an unsere Molkerei wird immer weniger lukrativ für die Landwirte.«

Daher wehte also der Wind.

»Was zahlen wir denn momentan?«

Jetzt rächte es sich, dass Lina keinen Einblick mehr in die Bücher hatte und sich nicht auf dem aktuellen Stand befand.

Alea klopfte auf das oberste Schreiben, das vor Lina auf dem Tisch lag. »Bei uns sind momentan fünf Fuhrleute unterwegs und erhalten für ihre Arbeit zehn Reichsmark pro Tag.«

Lina überlegte nicht lange, denn das war doch kein Problem, das Alea nicht selbst hätte lösen können.

»Gut, dann müssen wir da was ändern.« Sie rieb nachdenklich ihr Kinn und schlug vor: »Wir können für zusätzliche Milchanlieferungen ab eintausend Litern pro Tag einen Zuschlag gewähren, die Höhe kann Tammo berechnen. Es geht ihm ja zum Glück langsam besser, und eine Aufgabe zu haben tut ihm bestimmt gut. Mit dem Zuschlag würde es sich für alle lohnen.«

Alea schüttelte den Kopf. »Das habe ich mir ja auch schon alles überlegt, aber es reicht hinten und vorn nicht.« Sie raufte sich ihr Haar.

Lina wusste, dass ihre Tochter die Büroarbeit hasste und so viel lieber ausschließlich in der Fertigung arbeiten würde. Sie tat sich mit der wirtschaftlichen Komponente schwer, und es war zu hoffen, dass Enna sich da besser schlug. Nur setzte das voraus, dass die beiden miteinander arbeiten konnten. Das sah Lina momentan nicht, denn Mutter und Tochter waren immer noch wie Feuer und Wasser und wandelten auf sehr unterschiedlichen Pfaden.

Sie zuckte zusammen, weil sie mit ihren Gedanken abgeschweift war und Alea weitergesprochen hatte.

Ich muss mich besser konzentrieren, dachte Lina und wandte sich ihrer Tochter wieder aufmerksamer zu.

»Warum reicht es nicht, wenn wir mehr Geld bieten?«

Lina versuchte, wieder dort anzuknüpfen, wo sie den Faden verloren hatte.

»Weil es ein grundsätzliches Problem ist«, erklärte

Alea und versuchte, es auf den Punkt zu bringen. »Auf den Pferdefuhrwerken, die wir seit dem Krieg wieder verwenden müssen, können nicht ausreichend viele Kannen untergebracht werden. Von den Großbauern gibt es somit immer zwei Kannen, von den Kleinbauern nur eine. Also hilft es nicht, das Geld zu erhöhen, wenn wir trotzdem keine größeren Mengen anliefern lassen können und es für die Landwirte kein gutes Geschäft ist.«

In Lina arbeitete es, und sie war froh, dass Alea mit einer möglichen Lösung des Problems aufwarten konnte.

»Tammo hat vorgeschlagen, einen gut bereiften Transportwagen zu besorgen, denn mit einem solchen Gespann könnten wir wesentlich mehr Kannen transportieren.«

»Das bedeutet eine Investition, von der mehr als ungewiss ist, ob sie sich rentiert?«, fasste es Lina zusammen. »Weil wir nicht sagen können, wie sich der Markt in den nächsten Jahren entwickelt. Stimmt das so?«

Alea wirkte erleichtert und nickte. »Jo, so sieht das aus. Ich bin vollkommen ratlos, Mutter.«

Lina musste ihrer Tochter zustimmen, es war eine vertrackte Situation, die nicht einfach zu lösen war.

»Bisher haben wir für den Milchhof immer einen Weg gefunden«, hob Lina an. »Das werden wir auch dieses Mal tun.«

»Ich hoffe es«, meinte Alea mit leichtem Zweifel in der Stimme. »Wenn man nur wüsste, was die Zeiten bringen! Wir waren vor Kriegsausbruch eine moderne Molkerei, und nun wirtschaften wir fast mittelalterlich.«

Alea trommelte mit dem Stift auf dem Schreibtisch herum und schaute ihre Mutter dabei nachdenklich an.

»Wie hättest du entschieden damals? Wenn man glaubt, es geht nichts mehr?«

Über Linas Gesicht glitt ein breites Lächeln. »Mut haben und investieren, min Deern. Immer nach vorn schauen, denn es geht alles irgendwie weiter. Auch mit dem Milchhof Bleeker. Auch mit dem! Unser weißes Gold wird bald wieder richtig was wert sein. Wir brauchen nur Geduld.«

*

Behrend stand mit rot geweinten Augen am Fenster seines Zimmers. Draußen erfreuten sich die Menschen an den warmen Sonnenstrahlen, und ihr Lachen war in jeder Straße zu hören. Emden aalte sich im herannahenden Sommer, weil die Helligkeit zugleich Zuversicht aufkommen ließ. Wenn es mit dem Wetter aufwärtsging, würde auch das Glück nicht mehr lange auf sich warten lassen. Nur bei Behrend Bleeker war die Aufbruchstimmung noch nicht angekommen. Für ihn war es einerlei, ob es im Winter nur wenige Stunden wirklich hell wurde oder ob sich die Sonne, wie jetzt in der Nacht, lediglich für ein kleines Nickerchen zurückzog.

Er mochte es, sein ungeselliges Dasein zu fristen und über Gott und die Welt nachzudenken.

Oft kam er sich mit seinen über zwanzig Jahren vor wie ein kleiner Junge, der eben eins auf den Mors bekommen hatte und nun nicht wusste, wie er sich mit den schmerzenden Pobacken hinsetzen sollte.

Nach der Beerdigung seiner Oma Talke und dem kurzen Besuch auf dem Milchhof hatte seine Mutter tatsächlich gegen seinen Willen Kontakt mit dem Molkereiverband Ostfriesland aufgenommen und sich um eine Lehrstelle für ihn gekümmert.

Behrend sollte dort gleich zu Beginn des nächsten Jahres in einer der angeschlossenen Molkereien seine Ausbildung beginnen, damit er danach auf dem Milchhof Bleeker zu großer Form auflaufen konnte.

Aber Behrend hasste Käse und Butter. Wirklich alles, was sich aus Milch herstellen ließ.

Er mochte weder Hund noch Katz. Weder Kuh noch Schwein. Keinem dieser Tiere oder deren Umgebung konnte er auch nur das Geringste abgewinnen.

Er mochte es, klassischer Musik zu lauschen, dabei zu malen oder sich Geschichten auszudenken. Er liebte das Theater und die Leinwände der Kinos, wenn auf ihnen Filme abgespielt wurden, die ihn in eine andere Welt versetzten.

Er speiste gern und liebte süßes Gebäck und noch mehr feinste Sahnetorten. Leider sah man ihm das auch an. Er war von Kindesbeinen an schon rundlich gewesen und hatte in der Schule damals schnell seinen Namen weggehabt: Schwabbel.

Behrend wusste, dass ihn viele noch immer so nannten. Es verletzte ihn, aber er würde das niemals zugeben oder gar zeigen. Der Speck war seine Seelenmauer, an der alles abprallte, was ihm nicht gefiel. Mit seinem hellblonden, ein bisschen ins Rötliche changierenden Haar und den vielen Sommersprossen, von denen niemand wusste, wer sie ihm vererbt hatte, war er kein gut aussehender junger Mann. Die Hemden und Anzughosen spannten über seinem feisten Bauch. Sein Hintern war ausladend und seine Arme stämmig. Lediglich sein Mund und die ebenmäßigen Zähne bildeten einen Pluspunkt in seinem Gesamtbild.

Behrend war so in seine Gedanken versunken, dass er seine Mutter nicht gehört hatte, als sie in den Raum getreten war.

Ihr Parfüm aber war so aufdringlich, dass er dadurch sofort aufmerksam wurde.

»Warum weinst du?«

Es war ihm nicht gelungen, die Tränen rechtzeitig wegzuwischen und für sie den immer freundlichen und immer lächelnden Sohn zu spielen. Damit wollte er sie glücklich machen, wo sie doch sonst schon nicht mehr viel hatte.

Warum lebte er, der Sohn eines erfolgreichen Amerikaners, überhaupt in dieser Provinz, wo er sich doch zu Höherem berufen sah? Diese Frage hatte er sich in letzter Zeit öfter gestellt. Er drehte sich zu seiner Mutter um und streckte den Rücken durch.

Es war wichtig, dass er, Behrend Bleeker, jetzt wie ein erwachsener Mann auftrat, und für seine Zukunft kämpfte.

»Ich möchte nicht in einer Molkerei arbeiten«, stammelte er, und es klang leider gar nicht so, wie er es sich vorgenommen hatte. »Ich möchte… zu Vater nach Amerika!«

Plötzlich wurde Behrends Wange heiß, und sie schmerzte.

Er tastete daran entlang und schaute seine Mutter entsetzt an.

»Du hast mich geschlagen«, sagte er.

»Ja«, kam es lapidar zurück. »Weil du zu tun hast, was ich sage. Du selbst bekommst doch nichts auf die

Reihe! Lungerst nur rum und lässt dich von mir aushalten! Deshalb muss ich dafür Sorge tragen, dass aus dir etwas wird!«

»Aber …«

»Nichts ›aber‹! Du bist über zwanzig Jahre alt und lebst auf meine Kosten. Ich sehe kein Ziel, keinen Plan in deinem Leben. Den ganzen Tag verbringst du in diesem Zimmer, schaust hinaus und hörst Musik. Ab und zu malst du eigentümliche Bilder oder verfasst Gedichte, die kein Mensch versteht! Das Höchste aller Gefühle ist, wenn du ins Theater oder Kino gehst. Das alles sind aber keine Dinge, die den Tag ausfüllen und mir sinnvoll erscheinen. Ich kämpfe hier allein um unser Überleben. Wir haben nur das, was dein Stiefvater uns hinterlassen hat.«

»Immerhin ein Haus mit Garten«, gab Behrend zurück.

»Werd nicht frech!«, maßregelte seine Mutter ihn.

»Woher weißt du von meinen Gedichten?«, fragte Behrend, der immer davon ausgegangen war, dass seine Mutter sich nicht dafür interessierte, womit er seine Tage verbrachte.

»Natürlich weiß ich das!«

Behrend schluckte, und er hoffte, dass seine Mutter das andere nicht wusste. Dass, was er auf jeden Fall verheimlichen musste und was auch ein Grund dafür war, dass er nur ins Theater oder Kino ging, weil er woanders befürchtete, man könnte es ihm sofort anmerken. Noch vor eineinhalb Jahren wäre er für diese Neigung schwer bestraft, wenn nicht sogar gefoltert worden. Auch jetzt war es gefährlich, so zu fühlen.

Glücklicherweise sagte seine Mutter dazu nichts,

sodass er davon ausgehen konnte, dass sie keine Ahnung hatte, was ihn Tag für Tag und Nacht für Nacht quälte und wonach er sich heimlich sehnte. Nach einem schlanken jungen Männerkörper und einem freundlichen Lächeln, das ihn am Abend empfing. Ein Mensch, mit dem er sich über seine Sehnsüchte und Gedanken austauschen konnte, wenn er sie in Wort und Bild festgehalten hatte.

»Deinen Vater wirst du nicht wiedersehen«, keifte seine Mutter jetzt. »Er wollte all die Jahre nichts von uns wissen, da kannst du dir wohl aus dem Kopf schlagen, über den großen Teich zu reisen. Du machst diese Ausbildung und fertig. Der Milchhof ist dein Erbe, und das wirst du dir auf keinen Fall von deiner Cousine streitig machen lassen.«

»Pff!«, kam es von Behrend. »Was interessiert mich der blöde Milchhof, auf dem es ständig stinkt? Dann das Viehzeug! Ich hasse Kühe, ich hasse dieses schreckliche Muhen, und ich hasse das Geräusch, wenn sie ihre Kuhfladen ausscheiden!« Die letzten beiden Wörter spuckte er geradezu aus. »Und niemals will ich in einer Molkerei arbeiten. Ich kann ja nicht einmal melken!«

Er wusste selbst, dass er sich schon wieder aufführte wie ein kleiner Junge, aber nicht wie ein erwachsener Mann. Doch bevor Behrend seine Stimmlage und die Ausdrucksweise ändern konnte, sprach seine Mutter bereits weiter.

»Das wirst du alles lernen, min Jung. Ich werde jedenfalls nicht zulassen, dass dein Erbe an die anderen Abkömmlinge geht, wenn dein Vater uns schon hat bluten lassen.«

Behrend schwieg. Gegen den Willen seiner Mutter

hatte er nicht den Hauch einer Chance. Sie setzte sich durch. Immer und überall.

Wenn er eines Tages nach Amerika gehen wollte, würde er es heimlich tun müssen. Und bis dahin wäre es besser, ja, so empfand er es, den Befehlen seiner Mutter Folge zu leisten.

Kapitel 16

Juli 1946

Hilda saß zusammen mit Derk am Tisch in ihrem kleinen Zimmer im Haus von Frau Schadewald. Er schaute ihr dabei zu, wie sie sich bemühte, ein Paar Socken zu stricken. Dass es ihr keine Freude bereitete, sah Derk vermutlich an ihrem verbissenen Gesichtsausdruck, und er hörte es an den leise ausgestoßenen Flüchen, von denen sie eine Zeit lang geglaubt hatte, er würde sie nicht bemerken.

Aber inzwischen war Hilda klar, dass er alles mitbekam, was in ihrem Zimmer vor sich ging.

Derk registrierte jede Spinne, die sich über die mit goldenen Blumen gemusterte Tapete in die nächste Ecke stahl. Regnete es, verfolgte er die einzelnen Wassertropfen, die an den Scheiben hinunterrannen. Schien die Sonne, lächelte er den Strahlen zu, in denen kleine Staubkörner tanzten.

Dass Hilda keine Freude an ihrem Tun hatte, blieb ihm deshalb nicht verborgen.

Gerade, als sie erneut die Lippen zusammenkniff und zornig die Stirn krauste, schaute er sie wieder intensiv an.

»Du bist zu ungeduldig.«

Mit solchen Bemerkungen brachte er Hilda regelmäßig auf die Palme, doch sie bemühte sich, ruhig zu bleiben, denn Derk reagierte auf Kritik immer sehr verstört. Noch waren sie sich körperlich kein bisschen näher gekommen, obwohl es nichts gab, was Hilda sich mehr wünschte. Sie erhoffte sich, ihn dann noch mehr unter Kontrolle zu haben, weil er sich dadurch in eine gewisse Abhängigkeit zu ihr begab.

Denn sie befürchtete, dass er sich doch eines Tages an Lina erinnern könnte, und dann wäre es schwierig für sie, ihn weiter so zu lenken, wie es ihr zupasskam.

Am besten war es in dieser Situation immer, das Gespräch freundlich aufrecht zu erhalten und ihn auf diese Weise zu besänftigen.

Aber heute wollte es ihr einfach nicht gelingen, einen freundlichen Ton anzuschlagen, denn sie litt unter ihrem armseligen Leben und der für sie furchtbar beengten Wohnsituation, in der sie genötigt wurde, niedere Arbeiten zu verrichten.

»Ja, ich habe so etwas früher nicht tun müssen«, erklärte sie. »Da ging es uns beiden nämlich gut. Wir hatten ein schönes Haus mit Garten und Bedienstete, die sich um uns gekümmert haben.«

»Ich erinnere mich nicht«, sagte Derk, so wie er es immer tat, wenn sie von früher erzählte. Hilda hatte für ihn ein gut durchdachtes Lügengebilde konstruiert, und sie versuchte es ihm, so oft es ging, nahezubringen. Nur leider sprang er nie darauf an. Im Gegenteil: Es wirkte eher so, als glaubte er ihr nicht, auch wenn er das niemals sagte.

»Erinnerst du dich denn kein bisschen?«, fragte sie.

Derk schüttelte den Kopf.

»Ich weiß das alles nicht mehr«, antwortete er. »Ich weiß nur, dass ich Wind mag und Milch. Und dass ich es schön finde, wenn Wellen rauschen und Möwen swiegen.«

Hilda geriet ins Schwimmen. Warum, zum Teufel, verwendete er jetzt das friesische Wort?

»Kein Wunder, Derk! Wir zwei waren mal an der Ostsee, das hat dir gut gefallen. Und Milch, ja, die hast du immer gern getrunken. Leider müssen wir heutzutage zusehen, wo wir etwas herbekommen.«

»Milch ist weißes Gold«, sagte Derk. »Ich möchte wieder ans Meer. Aber dorthin, wo es Ebbe und Flut gibt.«

Hilda schmetterte das Strickzeug zu Boden.

»Herrgott noch mal, Derk Voigt …« Sie brach erschrocken ab, denn es war falsch, wenn sie die Contenance verlor. »Ich wollte dich nicht anschreien. Entschuldige bitte.«

Derk wirkte vollkommen entrückt. »Ich meine ja nur. Weil es schön ist, wenn das Wasser kommt und geht. Es ist so wunderbar regelmäßig und verschafft Gewissheit, dass es etwas gibt, das bleibt.«

Hilda hob das Strickzeug wieder auf und gab sich verständnisvoll. »Das stimmt. Wir können ja eines Tages, wenn sich das Leben wieder eingespielt hat, mal eine Reise an die Nordsee machen. Sylt soll hübsch sein.«

Und es ist weit genug von der Friesischen Wehde entfernt, fügte Hilda in Gedanken hinzu.

Derk nickte nur. Sylt sagte ihm natürlich nichts.

Hilda fuhr fort. »Im Augenblick ist es ausgeschlossen, zu reisen. Es ist gefährlich und kostet Geld, das wir nicht haben. Das weißt du doch.«

Hilda war ein wenig stolz auf sich, weil sie das Gespräch so gelenkt hatte, dass Derk keine weiteren Argumente einfielen. Er konnte durchaus eloquent sein, aber meist wirkte er verschlossen, zu nachdenklich. So, als kämpfe er seinen inneren Kampf mit sich, um die Erinnerung an die Oberfläche zu spülen.

Doch das durfte sie nicht zulassen, und so endete sie stets mit den Worten: »Es ist nicht schlimm, wenn du nicht mehr alles weißt, dafür bin ja ich da. Wir in unserem Alter können doch froh sein, wenn es uns gesundheitlich gut geht und wir ein Dach über dem Kopf haben.«

Derk reagierte nicht darauf, also blieb ihr keine Wahl, als alles auf eine Karte zu setzen. Sie musste ihn dazu bringen, dass er ihre Nähe duldete. Haut an Haut, auch wenn sie faltig geworden war.

Atem an Atem, auch wenn sie im Alter sicher anders rochen als früher.

Schenkel an Schenkel, die sich vielleicht nicht mehr so gierig aneinanderrieben, aber doch für eine Verschmelzung von Körper und Geist sorgen konnten.

Ihren Reizen hatte er noch nie widerstehen können, und war sie nicht auch jetzt noch eine Frau, die ihre Vorzüge hatte? Obwohl sie Federn hatte lassen müssen und es ihr versagt blieb, ihre natürliche Schönheit mit ein paar Wässerchen und Farben, etwas Puder und Düften zu unterstreichen? In ihrem Umfeld gab es ja niemanden, dem das vergönnt war. Sie musste es wagen, bevor er ihr doch noch entglitt.

Nein, Hilda wollte auf keinen Fall mehr allein sein,

und dafür würde sie so ziemlich jeden Preis zahlen. Sie fürchtete die Einsamkeit fast mehr als den Tod. Weil sie vom Alleinsein schon hatte kosten müssen, und der Geschmack war bitter gewesen.

Hilda stand auf und legte die Arme um Derks Hals. Er roch fast wie früher, und das war ein angenehm vertrauter Duft. Auf dem Tauschmarkt hatte sie sogar eine viertel volle Flasche Rasierwasser aufgetrieben, aus der er sich am Morgen stets ein paar Spritzer auf die Wangen gab. Diesen Duft fand Hilda in der momentanen Situation einfach nur betörend. Sie tauchte ihre Nase in sein Haar.

Hilda stellte mit Genugtuung fest, dass er sie heute nicht fortstieß, sondern die Nähe akzeptierte. Das ließ sie Mut schöpfen, und sie küsste ihn sacht auf die Wange. Auch das duldete er und wandte Hilda sogar sein Gesicht zu, sodass sich ihre Lippen trafen.

Ein fast ungläubiges Staunen zeichnete sich ab. Es schien Derk zu gefallen, und Hilda wurde mutiger. Ja, sie waren alte Menschen geworden, aber das bedeutete doch nicht, keine Liebesfreuden mehr erleben zu dürfen. Es würde anders sein, aber nicht minder schön, denn dafür würde sie sorgen.

Hilda umrundete Derk Schritt für Schritt, ließ ihn dabei aber nicht aus den Augen, bis sie direkt vor ihm stand und ihre Blicke sich fest miteinander verflochten.

Wieder berührten sich ihre Lippen, sacht und vorsichtig, als müssten sie erst probieren, ob sie zueinander passten. Es waren keine leidenschaftlichen Küsse, wie früher, aber sie taten gut, weil sie eine innige Vertrautheit projizierten, die beiden gefiel.

Derk umklammerte Hilda fest und rieb die Nase an

ihren Brüsten, die auch im Alter noch recht fest und ansehnlich waren.

Hilda frohlockte innerlich. So hatte sie es sich gewünscht, so hatte sie es sich vorgestellt. Sie und Derk als eine Einheit. Eine andere Glut als die der Jugend und Unbesonnenheit, die es aber dennoch vermochte, sie miteinander verschmelzen zu lassen. Sie formte ein neues und fest zusammengeschweißtes Bild, das keiner mehr auseinanderbrechen konnte.

Wenn sie es jetzt nicht schaffte, ihn damit an sich zu fesseln, würde es ihr wahrscheinlich nicht mehr so schnell gelingen. Wie schade, dass das Alter ihr einen Strich durch die Rechnung machte, ihn wie früher in Windeseile von sich zu überzeugen.

Aber es gab andere Formen der Nähe, und diese Karte wollte Hilda ausspielen. Es war ihr Trumpf, dass sie jetzt bei ihm war.

Hilda zog Derk zum Bett und knöpfte sein Hemd auf. Er ließ es zu, dass sie seine Brust liebkoste, die leider längst nicht mehr so kräftig und muskulös war wie in vergangenen Zeiten. Bei alldem wirkte er eher neugierig als leidenschaftlich, aber das zählte jetzt nicht.

Hilda entledigte sich zielstrebig ihrer Bluse und dem Rock, öffnete Derks Hose, während er an ihrer Weißwäsche nestelte. Stück für Stück ihrer restlichen Kleidung landete auf dem Boden, und endlich, endlich fanden sich ihre Körper zu jener Melodie, zu der die Welt ihr Glückslied sang. Es war langsamer, es war anders – aber es war eben nur ein anderer Text als der, den sie in jungen Jahren gesungen hatten.

*

Der Sommer nahm in diesem Jahr noch immer nicht so richtig an Fahrt auf. Die Sonne spielte hinter den Wolken Verstecken und schaute nur nach Lust und Laune vorbei, ohne die angenehme Wärme mitzubringen, nach der man sich in Norddeutschland so sehnte – die feuchten und dunklen Winter waren lang genug.

Alle hofften auf den August, denn der kam hin und wieder gewaltiger daher und würde ihnen hoffentlich bald Herz, Seelen und Körper wärmen. Allerdings regnete es im Augenblick viel zu wenig, und die Böden dürsteten förmlich nach Wasser.

In der Molkerei waren Ennas Mutter und Oma eher erleichtert, dass die Hitze das Land nicht zusätzlich knechtete und Gras und Ernte versengte. Die anderen Landwirte hatten schon begonnen, ein paar Felder zu wässern, nur reichte das nicht aus, um wirklich Abhilfe bei der Trockenheit zu schaffen. Die Ernten würden schlechter ausfallen als erhofft, das war schon jetzt abzusehen.

Nun noch eine Hitzewelle und es würde richtig schlimm werden. Hinzu käme das Problem mit der Kühlung. Sie mussten dann sehr achtgeben, dass weder ihre Milch noch die Butter oder der Käse Schaden nahmen.

Enna hingegen hätte es gern etwas wärmer gehabt, denn dann war es für eine junge Frau leichter, ihre Reize zu zeigen. Genau das lag ihr momentan sehr am Herzen.

Kürzlich hatte der junge Landwirt Edzard Mintken Enna auf dem Milchhof besucht, und er zeigte tiefes Interesse an ihr. Er war ruhig und besonnen, sprach mit ihr, als würden sie sich schon ewig kennen, und sie hing an seinen Lippen. Es war nicht zu übersehen, dass er das Geschehen unter Hitler aufs Schärfste verurteilte, es ihm aber stets gelang, es in einer Weise zu kommunizieren, sodass sie tatsächlich darüber nachdachte und sich nicht wie bei allen anderen in die Ecke gedrängt fühlte.

Enna mochte ihn, und aus dem einen Besuch waren viele geworden. Er sah mit seinem leicht rötlichen Haar und den vielen Sommersprossen auf dem Unterarm gut aus und vermittelte ihr das Gefühl von Sicherheit.

Sie liebte Edzard nicht, wusste aber, dass er die Konstante war, auf der sie ihr weiteres Leben bauen konnte.

Sie war es leid, irgendwelchen Ideen hinterherzulaufen, von denen sie dann doch wieder gesagt bekam, dass sie falsch waren. Und sie als Person damit auch, weil ihr Denken in die verkehrte Richtung ging.

Edzard war ihr im genau richtigen Augenblick begegnet, und sie hatte beschlossen, seinem Werben nachzugeben. Sein Interesse an ihr war aufrichtig, und etwas Besseres als ihn würde es in ihrem verkorksten Leben wohl nicht mehr geben.

Sie gab sich seinen Komplimenten und freundlichen Worten mit großer Begeisterung hin, war es doch seit Langem das erste Mal, dass sie das Gefühl hatte, sie wäre endlich mal »richtig«. Edzard kritisierte sie nicht. Er ließ Enna zu Wort kommen, hörte sich mit Engelsgeduld an, was sie zu sagen hatte, und erklärte dann mit einer ebensolchen Ruhe, wie er die Sache sah.

Er tat das so unaufgeregt, dass Enna sehr oft einsah, wie sehr sie sich in einer Sackgasse befand. Sie war zuvor nur deshalb oft dort abgebogen, weil sie vor lauter Hass auf die Welt rebellieren wollte.

Einen Menschen wie Edzard, der sie zurück auf den Boden der Tatsachen brachte, brauchte sie, denn mit diesem unbändigen Zorn und ihrer kindischen Unbedachtheit hatte sie Amelie bewusst in Gefahr gebracht. Enna schämte sich dafür in Grund und Boden.

Sie war so froh, dass es gut ausgegangen war und sie das Blatt noch hatte wenden können. Mit dem Mut der Verzweifelten war sie in letzter Sekunde auf die Weide gelaufen, hatte Viktor abgelenkt und gehofft, dass es Amelie bis zum rettenden Zaun schaffte. Doch die Lütte war vor Angst wie gelähmt gewesen und hatte sich keinen Zentimeter von der Stelle bewegt.

Das wiederum hatte beide unnötig in Gefahr gebracht, aber am Ende war wohl doch ein Schutzengel bei ihnen gewesen.

Noch immer war Enna darüber verwundert, dass Amelie darüber schwieg, warum sie wirklich auf der Weide gewesen war.

Schließlich hatte Enna sie dazu gebracht, und das Sammeln der Champignons für ihre Eltern war eine Lüge gewesen. Enna war sicher, dass Amelie das alles genau wusste – und doch hatte sie Enna beschützt, indem sie die Wahrheit verschwieg.

Dafür schämte Enna sich zutiefst.

Sie wollte ein besserer Mensch werden, endlich ihre Ruhe und ihren Frieden finden – da kam ihr Edzard gerade recht. Doch sie wollte, dass er alles von ihr wusste. Auch die Geschichte mit Amelie. Sonst würden sie niemals glücklich werden. Wenn ein Neuanfang, dann richtig. Denn inzwischen wusste sie, dass sie ihn doch liebte. Sehr sogar.

»Na, min Deern«, sagte Edzard jetzt und strich Enna

sacht übers Haar, das sie neuerdings modisch kurz und nicht mehr zu einer Schnecke gewunden trug.

»Na, ich denke gerade nach.« Enna war kurz versucht, ihm reinen Wein einzuschenken, aber dann verließ sie der Mut.

»Worüber?«

»Wie schlimm ich früher war, aber das müssen wir nun wohl mal vergessen.«

Nein, sie musste einen anderen Moment abwarten, sie konnte doch nicht einfach so damit herausplatzen, dass sie beinahe Amelie auf dem Gewissen hatte.

»Kiek nach vorn und nie zurück, neuer Mut bringt Lebensglück«, rezitierte Edzard, so wie er es gern tat. Er war sehr belesen und nutzte die freie Zeit gern dazu, in seinem Lehnstuhl Gedichte zu lesen.

In Enna arbeitete es fieberhaft, denn sie musste schnell ein anderes Thema finden. Aber es gab tatsächlich etwas, über das sie schon länger nachdachte.

»Ich versuche es. Allein dir, nein, uns zuliebe.«

Edzards Lächeln zeigte ihr, dass sie die richtigen Worte gefunden hatte.

»Es gibt noch mehr, was mich umtreibt.«, erklärte Enna. Doch dann fehlten ihr zunächst die Worte.

Edzard schaute Enna fragend an.

»Weißt du, min Moder und Oma sind wieder dabei, um die Existenz vom Milchhof zu kämpfen, so wie sie es schon immer getan haben.«

»Jo, es ist nicht leicht, wenn zwei Frominske das tun müssen.«

»Oma sollte wieder heiraten, dann wäre mit Tammo und ihrem neuen Mann die Spitze der Molkerei gesichert. Das würde dem Betrieb bestimmt guttun. Vor allem von der Außenwirkung her. Frauen nimmt man doch als Geschäftspartner gar nicht ernst.«

Edzard wiegte den Kopf.

»Gibt ja nicht mehr viele Keerls, und schon gar nicht in ihrem Alter. Die hat komplett der Krieg gefressen, wie du weißt.«

»Meinst du nicht, sie würde einen Witwer finden? Dafür müsste sie Derk eben für tot erklären lassen. Es grenzt ja schon ein bisschen an Verrücktheit, wie beharrlich Oma Lina daran festhält, dass er noch lebt«, beharrte Enna. »Das Alleinsein tut ihr nicht gut. Ich höre sie oft mit Derk reden. Sie will seinen Tod einfach nicht wahrhaben.«

»Jo, man sagt, das wäre die große Liebe gewesen.«

»Eben.«

Edzard kratzte sich am Kopf. »Genau deshalb wird sie keine Kompromisse mehr eingehen und ganz bestimmt nicht irgendwen heiraten, um den Betrieb besser dastehen zu lassen.«

»Och, das hat sie mit diesem Wilhelm ja auch getan. Mama hat das mal fallen gelassen.«

»Da war sie jung, und wahrscheinlich ging es um mehr. Deine Oma liebt nur einen Mann, und das ist Derk«, gab Edzard zu bedenken. »Wenn man einmal richtig liebt, dann passt da kein anderer mehr rein, und dann ist das Alleinsein besser zu ertragen als ein fauler Kompromiss. Wahrscheinlich hat sie aus ihren Fehlern gelernt und weiß das ganz genau.«

»Meinst du?«

Nun wurde das Gesicht des Landwirts weich. »Das meine ich nicht, min Lütten. Das weiß ich.« Er senkte den Blick. »Weil ich das gerade erlebe.«

Er griff nach Ennas Hand und zog sie zu sich. »Ich liebe dich, Enna Neunaber. Mehr als mein Leben.«

»Aber …«, stammelte sie, »aber du weißt doch gar nichts von mir. Nicht genug.«

Ihr schossen wieder die Bilder von der Bullenweide durch den Kopf. Dann ihr Tiefpunkt, als sie die eigene Großmutter zusammen mit Adelheid an Otto von Webersbach, Derks Sohn, ein hohes Tier bei der Gestapo, verraten hatte. Ja, sie war noch jung gewesen, aber sie wusste durchaus, dass es schlimme Folgen haben würde.

»Ich weiß genug, um zu wissen, dass ich mein Leben an deiner Seite verbringen möchte. Es wird keine Frau geben, die dir je das Wasser reichen könnte. Egal, was du angestellt hast, ich werde es dir verzeihen!«

Edzard fiel plötzlich vor Enna auf die Knie, zog aus der Tasche seiner grünen Arbeitshose eine Schachtel und nahm einen Ring heraus.

»Bitte nimm ihn und mache mich zum glücklichsten Mann auf dieser Welt. Enna Neunaber, möchtest du meine Frau werden und schon bald Mintken heißen?«

In Enna explodierten tausend Gedanken. Sie kannte Edzard noch nicht lange, und doch waren sie sich in der kurzen Zeit sehr vertraut geworden. Aber reichte das für eine Ehe?

Sie wäre finanziell abgesichert und eine ehrbare Frau. Keiner würde mehr nach ihrer Vergangenheit fragen, und vielleicht würde ihr auch die Mutter schneller vergeben, was sie Oma Lina angetan hatte. Denn das schwang noch immer wie ein unsichtbares Pendel zwischen ihnen. Enna wäre die ehrenwerte Landwirtsfrau und Gattin des Pferdezüchters Edzard Mintken, der man mit Respekt und Anstand begegnete.

Eines Tages würde sie Edzard alles gestehen, aber nicht heute und nicht jetzt.

Enna nickte, und dann spürte sie den Ring an ihrem Finger.

Kapitel 17

August 1946

Hilda deckte den Tisch und kniff ärgerlich die Augen zusammen, als sich ein Sonnenstrahl ins Zimmer mogelte und sie blendete. Auch jetzt im August war der Sommer kühl, wobei es heute sicher über zwanzig Grad hatte.

Sie hatte das Fenster am Morgen gründlich geputzt und überall Staub gewischt.

Trotzdem wirbelten feine Staubkörner im Licht der einfallenden Sonne, sodass sie die am liebsten ausgesperrt hätte, weil sie ihr deutlich machten, unter welch scheußlichen Bedingungen sie hausten und mit wie wenig sie auskommen mussten.

Dennoch war es Hilda immens wichtig, dass sie so etwas wie Stil in die armselige Atmosphäre zaubern konnte. Dazu hatte sie die Reste von einem mürben Laken zurechtgeschnitten und neben den Blechtellern gefaltet. Nur war der alte Stoff so weich, dass er einfach nicht in Form liegen blieb.

Das ärgerte Hilda über die Maßen. Was sehnte sie sich nach einem richtigen Zuhause mit einem Badezimmer und einer Wanne, in der sie im fluffigen Schaum abtauchen konnte, um danach wie frisch erblüht zum Speisen zu erscheinen.

Doch was war ihr geblieben? Ein schäbiges Zimmer bei ihrer Vermieterin, die sie niedere Arbeiten verrichten ließ. Ein klappriger Tisch, dessen rechtes Bein ständig abfiel. Ein schmales Bett, auf dem beide die Köpfe in verschiedene Richtungen legen mussten, weil auf diese Weise der Platz optimal genutzt war. Die beiden Stühle drohten bei jeder Mahlzeit zusammenzubrechen, und manchmal huschte am frühen Morgen eine Maus durchs Zimmer.

Am schlimmsten jedoch war der stinkende Abort, der gerade dazu herausforderte, den Gang dorthin möglichst lange hinauszuzögern.

Hilda seufzte. Aber Derk war an ihrer Seite, das war mehr, als andere hatten. Sie besaß ihn, und nicht Lina. Bestimmt verzehrte sich diese Bäuerin nach ihrem Ehemann, aber sie würde ihn nie mehr finden. Das war aussichtslos.

Hilda ging zur Brennhexe und hob den Topfdeckel an, denn sie mochte nicht mehr unter den Augen ihrer Vermieterin kochen, weil sie ständig wegen Kleinigkeiten aneinandergerieten.

Der Duft von Hühnersuppe durchzog das kleine Zimmer. Sie hatte einem Bauern tatsächlich eine alte Henne für eine kaputte Perlenkette, die sie noch immer bei sich getragen hatte, abluchsen können, und dazu etwas Sellerie, wovon sie allerdings ein paar schwarze Stellen entfernen musste.

Nun wartete gleich ein Festmahl auf sie. In Tagen wie diesen durfte man das durchaus als ein solches bezeichnen. Das würde Derk bestimmt auf andere Gedanken bringen, da er sich zunehmend verkroch.

Denn es war etwas für Hilda Verstörendes geschehen: Als sie sich auf dem Höhepunkt ihres neuen Glücks wähnte, hatte Derk nicht etwa ihren Namen gemurmelt, sondern den von Lina.

Es war wie verhext!

Seitdem ihm das passiert war, zermarterte er sich fast ununterbrochen den Kopf darüber, wer diese Frau wohl war.

Ständig bewegte er die Lippen, und es war klar, welches Wort er flüsterte.

Es interessierte Derk nicht, ob Hilda ihm übers Handgelenk strich oder ihn sacht auf die Wange küsste, in der Hoffnung, er würde sich erneut auf sie einlassen.

Linas Name hatte etwas in ihm ausgelöst, was ihn Hilda sofort wieder hatte entgleiten lassen.

»Ich müsste mal nach Dresden«, murmelte er jetzt.

»Was willst du denn da?«, fuhr Hilda ihn unwirsch an.

»Es muss doch einen Grund geben, dass ich nach dieser Lina gerufen habe! Du hast mich in Dresden bei Maria aufgelesen. Bestimmt weiß sie etwas! Stell dir vor, ich habe eine Schwester, die nach mir sucht! Oder es ist eine alte Freundin, die mir mehr erzählen kann. Lina ist der Schlüssel, das weiß ich genau!«

»Über deine Vergangenheit weiß ich als Ehefrau ja wohl genug.« Hilda musste sich beherrschen, nicht zu aufbrausend zu werden, damit Derk sich keineswegs in die Ecke gedrängt fühlte, denn dann konnte er ungemein hartnäckig werden. Das beängstigte sie.

Über Derks nachdenkliches Gesicht glitt ein Lächeln.

»Komisch, wenn ich an den Namen denke, verspüre ich Appetit auf Milch und Käse.«

Hildas Herz begann zu rasen. »Blödsinn. Nun komm, wir wollen unser feines Hühnersüppchen essen, und anschließend machen wir einen Spaziergang durch die Stadt. Das wird dich auf andere Gedanken bringen.«

Derk nickte zwar, und er setzte sich auch zu ihr, aber seine Gedanken kreisten ihm unübersehbar weiter durch den Kopf. Hilda hoffte, dass es bald besser werden würde und er sich wieder beruhigte.

Schweigend löffelten sie die Suppe, die Hilda, trotz der wenigen Zutaten und widrigen Umstände, wirklich gut gelungen war. Immerhin verfügte sie über keinerlei Kochkenntnisse, und dennoch war sie in der Lage, eine schmackhafte Hühnersuppe zu zaubern. Noch vor kurzer Zeit undenkbar.

Als sie gesättigt waren, griff Hilda nach der provisorischen Serviette und tupfte sich vornehm den Mund ab, was Derk wie immer mit einem eigentümlichen Blick zur Kenntnis nahm.

Hilda lächelte ihn entwaffnend an.

»Ich wasche jetzt ab, und dann spazieren wir los«, schlug sie vor.

Derk nickte und setzte sich auf den einzigen Sessel im Zimmer. Sie hatten ihn direkt ans Fenster gestellt.

Als Hilda ihre Hausarbeit erledigt hatte, rief sie nach Derk. Er stand nur widerwillig auf, aber dann spazierten sie doch durch die Radeberger Innenstadt. Sie gaben acht, auf dem rutschigen und derben Pflaster nicht auszugleiten, grüßten mal nach rechts und mal nach links.

»Mir kommt das alles eigenartig vor«, sagte Derk. »So fremd, wenn wir hier einfach nur herumlaufen, als wäre es wichtig. Man muss doch arbeiten, schließlich gibt es immer genug zu tun.«

»Manchmal muss man sich sehen lassen. Das ist sehr wichtig wegen der gesellschaftlichen Anlässe, zu denen wir doch geladen werden möchten.« Hilda dachte sehnsüchtig an die Zeiten zurück, als sie mit ihrem kleinen Sonnenschirmchen in der Hand freundlich lächelnd durch Dresden flaniert war und sie noch etwas als Fräulein Brader oder später als Frau von Webersbach gegolten hatte.

Schon allein deshalb hasste sie den Krieg. Weil er all das zerstört und ihr genommen hatte, was ihr je wichtig gewesen war. Sie kam sich ja selbst lächerlich vor, wenn sie nun so tat, als wäre sie mit ihrem erbärmlichen Äußeren und dem nur notdürftig frisierten Haar, eine Frau von Welt.

Sie war zu einem Nichts degradiert worden. Eine ausgebombte Frau, die froh sein konnte, dass sie ein Dach über dem Kopf hatte und heute ausnahmsweise eine Hühnersuppe auf der Brennhexe kochen durfte.

»Von welchen Anlässen sprichst du? Uns lädt doch keiner ein, wir kennen niemanden gut genug in Radeberg.«

Hilda ließ das unkommentiert und spazierte freundlich lächelnd weiter. Wenigstens konnte sie doch so tun, als wäre die Welt nicht aus den Fugen geraten. Was blieb ihnen denn sonst?

»Ich fahre trotzdem nach Dresden«, sagte Derk gerade, und das ließ ihr Lächeln dann doch gefrieren. »Ich glaube, die Elbe ist eine gute Idee. Und ein Milchladen. Ich möchte so wahnsinnig gern ein wenig frische Milch kosten.«

»Ich besorge dir was!«, versprach Hilda. Immerhin hatte sie auch ein Huhn aufgetrieben, da sollte Milch doch kein Problem darstellen.

Derk nickte.

Insgeheim hoffte Hilda, dass er diese Idee schnell vergessen würde. Denn was war, wenn der sämige Geschmack der Milch in ihm plötzlich eine noch größere Erinnerung auslöste und er sich womöglich tatsächlich an seine Vergangenheit und Ehefrau erinnerte?

Hilda mochte das gar nicht zu Ende denken, so furchtbar war diese Vorstellung.

Sie umrundeten den Marktplatz und liefen hinauf zur Kirche, und dann ging es zurück durch die Seitenstraßen in ihr Zimmer.

Derk hatte das Laufen aber keineswegs beruhigt. Als Hilda ihn erneut sanft umgarnte, schlug er ihre Hand weg.

»Ich glaube nicht, dass du meine Frau bist«, sagte er plötzlich. »Es fühlt sich falsch an, seit ich bei dir so nah gelegen habe.«

*

»Mutter, meinst du nicht, es ist an der Zeit, Derk für tot erklären zu lassen?«, fragte Alea beim Abendessen vorsichtig.

Linas Blick schnellte entrüstet zu ihrer Tochter. Ihr fielen vor Schreck Messer und Gabel aus der Hand.

Alea setzte schnell nach: »Ich habe heute mit Enna gesprochen…«

»Seit wann sprichst du mit deiner Tochter über mich?«, unterbrach Lina sie scharf. »Ihr habt doch sonst kaum Berührungspunkte, aber wenn ihr mir Derk ausreden wollt, verbündet ihr euch?« Sie hieb mit der Handfläche auf die Tischplatte, so erbost war sie.

Alea ließ sich allerdings nicht beirren.

»Mutter, du solltest langsam vernünftig sein. Derk wird nicht wiederkommen, und es ist auch schwierig, wenn du allein bist.«

Jetzt fehlten Lina die Worte.

Alea fuhr in weichem Ton fort und schaute ihre Mutter liebevoll an. »Mama, wir machen uns doch nur Sorgen um dich, weil wir wissen, wie sehr du darunter leidest, dass Derk tot ist. Aber es hilft keinem, wenn du dich an der Vergangenheit festklammerst. Ihn für tot erklären zu lassen, wäre ein Schritt in die Zukunft. Du kannst endlich abschließen. Wie wäre es, wenn wir, wie für Vater, einen Gedenkstein aufstellen lassen? Dann gäbe es für Derk eine würdige Erinnerungsstätte, und du kannst dir den Gedanken aus dem Kopf schlagen, in die Trümmerwüste zu reisen.«

Lina atmete tief durch. Diese Vorstellung war für sie so ungeheuerlich, dass sie tatsächlich einen Moment überlegen musste, wie sie darauf reagieren sollte.

»Was redest du, Alea?«, begann sie schließlich. »Ich kann durchaus selbst bestimmen, wann ich meinen Mann ziehen lasse und wann nicht. Bislang möchte ich das nicht, weil ich noch nicht das getan habe, was ich längst hätte tun sollen.«

»Und das wäre?«, fragte Alea, während sie nach einem weiteren Stück Graubrot angelte und sich anschließend sofort den Käse herüberzog. Es wirkte wie eine Verlegenheitsgeste.

»Du hast es eben selbst angesprochen. Nach Dresden

zu reisen«, gab Lina zurück. »Ich habe es lange genug aufgeschoben. Erst kamen Sarah und David zurück, und ich musste mich darum kümmern, dass die Zusammenführung mit Amelie klappt. Die Reise war zudem gefährlich, und es war ungewiss, wie ich dorthin komme und wo ich übernachten kann. Immer wieder habe ich Ausflüchte gesucht. Jetzt aber läuft es einigermaßen. Bis sie den Reichsnährstand abgeschafft haben, kann und möchte ich nicht warten. Also werde ich jetzt packen und mich hernach um eine Fahrkarte nach Dresden bemühen.«

Alea war vollkommen perplex. Mit dieser Antwort hatte sie definitiv nicht gerechnet.

»Mutter, das ist ausgeschlossen! Wo willst du denn schlafen? An der Situation hat sich schließlich nichts geändert. Die Stadt ist zerstört, ich bin gar nicht sicher, ob es dort noch Hotels oder andere Unterkünfte gibt!«

Aleas Worte beeindruckten Lina kein bisschen. Bevor sie auch nur einen Schritt in die vorgeschlagene Richtung machte, musste sie erst in die Stadt reisen, in der Derk den Tod gefunden hatte.

»Ich werde mich nicht einfach so damit abfinden, dass Derk gestorben ist, wenn ich mich nicht selbst vom Gegenteil überzeugen konnte. Also bitte lasst mich jetzt in Ruhe zu Abend essen, und ich werde das tun, was ich tun muss. Ich bin schließlich alt genug, aber nicht senil, und ich kann eigene Entscheidungen treffen.«

Lina biss von ihrem Leberwurstbrot ab. »Aber schön, dass du doch wieder mit Enna sprichst. Edzard scheint einen guten Einfluss auf die junge Deern zu haben, das freut mich sehr! Er wird ihr ein guter Ehemann sein.«

Alea schien froh über den Themenwechsel, und sie ging sogleich darauf ein.

»Ja, er tut ihr gut. Aber ihre Veränderung begann schon vorher. Irgendwas ist meiner Meinung nach damals auf der Bullenweide geschehen, was Enna verändert hat. Sie ist überaus freundlich zu Amelie und den Goldensteins, und sie redet schon länger nicht mehr über Hitlers Zeiten. Ich hoffe sehr, dass das jetzt wirklich der Vergangenheit angehört. Es wird Zeit für die Zukunft.« Sie fixierte ihre Mutter. »Für uns alle, auch für dich.«

»Genau, und deshalb packe ich jetzt, min Deern.«

*

Derk hatte den Rucksack gepackt und war heimlich aus dem Haus geschlichen. Seit der Erinnerung an Linas Namen war eine Woche vergangen, und je öfter er daran dachte, desto mehr verband er ihn mit Milch – und Dresden. Er musste folglich fort aus Radeberg, und zwar ohne Hildas Wissen. Sie würde ihn nicht einfach so gehen lassen. Deshalb musste er den Moment abpassen, wo sie das Zimmer eine Weile verließ und er verschwinden konnte.

Das tat sie meist nach dem Frühstück, weil sie sich dann um die Beschaffung des Mittagessens kümmerte. Damit war Hilda in der Regel zwei bis drei Stunden beschäftigt. Er machte derweil sauber und erfüllte die Aufträge von Frau Schadewald. Sie hatte immer Arbeiten im Haus oder Garten für ihn, die er wie ein Hausmeister erledigte.

Derk war froh für diese Aufträge, denn das Nichtstun wurde für ihn immer unerträglicher. Aber er wusste auch nicht so recht, was er anfangen sollte. Arbeit zu finden, wenn man nicht genau wusste, was man konnte, war immens schwer. Deshalb erhoffte er sich von seinem Ausflug nach Dresden Erkenntnisse.

Derk spürte mit jeder Stunde des Nachdenkens mehr, dass er etwas mit Milch oder Käse zu tun gehabt hatte, denn er träumte sogar davon, hatte den sämigen Geschmack auf der Zunge und erinnerte sich, dass die Milch unterschiedlich schmeckte. Je nachdem, was die Kühe gefressen hatten. Dann hatte er verschiedene Käsesorten vor Augen, glaubte, das leise Brummen einer Maschine zu hören, die immerzu rührte.

Er musste das alles herausfinden. Seine Reise nach Dresden erschien ihm da wie eine logische Konsequenz. Derk war sicher, dass er dort Antworten auf seine Fragen finden würde.

An diesem Morgen hatte Frau Schadewald ihn lediglich gebeten, den Gehweg vor dem Haus zu fegen.

»Sie sehen blass aus, Herr Voigt. Ruhen Sie sich mal etwas aus, oder gehen Sie spazieren. In der letzten Zeit glaubt man ja, dass ein kleiner Windstoß genügt, um Sie umzupusten.«

Derk hatte der Vermieterin vorsichtshalber nicht widersprochen und ihr einfach zugestimmt. Hilda war unterwegs, er wurde nicht gebraucht, und so konnte er sich auf den Weg machen.

Kurzerhand schnappte sich Derk den Rucksack und spazierte in Richtung Bahnhof. Immer darauf bedacht, Hilda nicht in die Arme zu laufen.

Er hatte Glück, denn kaum hatte er den Fahrschein gelöst, stampfte die Dampflok auch schon in den Bahnhof.

Derk sprang regelrecht in den Waggon. Und als sich die Lokomotive in Richtung Dresden auf den Weg machte, fühlte er sich so frei wie das Schwanenpaar, das sich mit seinen mächtigen Schwingen eben neben den Schienen erhob und gen Himmel steuerte.

Ja, es fühlte sich richtig an, ohne Hilda fortzufahren. Etwas tief in ihm sagte, dass sein Leben so nicht stimmte – und das hing mit ihr zusammen.

Derk plante, zunächst zu Maria zu gehen, vielleicht konnte sie ihm doch noch etwas erzählen, was ihn weiterbringen würde. Inzwischen wünschte sich Derk nichts mehr, als endlich zu wissen, wer er wirklich war und wohin er gehörte. Sollte er nichts herausfinden, dann musste er sich wohl der Tatsache stellen, dass er sich einst an Hilda gebunden hatte, die zwar auch jetzt im Alter noch eine wunderschöne Frau war, aber doch kühl und oberflächlich daherkam. Ihr waren Dinge wichtig, die ihn nicht interessierten.

Er konnte sich nicht vorstellen, dass er ihr in früheren Zeiten einen Antrag gemacht hatte. Und – gleichgültig, was auch immer sie aus der Vergangenheit hervorkramte und ihm als einen Teil seines Lebens verkaufte: Er konnte mit nichts etwas anfangen.

Die einzige Ausnahme bildete ihr Sohn Otto, wobei er ihn eher mit einem erwachsenen Mann in Verbindung brachte als mit dem kleinen niedlichen Jungen, von dem sie stets schwärmte. Klar war Otto später schon ein älterer Mann gewesen, aber er wusste eben nichts von dem Kind.

Derk starrte auf die vorbeiziehende Landschaft und wusste plötzlich, dass er die flache Weite und grüne Wiesen den leichten Hügeln vorzog. Dass er es mochte, wenn die Wellen des Meeres ans Ufer klatschten und er es sogar schätzte, wenn der Wind an Fahrt aufnahm und die Bäume nach seiner Melodie sangen.

Der Zug fuhr ein, und Derk verließ den Bahnhof. Die Stadt war ein großes Trümmerfeld, wenngleich schon viele Aufräumarbeiten begonnen hatten.

Derk steuerte auf die Ruinen zu, in denen Maria gelebt hatte, doch dort wohnte keiner mehr. Man war dabei, die Häuserzeilen abzureißen, wahrscheinlich, um sie neu hochzuziehen.

Plötzlich entdeckte er einen kleinen Jungen mit Knickerbockern und einer Milchkanne in der Hand. Derk stellte sich ihm in den Weg, denn mit einem Mal wusste er, dass er seine Vergangenheit eben exakt in dieser Milchkanne wiederfinden würde.

»Woher hast du das?«, fragte er.

Der Junge wurde blass und drückte die Kanne wie einen wertvollen Schatz an seine Brust. »Das kriegst du nicht«, brachte er hervor. »Das ist meine Milch! Der Herr Pfund sorgt dafür, dass wir Kinder in der Stadt damit versorgt werden. Und die Rote Armee hilft ihm mit Fahrzeugen, die Milch aus den Dörfern zu holen, sodass auch alle was kriegen. Du bist groß, für dich ist das nichts.«

»Herr Pfund?«, hakte Derk nach.

»Ja, Max Pfund, der Direktor. Er lässt seinen Betrieb nicht im Stich und uns Kinder auch nicht, obwohl das wegen der Russen nicht einfach ist. Habe die Ehre!«

Wie ein Aal flutschte der Junge an Derk und dem seitlichen Mauerrest vorbei und umarmte seinen kostbaren weißen Schatz, damit er bloß keinen Tropfen daraus verlor.

Derk runzelte die Stirn. Dann hatte er plötzlich ein flüchtiges Bild vor Augen. Es formte sich hinter einem Nebelschleier, verschwand kurz, baute sich danach aber wieder auf.

Er sah Betriebsräume, Schornsteine, hörte das Brummen der Dampfmaschine, und dann erkannte er auch eine Frau, die ihn freundlich anlächelte und ihm das Gefühl im Bauch herbeizauberte, was ihm bei Hilda gefehlt hatte.

»Das ist Lina«, flüsterte er. »Nur, wo ist sie?«

Derk wanderte weiter in Richtung Elbe. Der Strom floss wie immer gleichmäßig, fast ein wenig träge dahin. Ab und zu schob sich ein Schiff an der zerstörten Stadt vorbei.

Derk versuchte sich zu sammeln, doch weitere Bilder fehlten im Augenblick.

Er sprach einen Passanten an. »Was ist mit den Milchgeschäften von Pfunds?«

Der Mann zog kurz die Brauen hoch. »Es war Krieg. Da sind beim Angriff im Februar 45 fast alle Verkaufsläden vernichtet worden. Ich glaube, über dreißig. Natürlich viele Lebensmittelbestände gleich mit. Momentan gibt es Milch für die Kinder, aber sie bauen wieder auf. Alle bauen wieder auf.« Er musterte Derk besorgt. »Wollen Sie sich setzen? Mir scheint, Ihnen ist nicht gut. Schauen Sie, da vorne ist eine Bank, die das Inferno tatsächlich überlebt hat.«

Derk nickte. Ihm war wirklich etwas schummerig geworden. Denn hier ploppte plötzlich ein Bild nach dem anderen auf. Fast so, als hätte er mit der Erinnerung an Linas Namen einen Stein aus dem Mauerwerk genommen, das nun immer stärker bröckelte und ihm wie im

Stummfilm ein schnelles Bild nach dem anderen präsentierte. Nur kamen die Bilder so schnell und so durcheinander, dass ihm die Einordnung noch schwerfiel.

»Geht es wieder?«

Derk versuchte sich zu sammeln. »Ich bin etwas wirr«, sagte er. »Der Krieg hat meinen Kopf durcheinandergebracht, und jetzt finde ich einen Gedanken nach dem anderen wieder und kann die Masse nicht zu einem Großen und Ganzen zusammensetzen.«

»Es geht vielen so, dass sie ihren Besitz, ihr Glück, ja, eigentlich ihr Leben irgendwo zwischen den Bomben und vielen toten Angehörigen gelassen haben. Aber keine Erinnerung? Das ist schon eigenartig. Warum haben Sie nach unserer Pfundsmolkerei gefragt?«

»Weil ich dort eine Zeit lang gearbeitet habe«, rutschte es Derk heraus, und da wusste er, dass es sich genauso verhielt. Er war kein Mann aus reichem Hause, wie es ihm Hilda hatte weismachen wollen. Niemals hatte er in einer Villa mit Bediensteten gelebt, wohl aber sich um die Milch gekümmert. Käse hergestellt und Molke aus Kesseln abgelassen.

»Ich bin Ihnen sehr dankbar«, sagte Derk und stand auf. »Jetzt weiß ich, wo ich weitersuchen kann. Vielleicht erinnert sich noch jemand an mich.«

»Nichts für ungut. Die Molkerei ist aber von den Sowjets beschlagnahmt worden. Soll angeblich alles nicht hygienisch genug abgelaufen sein. Wer's glaubt! Ich wünsche Ihnen, dass Sie finden, was Sie suchen. Viel Glück!« Der Mann winkte kurz und lief dann mit ausgreifenden Schritten weiter.

»Hab ich da eben richtig gehört, dass Sie früher bei Pfunds tätig waren?« Eine ältere Frau mit dunkelblauem Kopftuch und zerschlissenem schwarzen Kleid baute sich vor ihm auf. Sie mochte etwa Derks Alter haben. Das war in Zeiten wie diesen eben nur schwer zu schätzen.

»Ja, ich war dort tätig.«

Die Frau taxierte Derk von oben bis unten, überlegte sichtlich hin und her und meinte dann: »Sind Sie Herr Voigt? Der aus Ostfriesland kam und dann zurück an die Nordsee gegangen ist? Sie waren erst noch ganz jung und sind dann zurückgekommen, aber weil Ihre Frau nicht mit war, hat es Sie dann wohl doch wieder nach Norddeutschland gezogen. Ganz zum Leidwesen sämtlicher weiblicher Mitarbeiterinnen. Aber«, jetzt grinste sie verschmitzt, »einmal war sie ja dabei, die große Liebe. Da waren Sie zu Besuch da.«

Derk mochte kein zweites Mal zugeben, dass er das alles eigentlich nicht wusste. Wahrscheinlich hatte sie das Gespräch ohnehin vollumfänglich belauscht.

Das war Derk allerdings gerade gleichgültig, denn was sie sagte, passte zu seinem Film im Kopf, und plötzlich fielen keine einzelnen Mauersteine mehr, sondern die ganze Wand brach zusammen. Die Bilder bekamen eine Ordnung und verlangsamten sich nach und nach zu einer unumstößlichen Logik. Sie setzten sich zu dem Bild zusammen, nach dem er die ganzen Wochen gesucht hatte.

Er hatte geheiratet, und er war unglücklich gewesen, weil er nur eine Frau liebte.

»Ja, das war Lina. Sie lebt auf dem Milchhof.« Derk merkte, wie ein erleichtertes Lächeln seine Lippen umspielte und die Gesichtszüge sich immer mehr entspannten.

»Milchhof Bleeker, richtig, so hieß die Molkerei. Ein kleiner Familienbetrieb bei Wilhelmshaven.« Die Frau hob den Zeigefinger. »Sie erinnern sich ja doch, mein Lieber!«

»Jetzt ja«, entfuhr es Derk. Dann verneigte er sich kurz. »Darf ich fragen, wer Sie sind?«

»Daran erinnern Sie sich wahrscheinlich nicht, lieber Obermeier. Ich bin Berta Miermann, ich habe unter Ihnen gearbeitet, aber Sie damals nur von Weitem angehimmelt. Was waren wir alle traurig, dass Sie die Küste unserem schönen Dresden vorgezogen haben.«

Sie schaute zum Himmel. »Oje, die Sonne steht schon arg hoch. Ich muss heim und sehen, dass wenigstens ein bisschen Essen auf den Tisch kommt.«

Derk schaute ihr nicht nach, sondern schloss die Augen und atmete tief durch.

Er war ganz ruhig und genoss die Wärme, die ihn nun durchströmte. Endlich wusste er wieder, wohin er gehörte. Er wusste, was sein altes Leben gewesen war. Und er wusste, dass Hilda ihn belogen hatte.

Derk war sicher, sich schon bald daran zu erinnern, welche Rolle sie wirklich in seinem Leben gespielt hatte.

Doch das war jetzt unwichtig. Er musste nach Hause. Nach Ellenserdammersiel. Als er den Ort aussprach, war ihm ganz klar, dass er das echte Ziel war. Dort würden all seine Erinnerungen zurückkommen, da war er sicher.

Derk konnte sich gleich auf den Weg machen. Zu Hilda musste er nicht zurück.

*

Als Lina eine Woche später in Dresden aus dem Zug stieg, schlug ihr zunächst ein anderer Geruch entgegen als der, den sie von früher kannte. Der Bahnhof war eine einzige Ruine, und das Aussteigen gestaltete sich als abenteuerlich.

Doch das war erst der Anfang.

Als Lina das Ausmaß der Zerstörung der Stadt sah, wurde ihr regelrecht bang ums Herz. Wer unter solche Trümmer geraten war, der konnte das keinesfalls überlebt haben.

Aber überall waren die Aufräum- und Wiederaufbauarbeiten im Gange. Dresden glich einem wilden Ameisenhaufen, in den jemand hineingestochert und die Tiere zum Ausschwärmen gebracht hatte.

»Hier passiert richtig was«, sagte ein Kutscher, der neben Lina angehalten hatte und sie neugierig musterte.

»Das war wohl auch nötig«, gab Lina zurück. »Ich kenne Dresden anders …«

»Nu, wir auch.« Der Mann schob sich ein Stück Kautabak in den Mund. Dabei entblößten sich seine fauligen Zähne. »Aber wer ein echter Dresdner ist, der lässt sich nicht unterkriegen und kämpft, bis alles wieder in Ordnung ist.«

»Also ist ein Großteil der Stadtbewohner dabei, alles wieder aufzubauen?«, erkundigte Lina sich.

Der Kutscher nickte. »Quasi alle. Im letzten August hat sich die Kommission zur Bergung und zum Wiederaufbau gegründet, und kurz danach, also noch im Kriegsjahr selbst, wurden die Arbeiten zur Sicherung von historischer Bausubstanz begonnen. Am Zwinger wird schon fleißig gearbeitet.« Der Mann schob die Schiebermütze in den Nacken und strich sich mit der bloßen Hand übers verschwitzte Haar. »So, ich muss dann auch los. Ich wünsche Ihnen, dass Sie alles finden, was Sie in unserer schönen Elbestadt einst glücklich gemacht hat.«

Dann schnalzte er leicht mit der Zunge, und sein Gefährt, auf dem sich Schutt und Eisenrohre befanden, setzte sich in Bewegung.

Lina schaute dem Mann nach, bis er um die nächste Biegung verschwunden war. Sie wusste nicht so recht, wohin sie gehen sollte, denn die Orientierung in den zerstörten Straßen war ungemein schwierig. Sie kam sich vor wie in einer fremden Stadt. Gerippe von Häusern reckten sich mit dem Mut der Verzweiflung in den Sommerhimmel, und es trieb Lina Tränen in die Augen, was aus der alten Barockstadt geworden war.

Sie wollte sich ein kleines Hotel am Stadtrand suchen, in der Hoffnung, dass dort die Bomben nicht so mächtig niedergegangen waren wie hier in der Altstadt.

Aber sie mochte noch nicht dorthin gehen. Ihre kleine Reisetasche hatte kaum Gewicht, denn Lina hatte nicht vor, lange zu bleiben.

Nur schauen, wo Derk gewesen sein könnte, als es ihn erwischt hatte. Ihm ein einziges Mal noch nah sein.

Lina zog es zur Promenade an der Elbe, wo sie einst mit ihm glücklich gewesen war. Sie passierte die Semperoper, die als solche nicht mehr zu erkennen war. Zwei Türme ragten in die Luft, dazwischen wuselten Menschen, die eine Schienenbahn angelegt hatten, damit sie Schutt und Asche effektiver beseitigen und abfahren konnten.

Lina wandte sich rasch ab und lief so schnell sie konnte zur Elbe.

Doch auch dort schien nichts mehr beim Alten. Die Alliierten hatten bei ihrem Angriff auf Nazideutschland keine Gnade walten lassen und alles getan, um das Großdeutsche Reich in die Knie zu zwingen. Welche Wahl hätten sie auch gehabt?

Lina fehlten die Antworten auf eine so komplexe Frage. Sie schaute versonnen über den Strom, der als Einziger wie eine Konstante wirkte und sich nicht verändert hatte. Unverdrossen floss er in Richtung Nordsee, und das würde er vermutlich auch in zehn, ja, sogar in hundert Jahren noch tun.

Der Schmerz um Derk war an diesem Ort fast übermächtig. Wie glücklich waren sie in dieser Stadt gewesen!

Ihre Liebe hatte etwas Tiefes und Ehrliches gehabt. Doch wie viele Jahre mussten erst verstreichen, ehe sie ihre Gefühle füreinander offen zulassen durften. Und jetzt? Jetzt hatte das Schicksal sie wahrscheinlich für immer getrennt.

Ob Derk da unten in den Elbwiesen gestorben war, weil er sich dorthin schwer verletzt geflüchtet hatte?

Oder war er von irgendwelchen Trümmern erschlagen worden? Oder gar erstickt an den Brandgasen, die so viele Opfer gefordert hatten. Dass er verbrannt sein konnte, mochte Lina sich nicht vorstellen.

Es war auch egal: Jede Art von Tod war zu grausam, um ihn sich zu Ende zu denken.

Lina spürte, wie ihr Tränen die Wangen hinunterliefen, und auch, dass sie von lauten Schluchzern geschüttelt wurde.

»Kann ich Ihnen helfen?« Ein Mütterchen in ihrem Alter mit dunkelblauem Kopftuch und gebeugter Haltung war neben ihr stehen geblieben und schaute sie besorgt an. Sie war dünn, wirkte verlebt, ihre Haut war blass, die Augen dunkel umrandet.

Sie trug eine Tasche, die aber noch nicht gefüllt war. Um wie vieles besser es ihnen auf dem Land ging, wurde Lina erst jetzt bewusst. Allein die Tatsache, dass sie auf dem Milchhof nicht hungern mussten und warme Räume hatten, die sie auch im Winter vor der Kälte schützten.

Sie schüttelte den Kopf, rang sich dann aber doch eine Antwort ab.

»Was soll gegen den Schmerz helfen, wenn man den geliebten Menschen verloren hat und es einem an einem solchen Ort schrecklich deutlich wird«, gab sie zurück. »Ich bin nun so alt geworden und muss diesen grausamen Schmerz ertragen. Das ist nicht einfach.«

Die Frau schien sofort zu verstehen, was Lina umtrieb.

»Sie sind eigens hierher gereist, um Abschied zu nehmen?«, hakte sie nach und entschuldigte sich sofort wegen ihrer Indiskretion. »Tut mir leid, es war nur eine Vermutung.«

»Womit Sie ins Schwarze getroffen haben«, antwortete Lina.

Die Frau legte ihre Hand auf Linas Schulter. »Viele Menschen flüchten sich nach diesen schlimmen Jahren in ihre eigene Welten, aber nur wenige stellen sich dem Schmerz, wie Sie es tun. Ich bewundere das.«

»Was sonst soll ich machen? Ich konnte bislang einfach nicht glauben, dass er tot ist. Aber jetzt, wo ich das Trümmerfeld dieser Stadt erlebe – es besteht wohl kein Zweifel, dass ich inzwischen dreimal zur Witwe geworden bin. Nur – dieses Mal trifft es mich tief und unglaublich hart. Dieses Mal habe ich meinen Mann nämlich aufrichtig geliebt.«

»Dann ist es in der Tat schmerzhaft«, stimmte die Frau ihr zu. »Woher kommen Sie?«

»Ich lebe an der Nordsee. Dort gehört meiner Familie ein Molkereibetrieb, und mein Mann hat damals bei Pfunds gearbeitet, bevor er bei uns als Obermeier begonnen hat. Wir waren mal gemeinsam hier. Es waren die schönsten Stunden meines Lebens«, fügte Lina leise hinzu.

Die Frau schluckte. »Sie reden von Derk Voigt?«

Lina fuhr zusammen. »Woher wissen Sie das?«

»Lange Geschichte. Darf ich mich vorstellen? Berta Miermann.«

»Lina Voigt«, gab sie zurück.

Berta zeigte zu einer Bank, die angesichts der Zerstörungen auf ihre Weise fehl am Platz wirkte.

»Setzen Sie sich«, forderte sie Lina auf. »Das ist jetzt eine lange und abstruse Geschichte, die Sie mir glauben können oder nicht. Nur gibt es eben Dinge, die sind absurd.«

Lina schaute die Frau befremdet an. »Was wollen Sie mir erzählen?«

»Ich laufe hier jeden Tag entlang. Wirklich Tag für Tag und immer zur selben Zeit. Weil es mir Sicherheit gibt, wenn ich Dinge wiederhole. Da bin ich wohl nicht die Einzige, denn meist begegnen mir auch dieselben Menschen. Immer auf der Suche nach etwas Essbarem.«

Berta machte eine Pause, und Lina schaute sie gespannt an.

»Weil ich stets genau hinschaue, fallen mir außergewöhnliche Dinge oder Menschen auf.«

Derk, schoss es Lina durch den Kopf. Sie kennt Derk, und sie hat ihn hier gesehen.

»In der letzten Woche stand hier ein Fremder«, fuhr Berta mit ruhiger Stimme fort. »Er wirkte sehr unglücklich, fast verloren. Allein die Haltung, der müde Blick. Also habe ich ihn angesprochen – und ihn erkannt.«

Lina schaute die Frau abwartend an. Ihr schlug das Herz bis zum Hals, doch Berta leckte sich zunächst die Lippen und zögerte, als müsste sie sich sammeln.

Vom Fluss her wehte eine leichte Brise. Etwas süßlich, etwas nach Schlamm, aber auf eine betörende Weise beruhigend.

Gleich würde Lina endlich, endlich etwas über Derks Verbleib erfahren! Sie war sich ganz sicher. Wie gut, dass sie ihn nicht einfach für tot hatte erklären lassen.

»Der Mann war bei Pfunds mein Vorgesetzter!«, sagte Berta.

Lina hielt die Spannung nicht mehr aus.

»Derk Voigt? Und mein Mann war hier?«

Berta nickte. »Er wirkte verwirrt und hat es versucht zu überspielen, aber mir kam es vor, als hätte sich bei meiner Erwähnung der Vergangenheit, etwas in seinem Kopf gelöst. Sie wissen also nichts über seinen Verbleib?«

Lina schüttelte den Kopf. Sie berichtete kurz, was vorgefallen war, und schloss mit den Worten: »Er ist nach dem Angriff nicht zurückgekommen, und ich habe nie wieder von ihm gehört. Nun weiß ich aber, dass er wohl lebt.«

Als Lina das aussprach, kribbelte mit einem Mal ihr ganzer Körper. Es klang surreal, aber es war, wie es war. Derk lebte!

»Das tut er«, bestätigte Berta. »Das tut er. Was haben Sie denn unternommen, um ihn zu finden?«

Auch hier gab Lina Auskunft und endete: »Weil auch das Rote Kreuz nichts hatte, bin ich nun doch hergefahren, um ihn zu suchen.«

Berta legte ihre schwielige Hand auf Linas Unterarm. »Er konnte sich wohl lange an nichts erinnern. Aber ich bin mir ganz sicher, dass er nach seinem Begreifen in den Norden wollte. Zu Ihnen, Lina!«

Derk ist auf dem Weg zu mir, hämmerte es stakkatomäßig durch ihren Kopf.

»Wir mochten Ihren Mann bei Pfunds alle sehr. Er muss Sie und die Nordsee sehr geliebt haben, denn von allein verlässt keiner Dresden, weil die Stadt eine Perle war. Wir werden sie wieder zu einer machen.«

»Ich wünsche Ihnen dafür alles Glück der Welt. Aber ich muss jetzt los. So schnell es geht nach Hause fahren. Mit etwas Glück ist Derk ja schon dorthin unterwegs.«

Lina drückte die alte Frau und machte sich sofort zurück zum Bahnhof.

*

Hilda konnte es nicht fassen. Derk war seit über einer Woche verschwunden. Egal, wo sie auch nachgefragt hatte, keiner konnte sich daran erinnern, ihn gesehen zu haben.

Frau Schadewald hatte ihn nur fegen lassen und war dann in ihre Küche gegangen, um das Essen zuzubereiten.

Und welcher Radeberger sollte sich an ihren Mann

erinnern, da er sich doch überwiegend im Haus aufgehalten hatte?

Hilda starrte müde aus dem Fenster. Es konnte nur eines bedeuten, und das war: Derk hatte sich erinnert. Er wusste, dass nicht sie seine Frau gewesen war, sondern Lina Voigt. Dass er nicht in Dresden lebte, sondern auf dem Milchhof an der Nordsee.

Sein Gefasel von Milch, seine Unruhe, weil er den Namen von Lina nicht zuordnen konnte!

Für Hilda gab es leider inzwischen keinen Zweifel daran, dass Derk sich von ihr gelöst und auf seinen eigenen Weg gemacht hatte, weil es ihm gelungen war, ihn wiederzufinden.

Sie ging kurz in sich und überlegte, ob sie Schmerz empfand? Doch da war nichts, außer der Wut, dass Lina schon wieder gewonnen hatte.

Lina, immer wieder Lina.

Hilda biss sich so fest auf die Unterlippe, dass sie zu bluten begann. Tränen kamen nicht, denn sie signalisierten Schmerz und Leid. In ihr aber kochte und brodelte es.

Ihr Zustand dauerte Stunden. Die ganze Nacht hindurch. Und den nächsten Morgen. Es war, als kröche ein aggressiver Wurm durch ihre Eingeweide und höhlte sie innerlich aus.

Erst am Mittag des nächsten Tages hatte Hilda sich wieder im Griff. Wenn Derk sie nicht wollte: bitteschön!

Immerhin hatte sie einen Klotz weniger am Bein.

Hilda spie den Wurm aus, zertrat ihn und reckte das Kinn.

»Dann gehe ich eben einen anderen Weg«, murmelte

sie schließlich. »Einen, den mir Lina nicht zerstören kann. Man muss wissen, wann ein Spiel verloren ist. Ich bin immer noch Hilda von Webersbach – und keine billige Frau Voigt! Ich gebe nicht auf. Niemals und jetzt – jetzt hole ich mir mein wunderbar feudales Leben zurück, in dem ich keine Gehwege fegen oder Unkraut jäten muss.«

Hilda erhob sich, kämmte ihr Haar und zupfte Rock und Bluse zurecht. Sie würde mal am Schloss Klippenstein vorbeispazieren.

Da hielten sich wegen der sowjetischen Besatzung in der letzten Zeit viele Soldaten auf. Und Offiziere. Und alte versprengte Männer, die Anschluss suchten.

Einer davon war vielleicht auch einsam, hatte Geld, Ansehen und Macht. Sie hatte sich bislang immer durchgeschlagen, und schlimmer konnte es nicht werden.

Kapitel 18

Januar 1948

Es war in den letzten Tagen kalt geworden, aber die Schneeregenschauer würden sich bestimmt bald wieder vom Wind wegpusten lassen. Doch die gerade herrschenden Minustemperaturen ließen den Atem fast gefrieren. Die Gräser waren über Nacht vom Frost erstarrt, und die Landschaft war mit einer hellen Raureifschicht überzogen. Diese eigenartige Trägheit hatte auch von den Menschen Besitz ergriffen.

Wer konnte, blieb in den eigenen vier Wänden und setzte sich so nah es ging ans Feuer, in der Hoffnung, das Holz oder der Torf möge reichen.

Im letzten Winter war das Brennmaterial spärlich geworden, und hinzu kam die Lebensmittelknappheit, sodass überall vom Hungerwinter 46/47 gesprochen wurde.

Zudem war es zwischenzeitlich so kalt gewesen, dass sich sogar auf der Nordsee Eisschollen gebildet hatten. Dicht übereinandergeschobene Eismassen hatten selbst Ebbe und Flut getrotzt und den Gezeiten ihre Macht genommen. Lediglich unter der Eisschicht war das Wasser gekommen und gegangen. Lina erinnerte sich nur zu genau an das Knirschen, sobald jemand einen Fuß aufs Eis setzte.

In diesem vermaledeiten Winter herrschte auch in der Molkerei fast Stillstand. Die Milchanlieferungen kamen nur schleppend bis gar nicht, und was sie produzierten, wurde ihnen beinahe aus den Händen gerissen. Etliche Menschen hungerten selbst hier in Friesland, und das war ein furchtbarer Zustand.

Lina hatte die schwere Zeit nur deshalb überstanden, weil Derk wieder da war.

Er war kurz nach ihrer Rückkehr aus Dresden wie aus dem Nichts aufgetaucht und wich seitdem nicht mehr von ihrer Seite. Er hatte sich verändert, war stiller geworden, aber je länger er auf dem Milchhof weilte, desto stärker kam seine Erinnerung zurück, sodass er nun schon fast wieder genesen war.

Lina erwachte allerdings jeden Morgen in der Sorge, ob er wirklich noch da war. Die lange Trennung hatte beide geprägt, vor allem weil Lina inzwischen wusste, dass Hilda ihre Finger im Spiel gehabt hatte und sich verantwortlich dafür zeigte, dass Derk erst so spät zurück auf den Milchhof gekommen war.

Dennoch war sie zuversichtlich, dass sie es endlich geschafft hatten, ihren gemeinsam Weg einzuschlagen, solange es ihnen vergönnt war. Hilda hatte keine Macht mehr über Derk. Sie hatte ihm tatsächlich geschrieben – ein Brief, parfümiert und aus feinem Büttenpapier. Ihr schien es also gut zu gehen.

Derk hatte den Brief nicht einmal geöffnet, sondern gleich im Kamin verbrannt. Ihre Lüge würde er wohl nie verzeihen.

»Ich lebe nicht mehr ewig«, hatte er gesagt. »Und die Zeit, die ich noch habe, werde ich nicht mit solch unsinnigen Kontakten verschwenden.«

Ja, es wurde ruhiger in Linas Leben. Der Krieg war vorbei, und die Goldensteins lebten wieder als Familie zusammen. Es war konfliktärmer vonstattengegangen, als Lina es je gehofft hatte.

»Das Leben fließt langsam in gewohnten Bahnen«, flüsterte sie, und in ihr machte sich Dankbarkeit breit.

In diesem Jahr würde sie der Winter sicherlich auch nicht ganz so knechten, denn eine solche Witterung war an der Küste nicht üblich, und der furchtbar trockene Sommer im Jahr 1946 war ebenfalls ungewöhnlich gewesen, wobei der letzte Sommer fast noch schlimmer gewesen war.

Lina hatte sich heute, trotz ihres Alters, aufgerafft, an einer Zusammenkunft mit Alea, Enna und Tammo im Kontor teilzunehmen, und auch Derk wollte dabei sein.

Er war stiller, fast demütig geworden. Oft griff er nach Linas schwieliger Hand, drückte sie und schenkte ihr lange Blicke aus seinen unvergleichlich schönen Augen. Das waren die Momente, in denen das Glück bei ihnen haltmachte und sie mit seinem Sternenregen berieselte.

Sie liefen rasch über den Hof zum Kontor.

Dort herrschte eisige und vor allem feuchte Kälte, denn der Ofen war ausgegangen, und die Heizung funktionierte gerade nicht.

Enna und Alea hatten Fußwärmer aufgestellt. Sie schoben Lina sofort einen dritten hin, da es sonst kaum auszuhalten war. Es handelte sich um einen Holzkasten, in dem eine Schale mit Kohlen brannte. Linas war schon alt. Sie hatte ihn früher bereits genutzt, und er war seitlich wunderschön mit Intarsien verziert.

Unter ihrem Rock breitete sich nun angenehme Wärme aus.

»So kann man besser denken«, sagte Enna, die sich im letzten halben Jahr immer stärker für die Belange der Molkerei einsetzte und ernstes Interesse zeigte. Zwar ging sie den Goldensteins aus dem Weg, aber das war vermutlich hauptsächlich ihrer Scham geschuldet, denn jeder wusste, wie sie eine Zeit lang über Juden gedacht hatte. Und noch immer war Lina davon überzeugt, dass das Erlebnis auf der Bullenweide keine Verkettung unglücklicher Umstände gewesen war und sie der Verantwortung auf diese Weise erfolgreich auswich.

»Es gibt wirklich inzwischen große Probleme auf dem Hof.«

Lina schaute ihre Enkelin abwartend an.

Zwischen Enna und Alea hatte sich eine leichte, spürbare Annäherung breitgemacht, aber es war keine unkomplizierte Mutter-Tochter-Beziehung, so wie man es sich wünschte. Ob es ihnen je gelingen würde, das in Ordnung zu bringen, vermochte Lina nicht einzuschätzen.

Sie ruckelte sich den Fußwärmer zurecht, denn nach einer Weile konnte es mit dem Ding schon unangenehm warm werden.

»Was gibt es denn so Dringliches, dass wir alle nicht länger vor dem wärmenden Feuer sitzen dürfen?«

Lina rieb sich die kalte Nasenspitze. Selbst hier im Kontor zeigten sich kleine weiße Wölkchen vor dem Mund.

»Unsere Produktion ist massiv eingebrochen.« Alea schob Lina eine Statistik über den Tisch.

Lina erkannte sofort, was passiert war, und das war erschreckend. Seit dem Jahr 1937 war die Milchanlieferung auf acht Millionen Kilogramm zurückgegangen.

»Liegt es nur am Krieg?«, fragte Lina. »Dann müsste sich der Markt doch endlich erholen.«

»Wir produzieren noch immer nach den Vorgaben des Reichsnährstandes«, erklärte ihre Tochter mit herabgezogenen Mundwinkeln. Die Sorge stand ihr ins Gesicht geschrieben. »Uns setzt zudem der extrem trockene letzte Sommer zu. Die Futtermittel sind dadurch knapp geworden. Schon 1946 war es recht trocken, aber im letzten Jahr …«

Alea sprach nicht weiter, denn was dies bedeutete, musste sie ihrer Mutter nicht erklären. Außerdem wusste sie es selbst. Trockene Sommer führten leicht zu einer Futterknappheit beim Vieh, was natürlich fatale Auswirkungen hatte. Doch das konnte nicht der alleinige Grund sein.

»Aber nur deshalb fährt sich doch die Milchanlieferung nicht zurück«, gab Lina zu bedenken. »Vor allem, weil wir andere Transportfahrzeuge mit größeren Kapazitäten angeschafft haben.«

»Das stimmt«, holte nun Enna aus. »Die Bauern behalten aber wegen der eben erwähnten Futtermittelknappheit jetzt die Rohmilch ein, und tauschen sie gegen Sachgüter und andere Lebensmittel.«

»Das Geld ist eben nichts mehr wert«, wusste Alea zu berichten. »Kein Mensch glaubt mehr an unsere Währung! Und die Hamsterfahrten tragen außerdem dazu bei, dass die Landwirte ihre Milch schnell loswerden. Es wird mit der Ausweitung des Schwarzmarktes immer schlimmer!«

»Wir hoffen ja, dass es zu einer Währungsumstellung kommt, denn das ist nicht mehr zu stemmen«, sagte Enna besorgt. »Unsere Zukunft steht durch all das massiv auf dem Spiel.«

»Nun haben wir keinen Karl mehr, der uns Knüppel zwischen die Beine wirft, jetzt tut das die Politik«, sagte Lina düster. Würde das denn nie aufhören?

Derk hatte bisher zu allem geschwiegen. Er nagte an der Unterlippe und wiegte nur hin und wieder den Kopf.

»Leider sind das nicht die einzigen schlechten Nachrichten«, meinte Alea.

Lina wollte es eigentlich nicht mehr hören. Sie war doch schon zu alt für das Geschäftsleben. Nach dieser Unterhaltung würde sie sich mit Derk vollends aus dem Milchhof zurückziehen. Sie war müde, und es war an der Zeit, das Zepter ganz an Enna und Alea zu übergeben. Die jungen Frauen vom Milchhof würden es schon stemmen. So wie sie es damals auch allein hinbekommen hatten.

Aber nun saß sie eben mit im Kontor und wollte doch wissen, worum es ging.

»Dann spuckt es aus! Bislang konnten wir noch alles meistern!«

Alea klopfte schon die ganze Zeit mit dem Bleistiftende auf der Tischplatte herum.

»Gut, du würdest es ja ohnehin bald erfahren, weil im Landtag heftig darüber gestritten wird. Es stehen unter Umständen noch weitere große Veränderungen an.«

Lina ärgerte sich jetzt, dass sie das politische Geschehen schon länger nicht mehr verfolgte und völlig ahnungslos war. »Wovon sprichst du?«

»Ich rede von der geplanten Bodenreform. Man möchte die Macht der Großgrundbesitzer auf die Politik schmälern, und sie nennen soziale Gründe dafür. Es gibt immens viele Vertriebene aus dem Osten, und sie benötigen Land. Außerdem kann man diese Menschen dann gleichmäßiger verteilen. In der sowjetisch besetzten Zone ist das schon gang und gäbe.«

»Außerdem glauben sie, dass kleinere landwirtschaftliche Betriebe die Bevölkerung besser mit Nahrungsmitteln versorgen können als die großen. Man nennt das Lastenausgleich für die Städter.«

Lina schnappte förmlich nach Luft. »Aber wir brauchen unser Land! Wo soll denn das Milchvieh laufen? Wir brauchen ja wenigstens unsere eigenen Tiere, wenn die anderen Bauern ihre Milchanlieferung derart drosseln! Dann können wir den Reichsnährstand auch nicht halten, und da beißt sich doch die Katze in den Schwanz!«

»So ist es!«, bestätigte Alea.

Nun meldete sich Tammo zu Wort. Er hatte sich von seiner Gefangenschaft vollständig erholt und war wieder ganz der Alte. Dank seines neuen Zahns machte er auch wieder einen schmucken Eindruck.

»Im letzten Jahr hat man in der britischen Besatzungszone, nachdem es in der französischen auch zu Bodenreformen kam, im September eine Höfeordnung erlassen. Aber sie reden sich die Köpfe heiß und kommen kein Stück weiter. Ich glaube tatsächlich, wir können dem Ganzen recht beruhigt entgegensehen.«

Alea nickte. »Am 7. Januar werden sie im Landtag noch einmal darüber debattieren. Da können wir nur beten und das Beste für uns hoffen.«

»Gut, dann haben wir ja über alles gesprochen«, hob Lina an. Sie beschloss, jetzt gleich ihren kompletten Rückzug aus der Molkerei zu verkünden. Warum warten, wenn doch die neue Generation schon in den Startlöchern stand. Vielleicht würden sich Enna und Alea auch viel schneller wieder annähern, wenn sie eng miteinander arbeiten mussten und sie die finalen Entscheidungen nicht immer auf Linas Rücken abladen konnten.

»Ich habe auch noch etwas zu sagen.«

Alle schauten Lina erstaunt an. Vor allem Derk, der es gewohnt war, dass sie Entscheidungen abstimmten.

Lina stand auf, da fühlte sie sich besser. »Ihr beiden habt in den letzten Monaten bewiesen, dass ihr in der Lage seid, den Milchhof Bleeker gut zu leiten. Ich aber bemerke immer stärker, wie müde ich bin, mich mit all den Problemen und Schwierigkeiten auseinanderzusetzen. Ich habe für den Betrieb viel in Kauf genommen, und als ich glaubte, alles würde endlich gut, kam zum zweiten Mal der Krieg, der uns noch immer knechtet. Ich kann nicht mehr und übergebe euch beiden hiermit hochoffiziell den Betrieb.«

Alea wollte etwas einwerfen, aber Lina hob abwehrend die Hand. Ohne Pause sprach sie weiter. »Ich werde meine letzten Jahre jetzt in Frieden mit Derk verbringen. Uns ist genug gemeinsame Zeit gestohlen worden. Sarah und David stehen euch zur Seite. So wie es aussieht, bleiben sie uns ja noch eine Weile erhalten, und vielleicht lässt sich in Abstimmung mit der

Gemeinde ja doch ein Milchladen auf dem Hof durchsetzen. Ihr schafft das gut ohne mich.«

»Puh«, entfuhr es Alea. »Damit habe ich nicht gerechnet.« Enna stimmte ihr mit einem leichten Kopfnicken zu. Derk aber drückte Linas Hand. Er war damit einverstanden, und bestimmt erleichterte es ihn auch, wenn nicht mehr ausschließlich der Milchhof Thema war.

»Damit wäre alles gesagt. Ich gebe dem Notar Bescheid, dann kann er alles aufsetzen, und die Geschäftsleitung liegt einzig bei euch.«

Lina erhob sich, ihre Bewegungen fühlten sich leicht, fast geschmeidig an. Es war gut so, wie es war. In ein paar Tagen wollte sie ihre Unterschrift auf das Papier setzen, und dann konnte sie ihre Tage mit Spaziergängen und Lesen verbringen. Nur ab und zu würde sie noch in die Käserei gehen und den Duft von Milch und Gewürzen inhalieren. Sie hatte noch einen Plan im Hinterkopf, den sie umsetzen würde. Dazu wollte Lina aber erst mit Derk sprechen, denn ohne ihn musste sie alles verwerfen.

Es war die richtige Entscheidung.

*

Enna war über die Entscheidung ihrer Großmutter noch immer perplex. Niemals hätte sie damit gerechnet, so früh eine solche Verantwortung tragen zu müssen. Oder zu dürfen, je nachdem, wie sie es betrachtete.

Der Milchhof ohne Lina und Derk erschien ihr unvorstellbar. Und noch irrealer war es, dass sie von jetzt an allein mit ihrer Mutter die Leitung innehaben sollte.

Drei Tage waren seit Linas Entscheidung vergangen, aber ihre Mutter hatte Enna noch zu keinem alleinigen Gespräch gebeten. Sie ging ihr nach wie vor aus dem Weg, als wären sie Fremde, die nur zufällig am selben Ort lebten.

Enna verletzte das sehr. Schon immer hatte sie das Gefühl gehabt, den Ansprüchen ihrer Mutter nie genügen zu können. Im Weg zu sein, weil der Milchhof deren Lebenselixier war und ihr eigener Stellenwert meilenweit dahinterlag.

Und dann hatten Karl und Talke ihre Pforten weit für sie geöffnet. Enna zugehört und sie ernst genommen. Talke war stets freundlich, sogar liebevoll zu ihr gewesen.

Enna war manchmal sehr verzweifelt, weil sie nicht sagen konnte, wie sie es schaffen sollte, das Vertrauen ihrer Mutter zurückzugewinnen. Sie hatte es mächtig verspielt, und wenn nun herauskommen sollte, was sie Amelie beinahe angetan hätte, dann wären alle Chancen darauf vertan.

Immerhin hatte sie ihr Vergehen gestern Edzard anvertraut, und wie immer war der sehr verständnisvoll gewesen.

»Du solltest mit deiner Oma reden«, hatte er vorgeschlagen. »Sie hat einen guten Draht zu deiner Mutter, und schließlich hat sie unter deinem Verrat gelitten, scheint aber besser damit zurechtzukommen.«

Enna hatte sich am heutigen Tag dazu entschlossen, zum Milchhof zu laufen. So weit war es von der Hofstelle nicht, und sie konnte in Ruhe nachdenken. Seit ihrer Hochzeit lebte sie auf Edzards Gehöft.

Leider war das Wetter umgeschlagen, und vom Frost der vergangenen Tage war nur noch wenig zu spüren. Ihr schlug gerade heftiger Regen ins Gesicht, der von einzelnen Böen über die Marsch getrieben wurde. Darunter vermischten sich auch Schneegraupel und Flocken, die auf ihrer Haut schmolzen und dann über ihre Wangen rannen, als wären sie verspätete Tränen.

Es befand sich kein Vieh auf den Weiden, denn um diese Jahreszeit waren Kühe, Schafe und Pferde in den Ställen. Sie blieben zwar so lange wie möglich draußen und wurden auch früh wieder hinausgebracht, aber jetzt lagen alle Wiesen verwaist da.

Enna mochte den Geruch der Tiere, wenn sie die Stallungen betrat und ihr der süßlich warme Duft entgegenwehte. Das leise Schnauben der Pferde, das Klirren der Kuhketten oder das Blöken der Schafe. Einzig die Schweinekoben waren nicht so ihre Sache.

Der Geruch war doch recht penetrant und alles andere als wohlig. Dafür mochte sie die ulkigen Nasen der Ferkel, wenn sie die grunzend durch die Holzverstrebungen steckten.

Der Weg zum Milchhof war heute eine echte Herausforderung. Der Niederschlag nahm stetig zu, und sie musste gegen den Wind ankämpfen. Schon nach kurzer Zeit war sie bis auf die Haut durchnässt. Sie würde ihre Großmutter um trockene Sachen bitten müssen.

Endlich kam der Milchhof in Sicht. Vom Hof ratterte gerade ein Milchtransporter. Es war der erste, den sie wieder motorisiert betrieben. Ihm folgten die Pferdewagen, auf denen die Milchkannen gemächlich schaukelten.

»Wir brauchen den Fortschritt und mehr richtige

Fahrzeuge«, überlegte Enna laut, während sie einen Stein vor sich her kickte. »Es wird wirklich Zeit für einen Neuanfang, da hat Oma recht. Natürlich werden wir immer wieder auf ihre und Derks Erfahrungen zurückgreifen müssen, aber sie haben kein Gespür mehr für Novitäten, und das wissen sie. Deshalb ist der Rückzug eine kluge Entscheidung.« Sie stieß den Stein beiseite. So klang das alles sehr plausibel, aber so einfach war es leider nicht, denn sie selbst war das Problem. Sie und ihr prekäres Verhältnis zu ihrer Mutter. Wenn sie es nicht schafften, endlich einen Schritt aufeinander zuzugehen, sähe die Zukunft der Molkerei übel aus.

»Ich muss mich mit Mama versöhnen, und dann können wir den Milchhof zu alter Größe zurückführen.«

Enna hatte das Hoftor erreicht und stellte mit klopfendem Herzen fest, wie sehr sie das alles mochte. Die Arbeiter, wenn sie weiß gekleidet aus den Fertigungshallen traten, die Meierinnen mit ihren Tüchern oder Käppchen auf dem Kopf, und die vertrauten Geräusche, die sie von Kindesbeinen an begleiteten.

Dann diese süßlich-saure Mischung, die wie eine Glocke über der Molkerei hing und ihr jedes Mal Appetit auf Käse, Butter und frische Milch machte.

Ihre Großmutter trat eben aus dem Haus, Derk folgte ihr kurz darauf. Sie lachten und schienen die neue Freiheit zu genießen. Enna beneidete die beiden, denn sie wirkten auch im Alter noch immer sehr verliebt. Allerdings hatten sie auch einen harten und steinigen Weg hinter sich, um den sich rückblickend bestimmt keiner reißen würde.

Die Tür der Butterfertigungshalle öffnete sich, und Sarah Goldenstein trat heraus. Sie sah noch immer blass aus. Die letzten Jahre mussten sie ziemlich geprägt haben, und das neuerliche Zusammenleben mit Amelie war wohl nicht immer einfach, so fremd, wie sich Eltern und Tochter in all den Jahren geworden waren. Dennoch lief es besser als gedacht. Langsam und Schritt für Schritt, aber vorwärts.

Oma Lina wechselte ein paar Worte mit Sarah, die kurz darauf mit einem Winken wieder in der Milchhalle verschwand. Aaron wurde derweil von David betreut, ein ungewöhnliches Modell, aber sie wechselten sich mit der Arbeit im Betrieb ab. Immerhin hatten sie in Neustadtgödens eine Wohnung in der Kirchstraße beziehen können.

Lina lächelte gerade Derk an, und in diesem Lächeln lag eine wunderbare Güte, die wohl nur Großmüttern zu eigen war.

Edzard hat recht, schoss es Enna durch den Kopf. Ich muss mit meiner Oma sprechen. Sie ist die Einzige, die mir und Mutter helfen kann.

Energischen Schrittes steuerte sie auf sie zu.

Oma Lina schaute ihre Enkelin sogleich mitleidig an.

»Harrijasses nej, wie siehst du denn aus? Kumm rin, ich gebe dir was Trockenes to ’n Antüdern.«

Enna zuckte mit den Achseln.

»Danke, Oma. Ich dachte, es wäre eine wundervolle Idee, hierher zu laufen, weil Edzard mich am Abend mit dem Einspänner abholen kann. Aber nun siehst du ja die Bescherung.«

»Jo, denn wullt wi mol sehn, wat ik im Schrank heb.«

»Ich setze mich an den Kamin«, sagte Derk, nachdem er Enna freundlich begrüßt hatte. »Bei dem Schietwedder jagt man nicht einmal den Hund vor die Tür. Ich genehmige mir einen Genever, und dazu lese ich mein Buch weiter. Ihr habt bestimmt so einiges zu beschnacken von Oma zur Enkelin.« Derk zwinkerte Enna zu und verschwand im Haupthaus.

Einen Genever könnte ich jetzt auch gebrauchen, dachte Enna. Sich Mut anzutrinken gehörte zwar sonst nicht zu ihren Gepflogenheiten, aber heute könnte es tatsächlich nicht schaden.

»Du wirkst bedrückt«, sagte Lina.

Sie nahm Enna die nassen Sachen ab und hängte sie in der dunkel gefliesten Diele auf. Sofort ergoss sich ein Sturzbach auf den Boden, danach tröpfelte es unaufhaltsam weiter. Der Geruch von nassem Stoff verbreitete sich schnell, und es roch unangenehm.

Lina holte Tücher, die sie darunterlegte.

Enna schlüpfte derweil aus den durchweichten Lederschuhen, entledigte sich der Wollsocken und folgte ihrer Großmutter ins Schlafzimmer, wo sich deren großer und gut gefüllter Schrank befand.

Alle Fächer waren bis zum obersten Rand mit ihrer Kleidung gefüllt.

Mit schnellem Griff zog Oma Lina saubere Weißwäsche, frische Strümpfe, einen Unterrock und ein wollenes Kleid in zartem Grün heraus. »Das sieht nicht ganz so altmodisch aus, min Lütten. Ich möchte ja nicht, dass du hier wie deine eigene Grootmoder herumläufst.« Sie lachte über ihren kleinen Witz.

Dann zerrte sie ein Handtuch aus einer weiteren Schranktür. Es war schon etwas verschlissen und kratzte, doch es erfüllte seinen Zweck.

»Da wirst du fix wieder warm.« Oma Lina breitete alles auf der beigefarbigen Leinentagesdecke aus, die sorgfältig und faltenfrei auf dem Doppelbett lag, und die mächtigen Dauneninletts und Kissen bedeckte. Bei Oma Lina hatte immer alles seine Ordnung.

»Ich mache dir in der Küche rasch einen Kaffee, und du kommst dann zu mir, wenn du fertig bist! Nun rubble dich erst mal trocken.«

Enna nickte und war froh, dass sie von ihrer Oma so wunderbar umsorgt wurde. Sie hatte ihr wirklich längst alles verziehen. Das machte ihr Hoffnung für das Gespräch.

Als sie die Küche ein paar Minuten später betrat, hatte ihre Oma den Ofen schon ordentlich eingeheizt, und auf dem Tisch stand die bauchige Kaffeekanne, aus deren Tülle weißer Dampf entwich. Bei Oma Lina gab es häufig Kaffee, vor allem, nachdem sie es irgendwie geschafft hatte, echte Bohnen aufzutreiben und gegen den fürchterlichen Zichorien-Kaffeeersatz zu tauschen. Es war ein Hauch von Luxus, der auf diese Weise über den Milchhof wehte.

In einer geblümten Porzellanschale lagen Rosinenkekse.

Natürlich fehlten auch Milch und Zucker nicht.

Woher Oma Lina das alles auch immer hatte. Enna glaubte, dass Derk ein Meister des Tauschgeschäftes war.

»Greif zu!«, forderte Oma Lina sie auf. »Und dann vertellst du mi mol ganz fix, was dich umtreibt. Dir steht ja förmlich ins Gesicht geschrieben, dass es dir nicht gut geht und du dringend etwas loswerden musst.«

Enna stärkte sich zunächst mit einer Tasse Kaffee, die sie schwarz trank, während Oma Lina sich stets einen Schuss Milch dazu genehmigte.

Enna griff ordentlich bei den Keksen zu, denn die waren nach dem alten Familienrezept von Oma Lina gebacken und schmeckten einfach himmlisch. Erst knackte es beim Beißen, dann folgte der wunderbar weiche Innenteil, der aus einem vanilligen Teig und den Rosinen bestand. Es gab nichts Besseres als Omas Kekse.

Ulla buk auch wunderbar, aber das Hausmädchen kam an die Künste von Ennas Großmutter nicht heran.

Nach der Stärkung hatte Enna sich wieder aufgewärmt, und die Welt sah schon viel freundlicher aus.

»Du und Derk, ihr seid ja jetzt in eurem verdienten Ruhestand«, begann Enna. »Aber mit Mutter und mir – es funktioniert nicht. Ich möchte allerdings, dass es mit uns wieder in Ordnung kommt.« Sie seufzte. »Mutter kann mir so viel nicht verzeihen, und ich weiß nicht, wie wir zusammenarbeiten sollen, wenn all das zwischen uns steht. Es ist nicht mehr so schlimm, aber wir kommen auch nicht voran, wenn du verstehst, was ich meine –«

Enna musste eine kurze Pause machen, weil ihr die Stimme brach. Doch sie wollte hier nicht herumflennen, sondern endlich eine Lösung für ihr Problem finden. Sie atmete tief durch.

»Ich habe überhaupt keine Ahnung, wie ich das alles wieder in ein gutes Licht rücken soll, weil meine Taten unverzeihlich sind.«

Ihre Oma wiegte den Kopf und ließ das Gesagte zunächst sacken.

»Es gibt nur wenig, was unverzeihlich ist«, begann sie mit ihrer ruhigen Stimme, die stets etwas ungemein Tröstliches hatte. »Wärst du eine erwachsene Frau gewesen, würde ich sicher anders über alles denken. Aber so? Ich habe tatsächlich oft und lange darüber nachgedacht, bin ich doch direkt betroffen und habe sehr gelitten, wie du weißt.«

»Dafür schäme ich mich«, hob Enna an, aber Oma Lina schüttelte den Kopf.

»Pst, jetzt hörst du mir mal zu!«

Enna verschloss die Lippen.

»Du bist in Zeiten aufgewachsen, wo dein Denken genau so gewünscht war und du mächtig Ärger bekommen hättest, wäre es anders gewesen. Es war eine Zeit der Verblendung, in der viele dem falschen vermeintlichen Licht hinterhergelaufen sind. Als erwachsener Mensch hätte man es durchaus erkennen können, aber als Kind und Heranwachsende? Ich denke, du bist auch ein Opfer der Umstände.«

Eine solche Antwort hatte Enna nun gar nicht erwartet, und so hatte sie das auch noch nicht gesehen.

»Sieh mal, Enna. Damals war das Denken und die eigene Meinung verboten. Wenn wir dir die Wahrheit gesagt hätten und du hättest es in deiner kindlichen Naivität in der Schule erzählt, dann wären wir entweder in Haft gekommen oder Schlimmeres. Den Milchhof würde es schon lange nicht mehr geben. Und dann hatten wir das Dilemma, damit umzugehen.«

Enna senkte den Blick. »Ihr hattet also auch Angst?«

»Angst ist gar kein Ausdruck«, bestätigte ihre Oma. »Es war das blanke Entsetzen, was passieren könnte.«

»Aber du hast den jüdischen Mitarbeitern und auch den Goldensteins geholfen. Das war sehr mutig«, wandte Enna ein. Denn dafür zollte sie ihrer Oma inzwischen höchsten Respekt.

»Es war menschlich, das zu tun«, erwiderte Oma Lina. »Ich habe oft darüber nachgedacht, was wir bei dir hätten anders machen müssen, damit dich der braune Sumpf nicht vollends verschluckt, und da haben wir einige Fehler gemacht. Nur ist es müßig, im Nachgang darüber zu grübeln. Wichtig ist doch einzig, dass du dich verändert hast und begreifst, welcher Irrlehre du aufgesessen bist. Jetzt ist jetzt.« Oma Lina räusperte sich. »Adelheid hat viel schlimmer gehandelt als du, denn sie hat dich für sich und die Dodens spionieren lassen, dabei wusste sie genau, welche Konsequenzen ihr Handeln für die Menschen haben würde.«

»Adelheid war mir nah. Sie hatte, genau wie Talke, immer Zeit.«

»Ja, weil sie was von dir wollten. Es war kein ehrliches Interesse, aber das dürfte dir ja derweil auch klar geworden sein.«

»Da ist es, ja.«

Ihre Großmutter griff nach der geblümten Kaffeetasse und trank einen Schluck. Dabei schloss sie die Augen und spürte dem Geschmack noch eine Weile nach.

»Es gibt nichts Besseres als echten Bohnenkaffee«, sagte sie zu sich selbst. Dann öffnete Ennas Großmutter die Augen wieder und schenkte der Enkelin erneut ihre gesamte Aufmerksamkeit.

»Du bist noch immer unsicher, ob alles in Ordnung ist?«, fragte sie.

Enna spitzte kurz die Lippen. »Genau. Ich gebe dir zwar recht, nur hat meine Einsicht viel zu lange gedauert. Ich habe ja vor gar nicht langer Zeit wieder einen großen Fehler begangen, als …«

Ihre Stimme brach erneut.

Oma Lina schnalzte mit der Zunge. »Kann es sein, dass ich weiß, wovon du sprichst?«

Enna nickte, zu mehr war sie nicht fähig.

»Amelie?«, kam es vorsichtig.

Wieder nickte sie.

»Ich wusste es«, sagte Oma Lina ruhig. »Und ich bin froh, dass du es mir erzählst. Das ist ein wichtiger und guter Schritt. Was genau hast du getan?«

Enna brauchte eine Weile, ehe sie sich die Worte zurechtgelegt hatte und reden konnte. Aber dann erzählte sie von ihrem Kummer wegen Talkes und Karls Tod. Ihrer Eifersucht auf Amelie.

»Da wollte ich ihr einen Denkzettel verpassen. Sie sollte sich mächtig erschrecken, und ich dachte, dann fühle ich mich gut.« Enna senkte den Blick. »Aber als ich die Lütte da gesehen habe! Ihre schönen dunklen Augen voller Angst und dann der dicke wütende Viktor, der sie töten wollte.« Sie stockte kurz. »Ich hatte plötzlich Panik und wollte sie retten. Irgendwie!« Enna holte tief Luft. »In dem Augenblick habe ich begriffen, wie unsinnig alles war, was Karl und Talke mir gepredigt haben. Wie albern meine Eifersucht auf das kleine Mädchen war. Amelie und ich, wir mögen uns doch, und ich habe mich stets für sie verantwortlich gefühlt. Ich war dabei, sie zu zerstören, weil ich mich benommen habe wie ein kleines Kind!«

Enna kämpfte mit den Tränen. Aber sie wollte jetzt nicht weinen. »Beinahe wäre ich zur Mörderin geworden, auch wenn es so schlimm gar nicht geplant gewesen war!«

Als Enna es aussprach, klang es furchtbar scheußlich, und sie bekam es mit ihrer eigenen Person fast nicht zusammen. »Dieses Mal hätte ich eben nicht nur gepetzt.«

»Über die alten Sachen müssen wir nicht reden. Aber Amelie weiß das und deckt dich?«, fragte Oma Lina.

Enna nickte. »Das tut sie.«

»Dann sprich bitte mit ihr. Ihr solltet das untereinander klären. Von mir aber wird keiner etwas erfahren, weil ich davon ausgehe, dass du wirklich verstanden hast, worum es geht.«

Enna gab ihrer Oma einen Kuss auf die Wange. »Das habe ich. Und mit Amelie werde ich reden.«

»Gut, aber was ist mit deiner Mutter? Es wird wirklich Zeit, dass ihr zwei miteinander klarkommt. Wie sonst soll denn der Milchhof funktionieren? Wir brauchen starke Frauen, die zusammenhalten und sich nicht bekriegen.«

»Das bekommen wir hin, Oma. Ich schaffe das!«

»Das weiß ich, min Deern. Das weiß ich.«

Die Tür öffnete sich, und Derk schaute rein. Er hob den Daumen.

»Die Bodenreform ist in Niedersachsen vorerst gekippt. Wir werden keine Ländereien abgeben müssen.«

»Na, Gott sei Dank«, stieß Lina erleichtert aus. »Gott sei Dank!«

Kapitel 19

Behrend hasste auch nach dem ersten halben Jahr die Arbeit in der Molkerei. Und wie jetzt im Winter war es erst recht katastrophal, sich so früh aus dem Bett zu schälen und die Arbeit noch vor dem Morgengrauen zu beginnen.

Allein der scheußliche Umstand, dass sich bei der Kälte diese widerwärtigen weißen Nebelwölkchen vor seinem Mund bildeten. Dann diese eisige Luft, die ihn umhüllte und frösteln ließ.

Behrend musste sich bei den leicht sauren Gerüchen, die ihn dann jeden Morgen in der Molkerei empfingen, beinahe übergeben. Das war nicht seine Welt, aber er hatte keine Wahl, denn dass er diese Ausbildung hinter sich bringen musste, um das Erbe auf dem Milchhof in Ellenserdammersiel anzutreten, war gesetzt. Da verstand seine Mutter keinen Spaß, und es war ihm nicht gelungen, dagegen aufzubegehren.

Aber ich werde dort nie arbeiten, dachte Behrend. Denn das wäre mein sicherer Tod. Jeden Morgen mit einem Ekel zu erwachen, den Geruch der säuerlichen Milch nie von den Händen und aus dem Haar zu bekommen war für ihn einfach nur abstoßend.

»Da würde ich diese blöde Molkerei lieber in die Luft jagen, als dort zu arbeiten«, flüsterte er.

»Behrend!« Die Stimme des Obermeiers riss ihn aus seinen Betrachtungen. »Du solltest längst an deinem neuen Arbeitsplatz in der Butterei sein! Was stehst du hier so faul herum?«

Hartwig van der Möhlen kniff ihn unsanft ins Ohrläppchen.

»Entschuldigung«, murmelte Behrend, und er rieb sich die heiße schmerzende Stelle. Wie er es hasste, frühmorgens schon hier zu sein, sich in diese unförmige weiße Kleidung zu zwängen und sich dann den ganzen Tag lang mit Milchprodukten zu beschäftigen.

Behrend folgte Hartwig van der Möhlen in die Butterfertigung. Dort wartete ein Arbeiter auf ihn. Der Mann war etwa zwanzig Jahre alt, sehr schlank, mit leicht vorstehenden Zähnen. Seine Finger waren lang und dünn. Noch nie hatte Behrend bei einem Mann solch schmale Hände gesehen.

Er fand den Kollegen auf Anhieb faszinierend und konnte gar nicht aufhören, ihn anzustarren.

Der Obermeier riss Behrend aus seinen Betrachtungen, indem er ihn von hinten am Nacken packte und leicht schüttelte. Er stieß ihn in Richtung des Arbeiters, der mit einem amüsierten Lächeln zuschaute.

Behrend blieb kurz vor dem Butterfass stehen und konnte gerade noch verhindern, dass er an die Umrandung fasste, um Halt zu finden.

»Auf de Jung da gibst du jetzt gut acht, Jesper. Der ist faul wie ein abgelagertes Ei!«

»Jo, dat will ik wohl don«, kam es ruhig zurück. »Wer bist du denn?«

»Behrend Bleeker«, antwortete er.

»Jesper Jessen. Denn kiek du man, wie wir das hier machen. Mit der Zeit kannst du dann selbst Hand anlegen.« Er wandte sich an seinen Vorgesetzten. »Wir kommen schon klar. Das fügt sich mit der Zeit!«

Van der Möhlen nickte und machte eine wegwerfende Handbewegung.

Jesper kümmerte sich nicht weiter darum und gab Behrend eine ausgiebige Anweisung, wie sie hier die Butter herstellten.

Immer noch besser als Käse, dachte Behrend. Das erscheint mir doch angenehmer.

Käsebruch war für ihn schon allein der Konsistenz wegen ein Unding. Dann diese ekelige Salzlake ... Ein Graus.

»Du bist wohl kein Freund von Milch und so«, meinte Jesper mit einem Seitenblick.

»Nein, bin ich nicht. Ich will vielleicht nach Amerika. Zu meinem Vater«, antwortete Behrend.

Jesper lachte auf. »Da hast du ja hochtrabende Pläne. Nach Amerika ist weit und teuer. Aber denen geiht dat een bietje beter als uns.«

»Jo, und mein Vater ist reich. Wegen seiner Destillerie, die läuft gut.«

Jesper kicherte. »Een Lütten hat noch keinem einen nienich geschadet! Das wundert mich nicht.«

Er warf einen Blick in die Maschine und winkte Behrend dann zu sich heran.

»Was willst du?«, fragte er.

»Komm mal mit!«

Behrend folgte Jesper, wusste aber absolut nicht, wohin der ihn lotsen wollte. Sein Herz klopfte heftig bei der Vorstellung, gleich mit ihm allein zu sein und ihm vielleicht näher zu kommen. Einmal diese schlanke Hand berühren …

Jesper zog ihn in einen Verschlag in der Ecke und schloss die Tür hinter ihnen.

Wollte er tatsächlich …?

Jesper aber schien etwas anderes vorzuhaben, wie Behrend mit einem Hauch der Enttäuschung feststellte.

Er öffnete nämlich eine Bodenluke. Darin war eine Flasche Roter Genever versteckt.

»Probier mal!«, forderte Jesper ihn auf.

»Ich soll Genever trinken?«, fragte Behrend. Er zögerte kurz, denn dem Alkohol hatte er bislang entsagt. Das hätte seine Mutter niemals geduldet.

Aber die war gerade weit weg, und sie zwang ihn dazu, in diesem schrecklichen Betrieb zu arbeiten, in dem es erlaubt war, ihm die Ohren lang zu ziehen.

Schließlich siegte die Neugierde.

Behrend fühlte sich plötzlich sehr erwachsen. Jesper fand ihn, den dicken und ungeschickten Milch hassenden Lehrling, alt genug, um mit ihm einen Lütten zu trinken.

Der Arbeiter nahm den ersten Schluck, dabei umklammerte er den Bauch der Flasche mit seinen schmalen Händen, die in der Dämmerung fast ein wenig spinnenhaft wirkten. Beim Schlucken schloss er die Augen und gab danach ein wohliges Seufzen von sich.

»Und jetzt du!«

Er reichte Behrend die Flasche.

Seine Hand zitterte, als er den Hals ansetzte.

Er kostete erst nur vorsichtig, doch dann wurde er mutiger und nahm einen kräftigen Schluck. Es brannte in der Kehle, aber dann wurde ihm angenehm warm.

»Dat is moi, oder?« Jesper griff gleich noch einmal zur Flasche.

Behrend war überrascht, wie gut der Genever schmeckte. Aber auch, wie leicht ihm plötzlich zumute war, als sich das Gesöff Stück für Stück in seinem Körper ausbreitete.

»Darf ich noch was?«, fragte er.

Jesper reichte ihm die Buddel. »Aber nur noch ein bisschen, sonst merkt der van der Möhlen was.«

Behrend nickte, nahm aber dann doch noch etwas mehr. Weil es sich großartig anfühlte. Und wunderbar leicht.

Mit dem bisschen Genever im Bauch würde er auch die Arbeit in der Molkerei ertragen können. Die Welt drehte sich ein wenig, und er fühlte sich so leicht wie ein kleines Vöglein. Gleich würde er fliegen und der Welt zeigen, wie unabhängig und klasse er war.

Jesper verstaute die Flasche wieder im Versteck.

»Nun müssen wir wieder wat don«, flüsterte er. Sein Atem roch etwas scharf, und sein Blick glänzte etwas mehr als zuvor. Er strich Behrend wie unbeabsichtigt über den Unterarm. »Das ist unser Geheimnis«, raunte er. »Nix verraten, dann gibt dat Meut. Aber so was von!«

Sie huschten zurück an die Maschine, die etwas zu lange gelaufen war.

»So een Schiet«, sagte Jesper. »Da waren wir wohl etwas zu lange wech. Aber mit een bietje Glück merkt das kein Mensch.«

Verbissen bemühte er sich, den Fauxpas wettzumachen.

»Wir können da öfter hin. Wir beiden.« Er wies mit der freien Hand zum Verschlag und zwinkerte Behrend zu. Dessen Knie wurden weich. Ging es wirklich nur um den Genever? »Dürfen uns nur nicht erwischen lassen.«

Behrend nickte. »Darf ich auch ohne dich dorthin? Falls ich es nicht mehr aushalten kann?«

Jesper wiegte den Kopf. »Besser, du gehst nur mit mir. Und wenn du mal eine Stärkung brauchst, dann sei vorsichtig, dass dich der van Möhlen nicht erwischt.«

Behrend versprach es. Er musste sich gerade kurz an der Wand festhalten, weil der Boden plötzlich schwankte.

»Hey, du bist aber auch noch gar nix gewöhnt«, sagte Jesper lachend. »Das gibt sich mit der Zeit, versprochen.«

Gut, so würde es Behrend ertragen. Mit dem Genever im Blut roch es auch gar nicht mehr so unangenehm.

*

Alea hatte Enna heute Morgen ins Haus ihrer Großmutter gehen sehen. Es musste ein längeres Gespräch gewesen sein, aber als ihre Tochter nach zwei Stunden wieder herausgekommen war, hatte sie gelächelt. Ihre Körperhaltung war verändert, und Enna strahlte eine Ruhe aus, die Alea so nicht an ihr kannte.

Beim Mittagsessen hatte ihre Mutter allerdings kein Wort verlauten lassen, worum es gegangen war, und sie hatte auch nicht nachgefragt.

Nun brütete Alea wieder über den Büchern, denn es war verdammt eng mit den Zahlen und – sie mochte es nicht. Dieses Hinundherrechnen war ihr ein absoluter Graus, und sie versah sich dabei viel zu oft.

Die Verantwortung für die vielen Mitarbeiter erdrückte sie, denn es galt, immer darauf achtzugeben, dass sie sie auch auszahlen konnten.

Alea war müde und hätte sich am liebsten wie ihre Mutter aus dem Betrieb zurückgezogen. Auch sie sehnte sich nach mehr Ruhe, nur konnte sie sich mit ihren dreiundfünfzig Jahren nicht einfach aus der Leitung des Milchhofes stehlen.

Zumal sie mit Enna noch immer nicht gut zurechtkam. Sie waren furchtbar sprachlos geworden, und sie wusste keinen Weg, wie es zu ändern war. Meist hielt sich ihre Tochter in der Fertigung auf und kümmerte sich um die Reparaturen, denn sie hatte ein geschicktes Händchen, was die technischen Details anging. Deshalb liefen sie sich nur dann über den Weg, wenn es darum ging, unausweichliche Dinge zu besprechen.

Immerhin hatte Tammo jetzt die Möglichkeit, wieder in einer Bank einzusteigen. Er plante, bei einer Genossenschaftsbank zu arbeiten. Das würde ihnen ein zusätzliches Einkommen bescheren, und es wäre ein gutes Polster.

Tammo war zuversichtlich, dass er schon bald beginnen konnte. Er war sicher, dass es eine Währungsreform geben würde und der Finanzmarkt, aber auch die Wirtschaft damit ganz neu aufgemischt wurde. Alea hoffte auf ein Ende der strikten Regeln des Reichsnährstandes, damit sie ihre Produktpalette endlich erweitern konnten.

Sie schaute auf den Hof. Eben kam Enna angeradelt. Wo auch immer sie nach dem Gespräch mit Lina gewesen war. Ihre Tochter begrüßte die beiden Goldensteins höflich, schaute dann aber rasch beschämt weg. Da war noch längst nicht alles im Lot.

Ach, was gäbe Alea darum, viele Dinge ungeschehen

machen zu können. Sie und ihre Mutter, das funktionierte doch auch. Warum ging es mit Enna und ihr denn nicht?

Als es klopfte, hob Alea den Kopf, denn um diese Zeit erwartete sie keinen Besuch und keine Angestellten mehr.

»Mutter?«

Alea schrak zusammen, als sie Ennas Stimme hörte. Dass ihre Tochter nun zu ihr ins Kontor kam, war ungewöhnlich.

»Was gibt es?«

Verdammt, sie klang viel zu abweisend. So wurde das nie etwas. »Komm bitte rein«, setzte Alea deshalb nach. »Ich lasse Tee bringen.«

»Gerne, ich glaube nämlich, das wird ein längeres Gespräch«, erklärte Enna.

Sie wirkte noch immer anders als sonst. Gesetzter und ruhiger.

»Du warst am Morgen bei Oma?«, versuchte Alea ihr eine Brücke zu bauen.

»Ja, wir haben ihren Bohnenkaffee getrunken und geredet. Über alles, was schiefgelaufen ist.«

Ah, daher wehte also der Wind!

»Und nun möchtest du, dass wir uns ebenfalls aussprechen?«

Alea war skeptisch, denn alle bisherigen Versuche waren in einem Desaster geendet, und sie hatte heute keine Kraft auf einen neuerlichen Zwist zwischen ihr und Enna. Das würde den Graben zwischen ihnen noch mehr vertiefen.

»Mit einer moi Tass Tee spricht es sich wirklich leichter«, sagte Enna. »Ich hoffe, du hast etwas Zeit.«

Alea schlug die Bücher zu. Das hier war wichtiger.

»Ich lasse Ulla Bescheid geben.«

Sie stand auf und betätigte die Klingel, die eine Verbindung zum Wohnhaus hatte, und das Personal drüben darüber informierte, dass sie im Kontor gebraucht wurden. Wenige Minuten nach ihrem Signal eilte das Hausmädchen über den Hof.

»Was kann ich für Sie tun?« Ulla zupfte die Schürze zurecht. Aleas Mutter bestand nach wie vor auf einer strengen Kleiderordnung beim Personal und ließ keine Schlampigkeit durchgehen.

»Tee für zwei«, bat Alea. »Und bitte fragen Sie Herrn Siuts und Herrn Münkeboe auch, ob sie etwas trinken möchten. Dann aber bitte in deren Büro.«

Momentan saßen in dem großen Kontor nur zwei Männer. Zum einen gab es auf dem Milchhof nicht so viel zu tun, und zum anderen fehlte es an ausgebildeten Kräften, weil der Krieg so viele Menschen in seinem gierigen Rachen verschluckt hatte.

Alea hoffte auch hier auf eine Verbesserung der Situation.

Ulla knickste und eilte davon.

Kurze Zeit später servierte sie eine bauchige Kanne mit Schwarzem Tee und dazu etwas Gebäck. Es war frisch gebacken und duftete verführerisch süß.

Enna wählte einen dicken Kluntje und legte ihn mit der filigran gearbeiteten Zange in die dünnwandige und flache Teetasse, denn nur dort entfaltete sich das Aroma perfekt. Dann schenkte sie sich ein. Es knirschte, als das heiße Getränk auf das Kandisstück traf. Anschließend griff sie zu dem winzigen Sahnekännchen, nahm die kleine Kelle heraus und gab das Wulkje dazu.

Es verschwamm sofort im dunklen Tee.

Alea tat es ihr gleich, nur wählte sie zwei kleinere Kluntjes.

Sie reichte ihrer Tochter die Schale mit den Keksen. Das Gebäck hatte etwa die Größe eines Fünfmarkstückes, und jedes Plätzchen war mit einer feinen Schicht Zuckerguss versehen.

»Danke. Nun können wir reden.«

Enna nahm einen Schluck Tee und genoss den zunächst bitteren Geschmack, denn das Getränk wurde niemals umgerührt. Der nächste Genuss würde sahnig schmecken, und dann konnte sie zum Schluss die vollendete Süße genießen. Fünf Tassen waren Friesenrecht. Das kosteten alle aus, bevor sie den Löffel in die Tasse legten. Damit zeigten sie, dass sie genug getrunken hatten.

Aber noch hatten sie Zeit, noch waren sie nicht bei der ersten Süße angelangt, die sich erst beim dritten Schluck zeigte.

»Was hast du genau mit Oma besprochen?«, fragte Alea.

Ennas Hand zitterte nun leicht, und sie stellte die Tasse, die sie eben zum Mund führen wollte, zurück auf den Unterteller.

»Alles, Mutter. Ich halte es kaum noch aus hier. Das mit uns geht so nicht!« Sie fiel gleich mit der Tür ins Haus.

Alea war erleichtert, dass Enna endlich den Mut aufbrachte, diese Sprachlosigkeit zu unterbrechen. Sie hoffte, dass dieser Umstand auch mit einer gewissen Einsicht verbunden war, denn Ennas Halsstarrigkeit, was die Rechtfertigung der Vergangenheit mit all seinen Grausamkeiten anging, war immer die Bremse für weitergehende Gespräche und Versöhnungen geworden. Bis Alea eines Tages aufgeben hatte und mit ihrer Tochter nicht mehr diskutierte, auch wenn sie wusste, dass sich deren Ansichten geändert hatten. Die Angst vor einer weiteren Entzweiung war zu groß. Und so standen Berge von Ungesagtem zwischen ihnen.

»Ich bin froh, wenn wir mal in Ruhe miteinander sprechen, und ich möchte es heute friedlich tun. Es wird Zeit.«

Alea ergriff die Hand ihrer Tochter. Sie hatte Schwielen an den Innenflächen und längst nicht mehr die zarte Haut eines jungen Mädchens.

Enna packte im Betrieb schon lange kräftig mit an und zierte sich nicht, auch schwerere Arbeiten zu übernehmen. Warum nur war ihr das so lange entgangen?

Weil Enna noch schwieg, entschloss sich Alea, den ersten Schritt zu machen.

Ihre Mutter schien am Morgen einen positiven Einfluss auf ihre Tochter gehabt zu haben, und da wollte sie nun anknüpfen.

»Ich habe dich oft übersehen«, begann sie. »Weil ich wütend war über all die Dinge, die du mitzuverantworten hattest. Aber du warst jung und verblendet. Ich hätte dich vor diesem bösen Einfluss schützen müssen, aber das habe ich nicht getan.«

Enna nahm die Tasse in die freie Hand und trank den zweiten Schluck. Sie leckte sich anschließend die Lippen. Dann flossen endlich die Worte, auf die Alea so viele Jahre vergebens gehofft hatte.

»Ich schäme mich sehr für meinen Verrat. Vor allem, weil es Großmutter getroffen hat, die ich doch liebe.

Aber ich habe damals einfach nicht begriffen, warum mich Talke und Karl ständig ausgefragt haben. Über den Milchhof und was Oma da so macht.«

Ihr traten Tränen in die Augen, und sie verdrängte sichtlich den Kloß im Hals.

Alea ließ die Hand nicht los.

»Als dann unsere jüdischen Mitarbeiter nach und nach verschwunden sind, dachte ich wirklich, das wäre der richtige Weg.«

Enna wischte mit dem Unterarm die Tränen von der Wange. »Aber jetzt weiß ich, dass diese Menschen nicht einfach so verschwunden sind. Die Nazis haben sie ermorden lassen.«

»Ja, das haben sie, deshalb mussten wir auch Amelie schützen. Gut, dass du das jetzt anders siehst.«

Enna gab sich einen Ruck. Dann erzählte sie auch ihrer Mutter, was sie nach Karls und Talkes Tod in ihrer Verzweiflung und Eifersucht mit Amelie vorgehabt hatte. Sie schonte sich nicht, und das rechnete Alea ihrer Tochter hoch an.

»Aber dann war es, als hätte mir jemand einen dichten Schleier vom Gesicht gezogen, und ich sah plötzlich klar. So wollte ich nicht sein. Böse, durchtrieben und eine so blöde Kuh, dass ich ein Kind in Angst und Schrecken versetzte. Das hätte ziemlich schiefgehen können.«

Jetzt begann Enna heftig zu weinen und wurde von ihren Attacken regelrecht durchgeschüttelt. Alea ließ sie und saß einfach nur abwartend daneben. Es war gut, dass sie nicht sprechen mussten, denn sie war schockiert über das, was sie eben gehört hatte.

Es dauerte, ehe der Weinkrampf nachließ.

Enna trank erst ihre Tasse leer und schenkte nach, bis sie den Blick heben konnte.

»Nun verachtest du mich noch mehr, oder?«

Alea rührte die Verzweiflung ihrer Tochter, und zum ersten Mal nach vielen Jahren fühlte sie sich ihr nah. Sie stand auf, zog sie vom Stuhl hoch und nahm sie fest in die Arme. »Min Lütten. Ich hätte dir schon viel früher helfen sollen. Aber ich habe weggeschaut, wenn du zu Talke und Karl gegangen bist, denn es war bequem. Ich konnte arbeiten, und du warst beschäftigt. Mir war der Milchhof so wichtig, dass ich die Augen verschlossen habe. Weißt du, dein Vater war nämlich erst nicht erbaut darüber, dass ich arbeiten gehen wollte. Und dann noch so eine große Verantwortung für einen Betrieb hatte.«

Alea musste nun ihrerseits den dicken Kloß im Hals hinunterschlucken, damit sie nicht auch noch in Tränen ausbrach.

»Wir Frauen müssen uns ständig für irgendwas entscheiden, und das ist nicht gut! Ihr müsst das besser machen, Enna. Dann passiert so etwas nicht. Hätte ich meine Zeit frei einteilen und mich neben dem Beruf auch nach deinen Bedürfnissen richten können, wären viele Dinge nicht geschehen. Du hast dich einsam gefühlt. Mutterlos, und das hat Talke ausgenutzt. Sie wollte uns immer nur schaden, und da kam ihr ein kleines Mädchen als Waffe gegen die eigene Familie ganz recht. Genauso ist sie ja auch mit Adelheid umgegangen.«

Enna nickte. »Aber nicht nur wir jungen Frauen sollen es besser machen, Mutter. Auch wir beide. Meinst du, es gibt einen Weg?«

Alea drückte ihr Kind noch einmal fest an sich. Sie

vergrub ihre Nase in Ennas Haar. Ihre Tochter roch so gut, und in diesem Augenblick schloss sich das zerrissene Band wieder. Sie knoteten es vorsichtig fest, wagten dann mehr, und am Ende war es stabiler als zuvor.

»Wir haben viel mitgemacht, min Deern. Aber wir sind stark.«

Enna nickte, griff nach der Serviette und schnäuzte sich kräftig. Dann hatte sie sich wieder etwas gefangen, aber ihre Stimme war noch immer wackelig.

»Eben habe ich übrigens von Derk gehört, dass die Bodenreform vorerst vom Tisch ist. Ein Schritt in die richtige Richtung. Aber es liegt ja noch so viel mehr an«, wechselte Enna das Thema.

Alea nickte. Ja, es musste weitergehen. Sie sollten sich wieder fortschrittlich positionieren, und das ging nur, wenn sie zusammenhielten und sich nicht bekriegten.

»Zusammen schaffen wir es, allen Problemen Paroli zu bieten«, sagte sie.

Enna hob den rechten Daumen und wischte sich mit dem linken Ärmel die letzte Träne, die noch schnell aus dem linken Auge tropfte, aus dem Gesicht.

»Es löppt, Mutter! Wir kriegen das hin, wir Frauen vom Milchhof!«

TEIL 2

1948–1952

Kapitel 20

August 1948

Alea liebte den Spätsommer, weil er eine große Ruhe übers Land brachte. Die Vögel sangen verhaltener, die Blütenpracht von Frühling und Hochsommer waren anderen gedeckten Farben gewichten, einzig die Montbretie im Vorgarten prahlte noch in grellem Orange.

Für Enna und Alea war es ein guter Sommer gewesen, weil sich seit dem Gespräch im vergangenen Winter eine Menge zwischen ihnen verändert hatte. In vielen Debatten war es ihnen endlich gelungen, sich anzunähern und zu einer Einheit zu verschmelzen.

Heute waren sie zu einem Spaziergang durch die Wehde verabredet.

»Noch läuft es nicht gut mit dem Milchhof«, sagte Alea zu ihrer Tochter. »Deshalb wollte ich mit dir sprechen. Die Goldensteins würden gern einen Milchladen in Angriff nehmen, aber die Gemeinde stellt sich wegen des Reichsnährstandgesetzes quer, und wir müssen deshalb nach wie vor auf die Butterproduktion setzen. Ich bin froh, dass wir wenigstens Käse produzieren können.«

Enna scheuchte eine lästige Fliege weg. »Ich habe mir auch schon Gedanken gemacht, und Edzard hatte eine Idee.«

Fragend schaute Alea ihre Tochter an. »Und welche?«

»Wir könnten verstärkt in die Schweinezucht investieren. Das bringt regelmäßig Geld, und die überschüssige Molke können die Schweine ebenfalls fressen.«

Alea schürzte die Lippen und überdachte den Vorschlag.

»Dann müssen wir aber die schon bestehenden Koben erweitern, und das kostet Geld. Im Augenblick möchte ich mit den Investitionen vorsichtig sein, obwohl es ja so zu sein scheint, dass die Währungsreform langsam greift. Immerhin kann man wieder alles kaufen, und die Hungerzeit ist vorbei.«

Enna blieb beharrlich. »Warum nicht jetzt die Gelegenheit beim Schopf ergreifen und mutig sein? Mutter, wir müssen auf den fahrenden Zug aufspringen, bevor es zu spät ist! Sonst machen andere den Reibach, und der Milchhof guckt in die Röhre.«

Alea war noch immer skeptisch. Sie scheute weitere Ausgaben, auch wenn sie jetzt gerade ein Licht am Horizont sah.

»Der Butterfertiger ist auf Dauer zu klein, ein neuer Rahmreifer würde viele Dinge erleichtern, und unsere Kesselanlage ist arg antiquiert.«

»Ich denke darüber nach«, sagte Alea. »Dennoch wäre es mir lieber, das Ende des Reichsnährstands abzuwarten. Die Währungsreform war ein guter Schritt, und die Abschaffung des Gesetzes muss doch bald kommen, damit wir endlich wieder marktwirtschaftlich und nicht gesteuert arbeiten können.«

»Edzard und ich haben auch darüber nachgedacht, den Milchhof vielleicht umzubenennen. Frischer, moderner. Milchhof Bleeker klingt so schrecklich nichtssagend, und keiner von uns heißt mehr so. Es ist wirklich Schnee von gestern.«

Nun zuckte Alea doch zusammen. Eigentlich hing sie an dem Namen, aber Enna hatte vermutlich recht.

»Wir brauchen auch ein anderes Firmenschild«, fuhr sie fort. »Unseres ist wie aus der Zeit gefallen. Generell bin ich der Ansicht, dass wir uns moderner aufstellen sollten. Wir müssen doch nur zu den Konkurrenzunternehmen schauen. Die sind da führend.« Enna räusperte sich. »Punkt drei wäre dann der Erwerb von ausschließlich motorisierten Milchwagen. Der eine reicht nicht mehr, und wir müssen auch da mit der Zeit gehen, Mutter. Ich habe in der Molkereizeitung gelesen, dass die anderen Betriebe immer stärker umrüsten. Immer weniger ruckeln noch mit den Pferdewagen von Hof zu Hof.«

»Da geht aber mehr drauf. Die Pferdefuhrwerke erfassen viel mehr Kannen als die kleinen Motordinger«, warf Alea ein.

»Trotzdem!«, beharrte Enna. »Mit kleinen Lastern sind wir schneller und können in derselben Zeit dennoch mehr Milch zur Molkerei bringen.«

Sie blieben am Weidegatter stehen und schauten zu ihren Milchkühen, deren Zahl im letzten halben Jahr wieder gewachsen war. Dank des Marschgrases waren sie wohlgenährt und würden weiterhin gute Milch geben.

Als die Kühe Alea und Enna am Zaun stehen sahen, hoben sie kurz die Köpfe, zwei trotteten auf die beiden zu und beäugten sie neugierig.

»Unsere Milchanlieferungszahlen steigen jede Woche, seitdem es die D-Mark gibt«, überlegte Alea laut.

»Mit etwas Glück werden sie die Zahlen aus dem Vorkriegsniveau sogar noch übertreffen, Mutter«, sagte Enna. »Die Bauern waren lange sehr zurückhaltend, weil sie dem Wert der Reichsmark nicht mehr getraut haben, und das zu Recht. Jetzt aber ist diese wunderbare Aufbruchstimmung zu spüren!« Enna machte eine ausschweifende Armbewegung. »Überall.«

Über ihnen rüttelte ein Falke und stieß beim Abdrehen seinen schrillen Ruf aus.

»Ich hoffe so sehr, dass es stimmt und auch anhält«, wandte Alea wieder ein und ärgerte sich selbst über ihr Zaudern. »Es wäre mein innigster Wunsch, dass wir den Milchhof auch für die nächste Generation halten können.«

»Das müssen wir tatsächlich, Mutter. Denn die nächste Generation – sie wächst schon heran …« Enna senkte den Blick.

Alea brauchte einen Moment, ehe sie begriff, was genau ihre Tochter da eben gesagt hatte. Dann begann ihr Herz vor Freude zu rasen.

»Du bist in Umständen?«, fragte sie.

»Ja, Mama!«

Alea riss Enna an sich und gab ihr einen Kuss auf die Wange. Sie wurde Großmutter, und ihre Tochter hatte zum ersten Mal nach so vielen Jahren wieder Mama zu ihr gesagt.

»Ich gebe dir morgen Bescheid, wie wir mit der Modernisierung verfahren«, versprach sie. »Ach, Enna, du machst mich so glücklich! Was wird nur dein Vater dazu sagen?«

»Ich hoffe, er feiert es«, meinte Enna mit einem verschmitzten Lächeln.

»Das wird er. Ganz sicher!«

*

Alea hatte schlecht geschlafen, und sie wurde von Kopfschmerzen geplagt. Sie sorgte sich um die Goldensteins, denn sie spürte, dass sie sich trotz aller Bemühungen in Deutschland nicht wohlfühlten und nur Amelies wegen bemüht waren, es auszuhalten. Es waren die verstohlenen Blicke, die winzigen Gesten und eine gewisse Panik, die sich in ihrer Körperhaltung ausdrückte.

Doch tapfer, wie sie waren, verloren sie darüber kein Wort. Wahrscheinlich auch, um keinen von ihnen zu kränken.

Gut, das Problem musste die Familie selbst lösen. Auf sie und Enna warteten zunächst andere Aufgaben. Sie hatte sich um zehn Uhr mit ihrer Tochter im Kontor verabredet. Dort konnten sie anhand der momentanen Wirtschaftslage prüfen, welche Investitionen und Neuerungen wirklich notwendig waren.

Enna saß schon am Schreibtisch, als Alea eintrat.

»Moin, du bist ja früh dran!«

»Ja, es geht schließlich auch um etwas«, meinte ihre Tochter. »Hast du über meine Vorschläge nachgedacht und sie mit Tammo besprochen?«

Alea nickte. »Was wir auf jeden Fall machen werden, ist, der Molkerei einen neuen und frischen Namen zu verpassen. Das werden wir uns leisten können, auch wenn er eingetragen werden muss.«

Enna war mit dem ersten Entgegenkommen zufrieden. Über all die anderen Dinge würden sie bestimmt länger reden müssen, aber wenn das schon mal beschlossen war, mussten sie darüber nicht länger diskutieren.

»An welchen Namen hast du denn gedacht?«, fragte Alea.

Enna strahlte sie an. »Weißgold! Unsere Milch sollte doch so etwas wie weißes Gold werden, und unser Motto könnte heißen: Frische Produkte vom Milchhof Weißgold.«

»Weißgold«, wiederholte Alea. Das klang gut. Sie grübelte einen Augenblick, dann tippte sie sich an die Stirn. »Aber warum sollten wir nicht mit der Nähe zum Meer punkten«, schlug sie vor. »Ich fände *Deichgold – Milchprodukte von der Küste* auch sehr schön.«

Enna überlegte kurz, dann strahlte sie. »Mama, das ist perfekt!«

Alea war zufrieden. Den Namen konnte sie sich gut merken, und vor ihrem geistigen Auge sah sie schon das Bild mit den gefüllten Kannen, in denen ihr weißes Gold schimmerte. »Das haben wir«, sagte sie. »Doch nun zu den Transportfahrzeugen.«

»Sind unsere Umsätze nicht sprunghaft angestiegen?«, fragte Enna. »Wir könnten doch durchaus etwas wagen.«

Alea wiegte skeptisch den Kopf. »Ich weiß nicht. Mir ist die politische Lage nach wie vor zu undurchsichtig. Es gibt bisher keinen eigenen Staat, und in Berlin fliegen diese Rosinenbomber noch immer ihre Fracht auf die Hauptstadt. Solange diese Luftbrücke vonnöten ist, wage ich es nicht, wirklich viel Geld in die Hand zu nehmen. Was ist, wenn der Russe für weitere Instabilität sorgt?«

Enna kniff die Lippen unwillig zusammen. »Wer weiß, wie lange es dauern wird, bis sich die alliierte Militärverwaltung zu diesem Schritt durchgerungen hat! Ich glaube, es ist ein Fehler, jetzt nicht zu handeln.«

»Wir warten!«, sagte Alea mit fester Stimme. »Sollte sich alles weiterhin stabilisieren, können wir sofort reagieren und nachrüsten. Bis dahin müssen wir andere Wege finden.«

»Und welche, wenn du nichts investieren möchtest?«

Alea wusste, dass sie ein Zugeständnis machen musste. Aber sie wusste nicht wie. Zum Glück sprach Enna schon weiter.

»Mit den bereiften und motorisierten Fahrzeugen können wir gern noch warten. Aber bis dahin müssen wir uns auf jeden Fall neu aufstellen.«

»Und wie?«

Jetzt lächelte Enna breit.

»Weiteren Käse, denn damit sind wir großartig im Geschäft. Camembert, Schnittkäse, Tilsiter, Brie, Edamer und anderer Weichkäse.«

Alea wusste sofort, dass das ein ausgeklügeltes und gutes Konzept war, wenn sie einfach die Käsepalette um die gängigen Käsesorten erweiterten. Denn das war auch mit dem Gesetz des Reichsnährstandes vereinbar!

»Wenn es erst die neue Republik gibt, werden wir erneut über die Fahrzeuge reden«, versprach Alea. »Aber das jetzt unterschreibe ich sofort!«

Enna war sichtlich zufrieden. »Dann sind wir ja nun schon ein gutes Stück weiter. Wir haben einen neuen Namen, und wir werden unsere Produktpalette unter dem Radar des Reichsnährstandes ausweiten. Alles ganz legal und risikoarm!«

»Aber das mit den Schweinen, das lassen wir«, beschloss Alea. »Ich möchte das nicht. Wir tanzen sonst auf zu vielen Hochzeiten.«

Kapitel 21

Juli 1949

Winter und Frühling waren übers Land gezogen, und jetzt breitete sich ein neuer Sommer über der Wehde aus. Morgens wurden die Bewohner vom Milchhof mit lautem Vogelgesang geweckt.

Clematis, Glockenblumen und Rittersporn wetteiferten mit der wilden Malve und dem Löwenmäulchen. In den Gärten summten Bienen und Hummeln, die Wespen gaben sich noch zurückhaltend und würden erst in ein paar Wochen lästig werden.

Sarah Goldenstein hatte eben die letzte Butter verpackt. Sie war müde, und sie wusste, dass es David auch so ging. Es handelte sich aber nicht um eine körperliche Erschöpfung. Nein, es war die unterschwellige Anspannung, die seit ihrer Rückkehr nach Deutschland einfach nicht von ihnen weichen wollte.

Mal glaubte sie sich nach der Arbeit verfolgt, dann wieder träumte sie davon, dass sie und David in Haft kamen und man ihr die Kinder wegnahm.

Auch verstummten viel zu oft die Gespräche, wenn sie einen Raum betrat.

Sie wusste, dass es David ähnlich ging, auch wenn er nicht darüber sprach. Um Amelies willen hielten sie es nun schon drei Jahre lang in der Wehde aus, aber die Angst aus vergangenen Zeiten saß tief und war einfach nicht in den Griff zu bekommen.

Es half nichts, sie musste dringend mit David darüber sprechen. Und mit Amelie, denn sie sollte schon verstehen, was ihre Eltern umtrieb.

Diese düsteren Gespenster waren einfach nicht zu vertreiben.

Eben trat Lina aus der Tür und winkte Sarah freudig zu. Sie hob ebenfalls die Hand. Es tat Sarah unfassbar leid, dass sie sich auf dem Milchhof nicht so wohlfühlte, wie es hier alle erwarteten, und sie kam sich sehr undankbar vor. Denn Lina und Derk, aber auch Alea mit Tammo und Enna samt Mann waren ausgesprochen freundlich und hilfsbereit.

Und sie? Sie fürchtete sich, obwohl es hier dazu keinen Grund gab.

Sarah warf sich das Tuch um die Schultern, denn es wurde bereits frisch. Von einem lauen Sommertag waren sie meilenweit entfernt.

Lina hatte von irgendwoher zwei Fahrräder aufgetrieben, mit denen sie nun durch die Zeteler Marsch nach Neustadtgödens gelangen konnten. Das sparte viel Zeit, denn sonst hatten sie immer die Bahn bis Sande genommen und waren von dort die zwei Kilometer bis zum Dorf gelaufen. Nun waren sie von den Abfahrtszeiten der Züge unabhängig und konnten den Milchhof verlassen, wenn die Arbeit getan war.

Auch David war fertig und schlenderte über das Gelände.

»Hast du Aaron schon geholt?«, rief er.

Sarah verneinte. Er war während ihrer Arbeitszeit neuerdings meist bei Lina, aber heute hatte sich Alea bereit erklärt, den Kleinen zu nehmen, weil es ihr freier Tag war und sie so gern mit ihm spielte.

Es ging ihnen gut auf dem Milchhof – und doch war es nicht das Leben, das Sarah sich wünschte.

Sie sehnte sich nach einem Zuhause, indem sie sich wirklich sicher fühlte. Kurzum: Sie musste zurück nach Amerika.

»Ich hole ihn«, sagte David, aber da öffnete sich schon die Tür, und Alea trat mit ihrem Sohn heraus.

Der stürzte sich sofort auf David und dann auf Sarah.

»War er brav?«, fragte sie, denn auch das war ein Relikt aus vergangenen Zeiten. Bloß nicht auffallen, bloß lieb und unauffällig sein, damit man nirgends aneckte, was böse Konsequenzen haben konnte.

In Amerika waren diese Gefühle nicht da gewesen. Aber kaum hatten sie den ersten Schritt auf deutschen Boden gemacht, kamen die Ängste mit voller Wucht zurück.

»Natürlich war er lieb«, antwortete Alea. »Er ist einfach ein süßer Knopf. Ich freue mich so, denn stellt euch vor: Wir werden auch bald Großeltern. Enna und Edzard bekommen ein Kind!«

»Das sind wirklich wundervolle Neuigkeiten«, bestätigte Sarah.

Es würde vielleicht einiges leichter machen, wenn auch das Leben auf dem Milchhof mit so frohen Botschaften voranging. Aber zunächst standen die Gespräche mit David und Amelie an.

David hatte für Aaron einen Fahrradsitz auf dem

Gepäckträger gebaut, sodass sie die Fahrt gemeinsam antreten konnten. Amelie war heute bei einer Freundin und würde von dort nach Hause kommen.

Zunächst radelten sie schweigend durch die Friesische Wehde, bogen dann aber in Höhe Ellens in die Zeteler Marsch ab. Die Feldwege waren alles andere als gut befahrbar, aber sie kamen voran.

Über ihnen kreisten Möwen, ein Stück entfernt rief ein Bussard.

»Sieh nur, da hoppeln ein paar Hasen«, sagte David.

Es sah hübsch aus, wie sich ihre kleinen Steerts im Gras beim Hüpfen hoben und senkten.

»Magst du mal anhalten?«, fragte Sarah. Es war so friedlich hier und damit ein wundervoller Ort zum Reden.

»Bist du müde?«

Sarah schüttelte den Kopf. »Nicht so, wie du glaubst.«

David schaute seine Frau besorgt an.

»Es gibt etwas, was ich unbedingt mit dir besprechen muss«, erklärte sie. »Ich schiebe es schon viel zu lange auf.«

»Nun bin ich aber doch neugierig.« David stellte das Rad an einem Weidegatter ab und nahm Aaron aus dem provisorischen Sitz. Der Junge begann sofort damit, Grashalme abzupflücken.

David griff nach Sarahs Hand. »Was belastet dich?«

»Deutschland«, kam es leise zurück. »Auch wenn es ungerecht ist, weil es nicht mehr das Land ist, welches wir verlassen, und sich bestimmt viele Menschen geändert haben. Aber ich bekomme die Vergangenheit nicht aus dem Kopf.«

»Verstehe«, antwortete David und gab seiner Frau

einen Kuss auf den Scheitel. »Mir geht es oft genauso. Wir essen nicht koscher, wir leben unseren Glauben nicht, weil wir es nie getan haben, und doch fühle ich mich manchmal noch verfolgt oder denke darüber nach, was aus uns wohl geworden wäre, wenn wir diesen schlimmen Schritt nicht getan hätten.«

»Wir wären sicherlich nicht mehr da.« Sarah rieb sich die Oberarme.

»Das stimmt wohl, und es verfolgt uns. Aber es ist nicht nur die tief verankerte Angst, das alles könnte sich wiederholen«, sagte David nachdenklich. »Ich hadere auch mit dem Schicksal, was wir unserer Tochter antun mussten.«

Sarah war froh, dass sie David endlich auf ihre Gedanken angesprochen hatte. Er schien dankbar darüber zu sein, sich auch endlich mitteilen zu dürfen.

»Ich bin froh, dass sich Amelie auf uns einlässt und sich bemüht, uns als Eltern zu sehen, aber diese Lücke ist nicht mehr zu schließen. Uns fehlt ein großer und wichtiger Teil ihres Lebens, das können wir nicht mehr kitten, auch wenn sich alle Mühe geben und so tun, als gäbe es kein Problem. Wir wissen doch beide, dass es nicht stimmt.«

Sarah nickte.

Ein Reiherpaar ließ sich direkt vor ihnen auf der Weide nieder und beäugte sie kritisch. Aaron war noch immer damit beschäftigt, Gras zu pflücken, hielt aber jetzt inne, weil er eine Grille entdeckt hatte und er sich ihr nun Auge in Auge gegenüber sah.

»Aber was ist die Konsequenz daraus?«, fragte David. »Ich sehe nur eine.«

»Ich auch. Nur, was sagt Amelie dazu? Wir müssten

sie entwurzeln, wenn sie mit uns nach Amerika kommen soll.«

»Ich kann es nicht einschätzen«, sagte David. »Wir müssen mit ihr reden!«

»Uns bleibt keine andere Wahl«, bestätigte Sarah. »Ich kann auch nicht beurteilen, wie sie diesen Einschnitt findet.«

Sie bestiegen die Räder und fuhren in Richtung Dorf. Als sie aufschlossen, schlug ihnen der verführerische Duft von Spiegelei und gebratenem Speck entgegen.

»Ich hab uns was zu essen gemacht!«, rief Amelie fröhlich. »Magdalena hat mir Eier von ihren Hühnern mitgegeben.«

»Amelie.« Aaron hüpfte seiner großen Schwester entgegen.

Sarah und David schauten sich an. Sie waren wieder eine Familie. Die Zeit würde es bringen, ob sie das auch in Deutschland sein konnten oder ob sie in Amerika nicht doch bessere Lebensbedingungen hatten. Sie mussten mit ihrer Tochter reden – sobald es ging.

Kapitel 22

Es war spät geworden, die Sonne stand jetzt schon tiefer und färbte die Weiden in ein dunkles Orange.

Lina saß mit Derk im Garten und genoss das sommerliche Treiben. Ihr Mann hatte die letzten Tage müde gewirkt, und sie war nun froh, dass sie einfach den Sommer genießen konnten. Derk las in seiner Zeitung, und sie strickte ein hellblaues Mützchen.

Denn Enna hatte im Februar einen gesunden Jungen zur Welt gebracht und fuhr ihn nach wie vor stolz im Kinderwagen spazieren. Sie freute sich jedes Mal, wenn jemand einen Blick ins Gefährt werfen wollte. Enna hatte sich einen modernen weißen, bauchigen Kinderwagen mit metallenen Rädern ohne Speichen zugelegt. Darin lagen das bestickte Paradekissen und das Daunenbett, unter dem der kleine Hanno fast verschwand. Er forderte immer häufiger das Recht ein, mehr von der Welt zu sehen.

»Nun bist du schon Urgroßmutter.« Derk tastete nach Linas Hand.

»Das ist Glück pur. So unterm Strich habe ich dann doch noch verdammt viel von Gottes Gnade gehabt«, sagte Lina.

Derk drückte Linas Finger. »Es gab ein paar Umwege, die uns beide aber letztendlich ans Ziel gebracht haben. Dafür können und sollten wir dankbar sein.«

Lina lächelte versonnen. »Die Welt dreht sich, und je älter ich werde, desto blitzartiger empfinde ich es. Die Zeit verrinnt zwischen meinen Fingern wie feiner Sand.«

»Das stimmt. Auch politisch tut sich schon wieder so viel. Abermals gibt es ein neues Staatsgefüge. Mal sehen, wie lange es dieses Mal hält«, sagte Derk, der seine Frau gern auf dem Laufenden hielt. Er wischte sich den Schweiß von der Stirn. Es war wirklich ein schwüler Tag heute. »Unserer neuen Bundesrepublik Deutschland wünsche ich alles Gute«, fügte er hinzu. »Es muss doch alles mal ruhiger werden. Ein Deutschland, dass stabil ist und endlich Sicherheit schenkt.«

Im Mai war der neue Staat gegründet worden. Immerhin wurde die immer wieder aufkeimende Bodenreform nun endgültig ad acta gelegt. Die Bevölkerung hatte sich mit der Idee ohnehin nie anfreunden können.

Auch die Luftbrücke nach Berlin war vor wenigen Tagen eingestellt worden, und es hatte den Anschein, als würde sich das Land so nach und nach endgültig zurechtruckeln.

»Alea und Enna diskutieren über die Anschaffung von neuen Fahrzeugen. Wir sollten uns wieder motorisieren«, sagte Lina, denn eben fuhr das letzte Milchwagengespann auf den Hof.

»Das sehe ich auch so«, bekräftigte Derk und schloss die Augen. »Aber wir zwei, Lina, wir zwei müssen uns darum nicht mehr kümmern. Wir dürfen unsere Zeit miteinander genießen. Noch nie hatten wir eine solche Ruhe wie jetzt.«

»Trotzdem fehlt es mir«, gestand Lina. »Manchmal wache ich morgens mit dem ersten Hahnenschrei auf und würde am liebsten in die Molkerei gehen und den Tag mit dem Duft von frischer Milch einläuten.«

»Ach, Lina, du und der Milchhof.« Derk strich ihr zärtlich über die Wange.

»Aber er heißt jetzt anders. Seit gestern haben wir ein neues Schild, auf dem eine Kuh auf dem Deich abgebildet ist.«

Derk lächelte versonnen. »Euer Deichglück wird sich etablieren, glaub es mir!«

Lina nickte. »Sogar auf den neuen Käsesorten soll das stehen.«

»Ich gehe davon aus, dass es fantastisch wird.« Derk fächelte sich mit der Hand etwas Luft zu.

»Mann, ist das heute warm, findest du nicht?«

»Endlich mal Sommer«, antwortete Lina. »Ich schwitze allerdings längst nicht so wie du.«

Sie legte ihr Strickzeug beiseite, schmiegte sich an ihn und genoss seine Wärme. Seinen herben Duft und seinen ruhigen Atem, der ihr immer wieder das Gefühl von Sicherheit vermittelte.

Du bist glücklich, raunte ihr eine innere Stimme zu. Du bist so unendlich glücklich!

»Was wünschst du dir an einem so perfekten Abend anderes als das hier?«, fragte Derk mit wohlig zufriedenem Gesichtsausdruck.

»Nicht viel«, antwortete Lina. »Mein sehnlichster Wunsch wird ein Wunsch bleiben, und doch kann ich nicht aufhören, daran zu denken.«

Derk wusste sofort, wovon Lina sprach.

»Du möchtest gern, dass Wilko einmal zurück auf den Milchhof kommt, oder?«

»Ja, ich hoffe noch immer, dass ich nicht sterben muss, ohne meinen Sohn noch einmal in die Arme zu schließen. Und doch weiß ich, dass es ein frommer Wunsch bleiben wird. Immerhin habe ich dich.«

Lina kuschelte sich noch enger an Derk.

»Man darf die Hoffnung nie aufgeben, hörst du? Niemals!«

Wieder wischte ihr Mann sich mit dem Handrücken über die schweißnasse Stirn.

»Eigenartig, wie sehr dir die Wärme heute zu schaffen macht.« Lina schloss die Augen und lauschte dem Singen der Amseln, die dabei waren, den Tag zu verabschieden und den Abend in höchsten Tönen zu begrüßen. In ihren Gesang mischte sich nun auch ein Taubenpaar, das sich gurrend einbrachte, und von ferne schrie der Bussard.

Der Bulle Viktor grunzte, er war dabei, die Kühe auf der Weide nebenan zu umgarnen. Dann übertönte er mit lautem Brüllen den Vogelgesang. Die gefleckten Damen antworteten ihm höflich. Das waren die Geräusche, die Lina liebte. Hier war sie zu Hause, und hier würde sie eines Tages sterben.

Als vom Hof her Rufe ertönten, fuhren sie und Derk zusammen.

»Das sind die Goldensteins!«, sagte sie erleichtert. Doch Derk sprang auf.

»Da stimmt was nicht! Lass uns nachsehen, was los ist. Dieser Lärm passt weder zu Sarah noch zu David«, meinte er.

Lina hatte plötzlich ebenfalls ein verdammt ungutes Gefühl.

Sarah und David waren mit den Rädern gekommen, und beide sahen leichenblass aus.

»Was ist denn passiert?«, fragte Lina.

»Amelie ist verschwunden!«, brachte Sarah atemlos hervor.

»Aber warum?«, fragte Lina.

Sarah lief plötzlich puterrot an und senkte den Blick.

»Es gab Diskrepanzen«, antwortete sie nur.

Lina zog die Brauen zusammen. »Schlimm?«

Sarah nickte. »Sehr schlimm.«

»Wollt ihr uns nicht sagen, worum es ging?«

»David und ich … wir möchten zurück nach Amerika«, platzte sie heraus. »Wir haben lange überlegt ob und wie und wann wir es Amelie beibringen. Und heute haben wir es getan! Wir können hier nicht mehr leben.«

Das traf Lina wie ein Schlag. »Ihr wollt was? Gerade jetzt, wo die neue Käseproduktion so gut anläuft?«

Derk legte beschwichtigend seinen Arm auf Linas.

»Ich glaube, es geht gerade nicht um den Milchhof, Liebes.«

»Es geht immer um die Molkerei. Mein Leben lang«, widersprach Lina.

Derk schüttelte den Kopf. »Wir haben uns aus dem Geschäft zurückgezogen und alles den jungen Leuten übergeben. Wenn also Sarah und David eigene Pläne haben, dann müssen sie das mit Enna und Alea klären. Wir dürfen lediglich beratend zur Seite stehen.«

Lina schluckte, denn Derk hatte recht.

»Außerdem tut der Grund auch gar nichts zur Sache.

Das Einzige, was wichtig ist, sollte doch jetzt sein, die Deern zu finden, oder?«

Lina besann sich und senkte beschämt den Kopf.

»Wohin könnte sie denn gegangen sein?«

»Wir haben gehofft, sie hier in der Molkerei zu finden. Immerhin war das die ganzen Jahre ihr Zuhause.« Sarah schossen Tränen in die Augen, als sie bemerkte, wie sich diese Hoffnung zerschlug.

»Wir haben sie nicht gesehen, aber das heißt ja nichts«, meinte Derk. »Kommt, wir durchkämmen alles!«

Er trommelte sämtliche Mitarbeiter, die so spät noch da waren, zusammen und in Lina drängten sich die unheilvollen Bilder hoch, als sie damals losgezogen waren, um die Kleine Magd Suntje zu suchen.

»Dieses Mal ist es anders«, murmelte sie. »Dieses Mal finden wir das Mädchen. Amelie ist allenfalls weggelaufen, aber sie hat sich nichts angetan. Schließlich ist ihr nicht so Schlimmes widerfahren wie Suntje damals.«

Lina murmelte es immer wieder, so lange, bis sie selbst daran glaubte.

Sie hörte Derks energische Stimme, als er die Männer in Gruppen einteilte und ihnen die jeweilige Richtung zuwies.

»Ich gehe mit in Richtung Petershörner Siel«, sagte er.

Lina nickte. »Ich hoffe, ihr findet die Deern schnell. Sie ist mir wie meine Enkelin!«

Lina schnürte sich bei diesen Worten der Hals zu.

Derk gab ihr einen Kuss, lief in die Stallungen und kam mit ein paar Öllampen wieder heraus.

»Haben wir noch mehr?«, fragte er. »Es bleibt zwar lange hell, aber die Dämmerung wird sich schon bald übers Land legen, und dann wird es schwieriger.«

Lina deutete zur Remise. »In der alten Truhe dürften noch etliche Petroleumlampen zu finden sein. Wir kochen Tee und halten andere Getränke zur Stärkung bereit.«

Sie wusste selbst, dass dies ein unnötiges Unterfangen war. Wer brauchte an einem warmen Juliabend schon warme Getränke? Die Männer würden sich nach ihrer Rückkehr viel mehr über ein Bier freuen. Aber es fühlte sich gut an, wenigstens etwas zu tun.

Zunächst musste sie sich aber um Sarah kümmern. Sie stand leichenblass und zitternd an der Hausecke und sah den Männern nach, die in alle vier Himmelsrichtungen ausschwärmten. David hatte sich Derk angeschlossen. Schon bald wurden die Rufe nach Amelie leiser.

»Meinst du, sie finden sie?«, fragte Sarah zaghaft.

»Ich hoffe es.« Lina wollte lieber ehrlich bleiben, denn wem nützte sie mit falschen Versprechungen?

»Ich mache mir solche Vorwürfe«, fuhr Sarah fort. »Wir hätten sie die ganze Zeit hier behutsam auf unsere Absicht vorbereiten sollen. Ich dachte, sie hätte unsere immer wiederkehrende Furcht verstanden, aber das war wohl nicht so.«

»Pst«, versuchte Lina die junge Frau zu beruhigen. »Sie musste eines Tages erfahren, dass ihr nicht hierbleiben wollt. Schau, wir haben so oft darüber gesprochen, dass ihr euch in Deutschland sehr unwohl fühlt, und ihr vier seid als Familie in der kurzen Zeit wunderbar zusammengewachsen. Sie hätte es doch ahnen können.«

»Eigentlich ja. Aber es war schon immer schwierig für mich. Dabei leben wir den jüdischen Glauben genauso wenig streng wie ihr euren christlichen. Wir gehören eben einfach nur dazu. Und doch haben wir das Gefühl, es passt nicht. Genauso hat es sich auch mit unseren Molkereikollegen verhalten. Klar hatten wir Kontakt zu anderen, die das alles stringenter sehen, aber wir konnten wunderbar gemeinsam leben. Genau wie früher mit den christlichen Nachbarn.« Sarah rieb sich wieder die Schultern. »Es ist schlimm, was sie uns allen angetan haben. Ich komme damit einfach nicht zurecht.«

»Ich auch nicht«, bestätigte Lina. »Und nun befürchtest du, dass die Strömungen noch immer da sind und euch über kurz oder lang Gefahr droht«, fasste sie dann am Ende zusammen.

Sarah nickte. »Wir müssen mit Amelie unbedingt noch einmal reden und ihr aufzeigen, was genau uns derart bedrückt. Wenn sie zurückkommt.«

Lina drückte ihre Hand.

Ach, wie sie das hoffte!

*

Derk lief mit ausgreifendem Schritt durch Ellenserdammersiel und dann weiter in Richtung Petershörn. Auch ihn trieb die Sorge um, Amelie könnte wie Suntje ins Wasser gegangen sein.

»Bitte, lieber Gott, tu das weder Lina noch ihren Eltern an.«

Sie schnauften, weil sie fast rannten, und dazwischen immerwährend nach Amelie riefen. Derk fasste sich ständig an die linke Schulter, denn sie schmerzte ungemein. Er musste sich vorhin verhoben haben, als er den Holzkorb in die Küche getragen hatte. Leider fehlte ihm auch die Kondition von früher, sodass er schon bald arg aus der Puste war.

David schaute ihn besorgt an. »Wir sollten langsamer gehen«, meinte er. »Wer weiß, welche Strecke wir noch zurücklegen müssen, und du wirkst ziemlich erschöpft.«

»Bin ich auch«, musste Derk zugeben. »Wirklich peinlich.«

»Ach was, das Alter setzt eben auch dir zu. Entschuldige, das ist jetzt nicht despektierlich gemeint.«

Sie verlangsamten das Tempo, und Derks Atem beruhigte sich etwas.

Endlich gelangten sie ans Petershörner Siel.

Sie suchten das Ufer ab, schauten angestrengt auf die Wasseroberfläche, doch von Amelie war weit und breit keine Spur zu sehen.

»Hier ist sie nicht«, sagte David. »Hat sie einen Lieblingsplatz, von dem Sarah und ich nichts wissen?«

Derk überlegte angestrengt.

»Die Tenne«, brachte er dann mühsam hervor. »Amelie hat sich schon als kleines Mädchen gern auf die Tenne zurückgezogen.« Er schlug sich mit der flachen Hand vor die Stirn. »Warum bin ich da nicht gleich darauf gekommen?«

»Also zurück?«

Derk nickte und winkte den anderen beiden Männern.

»Ihr sucht noch weiter am Deich entlang. Ich gehe mit David zum Hof, denn mir ist eine Idee gekommen. Wenn ihr in einer halben Stunde nicht fündig geworden seid, könnt ihr umkehren. Ich hoffe, wir haben sie bis dahin entdeckt.«

Doch dann packte David Derk am Arm. »Was haben wir jetzt für eine Tide?«

Derk brauchte nicht lange zu überlegen.

»Das Watt liegt zum Teil noch frei, aber die Flut hat schon eingesetzt. Warum?«

»Weil mir eben etwas eingefallen ist. Amelie hat immer von einer Wattwanderung gesprochen. Was, wenn sie allein losgezogen ist und es vielleicht nicht mehr rechtzeitig zurückschafft? Also dort irgendwo im Wattenmeer herumirrt?«

»Dammich«, fluchte Derk.

Nun mussten sie sich entscheiden. Wahrscheinlicher war, dass Amelie auf der Tenne inmitten der Heuballen saß und schmollte. Aber wenn sie jetzt nicht das Watt absuchten, bestand die Gefahr, dass die Lütte von der Flut überrascht werden würde. Falls hinter ihr ein Priel zulief, konnte sie nicht zurück an Land. Einen solchen Wasserlauf zu durchschwimmen war eine immense Herausforderung, dem ein so junges Mädchen ganz sicher nicht gewachsen war.

»Watt«, entschied Derk. »Wir suchen alle zunächst im Watt. Auf der Tenne kann ihr schließlich nichts passieren. Den Naturgewalten ausgesetzt zu sein, das ist schon was ganz anderes.«

Er winkte die beiden Arbeiter zurück, und sie bestiegen den Deich. Dahinter befand sich eine Salzwiese, die es zunächst zu durchqueren galt, bevor sich das Schlickwatt anschloss. Dort sank man häufig sehr tief ein und fand, im Gegensatz zum Sandwatt, keinen festen Untergrund. Nur deshalb erst bis Dangast zu laufen, würde zu viel Zeit kosten. Allzu weit konnte Amelie eigentlich nicht gekommen sein.

Derk schaute besorgt zum Himmel. Durch die Hitze am Tag bildeten sich jetzt vereinzelte Nebelschwaden.

Über dem Jadebusen und der See konnten sich die harmlos wirkenden Schleier aber gefährlich gestalten. Nämlich dann, wenn sie zu einem undurchdringlichen Seenebel wurden, der so dicht war, dass man die Hand nicht vor Augen sah. Die jetzt einsetzende Dämmerung tat ihr Übriges.

Derks schlimmsten Befürchtungen bestätigten sich. Über der offenen See hing eine zähe Nebelschicht, die sich unaufhaltsam über den Jadebusen zog.

Es war höchste Eile geboten.

*

Amelie fror. Sie war weit hinausgelaufen, und ihre Beine waren bis zum Oberschenkel schwarz vom Schlick. Sie hatte zum Abschied, bevor es wohl wirklich zu ihrem Onkel Wilko, von dem sie jahrelang gedacht hatte, er wäre ihr Vater, nach Amerika ging, eine Wanderung durchs Watt machen wollen. Zumal sie es gut fand, eine Weile allein zu sein und den für sie überfallartigen Entschluss ihrer Eltern und den darauffolgenden Streit mit ihnen zu verdauen. Sie liebte den weichen Schlamm zwischen ihren Zehen, das leise Knistern der Oberfläche bei Ebbe und die Seevögel, die sich an Würmern und Muscheln den Bauch vollschlugen, bevor das Meer die freigelegte Fläche wieder stundenlang vereinnahmte, bis es sie erneut freigab.

Ein ewiger Rhythmus, der von nichts auch nur annähernd beeinträchtigt wurde. Kein Krieg konnte Ebbe und Flut etwas anhaben, keine Intrige und kein Hass. Das Meer kam und ging. Ging und kam.

Amelie liebte es so sehr und war todunglücklich, das

fortan nicht mehr erleben zu dürfen. Deshalb hatte sie nach der Offenbarung ihrer Mutter beschlossen, sich ganz allein von der See und den Gezeiten zu verabschieden.

Es passte gut, dass die Wattfläche noch freigelegen hatte und sie sofort losmarschieren konnte. Jedem hier war bekannt, wann Ebbe war und wann Flut. Ob die See etwas höher auflief oder sich an diesem Tag zaghaft zurückhielt.

Aber sie hätte auch wissen müssen, wie viel Zeit ihr noch blieb, um sicher zurück an Land zu kommen. Das hatte sie in ihrem Abschiedsschmerz unterschätzt, und es rächte sich nun. Sie musste schnellstens umdrehen, wenn sie rechtzeitig wieder am Deich sein wollte. Über der offenen See zog zudem Nebel auf, der vielleicht auch bald den Jadebusen mit seinem nassen Schleier fluten würde.

Amelie machte kehrt und meinte am Rand der Salzwiese schemenhaft ein paar Menschen zu entdecken. Vermutlich suchten sie nach Möweneiern, die galten als besondere Delikatesse.

Vorsichtig setzte sie einen Fuß vor den anderen. Sie musste höllisch achtgeben, sich nicht an einer tief im Watt liegenden Muschel zu verletzen. Gerade im Schlickwatt konnte man sich da tüchtig schneiden. Wenn sie sich etwas nach links hielt, würde der Boden bald wieder fester sein und ihr das Gehen erleichtern.

Es dauerte einen Augenblick, dann wurde es unter ihren Füßen stabiler, und die ersten Riffelmarken zierten das Sandwatt. Vor ihr ragten die Auswürfe des Wattwurmes heraus. Eine Krabbe kletterte von Hügel zu Hügel.

Trotzdem fiel Amelie das Laufen immer schwerer, weil ihre Beine von der ungewohnten Anstrengung beim Versinken im Schlick ermüdet waren. Allzu weit konnte es eigentlich nicht mehr sein. Doch es kam ihr so vor, als nähere sich die Küstenlinie kein bisschen, auch wenn sie doch schon ein gutes Stück weitergegangen war.

Amelie sog die Luft tief ein und machte sich damit selbst etwas Mut.

»Du hast es gleich geschafft, Amelie Goldenstein«, murmelte sie. Ihre Stimme aber klang in der Weite des Wattenmeeres fremd und etwas unheimlich. »Nun los!«

Amelie schlug mit den Armen um ihren Oberkörper, weil die Bewegung ihr guttat. Vorhin war es noch drückend warm gewesen, doch die Luft hatte sich merklich abgekühlt. Es wurde immer feuchter, und als Amelie sich umdrehte, erkannte sie, dass sich die Nebelwand bedrohlich näherte.

So ein Mist!

Sie hatte doch nur ein Leinenkleid an und nicht an eine wärmende Pelerine gedacht.

Wieder beschleunigte sie ihren müden Schritt und hoffte, auf demselben Weg zu sein, auf dem sie gekommen war.

Noch war das Watt vor ihr nicht mit Wasser bedeckt, aber sie konnte das dunkel Nass schon riechen und spürte mehr, als dass sie es sah, dass höchste Eile geboten war.

Der vom Mond gesteuerte Turnus war nicht aufzuhalten, und das Meer kam, wie es ihm vorbestimmt war.

»Es wird eine normale Flut sein«, beruhigte sich Amelie. Heute würde die See bescheiden anrollen. An windstillen Sommertagen wie heute kam sie nicht mit Wucht, sondern leckte vorsichtig am Watt, als wollte sie testen, ob es der rechte Weg war, um sich dann Zentimeter für Zentimeter weiterzuschieben, bis sie über den Schlick gewonnen hatte.

Amelie liebte das Meer, weil es zwar in seinem vorgegebenen Rhythmus agierte, aber dennoch der Inbegriff von Freiheit war. Denn es konnte sich wild gebärden, Häfen überschwemmen und an den Deichen nagen. Diese mit einem Wellenstreich überspülen oder sie nach und nach aushöhlen, sodass sie dann doch nachgaben und dem Meer den Weg öffneten.

Neben Amelie gurgelte es leise. Erschrocken schaute sie zu dem Rinnsal, das sich in einen paar Meter breiten Priel ergoss, dessen Wassermassen sich mit großer Geschwindigkeit in Richtung Festland schoben.

Amelie schaute sich hektisch um. Sie konnte die Küstenlinie von Dangast gerade noch schattenhaft erkennen, allzu weit war sie schließlich nicht hinausgelaufen.

Oder täuschte das jetzt?

Doch sie musste die eingeschlagene Richtung verlassen. Es war ausgeschlossen, den Priel zu durchqueren. Lediglich hinter ihr war noch eine trockene Wattfläche zu sehen, sie befand sich vermutlich auf einer kleinen Sandbank, die längst vom auflaufenden Wasser umgeben war.

Amelie bohrte ihren Blick zurück in die schon fast undurchdringliche Nebelwand.

Kein Zweifel, hinter ihr plätscherte die Nordsee genauso wie vorn, links und rechts.

»Hilfe!«, schrie Amelie auf. Vielleicht würde sie ja

von den Möweneiersuchern oder einem versprengten Badegast aus Dangast gehört. Doch es schien zwecklos. Ihre Stimme wurde vom Nebel verschluckt.

Wie nur sollte sie jetzt zurückkommen?

Verzweiflung machte sich breit. Ihr schossen Tränen in die Augen. Sie musste ruhig bleiben und Mut beweisen. Nur dann würde es ihr gelingen, diesen Tag zu überleben.

»Dann muss ich schwimmen«, sagte sie laut mit dem Mut der Verzweiflung.

Doch ihr schossen sämtliche Warnungen in den Kopf, die sie von Kindesbeinen an gelernt hatte.

»Niemals einen gefüllten Priel durchqueren. Die Strömungen sind nicht einzuschätzen und werden dich runterziehen.«

»Mach ich das nicht, ersaufe ich allerdings auf dieser blöden Sandbank«, widersprach sie ihrer inneren Stimme. »Es ist die Wahl zwischen Kuhfladen und Schweinekot. Beides stinkt!«

Amelie machte einen Schritt auf den gefüllten Priel zu, doch das Gurgeln und die Wassermassen lehrten sie das Fürchten, als sie spürte, wie kalt das Wasser war und welche Wucht dahintersteckte.

»Ich bin gefangen«, flüsterte sie. »Ich muss hier sterben!« Wieder begann sie zu rufen, dann immer lauter, bis sie schrie. So laut, dass sie nach wenigen Minuten vollkommen heiser war und am Ende kaum mehr als ein Krächzen herausbekam.

Inzwischen stand sie auch inmitten des Seenebels, der sich um sie legte wie eine weiße feuchte Decke. Amelie zitterte am ganzen Leib. Am liebsten hätte sie sich hingehockt und mit beiden Armen umschlossen, doch ihre

Füße wurden schon bis zu den Knöcheln vom Meerwasser umspült.

Amelie stand auf dem Sandfleck und konnte nicht einmal mehr sagen, an welcher Seite sich Dangast befand und wo es aufs offene Meer hinausging. Jeder weitere Schritt barg eine große Gefahr.

»Stehen bleiben aber auch«, mahnte sie ihre innere Stimme. »Du musst dich bemerkbar machen!«

Nur wie?

Amelies Zähne klapperten, sie bekam einfach keinen Ton mehr heraus. Sie schloss die Augen und versuchte, sich zu konzentrieren.

Bis auf das leise Geräusch des Wassers war es totenstill. Keine Möwe schrie, kein Ruf ereilte sie. Amelie war allein und isoliert im Watt, und sie spürte, wie ihre nackten Füße immer höher vom Wasser umspült wurden.

*

Behrend war stolz darauf, dass Jesper ihm sein Versteck anvertraut hatte, und so oft es möglich war, schlich er sich dorthin, um einen Schluck vom Genever zu nehmen. Immer nur kleine Mengen, damit es nicht auffiel. Einmal hatte er etwas mehr gekippt, doch danach war ihm die Arbeit schwergefallen, und Jesper hatte es bemerkt. Er hatte ihn bei den Schultern gepackt und geschüttelt.

»Ich habe gesagt, du sollst nicht allein trinken. Du bist zu jung dafür. Ab und zu ’nen Lütten und die Welt ist in Ordnung. Aber ständig und in größeren Mengen, dat geiht nich good.«

»Mach ich nicht wieder«, hatte Behrend geantwortet, sich aber natürlich nicht daran gehalten, weil er das leichte Gefühl, welches der Alkohol in ihm auslöste, so sehr genoss. Auf diese Weise hielt er die Arbeit in der verhassten Molkerei besser aus, und ihm wurde nicht ständig übel.

Nun aber war die Buddel leer, und er hatte eben den letzten Schluck genommen.

Enttäuscht legte er sie zurück. Gestern war sie noch mindestens eine Handbreit gefüllt gewesen. Wer hatte sie ausgetrunken? Das konnte ja nur Jesper gewesen sein.

In Behrend kroch Verdruss hoch. Er hatte sich so auf den Genever gefreut. Und nun?

Mit zittrigen Fingern holte er die Flasche erneut aus dem Versteck, drehte und wendete sie, doch es änderte nichts an dem Umstand, dass sie leer war.

Mit Wucht schmetterte Behrend sie auf den Boden. Die Scherben verteilten sich auf den Fliesen und bildeten sofort einen grünen Teppich.

»Harrijasses nej, was machst du da?«

Jesper kam zum Verhau gewetzt und schaute entgeistert auf die zerschmetterte Flasche und die vielen Splitter und Scherben, die im Licht der kleinen von der Decke hängenden Glühbirne glitzerten.

Seine Augen verengten sich zu Schlitzen. »Feg das wech, und dann reden wir, min Jung. Aber so was von!« Er ballte die Faust, und Behrend konnte seinen Zorn förmlich spüren.

Um seiner Wut etwas Luft zu verschaffen, zog er Behrend das Ohr lang. Anschließend war es feuerrot.

Behrend schämte sich, doch er würde das niemals zugeben, und reagierte mit Trotz.

»Ik heb keen Bessen.« Er schluckte das »Au« hinunter, weil er sich diese Blöße vor Jesper nicht geben wollte.

»Ich aber!«, kam es unwirsch zurück, und keine zwei Minuten später drückte ihm Jesper einen Besen in die Hand.

»Kannst von Glück sagen, dass es schon so spät ist und sich kaum noch wer im Betrieb aufhält. Laut genug war es ja. Was meinst du wohl, was hier los ist, wenn du einen solchen Bohei veranstaltest? Willst du rausfliegen? Denn man tau und weiter so.« Er biss sich wütend auf die Unterlippe. »Ich für meinen Teil würde nämlich einfach noch gern im Betrieb bleiben.«

Behrend hielt es jetzt für besser, Jesper nicht zu widersprechen, denn wenn er wirklich seine Lehrstelle verlor, wäre mit seiner Mutter nicht gut Kirschen essen. Deshalb tat er, wie ihm geheißen.

Behrend schlug das Herz bis zum Hals. Es war dumm gewesen, Jesper zu hintergehen und die Abmachung in den Wind geschlagen zu haben.

Es war Jespers Genever. Jesper war älter und hatte die Hoheit über die Butterfertigung. Er, Behrend, hingegen war ein einfacher Lehrling ohne Rechte oder Kompetenz. Genau genommen handelte es sich um Diebstahl, denn ihm gehörte die Flasche ja nicht.

Also war es besser, erst mal kleine Brötchen zu backen und sich als gehorsam zu zeigen, auch wenn er innerlich kochte.

Mit flinken Bewegungen fegte Behrend die Scherben zusammen und suchte anschließend nach einem Kehrblech.

»Warum hast du die Flasche denn eigentlich kaputt gemacht?«, fragte Jesper, als Behrend fertig war, und schaute seinen Zögling mit vor der Brust verschränkten Armen an.

»Ich wollte was von dem Genever haben, und der war leer.«

»Wir hatten eine Abmachung, min Jung!«

Behrend bemühte sich, zerknirscht auszusehen.

»Ich weiß. Aber ich hasse die Arbeit hier, und ich will entspannt in den Feierabend gehen können.«

»Dazu brauchst du das Zeug?« Jespers Stimme wurde weicher. »Das ist ganz großer Schiet, wenn das so ist. Das weißt du, oder?«

Behrend nickte, denn in dem Punkt musste er Jesper recht geben. Es war Schiet. Ganz grooter Schiet. Aber es war eben, wie es war. Er brauchte das Zeug, wenn er hier überleben wollte.

»Manchmal ekelt es mich«, erklärte er. »Weil ich Milch auch nicht vertrage. Mir wird schlecht, wenn ich sie trinke. Deshalb fällt mir die Arbeit so schwer.« Er grinste. »Aber mit dem Zeug halte ich es aus.«

Jesper rieb sich nachdenklich das Kinn. »Wie oft trinkst du? Ich habe schon mehrfach nachgefüllt, und ich war es nicht, der die Flasche so schnell geleert hat.«

»Nur hin und wieder«, antwortete Behrend ausweichend, spürte aber, dass er rot anlief und ihm Jesper die Lüge nicht abnahm.

»Du lügst, min Jung. Dat geiht aver nich. Du kannst nicht einfach während der Arbeit so viel saufen. Ik heb seggt, wir machen dat tosamen. Ich muss da doch een Oog drauf hebben.«

Behrend hatte die Scherben derweil aufs Kehrblech gefegt.

»Nun ab dafür!«, befahl Jesper. »Ich besorge was

Neues und markiere die neue Buddel. Dann kann ich sehen, ob du dir einfach was nimmst! Ich lass das nicht durchgehen. Beim nächsten Mal mache ich Meldung.«

Er sah Behrend tief in die Augen: »Noch einmal zum Mitschreiben: Ich verbiete dir, dich allein an meinem Genever zu bedienen. Ein für alle Mal.«

Behrends Grinsen gefror, und er nickte.

In ihm arbeitete es nun fieberhaft, wie er es anstellen sollte, dennoch regelmäßig an seinen Beruhigungstrunk zu kommen. Ihm würde schon was einfallen, denn er konnte sich keinen Arbeitstag ohne das wunderbare Zeug vorstellen. Erst diese Wärme, die nach und nach seinen Körper flutete. Dann das damit einhergehende leichte Gefühl, das manchmal darin gipfelte, er könnte fliegen.

Ob er die Flasche mit Wasser auffüllen konnte? Dann wäre der Genever etwas verdünnt, aber zu Beginn würde das bestimmt nicht auffallen.

Behrend musste dringend eine Lösung finden! Sonst würde er die Lehrjahre nicht überstehen. Schlimm genug, wie sehr er schon jetzt nach dem Schnaps lechzte.

»Ich muss einfach zusehen, woher ich selbst was bekomme, und mir ein eigenes Versteck suchen. So schwer wird das ja wohl nicht sein!«

Behrend nickte sich selbst bestätigend zu und murmelte weiter: »Ich schaffe das hier, und sobald ich kann, haue ich nach Amerika ab. Mein Vater hat eine Destillerie, und da kann ich so viel trinken, wie ich will.«

Mit diesen Worten entsorgte er die Scherben im Müll. Die Arbeit in der Butterei war getan, nun ging es ab nach Hause. Soweit er wusste, hatte seine Mutter noch einen Likör im Küchenschrank hinter dem eingemachten Obst versteckt. Manchmal trank auch sie wohl heimlich.

*

Derks Herz schlug bis zum Hals, denn inzwischen war klar, dass es hier um Leben und Tod ging. Amelie war im Watt. Er hatte sie dort gesehen, bevor die dichte Nebelwand die Sicht verschleiert hatte.

Nur kam er von diesem Ausgangspunkt nicht zu ihr, denn das Wasser war schon zu hoch aufgelaufen und hatte die Priele so gefüllt, dass es kein Durchkommen mehr zu den vereinzelt aus dem Wasser ragenden Sandbänken gab.

Im Nebel bestand zudem große Gefahr, dass er selbst noch die Orientierung verlor. Das konnte er nicht verantworten, und Amelie wäre nicht damit geholfen, wenn auch er ertrank.

»Wir brauchen ein Boot mit Scheinwerfern!«, rief er. »So schnell es geht! Ich mache mich auf den Weg! Von hier, dem Petershörner Siel aus, ist es ja nicht mehr so wahnsinnig weit bis Dangast, von wo aus sicher ein Kutter rausfahren kann!«

»Ich bin schneller als du und laufe voraus!« David sprintete sofort los in Richtung Dangaster Hafen. Bis dorthin würde er mindestens zehn Minuten brauchen. Hoffentlich war es noch nicht zu spät und das Mädchen so sehr vom Wasser eingekesselt, dass sie womöglich schon bis zu den Hüften von der eiskalten Nordsee umgeben war und sie Gefahr lief, zu erfrieren oder heftige Unterkühlungen bekam. Je höher das Wasser auflief, desto schwieriger würde es werden.

Jeder, der an der Küste lebte, wusste um die Gefahren, die jetzt auf Amelie lauerten. Und sie wusste das auch. Umso befremdlicher war es, dass sie so blauäugig losgestapft war.

Das tat normalerweise kein Küstenkind.

Derks Herz klopfte vor Anspannung immer schneller, aber es stolperte dabei auch ganz schrecklich.

Er ignorierte das damit einhergehende Gefühl und folgte David auf der Deichkrone entlang. Die ersten einhundert Meter gelang es Derk, das schnelle Tempo beizubehalten, aber dann fiel ihm jeder Schritt schwerer.

Er bekam immer schlechter Luft, und der Schmerz in der linken Seite war beinahe unerträglich. Sein Kopf spielte sich auf, als würde Derk in einem Kettenkarussell sitzen und der Betreiber hätte vergessen, die Bremse zu ziehen.

Es blieb Derk nichts anderes übrig, als die Geschwindigkeit zu reduzieren und schließlich sogar stehen zu bleiben.

Ach, was er sich in diesem Augenblick selbst hasste! Warum nur ließ ihn sein Körper in dieser wichtigen Situation im Stich und beschloss, dass er keine Kondition mehr hatte? Ihm zeigte, dass er ein alter Mann war, der es nicht schaffte, ein junges Mädchen aus der Lebensgefahr zu retten.

David war schon nicht mehr zu sehen, und so blieb Derk keine Wahl, als ihm, langsam wie eine Schnecke, zu folgen.

Seine beiden Mitarbeiter überholten ihn. »Nichts für ungut, Herr Voigt. Aber wir laufen etwas schneller, damit wir Herrn Goldenstein zur Seite stehen können!«

Derk war mit allem einverstanden. Hauptsache, sie fanden Amelie rechtzeitig, bevor das Meer sich das nahm, was ihm angeboten wurde.

Mühsam schleppte er sich auf der Deichkrone entlang, aber er war viel zu langsam.

Als Derk Dangast endlich fast erreicht hatte, sah er einen der ganz kleinen Kutter auslaufen. Er hatte wohl schon genug Wasser unterm Kiel, was einerseits gut war, weil sie Amelie so schnell erreichen konnten. Andererseits zeigte es auch, wie hoch der Wasserstand bereits war.

Die Lichter des kleinen Bootes kämpften sich durch die Nebelwand, bis sie von ihr verschluckt wurden.

Sie steuerten allerdings auf die Stelle zu, wo Derk glaubte, Amelie gesehen zu haben. Gott sei Dank tat sich etwas!

Derk blieb stehen, sein Herz raste jetzt so sehr, dass er sich keinen Zentimeter weiterbewegen konnte. Ihm brach heftig der Schweiß aus. Die Anstrengung war zu viel für ihn.

Er neigte sich vornüber, stützte die Hände auf die gebeugten Knie und versuchte, der Schwäche Herr zu werden. Doch es wurde immer schlimmer und nicht besser.

Atemlos setzte er sich ins nasse Gras und starrte auf die dichte Nebelwand, die so gar keinen Blick auf den Jadebusen freigab. Auch der Kutter war von »de Lüttje Welt«, dieser dichten Nebelwand, verschluckt worden.

Derk senkte den Kopf, weil der Schmerz in der Brust schier unerträglich wurde.

Was geschah da mit ihm?

Derk versuchte, ganz ruhig zu atmen. Doch wurde

ihm von Minute zu Minute klarer, dass es nicht gut um ihn stand. Es handelte sich um keinen harmlosen Muskelschmerz oder eine einfache Erschöpfung aufgrund seines Alters.

Es war auch nicht die Anstrengung, die ihn niederstreckte.

Er war krank.

So krank, dass er es nicht schaffte, weiterzulaufen, um zu sehen, ob sie Amelie gefunden hatten.

Seine Amelie, die er aus den Fängen der Nazis gerettet hatte. Deretwegen sogar Lina fast gestorben wäre.

Er wollte, dass das Mädchen lebte, und mit ihren Eltern in Amerika glücklich wurde. Das war weiß Gott nicht zu viel verlangt – sie war doch ein Kind.

Ungestüm, manchmal übers Ziel hinausschießend und wahrscheinlich heute absolut unvorsichtig.

Das durfte sie nicht mit dem Leben bezahlen.

Derk klebte seine Kleidung am Körper. Ihm war schrecklich übel, und der Schwindel wurde immer schlimmer. Aber er zwang sich, den Blick zu heben, denn er glaubte vom Wasser her, lauten Jubel zu hören.

Und da entdeckte er auch die Scheinwerfer des Kutters, die sich durch die Nebelwand kämpften und dann zielstrebig auf den Dangaster Hafen zusteuerten.

Derk glitt ein vorsichtiges Lächeln übers Gesicht. Amelie war wohl in Sicherheit!

Wat moi, dachte er. Wat moi!

Plötzlich durchfuhr ihn ein so heftiger Schmerz, dass er gar nicht sagen konnte, wo genau er hergekommen war. Sein gesamter Körper zuckte unter dieser Wucht zusammen.

Ihm wurde schwindelig, vor seinen Augen rieselten

Blätter, er hörte plötzlich Linas Stimme, die ihm ins Ohr flüsterte, wie sehr sie ihn liebte.

Dann wurde ihm schwarz vor Augen. Aber am Ende dieser undurchdringlich scheinenden Schwärze sah er ein Licht. Es war warm und schien ihn mit seiner Helligkeit zu rufen. Und als er den Tunnel durchquert hatte, umarmte es ihn sanft mit seiner Wärme.

*

Lina rannte nervös auf dem Hof auf und ab und versuchte, in der Dunkelheit Lichter zu erkennen. Sie lauschte, ob sie fröhliche Stimmen hörte, die die Rettung Amelies verkündeten. Doch vor ihr lag nur dieser undurchdringliche Nebel, der sich vor die Schwärze der Nacht geschoben hatte.

Sie bebte innerlich, weil sie so sehr fürchtete, dass es genauso ausgehen könnte wie bei Suntje, und sie stieß ein Stoßgebet nach dem anderen gen Himmel aus, dass es nicht so wäre. Lina war kein gläubiger Mensch, aber nun hoffte sie, es möge ein Himmelswesen geben, das es gut mit ihnen meinte.

»Bitte, hört mich!«, flehte sie. »Bitte!«

Endlich kamen die ersten Gruppen zurück – ergebnislos.

Lina reichte ihnen Tee und Schmalzbrote und war froh, etwas machen zu können. Das Nichtstun fraß sie innerlich auf.

Schließlich tummelten sich vor den Fertigungshallen eine Menge Leute, aber noch fehlten Derk und David mit den beiden Arbeitern.

Lina nahm einen Schluck Tee, hatte aber nicht aufgepasst, wie heiß er war, und verbrannte sich die Zunge. Sie war beinahe erleichtert über den Schmerz, weil es jetzt im Mund und auf der Zunge wehtat, aber nicht mehr so stark in ihrem Herzen.

»Sie suchen eben besonders gründlich«, versuchte Sarah sie und sich zu beruhigen. Sie wollte die Hoffnung wohl nicht aufgeben, dass doch noch alles gut werden würde.

Endlich, endlich hörten sie Stimmen aus der Ferne. Und die klangen freudig!

Die beiden Frauen schauten sich an. Über ihre Gesichter glitt ein hoffnungsvolles Lächeln.

Sarah fiel Lina um den Hals.

»Das muss doch Amelie sein, ich höre es ganz deutlich! Lina, mein Kind ist wieder da! Ich habe sie kein zweites Mal verloren!«

Tränen überströmten Sarahs Gesicht.

Jetzt gab es kein Halten mehr. Sie rannte über den Hof, und kaum hatten Amelie und David das Tor durchschritten, riss sie ihre Tochter stürmisch an sich. Lina hörte die Deern lachen.

»Da bin ich, Mama. Etwas durchgefroren, aber da!«

»Ich habe sie dir nach Hause gebracht«, hörte Lina David sagen, und es war zu erkennen, wie bewegt und glücklich er war.

»Min Lütten, ach, min Lütten!« Sarah herzte Amelie und küsste sie. Weinte und lachte, lachte und weinte.

Lina fielen sämtliche Felsen vom Herzen, weil Amelie unversehrt wieder da war.

»Wo hast du denn gesteckt?«, fragte Lina schließlich, als die drei vor ihr standen. Amelie war völlig durchnässt, und sie zitterte an ganzen Körper. Lina schaute sich um, ob keine Decke greifbar war, doch daran hatte wohl keiner gedacht.

»Du hast den ganzen Milchhof auf Trab gebracht!«, sagte sie dann gutmütig, weil sie nicht auch noch in Tränen ausbrechen wollte.

Ulla hatte auch bemerkt, wie durchgefroren Amelie war, und sie schleppte eine Wolldecke heran, die Lina dem Mädchen fürsorglich um die Schultern legte.

»Ich wollte vom Meer Abschied nehmen«, sagte Amelie kleinlaut. »Weil wir doch in Amerika kein schönes Watt mehr haben und ich das Knistern so liebe, wenn die Oberfläche freiliegt. Es gibt kein besseres Geräusch. Mehr wollte ich gar nicht. Und dann ist alles schiefgelaufen, weil ich die Geschwindigkeit der Flut unterschätzt habe.«

Lina schüttelte den Kopf. Manchmal war die Deern doch noch ein echter Kindskopf.

Amelie ließ ihren Blick in die Runde schweifen und schien zu begreifen, was ihre Familie nach dem Streit vermutet hatte. »Ihr dachtet, ich hätte mich extra selbst in Gefahr gebracht?«

»Das haben wir tatsächlich in Erwägung gezogen«, gab Sarah vorsichtig kund. »Weil du so aufgebracht warst!«

»Um Gottes willen, nein!« Amelie war sichtlich entsetzt über diese Vermutung. »Das würde ich euch niemals antun, nach dem, was ich jetzt alles weiß! Ich möchte immer bei euch sein!«

Jetzt kullerten Lina vor Erleichterung doch Tränen über die Wangen. Amelie war gar nicht böse auf ihre Eltern. Sie hatte deren Entschluss akzeptiert. Nun würde alles gut werden.

»Komm, jetzt badest du erst einmal, damit du wieder warm wirst«, sagte sie. »Tee ist fertig, und du musst dich dringend aufwärmen.« Lina wollte eben in die Küche gehen, als sie stutzte. Vor lauter Aufregung um Amelie war ihr gar nicht aufgefallen, dass ihr Mann fehlte.

»Wo ist eigentlich Derk?«, fragte sie.

David schaute sie erstaunt an. »Ist er nicht zu Hause? Er war zwar erst mit auf dem Weg nach Dangast, aber die Arbeiter haben mir gesagt, dass er schlecht Luft bekommen hatte. Sie sind dann ohne ihn zum Hafen gestürmt.« Betroffen blickte er um sich. »Es galt schließlich, keine Zeit zu verlieren, und wir wussten nicht, ob wir jede Hand brauchen.«

Er rieb sich die Stirn. »Dammich, dann ist er nicht zurückgelaufen, wie wir vermutet haben, weil er doch nicht nachgekommen ist.«

»Wohl nicht. Er ist nicht da.«

In Lina kroch erneut die Angst hoch. Aber dieses Mal war sie tiefer, nahm ihr die Luft, und kurz glaubte sie, sie müsste sich übergeben.

David aber schüttelte nachdenklich den Kopf.

»Es ist eigenartig. Seid ihr sicher, dass er nicht hier ist? Er wollte doch noch auf der Tenne nachschauen, ob Amelie sich dort versteckt hat.«

»Da ist ja auch mein Lieblingsplatz«, bestätigte Amelie. »Weil ich da so wunderbar übers flache Land schauen kann.«

»Er ist nicht hier«, wiederholte Lina matt. »Er hätte sich bei mir gemeldet.« Jetzt wurde ihr richtig schummerig, und sie musste sich am Türrahmen festhalten, um nicht zusammenzusacken.

Lina schloss die Augen. Ihr fielen Derks wiederkehrende Schmerzen in den letzten Tagen ein. Sein leichtes Unwohlsein. Das heftige Schwitzen.

»Wir müssen ihn suchen«, sagte sie tonlos. »Sofort!«

Da war noch der Funken Hoffnung, alles würde sich auch hier fügen.

Doch der erlosch genauso schnell, wie er aufgeglüht war.

Denn sie ahnte es nicht nur. Sie wusste es.

Jede Suche würde vergebens sein.

Derk war nicht mehr bei ihr. Da war sie sicher. Es verhielt sich nicht wie damals in Dresden, als sie gespürt hatte, dass er noch lebte.

Derk war gegangen. Ohne sie. Der Himmel hatte ihn umarmt und mitgenommen.

Kapitel 23

März 1950

Das nächste Dreivierteljahr zog wie ein schlechter Film an Lina vorüber. Nachdem David und die anderen Derk auf dem Deich gefunden hatten, war alles um sie schwarz gewesen, und die Farben waren erst nach und nach zurückgekehrt. An die Beerdigung hatte Lina kaum Erinnerungen, sie war selbst wie tot gewesen und hatte den endgültigen Worten des Pastors gar nicht lauschen wollen.

Welchen Trost gab es denn auch?

Derk, ihre große Liebe, hatte sie verlassen, und sie stand mal wieder vor dem Nichts. Ein Nichts, das so umfassend und mächtig war, dass es mit keiner Aktivität, keinem neuen Glücksgefühl und keiner Tätigkeit gefüllt werden konnte.

Auch wenn sie und Derk gewusst hatten, dass ihre Zeit des Zusammenseins begrenzt war, hatte Lina gehofft, ihnen wären wenigstens noch ein paar gemeinsame und glückliche Jahre vergönnt.

Das Leben spielte eben seine eigene Melodie, die sich nicht beeinflussen ließ. Derk war gestorben. Genau wie ihr Ludger – und Wilko hatte seine Existenz in Amerika. Das musste sie alles akzeptieren und sollte sich daran erfreuen, dass es Alea und Enna in ihrem Leben gab.

Über Wochen wusste Lina nichts mit sich anzufangen. Erst nach und nach war ihr in den Kopf gesickert, dass sie nicht zusammen mit Derk gegangen war, sondern noch ein Leben vor sich hatte. Wie sehr er ihren Lebenswillen geschätzt hatte. Ihre Kraft, nie aufzugeben, ihren Mut, zu kämpfen, egal, wer sich ihr und dem Milchhof entgegenstellte. Lina Voigt – das Bollwerk gegen alle Widrigkeiten des Schicksals.

Eines Nachts hatte sie geglaubt, dass Derk zu ihr gekommen war. Es wurde warm in ihrem leeren Schlafzimmer. Und hell in ihrem Traum.

»Lina, ich will, dass du lebst!«, waren seine Worte. Wieder mit seiner unvergleichlich warmen und sonoren Stimme, die sich wie Balsam um Linas Seele legte und ihre Wunden heilte. »Du hast Alea und Enna. Und dein Lebenswerk, den Milchhof. Das ist mehr, als andere haben.«

Dann hatte Derk sie geküsst.

»Ich bin nicht tot, Lina. Ich bin nur auf der anderen Seite vom Horizont. Schau zur untergehenden Sonne und dann wieder, wenn sie am Morgen neu erscheint. Da bin ich und nehme dich mit der Wärme in den Arm. Ich bin immer bei dir.«

Ja, sie hatte mehr, als andere hatten.

Seitdem war Lina ruhiger geworden. Sie hatte seine Worte in sich eingeschlossen und sich daran genährt. Jeden Tag ein bisschen, so wie die Maus von einem trocknen Brötchen knabberte, das täglich kleiner wurde, das Tier aber durch das sättigende Futter stärker.

Vor drei Tagen hatte Lina sich aufgerafft und speiste wieder im Haupthaus mit den anderen. Heute wollte sie seit Langem mal wieder durch die Fertigungshallen laufen und sehen, was sich dort getan hatte.

Der Milchhof – er gab ihr die verloren gegangene Kraft zurück.

Alea hatte schlecht ausgesehen beim Frühstück, vielleicht war sie froh, wenn Lina ihrer Tochter ein paar Dinge abnahm. Und sie würde es ablenken, sich wieder mit dem Betrieb zu beschäftigen.

Sarah und David hatten ihretwegen die Abreise nach Amerika noch einmal verschoben, denn sie wollten sie und den Milchhof jetzt nicht im Stich lassen.

Dafür war Lina ihnen sehr dankbar, denn es wäre tatsächlich ohne die Unterstützung der beiden schwierig geworden. Aber sie plagte das schlechte Gewissen, denn es war nicht rechtens, wie oft sie ihre Pläne bereits über den Haufen geworfen hatten.

Amelie hatte sich sehr gefreut, dass sie doch noch blieben. Heute Morgen allerdings war in jedem Satz ihre Sehnsucht nach dem großen Abenteuer mit dem Namen Amerika deutlich geworden.

»Da gibt es richtig große Hochhäuser«, hatte sie geschwärmt. »Wolkenkratzer!«

Ja, es wurde Zeit, dass alles wieder seinen normalen Gang nahm und sie nicht das Zünglein an der Waage für das Glück der anderen Milchhofmenschen war. Die Goldensteins hatten schließlich ein Recht darauf, ihr eigenes Leben zu führen.

Der Kreislauf von Sein oder Nichtsein spulte sich einfach weiter, gleichgültig, ob jemand so Wichtiges wie Derk fehlte oder nicht.

Die Kühe mussten gemolken werden, die Milchkannen abgeholt. Das passierte jetzt wieder mit ausschließlich motorisierten Fahrzeugen, und sie schafften es, erheblich größere Mengen anzuliefern, was nicht nur der Butter, sondern auch der Käseproduktion guttat.

So weit war Lina schon wieder auf dem neuesten Stand.

Im Mai letzten Jahres war die neue Bundesrepublik gegründet worden, doch ihre Hoffnung auf eine Lockerung des Reichsnährstandgesetzes hatte sich zerschlagen. Sie mussten weiter nach den strengen Reglementarien als Werksbetrieb Butter produzieren.

Zu schade, denn sie hätten viel mehr Möglichkeiten gehabt, die Produktpalette auszuweiten, aber auch, bessere Preise zu erzielen. Ihre Absatzmärkte auszuweiten … all so etwas. Es blieb ihnen daneben nur der Käse, aber das nutzten sie in vollem Umfang.

In Lina regte sich seit ihrem Besuch in der Fertigung wieder der Ehrgeiz. Sie wollte den Milchhof erneut mit voranbringen, denn die Molkerei war immer das gewesen, was sie von allem Übel hatte befreien können.

Für den Milchhof, jetzt mit dem Markennamen *Deichgold – Milchprodukte von der Küste*, war sie zwei Ehen eingegangen, die nur dazu dienten, den Betrieb zu retten. Und – es gab ihn noch, die Opfer hatten sich am Ende allesamt ausgezahlt.

Der Milchhof hatte zwei schlimme Kriege überstanden, viele Höhen und Tiefen erlebt und sich sogar gegen Menschen wie Karl Doden behauptet. Da würden sie auch die momentane Gesetzeslage wegdrücken können. Und sie wusste, dass sie es allein, auch ohne Derk, schaffen konnte.

Lina trat vor die Tür und reckte das Kinn.

Sie blinzelte einer Wolke zu, von der sie sich einredete, dass Derks Seele darauf saß und ihr einen erhobenen Daumen zeigte, bevor er wieder hinter seinen Horizont verschwand, weil er sich freute, dass sie weitermachte.

Sie würde neu erblühen, zusammen mit der Natur, die gerade aus ihrem Winterschlaf erwachte.

Die letzten Krokusse ragten aus der Erde und wetteiferten mit den ersten Tulpenknospen um den schönsten Platz.

In wenigen Wochen würde deren Blütenpracht von den Osterglocken abgelöst werden, und die Beete wären leuchtend gelb und fröhlich.

In der Luft lag schon manchmal der leicht süßliche Duft des Frühlings, der schon rein äußerlich suggerierte, dass von jetzt an erst einmal alles wieder gut und schön sein würde.

»Ich bin zwar neunundsiebzig Jahre alt«, murmelte Lina, »aber das ist für mich noch lange kein Grund, die Hände in den Schoß zu legen. Mit Derk an meiner Seite war es eine andere Situation. Wir wollten unsere Zeit genießen, aber mit wem soll ich jetzt auf der Bank sitzen? Allein macht es keine Freude.«

Sie steuerte auf die Käserei zu.

Die Maschine mit der neuen Käseharfe war in Gang, und es summte wieder unvergleichlich schön. Es gab kein Lied, das für Lina angenehmere Töne zauberte als dieses Gerät. Mit ihr verband sie den Inbegriff von Glück. Und sie war so froh, sich endlich aufgerafft zu haben, um wieder dabei zu sein.

»Was produziert ihr heute?«, fragte sie die junge Frau, deren Name ihr nicht geläufig war.

Aber Lina erkannte sofort, dass sie das Käsehandwerk verstand. Ihre Vorgehensweise wirkte sicher und strukturiert – sie konnte das.

»Edamer und später Tilsiter«, gab sie Auskunft. Offenbar wusste sie durchaus, wer Lina war. »Ich heiße Elisabeth Cassens und bin schon ein Jahr in Ihrem Betrieb. Aber wir hatten ja noch nicht das Vergnügen.«

Eloquent und selbstsicher war diese Elisabeth also auch.

Lina mochte solche Frauen. Sie würden sich von den Männern nicht die Butter vom Brot nehmen lassen, und das war es, worauf es unterm Strich ankam. Nicht alle waren so umgänglich wie Derk oder David.

Das hatte sie am eigenen Leib erfahren müssen.

»Edamer und Tilsiter wird hier jetzt überwiegend produziert?«, fragte Lina.

Elisabeth nickte. »Das läuft vom Verkauf her gut. Morgen werden wir noch etwas von ›Bleekers Kräuterglück‹ nachsetzen, aber die Märkte schreien momentan tatsächlich eher nach gängigeren Sorten.«

Das gefiel Lina zwar nicht, weil sie eine Verfechterin von außergewöhnlichen Käsespezialitäten war, aber sie mussten schwarze Zahlen schreiben, und da zählte einzig und allein der Kundenwunsch und nicht das, was mehr Freude bereitete.

»Man spricht im Augenblick sogar von einem Wirtschaftswunder, was sich in den nächsten Jahren noch richtig bemerkbar machen würde«, wusste Elisabeth weiter zu berichten. »Ich denke doch, dass es uns in Deutschland bald wieder sehr gut gehen wird.«

Elisabeth bückte sich und reduzierte die Molke. Plätschernd quoll die weiße Flüssigkeit in die bereitgestellte

Wanne. »Eine so junge Demokratie, obwohl sie einen guten Kanzler wie Adenauer hat, wird bestimmt eine große Herausforderung für uns alle sein. Ich hoffe, es wird besser funktionieren als in der Weimarer Republik. Immerhin haben wir ja alle dazugelernt.«

Lina war sich da nicht so sicher, aber gespannt, wie sich alles entwickeln würde.

Sie nickte Elisabeth zu. Eine kritische und politisch interessierte junge Frau mit großem Enthusiasmus für das, was sie tat.

Lina schlenderte weiter und prüfte alle Stationen. Es juckte ihr förmlich in den Fingern, selbst mit anzupacken und beim Käsemachen ihren ganzen Kummer und ihre Trauer um Derk zu vergessen. In dieser Atmosphäre würde es ihr gelingen.

»Oma!« Enna kam ihr aus der Lagerhalle entgegen. Man sah ihr die Überraschung an, ihre Großmutter hier vorzufinden.

»Na, min Deern. Ich dachte, wenn ich frische Milch und Käsegeruch in der Nase habe, geht es mir fix besser.«

»Wenn es jemandem hilft, dann dir.« Enna war nach ihrer Schwangerschaft wieder gertenschlank und arbeitete voll auf dem Milchhof mit. Um ihren Sohn Hanno kümmerte sich eine Nachbarin.

Enna schaute ihre Großmutter ernst an, sodass Lina stutzte.

»Was gibt es denn?«

Ihre Enkelin druckste herum. »Mutter ging es ja schon länger nicht so gut. Jetzt hat sie hohes Fieber und Halsschmerzen, und ich habe ihr geraten, sich hinzulegen. Sie muss sich unbedingt ausruhen, sonst befürchte ich, dass sie noch zusammenbricht.«

»Herrje, das klingt nicht gut«, meinte Lina, und es war ihr unangenehm, dass sie davon nichts mitbekommen hatte.

Aber darum ging es Enna gar nicht. Sie wollte wohl auf etwas anderes hinaus.

»Ich weiß jetzt gar nicht, ob ich dich das fragen darf…«

»Nur zu!«, forderte Lina sie auf.

»Gut, dann frage ich mal direkt: Meinst du, es wäre möglich, dass du ein wenig mit anfasst und einige Arbeiten von ihr übernimmst? Ich weiß, du wolltest dich aufs Altenteil zurückziehen, bist noch in Trauer, aber…«

Linas Herz machte einen freudigen Satz. Sie wurde sogar wieder gebraucht und würde nicht wie eine alte Schabracke im Weg herumstehen und darum betteln müssen, wieder mitarbeiten zu dürfen.

Sie konnte ihre Freude darüber nicht verbergen. »Ich bin so froh, dass du fragst, min Lütten. Es wird mir helfen, nicht immer nur gegen die Wände zu starren.«

»Oma, ich bin wirklich erleichtert, dass du so reagierst. Wenn Mama länger ausfällt, hätten wir sonst Probleme bekommen.« Sie räusperte sich. »Ehrlich gesagt, ist sie schon länger nicht mehr richtig bei der Sache, und es steht sehr viel still.«

Jetzt breitete sich doch Besorgnis um ihre Tochter in ihr aus.

»Ich kümmere mich gern um alles. Aber zuerst schaue ich nach Alea. Denn das klingt wirklich nicht gut.«

»Ich mache mir ernsthafte Sorgen«, erklärte Enna. »So kenne ich Mutter nicht.«

»Wahrscheinlich werden wir einen Arzt konsultieren müssen«, meinte Lina. Alea war jetzt das Wichtigste, die Molkerei konnte warten. Lina wollte nicht auch noch ihr letztes Kind verlieren. »Was sagt dein Vater?«

Enna seufzte. »Du weißt doch, wie er seit dem Krieg ist. Er macht sich Gedanken, aber er bekommt es nicht immer hin, zu handeln, auch wenn es ihm eine Zeit lang um vieles besser ging. Aber jetzt schlägt da oft eine große Trübsal durch, die wir alle nur schwer einordnen können.«

»Das klingt nicht gut.«

»Wahrlich nicht«, bestätigte Alea. »Manchmal denke ich, er sitzt in einem unterirdischen Verlies und kann sich nur auf eine Sache konzentrieren. Und das ist wohl seine Bank. Ob er wirklich begriffen hat, wie schlecht es Mama geht, kann ich nicht sagen.«

Lina wusste, wovon Enna sprach. Der Krieg fraß noch immer seine Kinder und würde es wohl noch eine lange Zeit tun. Bis die Größenwahnsinnigen den nächsten anzettelten oder wieder mitmischten, weil jeder glaubte, im Recht zu sein und um wer weiß was kämpfen zu müssen. Ein ewiger Kreislauf. Wie sie das hasste!

Tammo. Ludger. Wilko … Jeder litt auf seine eigene Art und würde wohl nie ganz genesen.

»Danke, Oma, für deine Hilfe. Eben noch hatte ich das Gefühl, dass mir alles über den Kopf wächst.«

»Da nich für, min Lütten. Was wollte Alea denn heute in der Molkerei machen?«, fragte Lina dann doch, bevor sie ins Haus ging. »Terminlich wären die Abrechnungen dran, oder?«

Enna bestätigte das. »Ja, Mama hat schon begonnen. Wenn du bei ihr bist, kannst du das ja mit ihr besprechen.«

»Das wäre wohl das Beste.«

Enna wies nach rechts. »Ich muss jetzt schnell zur Anlieferung. Ein Milchwagen hat einen Landwirt nicht angefahren, und der steht immer noch wutentbrannt vor dem Fahrer. Ich muss wohl schlichten.«

Lina sah ihrer Enkelin nach. Enna war zu einer selbstbewussten Frau herangereift, und nichts mehr war von dem verstörten und bockigen Mädchen zu erkennen.

Edzard hatte bei ihr wahre Wunder erwirkt und die Mutterschaft sicherlich das Übrige getan.

Es freute Lina, denn sie war der Ansicht, dass ein Mensch, der in sich ruhte, zu Höchstleistungen fähig war, weil er den Fokus ganz auf das wirklich wichtige Geschehen lenken konnte und nicht von persönlichen Animositäten geleitet wurde.

Lina trat aus der Käserei und steuerte aufs Haupthaus zu. Dort fragte sie Ulla, wo sie ihre Tochter finden würde.

Alea hatte sich ins Schlafzimmer zurückgezogen, und sie dämmerte vor sich hin. Ihr Kopf glühte, und sie hatte eine merkwürdig kloßige Aussprache.

»Du bist sehr krank und benötigst medizinische Hilfe! Darüber diskutiere ich mit dir nicht. Das wird nicht von allein wieder verschwinden.«

Alea machte gar keinen Ansatz, zu widersprechen, sondern stimmte mit einem müden Kopfnicken zu.

»Ich kann nichts machen. Bin so müde, und mein Kopf schmerzt.«

»Ich übernehme deine Arbeit, bis du wieder gesund bist. Aber bevor ich mit dem Bürokram beginne, lasse ich einen Arzt rufen. Und ich weise Doris an, sie soll dir Tee bringen. Du musst viel trinken, das ist bei Fieber wichtig.«

Lina verließ eilig das Krankenzimmer.

Auf dem Weg zum Kontor fing sie die Große Magd ab.

»Doris, meine Tochter ist krank und braucht eine Kanne Salbeitee für ihren Hals. Und schicke bitte einen der Burschen zum Arzt. Dr. Willms dürfte um diese Zeit in seiner Praxis in Sande sein. Er muss nach Schließung unbedingt auf den Milchhof kommen.«

Doris knickste und versprach, sich sofort um alles zu kümmern.

Lina spürte, wie die Aufgaben ihr plötzlich neue Energie brachten, auch wenn sie sich um Alea sorgte.

Das Leben mit allen Facetten hatte sie wieder, und sie würde sich dem stellen.

Nachdem sie sich um Alea gekümmert hatte, eilte Lina ins Kontor. Von dort würde sie die Ankunft des Arztes bemerken, und sie konnte ihn zu ihrer Tochter begleiten.

Im Büro schlug ihr der wohlbekannte Duft von Akten und Tinte entgegen. Während sie ihn nicht gemocht hatte, als Derk verschollen war, umhüllte sie der Geruch jetzt wie ein wärmender Schal, und ihr war, als säße Derk ihr gegenüber und muntere sie auf, mit der Arbeit zu beginnen.

Es war wie ein Nachhausekommen nach einer langen Reise.

Alea hatte die Bücher schon aufgeschlagen und mit den Abrechnungen begonnen, aber auf dem Schreibtisch sah es ziemlich wild aus.

Lina brauchte nur kurz, um sich einzufinden. Dazu hatte sie diese Arbeit viel zu lange und viel zu gern gemacht.

Dennoch musste sie Enna recht geben: Viele Dinge waren unerledigt oder nur halbherzig angegangen worden. Verdammt – ging es Alea schon länger nicht gut?

Lina seufzte, denn je tiefer sie sich einarbeitete, desto deutlicher wurde, welch massiven Investitionsstau es gab.

Alea war mit Modernisierungen offenbar sehr zögerlich gewesen, weshalb sie mit den Neuerungen ziemlich hinterherhingen. Außer den Fahrzeugen hatte sie keine weiteren Anschaffungen zugelassen.

»Wir müssen doch wettbewerbsfähig bleiben«, murmelte Lina. Auch wenn sie sich nicht um den Betrieb gekümmert hatte, war ihr schon klar, dass sie nicht mehr auf Vorkriegsniveau produzieren konnten, wenn sie nicht zulassen wollten, dass die anderen Molkereien in der Region sie weit hinter sich ließen. Wenn sie jetzt nicht gegensteuerten, würden sie über kurz oder lang schließen müssen.

Schon vor dem Krieg wäre es notwendig gewesen, auf die Gelder der Landwirtschaftskammer zuzugreifen, damit sie aus der Molke Molkekleie machen konnten. Damals hatten sie die Anschaffung der dafür notwendigen Geräte gescheut, weil Lina in ihrem angeschlagenen Zustand einfach zu schwach für Entscheidungen gewesen war. Aber es war sinnvoll, es zu tun, wenn sie dazu in der Lage waren und sich endlich trauten, mit der Zeit zu gehen.

Demzufolge würde sie sich nun darum kümmern, ob da noch immer eine Förderung möglich war.

Lina machte sich eine Notiz.

Es klopfte, und Enna trat ein.

»Wie geht es Mutter?«

»Es geht«, sagte Lina, um ihre Enkelin nicht weiter zu beunruhigen. »Ich habe den Arzt aber wirklich herbestellt. Er müsste bald da sein.«

»Vielen Dank.« Ennas Blick fiel auf den Schreibtisch. »Ich sehe, du machst dich bereits schlau. Wie du sicher schon bemerkt hast, haben wir große Defizite, was die Modernisierungsmaßnahmen betrifft. Mutter und ich kommen zwar grundsätzlich wieder gut miteinander klar, aber was das angeht, geraten wir ständig aneinander. Sie ist sehr zurückhaltend, doch ich bin der Ansicht, wir verlieren den Anschluss, weil wir nicht gleich nach dem Krieg die Gelegenheit beim Schopf ergriffen und Tabula rasa gemacht haben.« Enna fuhr sich durchs Haar. »Mutter ist ein kreativer Kopf, wenn es um wunderbare Rezepturen geht, aber je älter sie wird, desto mehr verschwindet die kalkulierende Geschäftsfrau. Außerdem kränkelt sie schon länger, was es auch nicht besser gemacht hat.«

»Ich gebe dir recht, es muss dringend etwas passieren.«

Lina blätterte unter Ennas fragendem Blick weiter und war entsetzt, als sie die Kosten für die Wartungsarbeiten an der Kessel- und Kraftanlage entdeckte. Sie waren im letzten Jahr förmlich explodiert. Die Anlage war völlig überaltert und musste unbedingt ersetzt werden. Und es wäre auch sinnvoll, sie zu vergrößern.

»Was sagst du?«, hakte Enna nach.

»Es besteht Handlungsbedarf«, gab Lina zu. »So schnell es irgendwie geht. Sonst steuern wir geradewegs auf ein Fiasko zu.«

Enna schien erleichtert.

»In der Molkereizeitschrift habe ich einen Artikel

über eine Rollbahn für Milchkannen gefunden. Das wäre eine wunderbare Zeitersparnis. Und was ich ebenfalls als äußerst wichtig erachte, ist: Wir brauchen neue Zentrifugen und Erhitzungsanlagen. Unsere sind so häufig defekt, dass die Ausfälle in der Produktion kaum noch aufzufangen sind«, sprudelte es aus Enna heraus. »Hätten wir schon vor zwei Jahren einen größeren Butterfertiger gekauft, stünden wir jetzt auch besser da. Wir könnten darin bis zu fünftausend Liter Milch verarbeiten, und in Kombination mit einem modernen Rahmreifer wäre sogar die Rückgabe der Magermilch an die Landwirte viel einfacher. Aber Mutter möchte das alles nicht.« Enna entfuhr ein Seufzen. »Sie hat sich lediglich auf die Namensänderung der Produkte und die motorisierten Wagen eingelassen.«

Lina wusste, dass sie sich nun auf ganz dünnes Eis begab. Sie hatte sich offiziell aus dem Geschäftsleben zurückgezogen und alles in die Hände ihrer Tochter und Enkelin gelegt. Nun aber sah sie, dass notwendige Investitionen nicht getätigt worden waren und es dem Betrieb längst nicht so gut ging, wie es sein könnte. Ja, dass er sogar in eine enorme Schieflage geraten war.

Nur stand es ihr zu, einfach aus dem Nichts aufzutauchen und sich derart in die Belange einzumischen, auch wenn der Milchhof ihr ureigenstes Lebenswerk war? Bloß weil sie wieder eine Aufgabe brauchte und sie die Schwäche ihrer Tochter nutzte?

Lina fühlte sich so, als würde an ihren beiden Armen einmal nach rechts und einmal nach links gezogen werden.

»Du bist unsicher, was zu tun ist, stimmt's?«, fragte Enna.

»Ich kann deine Mutter nicht einfach hintergehen, wo ich ihr doch erst das Vertrauen geschenkt habe, den Betrieb zu übernehmen.«

»Du musst sie ins Boot holen«, schlug Enna vor. »Rede mit ihr, damit sie glaubt, es wäre ihre Idee. Sonst sehe ich schwarz für unseren Milchhof. Wir könnten bald ganz weit unten sein, und das will doch keiner. Es geht um eine Menge Arbeitsplätze. Wir haben schließlich Verantwortung. Führend wollten wir werden, ich kann mich daran erinnern, wie du das immer zu Derk gesagt hast.«

Lina nickte. »Ich gehe das alles durch, berechne es, dann reden wir noch einmal darüber. Aber kein Wort zu niemandem. Ich möchte das erst mit deiner Mutter besprechen, bevor auch nur etwas ans Tageslicht kommt.«

»Versprochen. Ich muss in die Butterei. Da war mal wieder was an der Kühlung defekt.«

Lina beugte sich erneut über die Bücher und begann zu rechnen. Es musste wirklich was passieren – und zwar bald.

Sonst ging das Wirtschaftswunder am Milchhof Deichgold vorbei.

*

Alea sah nur wirre Bilder. Ihr Fieber hatte sich in den letzten beiden Stunden stark erhöht. Ihr war schlecht, und zugleich wurde sie von heftigem Durst geplagt.

Doch kaum trank sie einen Schluck, zog sich ihr Hals zusammen, und sie musste würgen, weil sie keine Flüssigkeit herunterbekam.

Alea hatte vorhin die Stimme ihrer Mutter gehört und auch, dass sie mit jemandem gesprochen hatte. Wahrscheinlich war es der Arzt, der zuvor in ihrem Zimmer gewesen war, um sie genau zu untersuchen.

Alea spürte, dass ihr jemand die Decke von den Beinen nahm und etwas um ihre Waden wickelte. Sie wollte das nicht, aber sie wurde festgehalten, und so gab sie schon nach kurzer Zeit auf, weil sie überhaupt keine Kraft hatte, sich zu wehren.

Sie schlief wieder ein und ließ die wirren Bilder an ihrem inneren Auge vorüberziehen. Nach einer Weile wurde ihr Verstand etwas klarer.

»Sie kommt zu sich«, hörte sie.

Alea schlug vorsichtig die Augen auf. Alles war nass, sie hatte wohl sehr geschwitzt.

»Du musst jetzt deine Medizin zu dir nehmen und dann etwas Brühe«, sagte ihre Mutter. »Zuvor kannst du gern gurgeln, damit dir das Schlucken nicht so schwerfällt.«

Alea nickte. Mit einem Teelöffel verabreichte ihre Mutter ihr in Wasser zerstoßenes Aspirin, was das Fieber weiter senken und den Schmerz lindern sollte.

Dann versuchte Alea zu gurgeln, es ging mehr schlecht als recht.

»Wir warten eine Viertelstunde«, sagte ihre Mutter und strich ihr besorgt das feuchte Haar aus der Stirn. »Derweil mache ich dich frisch, und wenn das Aspirin wirkt, kannst du ein wenig essen und trinken.«

Alea war froh, als sie aus den nassen Klamotten geschält wurde und etwas Trockenes anbekam. Sie begann schon wieder zu frieren, und erneut setzte heftiger Schüttelfrost ein.

»Das habe ich befürchtet«, hörte sie. »Wir müssen abwarten, bis das Medikament seine Wirkung zeigt. Eher wird es nichts.«

Alea bekam ein sauberes Kissen und eine neue Decke. Dann wechselte ihre Mutter zusammen mit der Kleinen Magd das Laken. Nun fühlte sie sich schon etwas besser.

Was hatte sie nur?

Nach einer gefühlten Ewigkeit brach ihr erneut der Schweiß aus, aber damit besserte sich auch ihr Gesamtbefinden. Schließlich war es ihr möglich, etwas von der Brühe zu trinken und ein weiteres Mal zu gurgeln.

»Du hast eine üble Mandelentzündung, das wird dauern«, erklärte ihre Mutter.

»Der Milchhof«, flüsterte Alea.

»Ich kümmere mich darum. Es tut mir gut, etwas zu tun zu haben.«

Alea schloss die Augen. So krank hatte sie sich noch nie gefühlt, und sie bezweifelte, ob sie je wieder gesund werden würde.

Kapitel 24

April 1950

Lina war besorgt, dass es Alea nur schrittweise besser ging und sie immer wieder unter Rückfällen litt. So wie auch heute Morgen. Noch lange hatte sie nicht zu ihrer alten Form zurückgefunden. Auch an guten Tagen ermüdete sie schnell und konnte sich nicht dazu aufraffen, wieder in der Molkerei zu arbeiten.

»Ich schaffe das alles nicht«, jammerte sie schon beim Frühstück, und ihr bleiches Gesicht und die in tiefen Höhlen liegenden Augen untermauerten ihre Schwäche.

Lina hatte schon mit Tammo gesprochen. Er war tatsächlich aufmerksamer und begann sich um seine Frau zu kümmern.

Er war ebenfalls der Ansicht, sie sollte einem Arzt im Städtischen Krankenhaus in Wilhelmshaven vorgestellt werden.

Doch bislang weigerte Alea sich, dorthin zu gehen, weil ihr Bruder Ludger in diesem Haus gestorben war und sie befürchtete, dann die Nächste zu sein.

Das war natürlich völliger Humbug, aber sie war von dieser Idee nicht abzubringen.

»Alea, es führt kein Weg daran vorbei, dass du noch einmal gründlich untersucht werden musst«, sagte Lina jetzt zu ihr. »Ich kann mir doch nicht mit ansehen, wie du vor die Hunde gehst, obwohl dir ein Spezialist vielleicht helfen könnte!«

Alea schloss die Augen, auf ihrer Stirn hatte sich schon wieder ein Schweißfilm gebildet. Dann nickte sie zaghaft.

»Mir geht es wirklich schlecht. Ich muss wohl nachgeben.«

Sie machte eine Pause. »Aber du musst mich hier auf dem Milchhof so lange vertreten! Versprochen?«

Lina atmete auf. »Ja, min Deern. Ich bin erleichtert, dass du endlich einsichtig bist, denn mein Herz ist voller Sorge. Aber wenn ich den Milchhof jetzt wieder leiten soll, dann habe ich auch Entscheidungen zu treffen.«

Ein leichtes Lächeln huschte über Aleas Gesicht. »Enna hat mit dir gesprochen. Es geht um die angedachten Modernisierungen, oder?«

Lina presste die Lippen zusammen, denn nun begann eine heikle Mission.

»Wir müssen was tun, min Leevsten. Sonst sind wir bald nicht mehr konkurrenzfähig.«

Alea antwortete nicht, und in Lina wuchs die Furcht, sie könnte gleich doch fünsch werden. Aber ob ihre Widerstandskraft in den letzten Wochen so nachgelassen hatte oder ob sie es wirklich gleichgültig ließ, konnte Lina nicht ermessen.

Denn Alea sagte ganz einfach: »Mach doch.«

Lina schluckte. »Wie, ›mach doch‹? Du hast dich Enna gegenüber so gesträubt, und jetzt diskutierst du nicht einmal?«

Das allein ließ Lina aufhorchen. Ging es ihrem Kind tatsächlich so schlecht?

»Ich bin erschöpft, Mutter. Mach alles, was für den Milchhof gut ist, das hilft uns doch am meisten, oder? Ich weiß, dass ich zu zögerlich war. Wenn es mir eines Tages wieder besser gehen sollte, dann werde ich auch wieder aktiv mitreden wollen. Aber so? Ich kann es nicht. Tut mir leid!«

Linas Besorgnis wuchs mit jedem Wort, das Alea sagte. Es war wirklich wichtig, sich untersuchen zu lassen. Lina hatte mal gehört, dass eine nicht auskurierte Mandelentzündung aufs Herz schlagen könnte.

»Tammo kümmert sich um eine Einweisung«, sagte sie abschließend. »Und ich mich um den Milchhof.«

Sie war froh, dass Tammo den Ernst der Lage begriffen hatte und nicht mehr so phlegmatisch war, wie Enna ihn beschrieben hatte.

Alea winkte kurz und schloss die Augen sofort wieder.

*

Enna wusste mit dem jungen Mann, der von seiner Mutter, Tant Antke, begleitet wurde, nichts anzufangen. Auch wenn es ihr Cousin war. Aber Behrend war ihr so fremd wie ein Bursche aus irgendeinem Dorf.

»Wollt ihr erst einmal reinkommen und einen Tee trinken?«, fragte sie deshalb, bloß um etwas zu sagen. Sie hoffte, dass ihre Großmutter gleich kommen würde und sie erlöste.

Lina wusste immer, was zu tun war.

Tant Antke hatte etwas Forderndes, und ihre Gesichtszüge wirkten hart und unnahbar. Irgendwie machte sie Enna Angst, und Tee half immer, wenn die Kommunikation schleppend verlief.

Was war Enna erleichtert, als sie endlich ihre Großmutter aus dem Haus eilen sah. Die steuerte direkt aufs Kontor zu. Doch dann entdeckte sie Enna, Antke und Behrend und blieb abrupt stehen.

»Ihr?« Mehr fiel ihr zu diesem Überraschungsbesuch wohl nicht ein. Es war ohnehin klar, dass sie nun da waren, um ihre vor langer Zeit getätigte Ankündigung, Behrend würde auf dem Milchhof eine wichtige Rolle einnehmen, jetzt umsetzen wollten.

Ennas Oma hatte sich rasch wieder in der Gewalt.

»Denn kommt mol mit rin inne goote Stuuv. Da is es lecker warm, und wir können darüber schnacken, warum ihr euch auf den Weg zum Milchhof gemacht habt. Ich lasse Tee bringen.«

Enna schmunzelte. Den guten Bohnenkaffee wollte ihre Oma den beiden also nicht anbieten.

Antke nickte hoheitsvoll und folgte ihrer Schwiegermutter mit Behrend ins Haus.

Enna schaute ihnen erst hinterher, überlegte sich dann aber, sich dazuzusetzen, denn es ging schließlich auch um ihre Zukunft in der Molkerei, wenn ihr Cousin in die Geschäftsleitung mit einsteigen wollte.

Sie zählte wie Behrend siebenundzwanzig Jahre, aber er wirkte auf Enna wie ein unbedarfter Junge, der seinen Platz in der Welt noch nicht gefunden hatte.

Sie konnte es kaum fassen, dass ein junger Mann wie Behrend sich so von seiner Mutter gängeln ließ. Denn dass er nicht freiwillig auf dem Milchhof war, erkannte man sofort.

Allein deshalb musste sie beim Tee dabei sein, denn sie wollte die Lage genaustens sondieren.

Antke nahm mit kerzengeradem Rücken Platz und stellte ihre eckige schwarze Ledertasche auf die Oberschenkel. Wie sie so wohl ihren Tee trinken wollte, fragte sich Enna im Stillen.

Ulla servierte das Gewünschte und verschwand schnell wieder geräuschlos.

»Schön, dass ihr mal wieder auf dem Milchhof vorbeischaut.«

Ennas Oma hatte ein vorsichtiges Lächeln auf den Lippen. Sie schien der ganzen Situation genauso skeptisch gegenüberzustehen wie ihre Enkelin. »Zuletzt wart ihr zur Beisetzung von Derk hier.«

Antke ging auf die Bemerkung nicht ein, sondern sagte steif: »Für meinen heutigen Besuch gibt es natürlich einen Grund, das hast du dir sicher schon gedacht.«

»Nun?« Oma Lina beobachtete Antke weiter mit kritischem Blick. So hatte Enna ihre Großmutter noch nie erlebt.

»Wilko hat auf sein Erbe verzichtet«, begann Antke, griff dann aber umständlich zu den Kluntjes. Lina schenkte ihr Tee ein. Auf das Wulkje verzichtete Antke dankend.

»Das ist uns bekannt. Geht es dir um Behrends Stellung und sein Erbe?«, fragte Oma Lina.

Sie hatte ins Schwarze getroffen, denn ihre Schwiegertochter verschluckte sich sofort am Tee, den sie vorsichtig über ihre Tasche zum Mund geführt hatte.

Behrend hingegen musterte das Esszimmer mit stoischem Blick, so als ginge ihn das Gespräch überhaupt nichts an. Er war ein komischer Vogel, fand Enna. Und sie war sicher, dass sie ihn nicht mochte und froh sein würde, wenn er hoffentlich doch gleich wieder verschwand.

»Behrend hat eine Ausbildung in einer Molkerei in Emden hinter sich«, sagte Antke kühl. »Er wird hier jetzt mit einsteigen und, nachdem er von euch eingearbeitet worden ist, seinen ihm zustehenden Platz einnehmen.«

»Nun, das hättest du aber schon vorab mit Enna und mir besprechen müssen«, antwortete Oma Lina mit ruhiger Stimme.

Enna ahnte aber, wie sehr sie innerlich kochte, denn dann wurde sie immer schnell sehr bedächtig.

Ihre Großmutter nahm einen Schluck Tee und hielt dabei die Untertasse in der Hand. Sie zitterte leicht.

Antke ließ sich von deren Worten aber nicht beeindrucken.

»Es ist sein gutes Recht, hier mitzumischen, das weißt du so gut wie ich.«

Lina stellte das Gedeck nun doch etwas heftiger ab.

»Das ist es nicht. Noch nicht.«

»Er ist wie Enna der Erbe vom Milchhof.« Man hörte Antkes Stimme förmlich an, wie sehr sie die Situation auskostete.

Oma Lina aber gab nicht klein bei.

»Das stimmt zwar, aber du solltest vielleicht zur Kenntnis nehmen, dass die Molkerei mir gehört und ich noch lebe, wie du unschwer erkennen kannst. Im Augenblick fungieren Enna und Alea lediglich als Geschäftsführerinnen, und wer das sein darf, liegt als Eigentümerin in meiner Hand. Geerbt hat noch keiner etwas.«

Nun schien die Luft zwischen den beiden Frauen zu brennen.

Enna hielt unweigerlich die Luft an.

»Behrend kann sich immerhin schon mal einarbeiten, damit es später reibungslos geht«, beharrte Antke.

Enna hielt bei so viel Unverschämtheit die Luft an. Lina spitzte lediglich spöttisch die Lippen. »Du meinst, wenn ich in Kürze deinem Vater folge und ins Gras beiße?«

»Sei nicht so zynisch«, herrschte Antke ihre Schwiegermutter an.

»Du bist zynisch«, mischte sich nun Enna ein. »Was soll dein Gerede? Oma lebt noch, und so lange erbt hier keiner. Das hast du doch gehört.«

»Fassen wir mal kurz zusammen, was hier gerade im Raum schwebt«, hob Oma Lina an. »Behrend, da es um dich geht, würde ich dazu auch gern deine Meinung hören. Aber zunächst mal die Fakten auf den Tisch.«

Oma Lina schenkte sich zunächst noch einmal ein und zuckte zusammen, weil Behrend geräuschvoll von seinem Keks abbiss und es laut knackte. Er ignorierte den mahnenden Blick seiner Mutter.

»Du möchtest also, dass Behrend später den Milchhof zusammen mit Enna leitet, was aber erst dann der Fall sein wird, wenn sowohl ich als auch Alea das Zeitliche gesegnet haben, was – so Gott will – hoffentlich noch etwas dauern wird.«

»So ist es. Und damit er dann ohne Probleme einsteigen kann, wird er schon jetzt hier arbeiten. Ich befürchte bei eurer Weiberwirtschaft nämlich, dass ihr ihn ausbootet, wenn er nicht selbst ein Auge auf sein zukünftiges Erbe hat.«

Enna schaute zu ihrem Cousin, der die Kante des Tischtuches knetete.

»Findest du die Idee auch gut?«

Behrend hatte mit dieser Frage offenbar nicht gerechnet und wirkte verwirrt.

»Ich hasse Milch«, entfuhr es ihm. »Ich mochte das weiße Zeug noch nie. Habt ihr vielleicht … einen Genever?«

»Behrend!«, herrschte Tant Antke ihn an. »Reiß dich zusammen!«

Enna taxierte ihn kritisch. Mit ihrem Cousin stimmte etwas nicht. So benahm sich doch kein erwachsener Mann!

Oma Lina aber stand auf und nahm die Karaffe mit dem Schnaps vom Wagen. Sie schenkte ihrem Enkel ein Glas voll ein. Der griff geradezu gierig danach und schüttete sich den Inhalt in den Hals.

Danach wirkte er merklich ruhiger, und seinem Blick fehlte plötzlich dieses eigenartige Glitzern.

»Ich kann mit allen Geräten einer Molkerei umgehen, besonders gut mit dem Butterfertiger, und den habt ihr hier ja auch«, schoss es wie auswendig gelernt aus ihm heraus.

Lina füllte das Glas erneut, und wieder langte er sofort zu, um es zu leeren.

Er trinkt, dachte Enna. Behrend Bleeker ist mit seinen jungen Jahren ein Trinker!

Oma Lina schien derselbe Gedanke durch den Kopf zu gehen, aber noch schwieg sie.

»Ich finde euer Vorgehen zwar, gelinde gesagt, unverfroren, aber auch bemerkenswert«, begann sie nach einer Weile. »Behrend ist mein Enkel, und ich fühle mich für ihn verantwortlich, zumal Wilko sich nicht um ihn kümmern kann.«

»Er könnte, wenn er etwas mehr Mumm in den Knochen hätte!«, unterbrach Antke ihre Schwiegermutter, doch die ließ sich nicht aus der Ruhe bringen.

Dafür zollte Enna ihr größten Respekt.

»Dein Sohn hat meines Erachtens mehr als ein Problem, und um das erste zu benennen: Es nennt sich Genever.«

»Behaupte nichts, was du nicht beweisen kannst«, murrte Tant Antke, aber sie vertiefte ihren Protest nicht.

»Es ist gleichgültig, ob du es abstreitest. Ich werde mich als Großmutter um meinen Enkel kümmern. Er bekommt eine der Gesindekammern, bis ich ihm im Westflügel des Hauses etwas Adäquates zurechtgemacht habe. Und er kann auf dem Milchhof arbeiten, auch wenn er unser weißes Gold hasst. Nur eines wird er nicht: trinken!«

Oma Lina klingelte nach Ulla.

»Bitte, was kann ich für Sie tun?«

Ennas Großmutter wies zum Spirituosenwagen, auf den Derk immer sehr stolz gewesen war, weil sich dort neben dem holländischen Genever auch erlesene Schnäpse aus ganz Deutschland befanden. Ein schmackhafter Enzian aus den Alpen, ein Trester von der Mosel und ein Doornkaat aus dem Norden, daneben andere Spirituosen, die Enna nicht kannte.

»Was soll ich damit machen?«

»Wegkippen«, befahl Ennas Großmutter. »Alles.«

Ulla wirkte zwar erstaunt, tat aber, wie ihr geheißen, und schob den Schnapswagen aus dem Zimmer.

Als sich die Tür hinter ihr geschlossen hatte, wandte sich Oma Lina wieder an ihren Enkel.

»Morgen früh um fünf Uhr möchte ich dich in der Arbeitskleidung in der Butterfertigung sehen. Max Janßen wird dich einarbeiten. So, und wenn wir unsere kleine Teezeremonie beendet haben, zeige ich dir dein Zimmer.«

Tant Antke sackte in sich zusammen.

»Danke, Lina«, brachte sie mühsam hervor.

»Da nich für. De jung Keerl muss erst mal los vom Schnaps, das weißt du genauso gut wie ich. Ich habe schon zu viele daran zerbrechen sehen!«

*

»David, wir können noch immer nicht weg«, sagte Sarah. Sie standen vor der Lagerhalle und machten eine kurze Pause, ehe es später weiterging. Es gab immer genug zu tun, und sie waren dankbar, Lina ein bisschen etwas von dem zurückzugeben, was sie von ihr bekommen hatten.

»Jetzt, wo Alea erkrankt ist und Enna mit Lina allein vor allem steht.«

David seufzte. »Genau das habe ich auch schon gedacht. Lina hat so viel für uns und Amelie getan, da können wir sie jetzt nicht im Stich lassen. Auch wenn es wirklich wie verhext ist, wie oft wir jetzt schon aufschieben mussten.«

Sarah drückte Davids Hand. Sie war so glücklich, dass sie sich immer auf ihn verlassen konnte.

Für Lina war das Leben nach Derks Tod schwer genug, da brauchte sie Freunde, die zu ihr hielten.

»Wer ist denn der junge Mann da draußen?«, fragte sie.

David zuckte mit den Schultern. »Ich weiß es nicht. Aber Lina scheint ihn gut zu kennen.«

Sarah krauste die Nase. »Könnte das Behrend sein? Er war doch auch kurz da, als Derk beerdigt wurde.« Sie klatschte die Hände zusammen. »Ja, er ist es! Sieh nur, da kommt auch Antke.« Erschrocken schlug sie die Hand vor den Mund. »Herrjemine, was sieht die verhärmt aus. Was ist aus der hübschen Frau bloß geworden?«

David legte den Arm um Sarah, und wie immer fühlte sie sich sofort geborgen.

»Jeder hat wohl durch den Krieg ein schweres Päckchen zu tragen. Aber bei Antke hatte ich gehofft, dass sie in Emden ihren Frieden gefunden hat.«

Sie beobachteten, wie Lina ihren Enkel in die Käserei führte.

»Ob Amelie traurig ist, wenn wir uns noch immer nicht auf den Weg machen?«, überlegte Sarah laut. »Ich hatte in den letzten Wochen durchaus den Eindruck, dass sie die Idee, nach Amerika umzusiedeln, inzwischen durchaus spannend findet.«

»Ich glaube, sie wird es mit Fassung tragen«, meinte David. »Sie ist jetzt sechzehn Jahre alt, da hat sie noch andere Dinge im Kopf. Kürzlich hat sie mich gefragt, ob sie mit ihren Freundinnen mal ins Kino nach Wilhelmshaven darf. Da wird im Oktober das Capitol wieder eröffnen, und davon reden die Mädchen wohl ständig. Es soll ein riesiges Kino sein, das die anderen in der Stadt in den Schatten stellen wird.«

»Bald wird sie auch tanzen gehen wollen«, gab Sarah zu bedenken. »Sie ist ein Backfisch, und wir werden nicht umhinkommen, das zuzulassen, wenn wir sie nicht ausgrenzen wollen. Neulich hat sie vom Lütten Didi in Friedeburg erzählt. Die ersten jungen Deerns und Keerls gehen da wohl schon hin.«

David lächelte. »Der Lauf der Welt. Wir wollten sie nie einschränken, damit sie niemals am Rand stehen muss. Deshalb werden wir sie machen lassen.«

»Sie wird in diesem Jahr mit der Schule fertig«, fügte Sarah hinzu. »Wo ist nur die Zeit geblieben? Wenn wir doch noch bleiben, dann müssen wir ihr einen Ausbildungsplatz besorgen. Sie kann ja nicht nur ihre Nägel feilen oder auf den nächsten Kinofilm warten.«

»Ja, das wird notwendig sein. Wir können schließlich nicht abschätzen, wie lange es sich noch hinzieht, bis wir nach Amerika zurückkehren können.«

»Wir müssen schnell mit ihr sprechen, um zu klären, was sie sich denn vorstellt. Und um zu sehen, wie sie überhaupt reagiert, wenn sie weiß, dass wir noch immer aufschieben.«

David deutete zum Hoftor. »Sieh, da kommt sie schon.«

Amelie hatte sich in den letzten Wochen verändert. Aus dem einst eher schüchternen Mädchen war tatsächlich ein echter Backfisch geworden. Ein wenig überdreht, ein wenig zu viel Gekicher und mit Kleidung, bei der sie von Sarah öfter reglementiert werden musste. Ihr dunkles Haar trug sie meist offen, mit einem Seitenscheitel und Tolle, rechts ein kleiner Fascinator.

Manchmal machte sie sich auch einen Dutt und hielt die Frisur mit einem gepunkteten Haarband zusammen, das oben wie Mäuseohren geklippt wurde.

Meist trug sie die ganz neuen Swingkleider, wie sie

vor allem in Amerika modern waren. Gern mit Kirschen, Punkten oder Herzchen. Amelie gab schon jetzt ganz die Amerikanerin und eckte im Dorf oft damit an. Denn diese Kleidung erzeugte bei den eher konservativen Menschen Ablehnung.

Amelie scherte sich nicht darum. Sie liebte ihr Image als moderne amerikanische Frau, die ohnehin bald die große weite Welt erobern würde. Sarah glaubte nicht, dass sie den erneuten Aufschub ihrer Abreise wirklich widerspruchlos hinnehmen würde. Denn sie fand das Dorfleben zunehmend langweilig.

»Was guckt ihr denn wie sieben Tage Regenwetter?«, begrüßte sie ihre Eltern. »Wann geht es jetzt los auf die große Fahrt? Ihr wolltet euch doch heute um alles kümmern! Es ist himmlisch, dass wir diesen faden Landstrich bald verlassen und ich in New York über den Broadway spazieren darf.« Sie musterte erst ihre Mutter, dann schweifte ihr Blick zu David. Amelie schaute noch einmal. Und noch einmal. Dann schien sie zu begreifen. »Nein, sagt, dass es nicht wahr ist! Ihr wollt es schon wieder aufschieben!«

Ihre Stimme kippte.

»Wir müssen«, gab Sarah beschwichtigend zur Antwort.

Amelie stemmte die Hände in die Hüfte. »Und warum jetzt schon wieder?«

»Weil Alea noch immer krank ist und nicht voll in den Betrieb einsteigen kann. Lina braucht jede Hand.«

Amelie lachte bitter auf. »Ach, und ihr wollt noch immer die Retter spielen? Ich habe allen erzählt, dass wir auswandern in die moderne neue Welt! Wie stehe ich denn jetzt da?«

»Du kannst es doch erklären«, antwortete ihr Vater ruhig. »Wir haben Lina eine Menge zu verdanken. Nun steht sie mit Enna allein im Betrieb. Da können wir sie als Freunde doch nicht im Stich lassen.«

Amelie schnappte nach Luft. »Ich liebe meine Oma auch, aber es geht jetzt ein einziges Mal auch um mein Leben und meine Zukunft. Ich kann es nicht mehr hören, dieses ›Alles für den Milchhof!‹. Manchmal würde ich ihn am liebsten abfackeln, weil er mich einsperrt wie ein unsichtbares Gefängnis.«

Sarah schnappte bei diesen Worten kurz nach Luft. »Bitte mäßige dich«, presste sie dann hervor. »Das haben wir nicht gehört!«

Amelie machte auf dem Absatz kehrt und stürmte davon. In dem Moment traten Lina und Behrend aus der Käsemanufaktur.

Amelie blieb abrupt stehen. Sie und Linas Enkel starrten sich an, als hätten sie einen Geist gesehen.

»Nicht der!«, entfuhr es Amelie.

»Was ist mit ihm?«, fragte Sarah.

»Der guckt mich immer so komisch an. Schon auf Derks Beerdigung war das so. Er ist mir unheimlich.«

*

Der Arzt runzelte besorgt die Stirn. Er war sofort gekommen, um zu entscheiden, ob Alea ins Krankenhaus eingewiesen werden musste.

Alles im Zimmer roch nach Krankheit. Die Luft war abgestanden, und Alea wusste selbst, dass sie es war, die den unangenehmen Geruch produzierte.

Ihr Atem war schlecht, und ihr Körper dünstete aus.

Sie war kaum in der Lage, sich zu waschen, und selbst wenn, machten ihre ständigen Fieberschübe alles sofort wieder zunichte.

»Liebe Frau Neunaber, Ihr Gesundheitszustand bereitet mir ernsthafte Sorgen. Ich muss Sie tatsächlich bitten, ins Krankenhaus nach Wilhelmshaven zu gehen. Meine Befürchtung, Ihr Herz ist durch die Infektion in Mitleidenschaft gezogen worden, wird sich dort mit großer Wahrscheinlichkeit bestätigen.«

»Mein Herz?«, hakte Alea schwach nach. »Ja, ist es denn zu reparieren?«

»Ich kann Ihnen keine Versprechungen machen«, gab Dr. Willms zur Antwort. »Das wäre unseriös. Das Einzige, was ich für Sie tun kann, ist, Sie in die Klinik zu überstellen, in der Hoffnung, dass Ihnen dort bestmöglich geholfen wird.«

Tammo biss sich auf die Unterlippe.

Alea sah das sehr wohl, und sie erkannte auch die Sorge, die hinter dieser Geste steckte. Immerhin war er ihretwegen aus seiner Lethargie erwacht und kümmerte sich rührend um sie.

»Gut, dann machen wir das so, aber ich muss zuerst ein weiteres Mal mit Mutter reden. Mir ist da noch was eingefallen.«

»Deine Gesundheit geht vor, und Lina kommt schon zurecht. Du musst dich auskurieren«, warf Tammo ein. Er kämpfte sichtlich mit den Tränen, was Alea deutlich machte, wie arg es um sie stand.

Sie winkte ihn näher an sich heran. »Gut, dann sag ich es dir! Telegrafiere bitte Wilko. Er kann sich jetzt nicht vor der Verantwortung drücken, auch wenn er das Erbe geschmissen hat.«

Tammo zog die Brauen hoch. Alea merkte, dass ihn das bereits wieder überforderte. »Aber erst rufen wir den Krankenwagen, einverstanden?«

Alea nickte. »Also gut, dann gehe ich ins Krankenhaus. Aber nur ungern!«

Tammo gab dem Arzt ein Zeichen. Der ging hinaus, um zu telefonieren.

»Bitte! Versprich es mir! Wilko muss Bescheid wissen.«

Tammo seufzte. »Ja, versprochen. Ach, Alea, ich möchte dich nicht verlieren!«

»Und hol doch bitte Mutter noch einmal. Ich will mich verabschieden. Falls ich nicht zurückkomme ... wie einst Ludger.«

Tammo eilte hinaus und kam kurz darauf mit ihrer Mutter im Schlepp zurück.

»Harrijasses nej, hab schon gehört!« Sie schlug die Hände überm Kopf zusammen.

»Es steht wohl doch ernst um mich. Das mit dem Milchhof ...«

»Das klappt, min Lütten. Bitte werde schnell gesund!«

»Ich versuche es. Aber ich habe furchtbare Angst.«

Alea machte eine Pause, weil ihr die Luft kurz wegblieb. Doch dann sprach sie leise weiter. »Ich weiß, dass du dir das anders vorgestellt hast, aber ich kann es im Augenblick wohl nicht schaffen.«

Ihre Mutter tätschelte ihr die Hand.

»Mach dir man keine Sorgen, min Deern. Ich werde das wohl hinbekommen.« Sie schluckte. »Antke ist mit Behrend auf dem Hof. Er wird auch einsteigen und uns hoffentlich eine weitere Stütze sein.« Es klang zuversichtlicher, als ihre Mutter erschien.

Alea brauchte kurz, um die Tragweite dessen zu verstehen, aber sie begriff schnell. »Meine Schwägerin hat Angst um sein Erbe?«

»Das befürchte ich«, stimmte ihre Mutter zu. »Als ob wir ihn übervorteilen würden. Problematisch ist nur, dass de Jung gar keinen Drang nach dem Milchhof hat. Aber das bekomme ich schon in den Griff, da mach dir mal keinen Kopf.« Sie hauchte Alea einen Kuss auf die verschwitzte Stirn. »Du werde jetzt mal fix wieder gesund, und den Rest stemmen wir!«

»Der Krankenwagen kommt«, sagte Tammo, nachdem er einen Blick aus dem Fenster geworfen hatte. »Ich fahre ihm nach. Bitte wartet nicht mit dem Essen auf mich.«

*

Nachdem Alea ins Städtische Krankenhaus nach Wilhelmshaven gebracht worden war, hatte Lina Behrend sofort seinen Arbeitsplatz zugewiesen.

Es war am besten, er wurde gleich gefordert, dann kam er nicht auf dumme Gedanken. Dass er zu viel trank, war schon ein grundsätzliches Problem, was Lina mehr als kritisch sah. Sie musste schauen, wie schlimm es sich damit verhielt.

Sie ging noch einmal in die Butterfertigung, wo ihr Enkel schon in der weißen Kluft stand und arbeitete.

Antke hatte sich gleich wieder verabschiedet und war mit dem frühen Nachmittagszug zurück nach Emden gefahren.

Lina war insgeheim froh darüber, denn Antke war verändert, und das nicht zu ihrem Vorteil. Dass Wilko sie allein hatte nach Deutschland zurückkehren lassen, hatte sie wohl doch schwerer verwunden als gedacht. Trotz ihrer neuerlichen Heirat war das Schicksal nicht gnädig mit ihr gewesen, und es war ihr nicht vergönnt, wieder aufzustehen.

Erschwerend kam hinzu, dass ihr geschiedener Mann das Erbe an Alea abgetreten hatte, was für sie wohl wie ein Dolchstoß gewesen war, weil sie um Behrends Anteil fürchtete.

Doch Lina fehlte jetzt die Zeit, sich darüber Gedanken zu machen, denn Enna und sie mussten dringend über die Zukunft des Milchhofs sprechen. Es stand in der Tat kurz vor zwölf.

Selbst die Sorge um Alea durfte in der kommenden Stunde nicht ihre Gedanken blockieren. Hier konnte sie nur auf die Kunst der Ärzte vertrauen.

Enna saß bereits am Schreibtisch. »Gut, dass du kommst. Ich habe schon etliches vorgearbeitet. Wir sollten nun keine Zeit verlieren.«

»Genau das habe ich auch gedacht. Dann schieß mal los mit deinem Resümee!«, forderte Lina ihre Enkelin auf.

»Gut, ich fasse mal zusammen«, begann Enna. Was folgte, war eine Aufstellung von Zahlen, die geradezu danach schrien, verändert zu werden.

»Seit dem Krieg haben wir fünf Fuhrleute, die für ihre wirklich anstrengende Arbeit momentan zehn Deutsche Mark bekommen. An der Entlohnung hat sich nichts geändert. Aus den zehn Reichsmark wurden eben zehn Deutsche Mark.«

Lina spitzte die Lippen.

»Im Augenblick liegen wir bei 6,5 Millionen Kilogramm Milchanlieferung. Der Fettgehalt ist von 3,05 Prozent leicht auf etwa 3,20 Prozent gestiegen, was gut für die Qualität ist.«

Lina zog sich die Unterlagen heran und prüfte die Eintragungen. »Wir kommen langsam wieder ans Vorkriegsniveau, müssen aber aufgrund der veränderten Lage im Land ganz dringend weitere Modernisierungsmaßnahmen ergreifen, sonst war alles Gestrampel der letzten Jahre umsonst.«

»Was ist denn alles veraltet?«

Enna lachte auf.

»Vieles, Oma. Die Kannenwaschung läuft nicht gut. Wir brauchen eine Anlage, die alle Kannen zugleich spülen kann. So ist es möglich, sie auch schneller an die Landwirte zurückzugeben.«

»Wird angeschafft«, bestimmte Lina. Über die Finanzierung würde sie sich später Gedanken machen. Schließlich gab es Fördergelder, die sie noch nicht genutzt hatten, und sonst musste eben ein Kredit her. Sicherheiten hatten sie allein über die Ländereien genug. »Weiter!«

Enna schob Lina eine Werbeanzeige herüber.

»Das ist ein Sprühturm. Darin kann die Milch getrocknet werden, und wir sind in der Lage, die überschüssige Milch, die im Sommer immer anfällt, für den Winter zu konservieren. Und – unsere Molke kann restlos verwertet werden.«

Lina schluckte, als sie den Preis sah. »Dass andere sehe ich ja ein, aber wie soll das hier funktionieren?«

»Ganz einfach«, erklärte Enna. Sie hatte sich offenbar sehr intensiv mit dem Thema beschäftigt. »Das ist der Lurgi-Sprühturm von der Firma Lurgi aus Frankfurt am Main. Sie arbeiten damit auch in anderen Molkereien schon sehr erfolgreich.«

Lina war, was diese Investitionen anging, wirklich sehr skeptisch und wiegte den Kopf.

»Ich erkläre es dir.« Enna griff zu einer Zigarettenschachtel auf dem Schreibtisch.

»Du rauchst im Kontor?«, fragte Lina entgeistert.

»Neue Zeiten, neue Sitten. Rauchen ist heutzutage normal. Auch im Büro.«

Lina wiegte den Kopf, verkniff sich allerdings eine Bemerkung.

»Reden wir besser wieder über den Lurgi-Sprühturm«, kam Enna zum Thema zurück. »Darin wird vorgedickte Milch durch Heißluft erhitzt und wird zu Trockenpulver.«

In Lina arbeitete es, und sie kombinierte: »Das heißt, dieses Pulver ist wasserlöslich und kann einfach so wieder flüssig werden?«

»Genau«, bestätigte Enna. »Andere Molkereien fügen noch Vitamin A und D hinzu, weil es dann besser für die Kälberzucht taugt.«

»Dazu brauchen wir aber bestimmt Umbauarbeiten, oder?«

»Das ist richtig, so einfach und kurzfristig können wir das weder von der Zeit her als auch finanziell nicht umsetzen, aber wir müssen es im Auge behalten. Wenn die anderen Maßnahmen greifen, wird unser Profit steigen, und dann liegt auch der gute Lurgi-Sprühturm drin.«

»Was müssen wir dafür genau umbauen?« Lina wollte lieber alles bis ins Detail wissen, um keine unliebsamen Überraschungen zu erleben.

»Es ist von Vorteil, wenn sich der Turm in einem gefliesten Raum befindet, dann ist auch die Hygiene gewährleistet.«

»Gut. Wir einigen uns jetzt auf einen neuen Butterfertiger und den Rahmreifer. Denn die Butterproduktion werden wir wohl nach wie vor noch sehr lange intensiv betreiben. Und für die Anschaffung einer modernen Kannenwaschanlage mache ich gleich einen Termin bei Tammos neuer Bank. Wenn wir wieder voll im Geschäft sind, können wir den Kredit gut abbezahlen.«

Lina lehnte sich zufrieden zurück. »Diesen Turm behalten wir im Auge. Aber das rentiert sich erst, wenn die anderen Maßnahmen wirklich greifen. Uns ins Unglück zu stürzen, weil wir das Geld zum Fenster rauswerfen, ist ja auch keine Lösung.«

Enna zündete sich eine Zigarette an, nahm einen kräftigen Zug und pustete den Qualm bedächtig aus. »Ehrlich gesagt, bin ich froh, dass du jetzt wieder da bist, Oma. Mit Mama war es nicht einfach. Sie ist viel zu zurückhaltend mit allem, das ist schwierig, finde ich. Sie hasst es auch, Gelder zu beantragen und all so etwas.«

Lina tätschelte Ennas Hand. »Wir werden für alles eine Lösung finden. Nun muss deine Mutter erst einmal wieder auf die Beine kommen.«

Enna drückte die halb gerauchte Zigarette im Aschenbecher aus. »Ich mache mir genauso Sorgen wie du. Nur müssen wir trennen, was für den Milchhof gut ist und was wir privat empfinden, sonst ist ein solcher Betrieb nicht zu leiten.«

Überrascht schaute Lina ihre Enkelin an. Sie klang fast wie sie früher.

*

Wilko wunderte sich, dass er ein Telegramm aus Deutschland bekam, denn er hatte länger nichts von seiner Familie gehört.

Er war enttäuscht, dass sich die Abreise der Goldensteins immer weiter verschob, aber er konnte natürlich auch verstehen, was sie umtrieb. Dennoch würde er sich freuen, wenn sie bald zurückkämen.

Vielleicht war das jetzt die erlösende Nachricht?

»Von wem ist es?«, fragte Mary.

Er riss das Telegramm auf und las es mit wachsendem Erstaunen.

»Von Tammo«, antwortete er. »Ziemlich lang, alles in Stichworten, aber aufschlussreich.«

»Und?«

»Keine guten Nachrichten. Alea musste ins Krankenhaus, und Mutter hat zusammen mit Enna die Leitung der Molkerei übernommen. Tammo meint, es wäre gut, wenn ich doch mal komme.«

»Warum?« Mary legte fragend den Kopf schief.

»Weil Behrend auch da ist. Er wurde von Antke gebracht, sie fürchtet wohl um sein Erbe. Aber mein Sohn hat ein großes Problem, das nur schwer aus der Welt zu räumen ist.« Er kniff die Lippen fest zusammen.

»What's the problem, darling?«

»Alkohol. Der Junge trinkt.«

»O my god!«, entfuhr es Mary. »Dann musst du da hin. He is your son! You must help him.«

Wilko schluckte.

In ihm arbeitete es fieberhaft. Er war hin- und hergerissen, weil er wusste, dass Mary recht hatte. Er war Vater, und sein Sohn brauchte ihn jetzt.

Aber er konnte das nicht. Er konnte dieses vermaledeite Land nicht mehr betreten. Allein der Gedanke daran ließ ihn erschaudern. Sein Herz begann zu rasen.

»Ich kann das nicht«, flüsterte er. Ich bin ein gottverdammter, elendiger Feigling, und ich kann das nicht.«

»Du musst!«, beschwor ihn seine Frau.

Wilko aber schüttelte den Kopf.

»Ich habe mir geschworen, nie wieder einen Fuß auf deutschen Boden zu setzen, weil sie mir nur den einen gelassen haben.«

Mary presste die Lippen zu einem Strich. »Da musst du über deinen Schatten springen, my dear. Wenn es um dein Kind geht, steht alles andere hintan.«

Wilko legte das Telegramm auf den Küchentisch und verließ den Raum. Alle hatten recht. Aber um nichts in der Welt würde er wieder ein Schiff besteigen und schon gar nicht in Richtung Europa.

Es musste doch eine andere, verträglichere Lösung geben. Verdammt!

Er trat vor die Tür, ging dann in den Garten und lief dort auf und ab, als wäre er ein Tiger im Käfig.

Dann hatte er eine Lösung vor Augen.

»Behrend kann ja zu mir kommen«, murmelte er, aber er wusste nicht, ob das gut war. Er hatte schließlich eine Destillerie, und sein Sohn wäre direkt an der Quelle zu dem Gift, das er liebte. Diese Idee war also auch nicht besser.

Wilko tigerte weiter in seinem Garten auf und ab und war so in Gedanken versunken, dass er weder seinen Nachbarn zur Rechten bemerkte, noch, dass Mary am Fenster stand und ihn genau beobachtete.

In Wilko stritten sich zwei Seelen. Seine Vergangenheit holte ihn überfallartig ein, obwohl er sie so viele Jahre hatte abstreifen können.

Drüben wartete sein Sohn darauf, endlich etwas von seinem Vater zu hören, und er brauchte offenbar Hilfe.

Seine Schwester war todkrank und seine Mutter so alt, dass er damit rechnen musste, sie nie wiederzusehen, weil er zu feige war, noch einmal nach Deutschland zu reisen.

Wilko hieb mit der Faust fest gegen den Apfelbaum und verzog anschließend schmerzhaft das Gesicht.

»Ich kann es nicht«, brach es aus ihm heraus. »Ach, Mutter, ach, Behrend. Alea, Enna! Verzeiht mir, aber ich kann es einfach nicht.«

Er schluchzte auf und sank im Gras neben dem Baum in sich zusammen. Was war er nur für ein erbärmlicher Feigling!

Sogar die Goldensteins hatten es gewagt, nach Deutschland zu reisen, und waren noch immer dort. Und er?

Kapitel 25

Oktober 1950

Amelie liebte den Oktober. Er war bunt und wirkte dadurch freundlich, vor allem wenn die Sonne sich hinter den Wolken hindurchstahl und alles in ihr helles Licht tauchte. Dann funkelten die Tautropfen an den Blättern und den Grashalmen, und ein früher Morgen wirkte wie mit Diamanten gespickt. Und sie liebte den Geruch, wenn die Welt den Duft von gefallenen Blättern und fauligem Obst wie ein trotziges Parfüm gegen den Verfall mit sich trug.

Aber heute interessierten Amelie nicht der Morgen oder das, was draußen vor sich ging.

Heute würde sie ihre eigene Freiheit leben.

Sie war gerade dabei, sich hübsch zu machen, denn sie hatte von ihren Eltern die Erlaubnis bekommen, nach Wilhelmshaven ins neu eröffnete Kino zu gehen. Als kleiner Trost dafür, dass Amerika noch auf sie warten musste.

Ihr Vater fuhr seit einer Woche eine Isetta, und er wollte sie damit zum Capitol bringen. Er freute sich darauf, mal eine längere Strecke zu fahren.

Und Amelie?

Die war arg zappelig angesichts der Aussicht, in die große Stadt zu kommen und den Abend dort zu genießen.

Das Kino Capitol hatte gestern, am 6. Oktober, wieder eröffnet, und das war in aller Munde.

Als Erstes spielten sie den Film »Das Schwarzwaldmädel« mit Sonja Ziemann und Rudolf Prack. Es war ein Operettenfilm, und Amelie freute sich unglaublich darauf.

Ihre neu gewonnene Freundin Magda wollte sie begleiten. Es würde in der Isetta etwas eng werden, aber da Magda von schmaler Statur war, passte sie sicher auf die kleine Rückbank, die zumindest für ein Kind ausgelegt war.

Amelie hatte sich für den Abend eigens einen Petticoat zugelegt, und darüber trug sie ein dunkelblaues, kurzes Kleid mit weißen Tupfen, das ihre schlanken Beine wunderbar zur Geltung brachte. Ihre Mutter war davon alles andere als begeistert, aber Amelie wollte sich nicht dreinreden lassen. Sie fühlte sich als Amerikanerin, und mit ihren nunmehr sechzehn Jahren war sie doch schon fast erwachsen!

Vor einer Woche hatte sie in Rastede in einem Damenoberbekleidungsgeschäft eine Lehre als Verkäuferin begonnen. Doch sie war schon jetzt sicher, dass sie die nicht beenden würde. Es war so schrecklich langweilig, die Damen zu bedienen, denn vielen konnte sie einfach nichts recht machen.

Wenn sie schon in die nörgeligen Gesichter schaute, hatte Amelie schlechte Laune. Dann das Getue, weil die eine ihre Oberweite als zu klein empfand und die nächste ihre Speckrollen beweinte. Kaschiert wurde das dann mit einem Sammelsurium an Ketten, die ihnen von der Chefin stets als Lösung aufgeschwatzt wurden.

Die Damen rümpften bei den Preisen der Waren stets ihr gepudertes Näschen, um das ausgewählte Kleidungsstück samt Kette dann doch mit spitzen Fingern und erhobenem Kinn gnädig einpacken zu lassen.

Nein, das war nicht Amelies Welt. So schön es auch war, inmitten der angesagten Kleider stehen zu dürfen: sie an verwöhnte Kundinnen zu verkaufen war ihr ein Graus. Der einzige Vorteil lag darin, dass sie sich auch selbst ab und zu ein Stück, wie eben diesen neumodischen Petticoat aus Amerika, würde kaufen können, bevor es an die anderen Damen verschleudert wurde.

Aber Amelie nahm es hin, weil sie wusste, dass diese Beschäftigung nicht von Dauer war.

Sie plante, schon bald in die Vereinigten Staaten auszuwandern und dort in einem Büro zu arbeiten. Sie mochte auch auf dem Milchhof das Kontor, liebte das Klacken der Schreibmaschine, die Berge von Akten und den Duft von Papier und Tinte. Heimlich hatte sie schon Steno gelernt.

Wozu sollte sie also Kleidung verkaufen? Sie hatte nur dem Drängen der Eltern nachgegeben.

Amelie prüfte den Sitz ihres Kleides, legte noch etwas Lippenstift auf, den sie heimlich im Kolonialwarenladen neben dem Damenoberbekleidungsgeschäft gekauft hatte, und stolzierte die Treppen hinunter. Sie kam sich vor wie eine Dame von Welt.

An der Haustür stand Behrend. Er trug einen dunklen Anzug und hatte sein rötliches Haar mit Pomade am Kopf festgeklebt.

»Was machst du denn hier?« Amelie befürchtete Schlimmes. Immer wenn Behrend irgendwo auftauchte, gab es Ärger. Er hatte eine unangenehme Art, und kaum jemand mochte ihn. Außerdem hatte er, trotz aller Vorsichtsmaßnahmen ihrer Großmutter, mitnichten zu trinken aufgehört.

Herausfordernd schaute Amelie ihn jetzt an, und ihr entging nicht, dass er sie neugierig musterte. Lag da Verlangen in seinem Blick? Nein, es war etwas anderes, was Amelie aber nicht minder abschreckte.

Was nur ging hinter seiner Stirn bloß vor? Und warum antwortete er nicht, sondern grinste nur dämlich?

Wahrscheinlich hat er schon wieder getrunken, schoss es Amelie durch den Kopf.

Als er einen Schritt näher kam und sie seine Fahne umwehte, wurde ihre Ahnung bestätigt.

»Also, warum lungerst du hier rum?«

Behrend rekelte sich genüsslich. »Ich werde mit ins Capitol kommen.«

Seine Hände zitterten leicht, und sein Blick wirkte etwas entrückt.

»Du passt nicht ins Auto«, widersprach Amelie. Denn mit Behrend würde es in der Isetta wirklich zu eng werden. Außerdem wollte sie auf keinen Fall, dass er mitkam und ihr den Abend verdarb.

»Magda kommt nicht«, kam es lässig zurück, und Amelie glaubte nicht richtig zu hören.

»Woher willst du das wissen?«, entgegnete sie.

»Ich habe ihr abgesagt, so einfach ist das. Da ich der Erbe bin, stehen mir gewisse Freiheiten zu. Meine heutige Entscheidung besteht darin, dich heute ins Kino zu begleiten. Zwei so junge Deerns – das wäre nichts.«

Amelie schnappte empört nach Luft.

»Hast du das mit meinem Vater abgesprochen?«

»Aber selbstverständlich, meine Liebe. Selbstverständlich!«

Er wollte Amelie den Arm reichen, aber sie drehte sich weg. »Untersteh dich!«, fauchte sie ihn an. »Ich kann schon allein gehen. Du bist schließlich nicht mein Galan.«

Behrend zuckte mit den Schultern. Es schien ihm ziemlich gleichgültig zu sein, ob Amelie ihn schätzte oder nicht.

Kurz darauf fuhr ihr Vater mit der Isetta vor, die er am Straßenrand ein Stück in Richtung Kirche geparkt hatte.

»Ach. Behrend ist ja schon da«, sagte er zufrieden.

»Du hättest es mir ruhig sagen können, dass Magda nicht mitdarf und mich stattdessen dieser Schnösel begleiten wird.« Amelie konnte ziemlich zickig sein, wenn ihr etwas gegen den Strich ging.

»Es ist wohl besser, wenn du als junges Mädchen eine anständige männliche Begleitung hast. Alles andere schickt sich nicht!«

Amelie rollte mit den Augen, verkniff sich jedoch eine Antwort.

Hauptsache, sie würde endlich mal ins Kino kommen.

Und zwar in das neue, richtig große.

Aus Erzählungen wusste Amelie, dass es früher sehr viele Lichtspielstätten in Wilhelmshaven gegeben hatte.

Vor zwei Jahren war sie mit ihrer Mutter mal in den Adler-Lichtspielen der Familie Sandmeyer gewesen.

Doch das Kino verfügte nur über 262 Sitzplätze, und es war außerhalb der Innenstadt im Saal des Ausflugslokals Nordseestation untergebracht. Daneben gab es noch weitere Kinos, wie das Siel-Theater in Rüstersiel und andere. In der Innenstadt befanden sich nur noch zwei Lichtspielhäuser. Die Schauburg, die eine ähnliche Größe wie das Capitol hatte, aber längst nicht so imposant war wie der neue, moderne Komplex des Capitols, das im letzten Weltkrieg komplett zerstört worden war. Es hatte lange gedauert, ehe es wieder an der Parkstraße, Ecke Marktstraße, eröffnet werden konnte. Das Capitol verfügte über eintausend Plätze. Es war das größte Kino im gesamten Umkreis.

Amelie war sehr aufgeregt, dass nun ausgerechnet sie dorthin durfte. Wenn auch leider nicht mit Magda, die bestimmt weinend in ihrem Zimmer saß und morgen nur von Amelie hören würde, wie himmlisch nicht nur der Kinosaal, sondern auch der Film gewesen war.

Aber Amelie hatte trotz ihres Ärgers beschlossen, den Abend zu genießen. Niemandem wäre damit geholfen, wenn sie nun auch noch Trübsal blies.

Leider musste sich Amelie auf den Rücksitz der Isetta quetschen, um Behrend den Beifahrersitz zu überlassen. Die Fahrt in die Stadt verging dennoch wie im Flug.

Ihr Vater hielt vor dem riesigen Gebäude an der Ecke zur Marktstraße und ließ Amelie und Behrend aussteigen.

»Hier stehe ich auch nach dem Ende der Vorstellung«, gab Amelies Vater kund.

»Denn man tau.« Behrend winkte und lief voraus. Er hatte auch noch die Kinokarten, und Amelie blieb nichts anderes übrig, als ihm zu folgen.

Ihr Herz klopfte, als sie das Foyer betraten.

Mächtige Kristalllüster hingen an den Decken, die Fußböden waren in Grün ausgelegt, und der Geruch! Sie konnte gar nicht genau definieren, was es war – nur wie einzigartig sie ihn fand.

»Da hat sich die Familie Lübbers nicht lumpen lassen.« Behrend schaute sich ehrfürchtig um. Wenn sogar ihn das hier beeindruckte, war es wohl wirklich imposant, denn so leicht ließ er sich zu keiner Gefühlsäußerung hinreißen. Jetzt aber leuchteten seine Augen wie bei einem kleinen Kind, das vor dem Weihnachtsbaum stand.

»Wir trinken erst mal was. Das gehört sich so.« Er steuerte auf eine Theke zu und bestellte für sich ein Bier, für Amelie eine Zitronenlimonade.

Ihr blieb währenddessen nicht verborgen, dass ein junger Mann Behrend nahezu mit seinem Blick durchbohrte und der wiederum feuerrot anlief. Die Luft zwischen ihnen schien förmlich zu knistern, und Amelie fühlte sich plötzlich unwohl.

Solche Blicke gab es doch nur zwischen zwei verliebten Menschen, aber das mussten doch Mann und Frau sein!

Nicht zwei Männer! Das war unnatürlich und verboten!

Behrend bemerkte, dass Amelie ihn und den jungen Mann beobachtete. Abrupt wandte er sich ab.

»Wir sollen bald hineingehen und unsere Plätze aufsuchen. Trink rasch aus.«

Bevor sie in den Saal gingen, suchte Amelie noch die Toilette auf. Als sie zurückkam, standen Behrend und der Mann nah beisammen. Sie wechselten ein paar

Worte, fuhren allerdings auseinander, als sie Amelie bemerkten.

»Wurde auch Zeit, dass du kommst«, maulte er und schien froh darüber zu sein, dass der Mann sich trollte. Er schaute ihm hinterher, und Amelie entging nicht, dass er seine Hände krampfhaft ineinander verschränkte.

Kann mir doch egal sein, dachte sie. Das ist mein Abend, und den werde ich genießen.

Sie folgte Behrend in den riesigen Saal. Auch hier war der Boden grün. Die mit rotem Samt bezogenen Holzklappsessel waren in Viererreihen mit je zwei Gängen gruppiert, und die Besucher schoben sich zu ihren nummerierten Plätzen.

Amelie schlug vor Begeisterung das Herz in schnellem Galopp.

Behrend schaute auf die Karten und zeigte ihr die Reihe, von der aus sie einen guten Blick auf die Leinwand haben würden. Noch lag die hinter einem Vorhang verborgen.

»Zunächst wird immer die Wochenschau gezeigt«, wusste Behrend zu berichten, der schon in Emden des Öfteren im Kino gewesen war. »Dann kommt der Eisverkäufer. Wenn du also willst, kannst du dir eins holen. Das habe ich mit David so abgesprochen.«

Aber Amelie schüttelte den Kopf. »Ich möchte den Film sehen, und die Limonade eben hat mir gereicht.«

Amelies Herz klopfte bis zum Hals, als der Vorhang aufging.

Es kam, wie Behrend es angekündigt hatte, aber auch das fand Amelie sehr spannend.

Dennoch war sie glücklich, als der Film begann.

Amelie war ganz vertieft in die Handlung, als sie mit einem Mal Behrends Finger auf ihrem Oberschenkel spürte.

Sie schob die Hand vorsichtig weg, denn es war ja möglich, dass es ein Versehen gewesen war. Doch kurze Zeit später waren die Finger schon wieder da, und nun rückte der Kerl auch noch ein Stückchen näher.

»Was soll das?«, herrschte sie ihn leise an, denn Amelie wollte keine Blicke auf sich ziehen. Gott sei Dank hing der ganze Kinosaal an den Lippen von Sonja Ziemann.

»Ich weiß, was du von mir denkst«, raunte Behrend zurück. »Das weiß ich ganz genau!«

Amelie brach der Schweiß aus. Sie konnte hier nicht weg, ohne Aufmerksamkeit zu erregen und dadurch für Unmut zu sorgen.

Außerdem wollte sie doch den Film weiter erleben. Es wurde gerade spannend, weil die Bärbele den Hauptgewinn in Form eines Autos ergattert hatte und damit auf dem Weg in den Schwarzwald war. Und sie hatte Patzkes Schmuck nicht abgegeben!

Behrend schien der Film allerdings nicht zu interessieren, er war nach wie vor dabei, Amelie ständig irgendwo zu berühren.

Nach ein paar Minuten hatte sie die Nase gestrichen voll und schlug ihm so heftig auf die Hand, dass er kurz aufschrie.

»Pst«, kam es von allen Seiten.

Amelie war das sehr unangenehm. Aber ihre Aktion hatte zumindest bewirkt, dass Behrend sie in Ruhe ließ und sie den Film ohne weitere Störungen zu Ende schauen durfte.

»Was sollte das eben?«, fuhr Amelie ihn an, als das Licht im Saal wieder anging und sich alle Zuschauer wohlig reckten. Sie hatten den Film sichtlich genossen.

»Ich weiß nicht, wovon du sprichst«, kam es betont gleichmütig von Behrend zurück. Er ließ seinen Blick schweifen, der schließlich an der Eingangstür hängen blieb.

Amelie hatte den jungen Mann aus dem Foyer auch entdeckt, und nun sah sie, dass er Behrend zuzwinkerte. Der lächelte vorsichtig und lief wieder tiefrot an.

Also doch!

Aber ehe Amelie sichs versah, riss Behrend sie an sich, küsste sie ab und schob ihr am Ende sogar seine Zunge in den Mund. Sie versuchte, zu widersprechen sich zu wehren, zumal Behrend widerlich nach Alkohol schmeckte und sie keinerlei Sympathie für ihn hatte. Nur war das erfolglos, denn er hielt sie fest. Erst ein gezielter Tritt mit dem Knie lockerte seinen Griff.

»Das werde ich petzen«, sagte sie scharf. »Meinst du, ich habe nicht kapiert, was hier vor sich geht? Aber du kannst nicht meinen Ruf ruinieren, um deinen zu schützen.«

Behrends Brauen zogen sich bedrohlich zusammen.

»Du wirst gar nichts tun, denn wer soll dir schon glauben? Machst dich zurecht wie ein leichtes Mädchen, blinzelst mir zu, und dann behauptest du, dass ich schuld bin? Mach dich nicht lächerlich!«

»Ich?«, stieß Amelie empört aus. »Ich habe dir schöne Augen gemacht? *Du* hast doch mit dem Mann geflirtet.«

»Ich weiß nicht, wovon du sprichst!«

Amelie blieb vor Empörung die Spucke weg. Sie

würde alles haarklein ihrem Vater erzählen, und dann konnte Behrend Bleeker was erleben!

Doch als sie ins Foyer trat, bemerkte sie missbilligende Blicke von einigen Zuschauern. Zwei deuteten gar mit den Fingern auf sie, und plötzlich fühlte sich Amelie nicht mehr hübsch und modern, sondern – nackt.

Ihr Herz rutschte gefühlt mitten in den Bauch, und sie ahnte, wie recht Behrend hatte. Niemand würde ihr glauben, denn sie hatte im Dorf keinen guten Ruf, weil sie sich nach Meinung vieler unschicklich kleidete und verhielt. Sie war eben eine Frau und hatte keine Handhabe gegen die Männer, die sich nach wie vor nahmen, was sie brauchten, und sei es nur, um ihre eigene Haut zu retten.

Trotz ihrer düsteren Gedanken entging ihr nicht, dass Behrend an ihrer Seite immer unruhiger wurde. Er wirkte plötzlich gar nicht mehr so selbstsicher. Eher wie eine zarte Pflanze, die jemand aus dem Boden gerissen hatte, um darauf herumzutreten.

»Tut mir leid«, murmelte er.

Amelie sah ihn erstaunt an. »Was genau?«

Er zitterte sogar. »Alles. Können wir reden?«

Amelie schaute auf die Uhr. Bis ihr Vater sie abholte, würden noch fünfzehn Minuten vergehen. Lust, sich jetzt auch noch mit Behrend zu unterhalten, verspürte sie nicht, aber welche Wahl blieb ihr?

»Gut, wir können reden. Da vorn?«

Sie wies auf eine Ecke im Foyer, wo ein paar Sessel gruppiert waren. »Draußen ist es ja nicht sehr gemütlich.«

Behrend nickte.

Was war mit diesem Mann bloß los? Amelie versuchte, ihn zu verstehen, aber es fiel ihr schwer.

Behrend ließ sich auf einen der Sessel fallen.

»Kannst du schweigen?«

»Wenn ich muss und es für richtig erachte, ja. Was also willst du? Du hast mich gerade kompromittiert, viel solltest du von mir nicht erwarten.«

Behrend überraschte sie, weil er direkt mit der Tür ins Haus fiel.

»Es war falsch, was ich eben getan habe. Es ist falsch, dass ich trinke. Und es ist falsch, wen ich liebe. Kurz: Ich weiß nicht, was ich tun soll. Also bitte vergiss, was passiert ist.«

Amelie schluckte, und sie fühlte sich von Behrends Geständnis überfordert.

»Du liebst Männer und trinkst deshalb?«

Er nickte. »Du weißt wahrscheinlich inzwischen, was man früher mit uns getan hat, und auch jetzt ist es strafbar. Ich würde verfolgt werden, wenn das bekannt wird. Und nun hast du es gesehen. Ich … ich musste doch was tun, damit du denkst …«

»Und da fällst du über mich her?«, fragte Amelie fassungslos.

Behrend zitterte nun am ganzen Körper.

»Ich fürchte mich Amelie. Ich fürchte mich so sehr, und gerade ihr solltet doch wissen, wie das ist, wenn man Angst hat!«

Amelies Hals wurde trocken. Sie begriff nun, was hier vorging. Konnte verstehen, was das alles mit Behrend gemacht hatte und warum der Genever sein bester Freund war.

»Es ist doch nicht richtig, wenn jemand wegen seines

Glaubens verfolgt wird oder dafür, dass er keine Frau lieben kann«, flüsterte Behrend. »In diesem Land ist noch so viel in Schieflage.« Er stand auf und begann im Foyer hin und her zu laufen.

Amelie erhob sich ebenfalls.

»Nun weißt du es, mach damit, was du willst.« Behrend kehrte mit diesem Satz augenblicklich zu seiner alten Arroganz zurück. »Komm, dein Vater wird gleich da sein.«

*

»Amelie!« Sarah rief nach ihrer Tochter. Sie war fassungslos gewesen, als sie von einer Nachbarin hörte, was im Kino passiert war.

Ihre Tochter in Behrends Armen? Das konnte sie sich überhaupt nicht vorstellen.

Amelie kam aus dem Zimmer geschlichen. Sie war seit dem Besuch in Wilhelmshaven in der letzten Woche stark in sich gekehrt und wirkte ständig so, als würde sie in Tränen ausbrechen. Sie kleidete sich auch merklich zurückhaltender. Das hübsche Tupfenkleid lag, zusammen mit dem Petticoat, zerknüllt in der Ecke ihrer Dachkammer, und sie schaute es überhaupt nicht mehr an.

»Was gibt es, Mutter?«

»Hast du mir nichts zu sagen?«

Amelie schüttelte heftig den Kopf.

»Stichwort Capitol und Behrend?«

»Frag bitte nicht, dann müsste ich illoyal werden. Aber ich verspreche dir, dass es anders ist, als es scheint.«

Sarah seufzte. »Es gibt Umstände, die Menschen oft falsch entscheiden lassen. Ist es das?«

Amelie zuckte gleichgültig die Achseln.

Nun wurde Sarah doch hellhörig. Das passte nicht zu Amelies zwar aufmüpfigem, aber sonst sonnigem Gemüt.

»Setz dich erst mal«, forderte sie ihre Tochter auf.

Amelie tat wie ihr geheißen und nahm am weißen Eichenholztisch Platz. Sie wählte wie immer den Stuhl an der kurzen Seite vor dem Fenster. An der Längsseite auf dem dunklen Eichenstuhl mit dem Samtkissen saß stets ihr Vater, und an der anderen Stirnseite befand sich Mutters Platz, denn so war sie nah am Herd und konnte schnell alles holen, wenn etwas fehlte.

»Ich habe gehört, was passiert ist, weil eine Nachbarin dich und Behrend im Kino gesehen hat«, begann Sarah und beobachtete Amelie dabei sehr genau.

Ihre Tochter wirkte betroffen, folglich musste etwas geschehen sein.

»Sie war auch in der Vorstellung«, fuhr Sarah fort. »Sie saß hinter euch, du hast sie nur nicht gesehen. Angeblich, weil du mit Behrend so beschäftigt warst. Und zwar in einem Maße, das über das Schickliche hinausgeht. Und nach dem Film sollt ihr euch auch noch vor aller Augen geküsst haben!«

»Sagt sie das?«, gab Amelie bockig zurück.

Sarah überkam Mitleid, und sie wollte ihrem Kind die Chance geben, die Lage richtigzustellen.

»Sie sagt das, und jetzt würde ich gern deine Version hören!«

Amelie lachte bitter auf. »Ich kann doch erzählen, was ich will. Einer jungen Frau glaubt doch ohnehin keiner. Macht sie sich schick, ist sie ein Flittchen, läuft sie einfach gekleidet herum, gilt sie als unattraktiv. Wir können es niemandem recht machen! Und noch einmal: Es ist anders, als du denkst, aber ich möchte nicht darüber sprechen.«

Sarah nickte unmerklich, denn Amelie hatte recht. Es wurde stets so gedreht, wie es passte.

»Er hat dich also angefasst, obwohl du es nicht wolltest?«

Amelie geriet sichtlich ins Schwimmen.

»Ja, aber er hat gar kein Interesse an mir.«

»Was soll das heißen?«, hakte Sarah nach.

Behrend war ein sehr unattraktiver Mann. War er so verzweifelt, dass er junge Mädchen bedrängte?

»Ich darf nicht drüber sprechen. Denn dann passiert etwas ganz Schlimmes, was wir selbst erlebt haben. Und das kann ich nicht zulassen, auch wenn es für mich furchtbar abstoßend war.« Amelie entfuhr ein verzweifeltes Schluchzen. Sarah nahm sie in den Arm und wiegte sic hin und her.

»Du bist mein Kind«, begann Sarah dann vorsichtig. »Wenn du mir etwas anvertraust, dann bleibt es in diesem Raum und in meinem Herzen. Ich würde nichts tun, was dir oder einem anderen Menschen schadet. Das kannst du mir glauben, Amelie.«

Sarah hoffte, die richtigen Worte gefunden zu haben.

»Er … er liebt Männer«, flüsterte Amelie ihrer Mutter ins Ohr.

Sarah drückte ihre Tochter an sich, voller Dankbarkeit, wie sehr sie das Vertrauen ihres Kindes gewonnen hatte.

»Die ganze Zeit hatte er Blickkontakt mit einem jungen Mann, und als es auffällig wurde, hat er plötzlich so getan, als wäre ich seine Geliebte.« Sie stockte. »Er hat Angst, Mama. Ganz schreckliche Angst, dass er ins Gefängnis muss, weil er anders ist.«

Sarah atmete tief durch. Einmal. Zweimal. Und dann noch ein drittes Mal.

»Bist du sicher?«

»Ja, Mutter. Er hat's mir gesagt.«

In Sarah arbeitete es fieberhaft. Sie hatte Behrend des Öfteren in der Molkerei erlebt. Er trank, war oft aufbrausend, und er hasste alles, was mit dem Milchhof zu tun hatte. Dass er sich für Männer interessieren könnte, war ihr bislang verborgen geblieben, aber sie hatte auch nie darauf geachtet.

Wenn es sich aber so verhielt, wie Amelie es versicherte, war er eine latente Gefahr. Er könnte befürchten, dass Amelie sein Verhalten und ihre Beobachtungen vielleicht eines Tages ausplaudern würde. Er musste sich dann verteidigen. Wahrscheinlich war, dass auch seine Alkoholsucht zum Thema wurde, und er war dann die Ratte im Käfig, die keinen Ausweg wusste.

»Trinkt er deshalb?«

»Ja.«

In Sarah stritten sich nun zwei Seelen.

Sie war von Mitleid und Verständnis getrieben, denn wer konnte besser wissen als sie, was diese Angst vor Verfolgung bedeutete.

Andererseits hatte Behrend mit seinem Verhalten ihre Tochter in eine prekäre Lage gebracht und ihren Ruf beschädigt. So etwas verzieh man in einem Dorf nicht. Darüber würde lange geredet werden. Wahrscheinlich mit immer wilderen Ausschmückungen.

Egal, wie sie es drehte und wendete: Es war ein unhaltbarer Zustand!

»Und jetzt?«, fragte Amelie verschüchtert.

Ihre Tochter hatte sich wirklich verändert, und das gefiel Sarah keineswegs. Sie wollte, dass Amelie lebensfroh war. Sie sollte zu einer starken und selbstbewussten Frau heranwachsen.

»Jetzt rede ich mit deinem Vater«, gab Sarah zurück, denn es gab keine andere Lösung. »Es wird wohl Zeit für den Aufbruch.«

Kapitel 26

November 1950

Behrend war froh, noch etwas Korn im Gesindehaus gefunden zu haben. Er wusste schließlich, wo sich die Verstecke befanden. Nun fühlte er sich wieder leicht, und das Zittern der Hände hatte schon nachgelassen. Es sollte aber sein letzter Rausch sein. So ging es nicht weiter. Er hatte Amelie im Kino vor ein paar Wochen in eine unmögliche Lage gebracht, und es ging nicht an, dass er andere Menschen in seine Probleme mit hineinzog und sie durch ihn belastet wurden.

In seiner Hosentasche knisterte ein Brief. Es war die Hoffnung auf seine Zukunft. Weit fort von dieser vermaledeiten Molkerei und den scharfen Blicken von Sarah Goldenstein, die offenbar ihrer Tochter Glauben schenkte und vielleicht auch mehr wusste, als sie sollte.

Er balancierte gerade auf ganz dünnem Eis.

Was war, wenn Amelie doch noch auspackte?

Behrend holte den zerknitterten Brief heraus.

Lieber Behrend,
es war nicht leicht, dich zu finden, aber auch Wilhelmshaven ist ein Dorf. Und so habe ich dann doch jemanden getroffen, der mir sagen konnte, wer du bist. Mir gehen weder deine Augen noch dein so schönes Haar aus dem Kopf. Ich weiß, warum du das Mädchen geküsst hast, aber ich falle auf solche Ausflüchte nicht mehr rein. Dein Blick hat mir gezeigt, wie du wirklich bist. Ich möchte mich nicht länger verstecken, doch dass es auf dem Land unmöglich ist, unsere Lieben und Begehren auszuleben, müsste dir genauso klar sein wie mir. Ich werde deshalb nach Berlin gehen. Da gibt es Treffpunkte, Kneipen. Eine Szene, wie man so schön sagt. Komm doch mit! Ich nehme den Abendzug am 12. November in Richtung Oldenburg.
In inniger Umarmung
Dein Josef

Behrends Herz klopfte schneller. Berlin, wie frei klang das? Keinen Käse mehr herstellen, die Gerüche nicht mehr an Händen und Haut haben müssen. Keinen Kuhschwanz im Gesicht, weil er sich beim Melken so ungeschickt anstellte und sich das Vieh beschwerte.

Kein schlechtes Gewissen, weil er sich schäbig benommen hatte. Und keinen Alkohol mehr. Den würde er in seinem neuen Leben nicht brauchen.

Er würde endlich lieben können, wen er wollte, denn in der Stadt war es viel besser, sich zu verstecken und mit Gleichgesinnten darauf zu achten, wie man sich tarnte und doch treffen konnte.

Und er wollte Josef näher kennenlernen, an den er in der letzten Zeit so oft hatte denken müssen und von dem er nun endlich wusste, wie er hieß.

Ihm war das Erbe egal. Da ging es doch mehr um das Befinden seiner Mutter, weil sie auf seinen Vater wütend war.

Ihn würde er ohnehin nicht mehr aufsuchen, denn wie sollte er sich eine Reise nach Amerika je leisten können? Ganz abgesehen davon, dass es ihn eigentlich gar nicht mehr so stark dorthin zog. Jetzt, wo er ein Ziel hatte. Und einen Menschen, mit dem er darauf zu rudern konnte.

Berlin, das klang wie Sahne auf der Zunge. Wie Zucker zwischen den Zähnen und wie weiche Federn auf der Haut.

Behrend schaute auf die Uhr. Er konnte den Zug schaffen, wenn er sich beeilte und in Ellenserdammersiel zustieg. Viel mitzunehmen hatte er nicht, denn er besaß kaum etwas.

Wovon er in Berlin leben wollte, würde er dann sehen.

Allein die Vorstellung, den Krallen seiner Mutter zu entgehen, zauberte ihm ein befreites Lächeln ins Gesicht. Sie hätte ihn gesteinigt, wenn sie das von ihm gewusst hätte.

Behrend würde sich nicht verabschieden. Warum auch? Seine Großmutter war sehr streng mit ihm und drohte ständig damit, ihn rauszuwerfen, sollte sie ihn beim Trinken erwischen. Seine Tante mochte ihn nicht, und Enna? Enna war in seinen Augen viel zu hochmütig, und wenn sie von seiner Neigung erfahren würde, wäre das sein Ende.

Über die Goldensteins dachte er gar nicht erst nach. Immerhin hatte Amelie wohl geschwiegen, dafür war er ihr sehr dankbar.

Behrend schlich sich in die Dachkammer und packte den Rucksack. Danach stahl er sich aus dem Haus, und als er das Tor vom Milchhof durchschritten hatte, spürte er endlich die Freiheit, nach der er sich schon so lange sehnte.

*

Der November zeigte sich ungewöhnlich freundlich, aber es war kühl. Lina saß am Abend in ihrer Stube am Kaminfeuer und hing ihren Gedanken nach, wie sie es gern tat, wenn sie allein war. Der Milchhof stabilisierte sich immer mehr, und Derk fehlte ihr nach wie vor überall.

Zum Glück ging es Alea besser, auch wenn sie noch eine Weile bis zu ihrer völligen Genesung brauchen würde. Tammo kümmerte sich rührend um sie. Beide unternahmen lange Spaziergänge, und Lina war zuversichtlich, dass sich Aleas Gesundheit zum Guten fügen würde.

Um den Milchhof musste sich ihre Tochter nicht sorgen: Enna hatte alles im Griff. Es war eine Wonne zu sehen, wie sich ihre Enkelin gemacht hatte.

Ein Segen waren die Goldensteins.

David hatte sich eine Woche lang frei genommen und war fortgefahren, ohne sein Ziel zu verraten. Sarah kam Lina allerdings unruhig vor, und sie ahnte, was Davids Reise bedeutete. Die Goldensteins wollten aufbrechen. Bestimmt hing ihre Entscheidung mit den bösen Gerüchten zusammen, die seit Amelies Kinobesuch Anfang Oktober in Umlauf waren. Damit war wohl das Fass zum Überlaufen gebracht worden.

Es klopfte, und Sarah trat ein. Ihre Augen glänzten, und ihre Wangen waren feuerrot.

»Du siehst aus, als hättest du Neuigkeiten«, sagte Lina.

Sarah nickte, und sofort sprudelte es aus ihr heraus. »David war in der letzten Woche in Bremerhaven und hat eine Schiffspassage gebucht«, verkündete Sarah. »Wir reisen in vier Wochen.«

Da hatte Lina also richtig gelegen, auch wenn es sie schmerzte, dass die vier das Land nun doch verlassen wollten, aber sie konnte es verstehen.

»Ihr seid meinetwegen schon viel zu lange hier geblieben«, sagte sie daher. »Und so weiß ich, dass noch wer bei Wilko ist, der es gut mit ihm meint.«

»Wir werden immer für ihn da sein«, versprach Sarah. »Er hat das Geld für die Überfahrt schon geschickt, so sehr freut er sich, dass wir zurückkommen.«

»Ihr seid eben ein Teil seiner Familie. Wo er es doch zu uns nicht mehr schafft.« Lina wurde das Herz wieder schwer. Wie immer, wenn sie von Wilko sprach und ihr deutlich wurde, dass sie ihn verloren hatte.

Es klopfte, und Ulla stand vor ihnen. »Herr Bleeker ist verschwunden. Mit ihm auch seine Sachen. Er hat aber einen Brief hinterlassen.«

Lina erschrak. »Gib ihn mir bitte!«

Am liebsten hätte sie der Großen Magd das Schriftstück aus der Hand gerissen.

Lina faltete das Papier auseinander.

Liebe Großmutter stand dort mit ungelenker Schrift. Die Buchstaben neigten sich alle leicht nach links.

> *Ich bin mit dem Abendzug nach Berlin gefahren, weil ich weiß, dass ich dort mein großes Glück finden werde und kann. Mein Traum besteht nicht wie deiner aus Milch, sondern aus Musik, Literatur und den Bühnen dieser Welt. Ich habe mich leider versündigt und Amelie etwas Schlimmes angetan, um mich selbst zu schützen. Mit dem, was mir für mein Leben vorschwebt, würde ich nur Schmach über euch bringen, denn es gibt Dinge in der Liebe, die man nicht ändern kann, aber die trotzdem da sind – auch wenn versucht wird, sie zu verbieten.*
> *Es ist also besser so.*
> *Wenn ich einen festen Wohnsitz habe, schreibe ich dir.*
> *Behrend*
> *PS: Such bitte nicht nach mir.*

Sarah blickte mit einem wissenden Lächeln zu Lina und schwieg.

Lina faltete den Brief zusammen und verstaute ihn nachdenklich in ihrer Rocktasche. Sie war überrascht, dass Behrend sich ihr anvertraute, und sie begriff auch das Gesagte dahinter. Lina beschloss, sein Geheimnis für sich zu bewahren. Es gab Dinge, die blieben besser ungesagt, das hatte sie das Leben gelehrt. Er schien ja einsichtig zu sein und konnte Amelie nun nicht mehr in Bedrängnis bringen. Manche Probleme lösten sich eben von selbst.

»Was schreibt er?«, fragte Sarah.

»Er versucht sein Glück in Berlin«, gab Lina Auskunft.

»Ich verstehe.«

Lina schaute Sarah an, und beide wussten, dass es wirklich so war.

*

Die Überfahrt war schrecklich gewesen. Nicht weil es hohe Wellen gegeben hatte, und nicht, weil die Kabinen sich als unkomfortabel erwiesen hatten. Es war die Angst, die Wilko hatte wach bleiben lassen. Ohne Mary hätte er das alles wohl nicht überstanden.

Jetzt war die Silhouette von Bremerhaven zu sehen, und gleich würde er mit seinem verbliebenen Fuß wieder deutschen Boden betreten.

Mary stützte ihn, als sie die Gangway hinunterliefen. Mary hielt seine Hand, als sie sich um die Weiterfahrt bemühten. Mary kaufte die Fahrkarten. Mary bestellte ein Taxi, weil sie vom Bahnhof in Ellenserdammersiel nicht bis zum Milchhof laufen konnten.

Und Mary bezahlte, damit Wilko in Ruhe aussteigen und die Friesische Wehde nach der langen Zeit auf sich wirken lassen konnte.

Wilko sog die klare Herbstluft tief ein. Diese Jahreszeit hatte er immer gemocht, weil er es schön fand, wenn die Tage kürzer wurden und er vor dem Kamin sitzen konnte.

Es roch auf dem Milchhof nach Zuhause.

Ein bisschen süßlich, ein bisschen nach Mist und nach Kuh. Die vertrauten Geräusche schenkten ihm die nötige Ruhe. Er war wieder der kleine unbeschwerte

Junge, der mit Ludger über den Hof tobte. Der die kleinen Kätzchen aus dem Stroh holte und versteckte, damit sie nicht ertränkt werden konnten.

Und der dafür von seiner Mutter gelobt wurde.

Die bunten Blätter wehten, von einer seichten Brise getragen, über den Hof, eine getigerte Katze huschte von links nach rechts, und aus den Fertigungshallen dröhnten die gewohnten und heimeligen Geräusche. Hier fiel jegliche Anspannung von Wilko ab.

Hier fühlte er sich sicher.

»Okay?«, raunte Mary.

Wilko nickte. »Yes, darling. We can go. Here ist my castle!«

Gemeinsam schritten sie auf das Haus zu. Es hatte sich kaum etwas verändert, und Wilko ertappte sich dabei, dass er es beruhigend fand, weil er immer stärker das Gefühl bekam, wirklich nach Hause zu kommen und zu wissen, dass hier keine Gefahr drohte, ja, dass es sogar einmal sehr schön gewesen war. Der Milchhof war eine Konstante. Etwas, das blieb und beiden Kriegen etwas entgegenzusetzen gewusst hatte. Das tat jetzt gut.

Ein bisschen nervös war Wilko schon. Schließlich war nur den Goldensteins bekannt, dass er und Mary kamen, denn sie wollten in vier Wochen zusammen zurück in die Staaten fahren.

Aber seine Mutter, die wusste von nichts. Weil Wilko bis zum Schluss nicht hatte sagen können, ob er wirklich vom Schiff gehen würde. Er wollte ihr diese Enttäuschung ersparen, wenn er es nicht geschafft, sie aber die Hoffnung gehegt hätte.

»Bereit?«, fragte Mary leise.

Er nickte und betätigte den Türklopfer.

Erst hörten sie gar nichts, dann schnelle Schritte, und schließlich öffnete das Hausmädchen.

»Wen darf ich melden?«

Wilko reckte das Kinn.

»Wilko und Mary. Wilko und Mary Bleeker.«

Das Mädchen wurde blass, schlug sich die Hand vor den Mund und rannte davon.

Es ging eine Tür, darauf erfolgte leises Gemurmel, und dann waren wieder Schritte zu hören.

Fest und gleichmäßig. Unverkennbar der Tritt seiner Mutter.

Kurz darauf stand sie vor ihm in der Diele.

Sie starrte Wilko an, als wäre er ein Geist. Sie rieb sich die Augen, schüttelte den Kopf, und dann überströmten Tränen ihre runzeligen Wangen.

»Ich bin es wirklich, Mama!«

»Wilko!« Sie stürzte auf ihn zu und hielt ihn fest umschlungen. »Mein Sohn! Ich habe meinen Sohn wieder!«

Epilog

Mai 1964

Über ihnen sangen zwei Nachtigallen im Wechsel. Enna liebte das, und sie wusste, dass auch Lina und Derk das sehr gemocht hatten. Etwas wehmütig stand sie am Grab ihrer Oma und legte einen Zweig auf die Erde.

»Es läuft so gut!«, flüsterte sie. »Du wärst stolz, wenn du den Milchhof jetzt erleben könntest!«

Sie hatten es geschafft, zur größten Molkerei in der Gegend zu avancieren. Dank Linas Weitsicht und ihrer Investitionen hatten sie einen gewaltigen Sprung gemacht.

Ennas Mutter hatte sich nach der Genesung von ihrer Krankheit aus dem Geschäft zurückgezogen und war vor sieben Jahren gestorben. Kurz darauf folgte ihr Tammo, der ohne Alea keinen Lebensmut mehr hatte.

Enna und Edzard mussten sich nun entscheiden und waren mit ihren beiden Kindern – vor acht Jahren war noch Marieke hinzugekommen – ganz auf den Milchhof gezogen und hatten das andere Gehöft verkauft. Mit dem Erlös hatten sie die letzten Modernisierungsmaßnahmen gut stemmen können.

Behrend lebte mit Josef in Berlin, und er leitete ein kleines Varieté.

Wilko war bei seinem Besuch zu ihm gefahren, und danach hatte Behrend wohl seinen Frieden gefunden, auch wenn er zu Antke keinen Kontakt mehr gehabt hatte. Sie konnte ihrem Sohn nicht verzeihen, dass er Männer liebte und in ihren Augen nur deshalb auf seine ihm zustehende führende Rolle im Betrieb verzichtete.

Antke war in Emden begraben. Eine einfache letzte Ruhestätte – sie war am Ende sehr allein gewesen, was Enna trotz allem traurig stimmte.

Wilko und Mary waren nach ihrem Besuch in Ellenserdammersiel zurück in die Staaten gefahren, aber sie hatten Linas größten Wunsch erfüllt, sodass sie ein Jahr später ganz friedlich eingeschlafen war und sich auf das Zusammensein mit Derk jenseits des Horizonts freuen konnte. Denn dort würde sie sein, da war Lina immer sicher gewesen. Weil Derk es ihr gesagt hatte.

Enna hatte Behrend ausgezahlt und konnte so jetzt frei über die Geschicke der Molkerei verfügen. Ihr Deichgold war in aller Munde, und mit Hanno und Marieke wuchs die nächste Generation heran. Das Leben nahm seinen Lauf, wie es sein sollte.

Es würde weitergehen mit dem Milchhof, der so viele Stürme überstanden hatte – und meist in Frauenhand gewesen war. Enna lächelte: Wenn Hanno dann doch keine Lust auf den Betrieb verspürte: Marieke hielt sich schon jetzt gern in der Käserei auf.

Sie strich noch einmal über den Grabstein.

»Der Nachwuchs steht in den Startlöchern, Oma. Wir werden dir keine Schande machen. Versprochen!«

Danksagung

Nun ist die Saga um den Milchhof leider abgeschlossen, und ich bedanke mich sehr, dass Sie meine Geschichte als treue Leserinnen und Leser bis hierher begleitet haben.

Sie konnten den Aufbau einer Molkerei miterleben und haben bestimmt oft mit Lina und ihrer Familie samt Freunden mitgelitten und mitgefiebert. Sollte das passiert sein, wäre ich sehr glücklich, denn genau das ist es ja, was uns Schriftstellerinnen und Schriftsteller antreibt. Emotionen und Bilder mit unseren Worten zum Leben zu erwecken.

Es war sehr spannend, das über so viele Jahre, also von 1890 bis 1950, tun zu dürfen. Der Stapel der Recherchebücher ist immer größer geworden, je tiefer ich in die Themen verstrickt war.

Mir ist natürlich bekannt, dass Bremerhaven seinen Namen erst 1947 erhalten hat, und zuvor Wesermünde hieß. Aber da die Auswandergeschichte eher unter Bremerhaven bekannt ist, erschien es mir besser, es so zu lösen.

Und was habe ich die aktive Recherche in der Käserei geliebt und die Momente, in denen ich durch verschiedene Museen gestromert bin! Dann die kleinen Glücksmomente, wenn ich wieder so unfassbar tolle Unterstützung vonseiten der Molkereien oder eben der Museen bekommen habe.

Dass in diesem Band auch Radeberg eine kleine Rolle spielt, haben Sie einer wunderbaren Lesung zu verdanken, die ich 2023 dorthin unternehmen durfte und sowohl von der Bibliothek als auch der hübschen Stadt sehr begeistert war.

Schlimm fand ich die noch jahrelangen Repressalien der Betriebe nach dem Krieg, weil das Gesetz des Reichsnährstandes über viele Jahre aufrecht gehalten wurde. Genau wie der §175 mit dem Strafbestand der Homosexualität (bis 1994) und viele andere Dinge, zum Beispiel, was die Rolle der Frau anging. Wenn man sich damit beschäftigt, ist man doch froh, dass sich so einige Dinge gebessert haben und die Toleranz gewachsen ist.

Was wäre ein solcher Roman ohne Hilfe.

Ich möchte mich bedanken bei: der Molkerei Ammerland e.G., dem Käsehof Rozenburg in Pilsum, dem Schlossmuseum Jever und dem Heimatverein Sande-Gödens.

Mein größter Dank geht an meine wunderbare Agentin Anna Mechler, die es jedes Mal mit Bravour schafft, mich aus jeglichen Tiefs zu hieven, ein offenes Ohr zu haben und immer an mich zu glauben.

Und ein dickes Dankeschön geht natürlich an das gesamte Team des Piper Verlages, das meine Saga auf sehr einfühlsame Weise begleitet hat. Allen voran meine Lektorin Julia Stolz und meine Redakteurin Christine Neumann.

Und was wäre ein Arbeitsleben ohne den Rückhalt

der Familie. Ich bin Großfamilienmutter und Oma, und mein ganzes Familienteam erdet und stärkt mich. Schön, dass es euch gibt!

Ihre und eure Regine Kölpin

Literaturnachweise

Bents Stefan. *Die Kinoentwicklung in der Region Oldenburg/Ostfriesland zwischen 1945 und 2004.* Diplomarbeit 2004. URL: https://www.staff.uni-oldenburg.de/stephan.bents//Diplomarbeit.pdf, Abgerufen am 1.11.2023.

Bierstadt Radeberg. In: Stadtgeschichte.
URL: https://www.bierstadt-radeberg.de/index.php/ct-menu-item-1/zeitafel-uebersicht, Abgerufen 3.10.2023.

Dresden und Sachsen – Landeskunde und Reiseführer. In: Dresden in der Nachkriegszeit. Wiederaufbau 1945–1950. URL: https://www.dresden-und-sachsen.de/dresden/geschichte16_nachkriegszeit.htm, Abgerufen am 15.09.2023.

Fischer Alb. *Die Molkerei Dampfmaschine und ihr Betrieb*. Verlag der Molkerei-Zeitung, 1925.

Großmann Julia. *Branchenporträt der Milchwirtschaft in Deutschland*. Studienarbeit. GRIN Verlag GmbH, 2008.

Heimatverein Gödens/Sande. *Am Schwarzen Brack No 11. Das Alltagsleben in der zweiten Hälfte des 20. Jahrhunderts in den Dörfern rund um das*

Schwarze Brack. Schriftenreihe des Heimatvereins Gödes-Sande e.V., 2001.

Helfricht Jürgen. *Pfunds Molkerei. Der schönste Milchladen der Welt*. Husum Druck- und Verlagsgesellschaft mbH u.Co.KG, 2020.

Kaack Ulf/Kliem Eberhard. *Wilhelmshaven Gestern und Heute*. Sutton Verlag Zeitsprünge, 2015.

Konopka Melitta-Ruth. *Wiederaufbau und Zerstörung in Dresden nach dem 2. Weltkrieg*. Pagewizz 2020. URL:https://www.ecosia.org/search?addon=chrome&addonversion=6.0.2&q=Wiederaufbau%20Dresdener%20Hauptbahnhof%20nach%20dem%20Krieg, abgerufen am 10.10.2023.

Kronabel Dieter. *Die Haselünner Molkerei 1890–1989*. Machandel Verlag, 2019.

Kruipn, G.W, Lukjanow, N.J., Tarassow F.M., Bouschew T.A., Schuwalow W.N., Wassiljew P.W. Durchsicht und Überarbeitung der deutschen Ausgabe: Dipl. Ing. H. Wolter. *Maschinen und Apparate der Molkerei und Milchindustrie*. VEB Verlag Technik Berlin, 1959.

Müller-Kaspar Ulrike. *Das 20.Jahrhundert. 1000 Jahre Europäische Geschichte*. Tosa Verlag, 2001.

Niemüller Hellmuth. *Handbuch für Molkereifachleute*. Milchwirtschaftlicher Verlag Th. Mann KG Hildesheim, 1955.

Paetrow Stephan, Sander Tim. *Unwiderstehlich. Seit 1885. Die Geschichte der Molkerei Ammerland*. Aprinta Druck GmbH&Co.KG, 2010.

Schloss Klippenstein. URL: https://www.schloss-klippenstein.de/home.html, abgerufen am 30.8.2023.

Schulz M. E. Prof. Dr. Ing. *Molkerei-Lexikon Milchwirtschaft von A–Z.* Verlag Deutsche Molkerei-Zeitung, Kempten, 1952.

Stutz Reno. *Milch. Molkereien in Mecklenburg und Vorpommern zwischen gestern und heute.* Hinstorff Verlag, 2011.

Von Regine Kölpin liegen im Piper Verlag vor:

Der Nordseehof:
Band 1: Der Nordseehof – Als wir träumen durften
Band 2: Der Nordseehof – Als wir der Freiheit nahe waren Band
3: Der Nordseehof – Als wir den Himmel erobern konnten

Das Haus am Deich:
Band 1: Das Haus am Deich – Fremde Ufer
Band 2: Das Haus am Deich – Unruhige Wasser
Band 3: Das Haus am Deich – Sicherer Hafen

Die Töchter der Kornmühle

Der Milchhof:
Band 1: Der Milchhof – Das Rauschen der Brandung
Band 2: Der Milchhof – Das Flüstern der Gezeiten
Band 3: Der Milchhof – Das Leuchten des Meeres